S. E. HALL

Traduzido por Daniella Parente Maccachero

1ª Edição

2021

Direção Editorial:	**Arte de capa:**
Anastacia Cabo	Bianca Santana
Gerente Editorial:	**Preparação de texto:**
Solange Arten	Martinha Fagundes
Tradução:	**Revisão final:**
Daniella Parente Maccachero	Equipe The Gift Box
Diagramação:	Carol Dias

Copyright © S.E. Hall, 2013
Copyright © The Gift Box, 2021
Todos os direitos reservados.

Nenhuma parte do conteúdo desse livro poderá ser reproduzida em qualquer meio ou forma – impresso, digital, áudio ou visual – sem a expressa autorização da editora sob penas criminais e ações civis.

Esta é uma obra de ficção. Nomes, personagens, lugares e acontecimentos descritos são produtos da imaginação da autora. Qualquer semelhança com nomes, datas ou acontecimentos reais é mera coincidência.

Este livro segue as regras da Nova Ortografia da Língua Portuguesa.

CIP-BRASIL. CATALOGAÇÃO NA PUBLICAÇÃO
SINDICATO NACIONAL DOS EDITORES DE LIVROS, RJ
Camila Donis Hartmann - Bibliotecária - CRB-7/6472

H184s

Hall, S. E.
 Surgir / S. E. Hall ; tradução Daniella Maccachero. - 1. ed. - Rio de Janeiro : The Gift Box, 2021.
 304 p. (Envolver ; 1)

 Tradução de: Emerge
 ISBN 978-65-5636-050-8

 1. Ficção americana. I. Maccachero, Daniella. II. Título. III. Série.

21-69040   CDD: 813
                  CDU: 82-3(73)

PRÓLOGO

Pequena Laney

Eu simplesmente não posso sair com as meninas no recreio. Ninguém deveria esperar que eu saísse, certo? Com a idade madura de dez anos, eu já tinha percebido que uma pessoa precisava estar interessada em algo mais que garotos e fofocas – as únicas duas coisas que elas pareciam sempre discutir. Além disso, elas não queriam ter mais nada a ver comigo. Michelle, a barulhenta, deixou claro que a mãe dela pensa que "é uma vergonha eu não ter influências femininas", então, com certeza, meu pai vai entender completamente o telefonema do Diretor Mills... de novo.

O Diretor Mills nunca fica bravo de verdade comigo. Ele parece muito com o meu pai, descontraído e um pouco coração mole, então é fácil se sentar com ele em seu escritório pequeno e apertado até o papai chegar aqui. Eu não estou muito preocupada em me encrencar; eu nunca me meto em nenhum problema real. Eu tinha escutado eles conversarem muitas vezes depois de me mandar sair para o corredor. Eles acham que estou "com raiva e fazendo drama".

Eles estão errados.

Não estou com raiva e não preciso da pena deles. Eles deviam ter pena dela. Foi ela quem desistiu. Bem, ela desistiu de nós, tanto faz. Quem sabe exatamente quais eram as aspirações dela.

Logo meu pai chega, casual como sempre, e senta-se muito à vontade em um assento. Ele aparece por aqui pelo menos uma vez por mês, afinal de contas. Eles apertam as mãos como se fossem parceiros de pôquer ou algo assim. Eu nem tenho certeza se o papai ainda o chama de Diretor Mills, ou pelo menos de Sr. Mills. Acho que ele só o chama de Paul. Eles conversam os primeiros dez minutos sobre as expectativas do ensino médio para este ano. Esta cidade vive para o futebol e o beisebol do ensino médio, dependendo da temporada. Esperançosamente eles vão se esquecer do meu dilema por completo.

Não tenho tanta sorte.

— Quer me dizer o que aconteceu, campeã?

Faço a minha melhor cara de cachorrinho.

— Papai, lembra o que você me disse sobre não começar uma maldita briga, mas que eu poderia com certeza acabar com uma?

O bom diretor tenta disfarçar uma risada e meu pai me lembra de controlar a boca.

— Bem... Andy Collins me empurrou antes, porque ele não sabe perder, então... eu acabei com isso. Eu empurrei ele no cavalinho e depois empurrei de novo por ele ter me empurrado.

Isso deve esclarecer tudo, certo?

— Laney, um empurrão só garante um empurrão de volta. Se recebi um telefonema, significa que você deve ter acabado com o menino. Por que simplesmente não falou com um professor?

Ele está falando sério agora? Não sou uma dedo-duro.

— Papai, por favor. Eu não acabei com ele tanto assim... eu não precisei.

— E por que isso? — Ele levanta uma sobrancelha com curiosidade.

O Diretor Mills responde por mim.

— Porque Evan Allen fez isso por ela.

Não levou muito tempo para encontrar o Sr. Allen. Acontece que a família Allen tinha se mudado recentemente para o final da rua. Papai queria dizer ao homem que ele achava nobre o que o filho fez, e que esperava que Evan não estivesse encrencado. Assim que confirmou que ele estava bem, pareceu o mais correto convidar o garoto para pescar com a gente.

Pelo menos, foi isso que papai me explicou. É claro que a explicação não me impediu de fazer beicinho a viagem toda para o lago e de tentar ignorar o intruso no banco de trás comigo.

— Obrigado por me convidar, Sr. Walker. Eu amo pescar. — Claro que ele ama; que puxa-saco.

— O prazer é meu, Evan, nós estamos felizes em ter você com a gente. Não é, Laney?

— É claro, papai. — Dei um sorriso meigo antes de continuar: — Me diz, Evan, você sabe como colocar a isca no seu próprio anzol, certo?

O quê? Estou genuinamente preocupada. Não quero terminar fazendo tudo pelo garoto.

Evan apenas olha para mim pelo canto do olho, sem responder.

— Pai, você trouxe um colete salva-vidas para ele? Nós não queremos que ele caia e se afogue se ele pescar um dos grandes.

Papai também não me responde. Ambos parecem desconfortáveis; não estou nem um pouco perturbada. Há mais de onde isso veio, garotos! Eu posso fazer isto o dia todo e é bem-merecido, no que me diz respeito. Como o papai ousou convidar este menino para o nosso tempo juntos? Meu momento com papai é sagrado. Não precisamos de companhia.

— Ei, Evan... — comento, de um jeito manso, mantendo a atitude espertinha assim que descemos da caminhonete e pegamos nosso equipamento. — Não se acostume com isso. Um resgate, um passeio. Entendeu?

Papai age como se não tivesse me ouvido e segue em frente até a água. Ele acha que seu novo pequeno herói pode se virar comigo. Vamos ver.

— Resgate, hein? Isso é o que você acha que foi?

Então... Evan pode responder.

— Não importa, você sabe o que quero dizer. Não estou nem aí para o que pensam de mim. Meu pai e eu estamos muito bem sem eles. Eu não preciso de novos amigos, também não preciso que me salvem. Posso tomar conta de mim mesma muito bem.

— Ah, eu posso ver isso, tigresa. Não foi por isso que eu fiz aquilo.

Tigresa? Ele não conseguia lembrar do meu nome? Típico dos meninos.

— Por que você fez então?

Ele pensa por um minuto, chutando a sujeira do chão com o pé, e então dá de ombros.

— Eu te digo assim que eu descobrir.

Nunca soube a que conclusão ele chegou. Acontece que nós tivemos uma monte de outras coisas para conversar.

CAPÍTULO 1

Laney

8 anos depois

— Walker, é com você! — o treinador Logson grita para mim.

Aqui vamos nós de novo, tudo ou nada. Já que é meu último ano e tenho jogado softbol desde que me lembro, eu deveria estar acostumada com a pressão, mas aquele familiar friozinho no meu estômago começa a se espalhar.

Sair do banco sem ter me aquecido na última entrada é uma porcaria. Isso só pode levar a alguma jogada heroica ou ao desastre, o que pode muitas vezes classificar o jogador como o pior da partida. Então, armada com minha probabilidade de cinquenta por cento, pego meu capacete e taco e me aproximo do círculo de aquecimento.

Giro o braço, cronometrando com o arremessador, e percebo que eu realmente devia estar muito focada para ouvir a voz de meu pai acima da multidão e dos meus próprios pensamentos.

— Balança o taco para baixo, campeã! — ele grita com aquela sua voz de boleiro.

Meu pai foi um arremessador espetacular e herói da sua cidade natal em sua época, então conhece o jogo por dentro e por fora e tem um verdadeiro amor e respeito por ele. Ele raramente perde uma entrada dos meus inúmeros turnos jogando ao longo dos anos e sempre fico satisfeita quando meu desempenho tem retorno e o deixa orgulhoso.

Mais perturbador do que sua voz, no entanto, é o olhar que pego do meu outro fã que nunca perde um jogo: Evan.

Evan Allen, meu melhor amigo e meu porto seguro, está sentado na arquibancada superior como sempre, vestindo sua camiseta azul-marinho de número 14 que o proclama fã da Walker. Lanço um olhar de espreita para ele pelo canto do meu capacete e vejo que ele está com os dedos cruzados de ambas as mãos e que sua perna esquerda se balança para cima e para baixo. Às vezes acho que ele fica mais nervoso por mim do que eu mesma.

Ele sabe que estou olhando, assim como sempre posso sentir seu olhar sobre mim, então Evan se vira levemente para dar uma piscadinha.

— Você consegue — ele murmura com um aceno firme de cabeça.

Focado em mim, ele não percebe a matilha de lobas passeando devagar pelas arquibancadas. Rindo e saltitando, ou seja lá o que fazem, elas se sentam na arquibancada à frente, quase bloqueando sua visão. Tenho certeza de que meu capacete não esconde o meu revirar de olhos, mas não me importo. Volto a me concentrar no jogo.

Kaitlyn Michaels, nossa defensora do lado direito do campo, e praticamente a única amiga que tenho, aparece e a bola é facilmente capturada; a segunda bola fora do turno. Chega a minha hora e eu piso na placa do arremessador. Meu pai grita de novo para que eu faça um movimento mais firme do braço na jogada. Ele também fica irritado quando sou chamada no final do jogo, sem me aquecer, então está basicamente gritando para que eu ignore a posição e faça o que ele orientou.

Meu primeiro arremesso vai para fora e, embora o papai-treinador sempre tenha me aconselhado a desistir dos movimentos oscilantes, é claro que balanço o braço... e erro. Bato meu bastão na placa, e me preparo para o próximo lançamento. Este vem baixo e eu deixo passar; uma coisa que sempre tive foi um bom olho. Eu respiro fundo. Eu posso fazer isso. Fazendo a oscilação mais para o final, consigo acertar de leve a terceira tentativa do arremessador.

— Um-dois — o árbitro grita a contagem... logo antes de eu fazer a tacada novamente e errar a bola.

Esse é o problema da teoria "sem coragem, sem glória" do meu pai: se você se conectar com o jogo, você acaba vencendo e se tornando o melhor jogador da partida. Mas se você perder... a sensação é essa.

Com três bolas fora, encerro o jogo a favor deles. Ser a última a entrar em um jogo é a pior coisa de todos os tempos. Eu quase prefiro nem participar.

Depois de fingir interesse no discurso pós-jogo do treinador – não que não o respeite e à minha equipe, mas estou meio que acabada agora –, começo minha caminhada para o vestiário... apenas para ser barrada pelo meu pai no meio do trajeto.

— Boa tacada, garota. Se você acertar uma daquelas bolas fora que você não consegue desistir de rebater, já era — diz ele, esfregando minha cabeça.

Dou a ele um meio sorriso e encolho os ombros. O que mais posso fazer? Fico me perguntando quantas pessoas já se sentiram assim depois de um discurso motivacional do meu pai, na época em que ele jogava.

— Vejo você em casa — informa enquanto se dirige à sua caminhonete.

Tomo um banho apressado e recolho minhas coisas, oferecendo um aceno indiferente de "bom jogo" para as poucas companheiras de equipe que ainda estão se demorando entre os armários, e dou início à caminhada da vergonha para minha caminhonete.

As luzes do campo iluminam o estacionamento com um brilho estranho, mas é o suficiente para que o veja. Eu sabia que ele estaria em algum lugar por perto; ele sempre está. Às vezes, ainda cercado pela matilha de lobas, quando me demoro a tomar banho; às vezes, bem do lado de fora da porta... mas sempre por perto. Até hoje, não me acostumei com isso, e nunca deixo de me surpreender com a sensação única de agradecimento em todas as vezes.

Esta noite ele está sozinho e optou por se recostar ao capô da minha caminhonete. Com os braços cruzados sobre o peito e um tornozelo cruzado sobre o outro, não há realmente uma visão mais reconfortante do que meu Evan. Com pouco mais de um metro e oitenta de altura, o corpo magro, mas solidamente musculoso, cabelo castanho desgrenhado que não precisa de nenhum produto para parecer arrumado, olhos azuis cristalinos e sorriso convencido, Evan Allen só precisa respirar para causar agitação em qualquer garota sortuda o suficiente para cruzar o seu caminho. Acrescente seu status de estrela do futebol, jaqueta azul-marinho e comportamento um pouco tímido e você terá a fantasia de toda garota do ensino médio.

— Ei — é tudo que eu digo quando me aproximo dele, jogando minha mochila na carroceria da caminhonete.

Sim, eu dirijo uma caminhonete e jogo softbol... e isso não é a fantasia de todo garoto de ensino médio. Não que eu me importe.

— Ei para você, lindona — ele me cumprimenta com um sorriso arrogante, obviamente muito orgulhoso da mais nova adição à sua lista cada vez maior de apelidos para mim.

Em segredo, eu amo isso e nunca fico desapontada com o que esse garoto bobo inventa.

Olhando em volta, não vejo sua caminhonete gigante, o que é muito difícil passar despercebido, então pergunto se ele precisa de uma carona. Ele assente com a cabeça e estende a mão para pegar minhas chaves... Até parece!

— O carro é meu, então eu dirijo — retruco, mesmo sem necessidade.

— Sem chance, mulher. Você é a pior motorista que conheço, especialmente quando está brava, e eu prefiro chegar em casa vivo. Pode entregar.

— Eu não estou brava — bufo. — Estou decepcionada comigo mesma... como sempre — murmuro a última parte.

— Não fale sobre a minha garota desse jeito, e não me obrigue a te machucar por essas chaves. — Ele se lança sobre mim, que escapo por pouco.

Sorrindo agora, apesar do meu humor, acabo cedendo e entrego as chaves. Eu simplesmente não consigo resistir aos encantos que são tão completamente Evan; aqueles olhos azuis provocadores emoldurados por cílios escuros e grossos, e seu sorrisinho torto ao pronunciar aqueles apelidos que testariam a determinação de qualquer garota. Sem mencionar – e nunca irei –, mas eu realmente sou uma péssima motorista. Por outro lado, Evan me ensinou a dirigir, e fico satisfeita em saber que posso jogar isso na cara dele, caso ele se torne convencido demais.

Dirigir é uma coisa, mas de jeito nenhum vou renunciar ao controle do rádio; ele sabe que a música é minha válvula de escape. Eu sei que ele vai tentar falar sobre o meu fracasso épico, então espero que se toque que esta é a última coisa que quero fazer.

Viro o rosto para o lado e encaro a janela, pensando no jogo, na decepção do meu pai, mas também pensando em nada, quando sua força de vontade finalmente acaba.

— Quer falar sobre isso? — ele pergunta com candura.

Eu me viro para ele, reviro os olhos e retorno meu fascínio por qualquer coisa do lado de fora. O trajeto até nosso bairro conta com uma bela extensão de terra, ainda intocada pela sociedade; nada além de um amplo campo aberto e um céu escuro cheio de estrelas. Tento me concentrar na mais brilhante, a estrela dos desejos, mas a voz rouca de Evan desvia minha atenção.

— Não vale a pena ficar se culpando. Foi uma rebatida, não o fim do mundo. E sim, ele ainda te ama.

Odeio quando ele sabe exatamente o que estou pensando... Bem, não sei se odeio tanto assim.

11

— Pra você é fácil dizer isso. Cada vez que você entra em campo, a cidade inteira fica orgulhosa, poxa, sem contar o seu pai. E a cada rebatida que eu erro, bem, é exatamente isso: mais um erro. Provavelmente vou ter que trabalhar enquanto estudo, para pagar ao time só pra poder ficar com a bunda no banco de reservas — digo isso com um pouco mais de grosseria do que ele merece, e sinto-me meio culpada, mas, às vezes, acho que ele não me entende.

Suas ofertas de bolsa de estudos estão rolando há meses; as minhas, não. Meu pai e eu vivemos de salário em salário, então ele não pode pagar a minha faculdade, e eu já fui um fardo pesado demais para um dos pais. Uma boa bolsa de estudos é vital para o meu futuro.

— Ah, Laney, você é dura demais consigo mesma.

Talvez ele esteja certo, mas, felizmente, chegamos em casa, então não tenho que decidir nada agora.

Como moramos a apenas três casas de distância, logo Evan estaciona a caminhonete na minha garagem e se vira para me encarar. Pegando um pedaço de papel do bolso traseiro, seus olhos azuis agora estão sérios.

— Achei que você fosse me dizer se isso não parasse — comenta, entregando o bilhete. Não preciso abrir, pois sei que são todos iguais, mas mesmo assim confiro a mensagem, que diz: "Ótimo jogo esta noite, Laney. Você é incrível."

Quem é este maníaco? Por que não se aproxima de mim e diz: "Ei, gosto de você" ou "Ei, quer comer um hambúrguer?" Com certeza, seria menos problemático do que se esgueirar por aí, deixando bilhetes e presentes assustadores. Talvez pudéssemos ter uma amizade normal antes que ficasse estranho.

No início, apenas pensei que se tratava de um admirador secreto fofo, especialmente porque éramos muito novinhos quando começou, mas agora somos adultos e é meio assustador. Evan me implora o tempo todo para dizer ao meu pai, mas algumas coisas nunca devem ser ditas para um pai solteiro que cria uma filha única; ele daria início a uma caçada humana. Uma promessa que sempre fiz a Evan, e que vou cumprir é que, se surgir algum bilhete com um tom ameaçador ou um encontro pessoal, vou denunciá-lo imediatamente.

Dou um suspiro, sem querer falar sobre o assunto nesse momento.

— Já faz um tempo desde o último, então não havia nada para te dizer. Além disso, foi você quem achou este aqui, não? Você não viu nada?

Ele apenas me lança aquele olhar "sério, Laney?". Claro que ele não tinha visto ninguém, porque, se tivesse visto, eles ainda estariam espancados e largados no estacionamento.

— Tudo bem, okay, certifique-se de ficar alerta, Laney. Nem sempre posso estar por perto e me preocupo com você.

— Eu sei, Ev, eu vou ficar atenta.

Nós descemos da caminhonete e ele pega minhas coisas na carroceria, arremessando as chaves para mim.

— Se liga! — grita.

Depois que nos abraçamos, do jeito como sempre fazemos, ele segue para sua casa, caminhando devagar, só para garantir que entrarei na minha primeiro, em segurança.

— Boa noite! — grita por cima do ombro e eu retribuo com um sorriso e um aceno, ciente de que vou conversar com ele de novo, ao menos mais uma vez, antes de ir dormir.

Mal saio do chuveiro quando ouço o alerta de recebimento de uma mensagem. Sei que é de Evan antes mesmo de olhar a tela.

> Evan: Você está bem?

Sua consideração me arranca um sorriso, apesar do meu humor ligeiramente sombrio.

> Laney: Claro, eu sempre fico bem em algum momento. O banho quente ajudou.

> Evan: Então, neste fim de semana, vamos fazer alguma coisa.

Não entendo muito bem o porquê de ele esclarecer isso. Sequer consigo me lembrar de uma única noite de fim de semana em que não passei ao lado dele, mas resolvo brincar com ele.

> Laney: Okaaaay...?

> Evan: Eu quis dizer, vamos fazer algo diferente.

> Laney: Como?

> Evan: Sei lá, talvez comer fora em algum lugar?

> Laney: Evan, você está me convidando para um encontro?

Claro que não, Evan e eu não somos assim, mas adoro provocá-lo.

> Evan: Talvez.

> Laney: Talvez você deva me enviar um recadinho amanhã, daí eu posso marcar a opção do sim ou não.

> Evan: Hein?

> Laney: Venha aqui, por favor.

Estou inclinando-me para fora da janela aberta do meu quarto quando ele aparece. Agora ele está usando um short preto de basquete e uma camiseta cinza, e descalço. Ele passa uma mão pelo cabelo enquanto caminha na minha direção, um sinal evidente de nervosismo. Por quê?

— Olá de novo, Sr. Allen. Você poderia ter parado para calçar os sapatos. — Gesticulo em direção aos seus pés e dou uma risada.

— Não, estou bem.

— Acho que você está se perguntando por que convoquei esta reunião. — Tento manter a expressão séria, mas ele está sorrindo.

— Sim, senhora.

— Bem, se um jovem deseja levar uma jovem para jantar, ele provavelmente deveria convidá-la pessoalmente. Há certas coisas que ainda não são textualmente aceitáveis.

Ele ri; eu amo esse som. Ele realmente é o cara mais adorável que conheço. Não é de admirar que as meninas da escola ajam como bobas por causa dele.

— Quer dizer, eu sei que não é um encontro de verdade, mas ainda assim... me dê esse prazer.

— Laney Jo Walker, gostaria muito de te levar para um jantar bacana neste fim de semana. Eu gostaria de abrir as portas para você e te trazer flores. Você pode chamar isso de encontro, ou não, você decide.

Sua mão vai ao cabelo outra vez; por que ele está ansioso? Fazemos refeições juntos o tempo todo e, geralmente, quem estiver com grana no dia, paga a conta, então qual é o problema?

Ele olha para algum lugar às minhas costas.

— Parece bom?

— Eu aceito. Parece muito bom. — Inclino a cabeça para o lado, forçando-o a encontrar meu olhar e dou um sorriso. — Mas quão bom estamos falando? Você sabe que não vou usar um vestido, né?

— O pensamento maluco nunca passou pela minha cabeça, raio de sol. Vista o que quiser.

— Beleza, então vejo você de manhã. Posso pegar carona?

— Sim, senhora.

E, com isso, ele dá uma piscadinha e volta a pé para sua casa.

Apesar das minhas mãos suadas e inquietas, e da perpétua boca seca, o jantar é incrível; ainda melhor do que eu esperava. *Vicenza's* é um novo restaurante italiano em uma cidade vizinha, à luz de velas, música ambiente e todas aquelas outras coisas de "restaurante para encontros". É o lugar mais legal em que eu já estive e a comida é deliciosa. Sempre sou grata quando ele me faz tentar coisas novas e não posso deixar de relembrar os velhos tempos.

A primeira vez em que patinei no gelo foi na festa de onze anos de Evan. Eu só caí em cima dele umas cinco vezes antes de pegar o jeito, o que já foi lucro.

A primeira vez que pulei do penhasco em Miller's Landing foi porque Evan pulou comigo, de mãos dadas. Nunca repetimos a experiência e juramos não contar aos nossos pais.

Meu primeiro teste para um time que meu pai não treinou, na nona série, só foi feito porque Evan me deu um discurso motivacional. Ele deixou um cartão de Boa Sorte no meu armário naquele dia e foi com meu pai me buscar após os testes.

Ele pigarreia e me traz de volta ao presente. Basta apenas um olhar para ele, para saber que ele tem alguma coisa importante a dizer.

— Laney, estou inscrito. Vou jogar bola na UGA. — A Universidade da Geórgia, nosso sonho.

Dou um pulo na cadeira e me levanto, dando a volta na mesa para abraçá-lo.

— Parabéns, Evan! Estou tão orgulhosa de você!

Ele me puxa para seu colo e beija minha testa.

— Obrigado, querida! Você já recebeu alguma resposta deles? — Doce Evan, seu olhar expressa otimismo e uma pontada de esperança, como se eu tivesse me esquecido de contar a novidade, já que ele acredita que, com certeza, eu serei aprovada. Ele acredita no meu potencial.

Mas não obtive nenhuma resposta. A partir de agora, minhas opções parecem ser a Tech ou a Southern. Eu não entendo; minha visita no outono ao *campus* do *Bulldog* foi ótima. O treinador deu a impressão de já estar acompanhando e me observando há algum tempo e a demonstração das minhas técnicas, para ele, foi perfeita. Rebati todos os arremessos na mesma hora e fiz as trocas de posição de primeira.

— Não recebi nada — respondo, tentando disfarçar a tristeza o máximo possível. Eu realmente quero ir para a mesma faculdade, com ele. Tentei UGA primeiro na esperança de conseguir isso. Todos sempre souberam que a UGA iria querer Evan e tínhamos planejado ir juntos.

— Você vai, Laney, eu sei disso. — Sua confiança me faz querer ter esperança, mas no fundo sou realista.

— Tenho certeza de que você está certo — concordo, sorrindo e voltando para o meu lugar. — Vamos apenas aproveitar nossa noite.

O resto da noite é maravilhosa, sem mais conversas sobre nossa separação iminente. Se Evan for honesto consigo mesmo, ele sabe que isso vai acontecer, assim como eu, mas nenhuma quantidade de sofrimento vai mudar isso, então, em vez disso continuamos negando com alegria.

CAPÍTULO 2

SOCIALISMO

Laney

Por que meu telefone está tocando às 8h de um sábado? Eu sou o oposto de uma pessoa matinal, o que qualquer pessoa próxima a mim sabe, então ignoro a ligação; obviamente é de algum número desconhecido. Quando quase na mesma hora, o celular toca de novo, levanto a cabeça debaixo do travesseiro com um grunhido e uma resposta calorosa:

— Alô?

— Ei, Walker! O que você está fazendo?

A voz de Kaitlyn já soou mais irritante?

— Não estou dormindo, se é isso que você está pensando — rosno, sem tentar esconder o sarcasmo.

— Bem, levante-se, porque Parker vai dar uma festa na fogueira esta noite e nós iremos!

Grande coisa.

Parker Jones dá festas na fogueira o tempo todo, sendo que nunca participei de nenhuma, embora ele seja um de meus bons amigos. Qual é o sentido disso? Posso sair com a melhor pessoa da cidade, Evan, sempre que quiser, sem espectadores bêbados e desagradáveis. Eu bocejo alto, já entediada.

— Não só não vou, como tenho certeza de que a festa não começa às nove da manhã, então por que você está ligando agora?

— Laney, quando foi a última vez que você saiu? Vou precisar de um dia inteiro para te deixar apresentável para a festa, então levante-se, porque estarei aí às onze. — Tão menininha; boa coisa que ela não rebate como uma.

Tão teimosa quanto Kaitlyn, reitero que não vou e que, sinceramente, duvido que ela vá encontrar o Sr. Certo em um campo cheio de idiotas bêbados tropeçando ao redor de uma fogueira.

— É nosso último ano, Laney. Você tem que comparecer a um evento social antes que sua carreira no ensino médio termine. Além do mais, não estarei em segurança se eu for sozinha.

Ah, foda-se! Este detalhe realmente faz um amassado na minha armadura e eu me encolho por dentro, sabendo que agora estou comprometida.

— Tudo bem, vou cuidar de você, mas vamos embora na hora que eu disser, e vou dirigindo. Além disso, nem pense em aparecer aqui antes das seis. Não preciso de tempo para me arrumar. Sério, nem você, diva. Além de estar escuro pra caramba, todo mundo se torna lindo depois de uns goles de cerveja.

Certamente ela vê o sentido no meu raciocínio, mas não comenta a respeito, apenas grita e comemora pouco antes de eu desligar.

Assim que encerro a conversa em forma de pesadelo, jogo o celular em cima da mesa de cabeceira e tento voltar a dormir, mas Evan entra no meu quarto cerca de quinze minutos depois, com os olhos brilhantes e cheio de energia. Nós realmente precisamos revisar a política de portas abertas… Eu sou uma dorminhoca!

— Bom dia, linda. Teve bons sonhos? — ele pergunta com carinho.

Com meu cabelo desgrenhado oculto debaixo do travesseiro, não consigo evitar e levanto uma ponta da fronha e lhe dou uma espiada com meu olhar sonolento. Tudo bem, ele está perdoado. É nítido que Evan é uma pessoa matutina, o que se torna evidente por causa do cabelo ainda úmido e o fato de seu rosto de bebê estar recém-barbeado. Posso sentir o cheiro de sua loção pós-barba, muito parecida com algodão fresco e limpo com um toque de almíscar, do lugar onde ele está recostado contra a minha cômoda.

Não posso deixá-lo se safar dessa.

— Evaaaaan… — choramingo. — Não somos fazendeiros que se levantam com as galinhas. Por que você está aqui tão cedo? — Sento-me ligeiramente, descansando contra a cabeceira da cama e esfregando os olhos para afastar o sono. Meu edredom cai e a corrente de ar frio me causa arrepios por toda a pele, e meu corpo se retesa. O problema é que não é só isso que se contrai, e quando olho para baixo, vejo meus mamilos duros, alfinetando a camiseta branca. Faço uma careta na mesma hora.

Encaro meu amigo e vejo seu rosto corado em um tom que só posso definir como carmesim, e percebo que ele notou minha aversão física às manhãs frias. Ele imediatamente desvia o olhar e pigarreia.

— Vim perguntar se você quer pescar comigo hoje. Está um dia lindo lá fora, e papai disse que os peixes estão dando sopa em Miller's Landing. Você topa?

Ele ainda não está olhando diretamente para mim, mas, sim, encarando o pôster do time de softbol na minha parede como se fosse a coisa mais interessante do mundo, embora eu já tenha puxado o edredom de volta até o queixo há muito tempo.

— Isso realmente parece maravilhoso — começo a dizer, a boca dele imediatamente se curvando em um sorriso e piscando os olhinhos —, mas Kaitlyn me ligou em um horário indecente e me pediu para ir à festa de Parker hoje à noite.

Ele fica boquiaberto, e antes que consiga disfarçar, arregala os olhos, em choque.

— Você vai à festa do Jones? Você nunca aceitou ir antes! — ele comenta em um tom acusatório.

— Eu não disse que queria ir, mas ela é uma boa amiga e não quer ir sozinha. Daí ela deu a cartada de estar mais segura se for na companhia de alguém — esclareço.

Vejo seu sorriso sutil e as covinhas em suas bochechas; ele é cativante, de verdade. Segundos antes de, finalmente, fazer contato visual direto, ele diz:

— Cartada, hein? Bem, eu topo. Venho buscar vocês aqui às oito.

Orgulhoso do que ele acredita ser sua vitória inteligente, ele se vira e sai do meu quarto com uma prepotência extra em seu andar. Na verdade, estou emocionada por ele querer nos levar, porque sempre me sinto mais segura quando Evan está por perto, no entanto, não ouso estourar sua bolha de felicidade.

No que eu me meti agora? Estou sendo, neste momento, penteada e depilada, cortesia da Kaitlyn, como se fosse um poodle com pedigree prestes a vencer o prêmio de Melhor da Exposição. Depois de uma hora tortuosa, ela finalmente decidiu que sou digna de comparecer a uma festa na fogueira e me liberta da nuvem de sprays, pós e esses trecos de meninas que ela tanto ama.

Tenho quatro formas aprimoradas de mim mesma: com o uniforme coberto de sujeira e suor; acabei de acordar com remela nos olhos; com rabo de cavalo e fedorenta por ter pescado o dia todo e, por último, estou pronta para ir para a escola. Hoje à noite, meu cabelo loiro-escuro está todo trabalhado em ondas que descem até pouco abaixo dos ombros. O decote da minha blusa verde é um tanto quanto revelador e o meu jeans está apertado além da conta, mas Kaitlyn concordou em fazer uma maquiagem leve, então precisei ceder e aceitar usar essa roupa. Além disso, ela me deixou usar minhas botas! Essa aqui Laney precisa de uma segunda opinião e sei quem é perfeito para essa enquete e onde encontrá-lo... então, lá vou eu para o sofá!

— Pai, como estou?

Meu pai faz uma avaliação longa e angustiante.

— Não muito parecida com a minha campeã, eu diria, mas muito bonita, querida. Muito bonita.

Ele ainda está respirando? Aquela veia latejante na testa não deve ser saudável para ele.

— Papai... não se preocupe. Estarei em casa antes que você perceba. Esse tipo de festa não é a minha praia e nem de Evan.

— Bem, inferno, campeã, por que você não me disse que Evan vai antes de eu te dar uma olhada? Divirta-se então — ele diz e volta-se para o jogo de beisebol na TV; a veia em sua testa já não está mais visível.

Adoro o fato de ele confiar em Evan, mas não se isso significar que confia mais nele do que em mim! Ah, bem, ele está me deixando ir sem problemas.

Desastre evitado, subo para o meu quarto, onde Kaitlyn está terminando seus próprios toques finais, e pego meu celular para avisar Evan de que estamos prontas.

> Laney: Ei, prontas quando você estiver.

> Evan: Nasci pronto, acabei de chegar.

CAPÍTULO 3

ABRIR DE OLHOS

Laney

Evan parece distraído todo o trajeto até a festa. Kaitlyn está tagarelando do banco de trás enquanto eu murmuro um "hum-hum" aqui e ali e um ocasional "é mesmo?", mas Evan não disse uma palavra.

Quando desci as escadas, achei que parecia bem legal, talvez até bonita. Inferno, metade de suas groupies usam roupas mais sugestivas na escola, mas não reconheci o olhar em seu rosto. Antes desta noite, nunca havia percebido como seu pomo-de-adão se agita quando ele engole. E o puxão em seu colarinho é, definitivamente, um novo movimento. Ele parecia querer dizer algo, como "quem é você?", mas não disse nada, apenas me guiando para sua caminhonete em total silêncio. Aquilo era desgosto? Decepção? Eu nunca deveria ter deixado Kaitlyn escolher a minha roupa.

Atolada em dúvidas, parece levar uma eternidade para chegarmos à festa do Parker. Assim que passamos pelo portão, avisto uma carroça de feno improvisada à frente, o transporte perfeito para uma festa na fazenda, já que muitos veículos, esta noite, não conseguirão chegar ao pasto nos fundos. Estou bastante familiarizada com a fazenda dos Jones; nossas famílias são amigas desde antes de Parker e eu nascermos. Na verdade, nossos pais costumavam ser parceiros de pesca, então fomos criados juntos. Estou até me sentindo confortável em estar aqui – graças a Deus –, porque a vibração estranha de Evan está me confundindo um pouco.

Evan nos deixa sair, mas não antes de quebrar seu voto de silêncio para me pedir para esperar por ele enquanto estaciona o carro. Fico ali de pé, vendo Kaitlyn correr na direção da carroça, pulando para se sentar com os outros passageiros que aguardam. Dou uma olhada naquela direção, fazendo um inventário rápido… Todos que estão ali esperando são até bem legais, com exceção de Madison e Michelle. Eca.

Elas não são apenas capitã e co-capitã da equipe de torcida da escola, mas também se autointitulam como Presidente e Vice-Presidente do Fã-Clube Evan Allen. Eu, carinhosamente, me refiro a elas como "MM". Não se encaixa apenas com as iniciais de seus nomes, mas também com "Mulas Magrelas". Nunca precisei contar a Evan a respeito de nenhum de seus comentários sarcásticos; ele parece ver a feiura delas por si mesmo.

— Laney Jo? Não tô acreditando!

Obrigada, Parker, por não chamar atenção para mim.

Ele corre, me pega pela cintura e me gira em um clássico abraço de urso Parker; ele não é um menino pequeno.

— Como está a minha garota?

Atuando como jogador da linha ofensiva e defensiva, Parker é um gigante gentil. Ele também é um ótimo ouvinte e um amigo incrível; estou me sentindo cada vez melhor por vir esta noite.

— Ei, mano — digo e dou um beijo em sua bochecha. — Pensei em fazer uma aparição.

— Estou tão animado por você estar aqui! Não dá nem pra acreditar!

Nem eu, Parker. Nem eu acredito.

— Vou te deixar bebaça esta noite, Laney! — Parker caçoa. Por dentro, sei que ele está apenas falando da boca para fora. Ele nunca me colocou em perigo, e nem permitiria que outra pessoa o fizesse.

— Sem chance no inferno, Jones. Estou com ela.

Lá está Evan, chegando na hora certa, como sempre. Não havia a menor chance de eu me embriagar esta noite, mas estou feliz por ter um apoio. Sem mencionar que agora Evan já falou duas vezes!

— Droga, Evan, relaxe, cara. Laney precisa se divertir um pouco — argumenta Parker.

Evan não responde, e simplesmente coloca a sua mão nas minhas costas e me leva até a carroça. Não tenho certeza do que está acontecendo com ele esta noite, mas espero que acabe logo. Evan raramente fica de mau humor e nunca fico sem saber o motivo ou o que fazer para animá-lo. Eu vou averiguar isso direitinho.

A carroça parte e, à medida que descemos no vale, sinto a ansiedade se alastrar por conta da fogueira; eu sempre sinto frio. Sentado ao meu lado, Evan tira sua jaqueta e a coloca sobre meus ombros. Além do calor agradável, sinto meu rosto esquentar porque o que mais gosto é do perfume masculino que é a marca registrada de Evan. Ai, meu Deus, eu acabei de inspirar profundamente? A julgar pela risada quase silenciosa de Evan, eu fiz. Maravilha.

Mais do que o humor estranho de Evan, o que está acontecendo comigo esta noite? Estou em uma festa, vestida como um robô-Kaitlyn, e agora estou cheirando audivelmente a jaqueta do meu melhor amigo? As "MM" deviam me entregar um formulário de inscrição a qualquer minuto. Faço uns cálculos mentais na mesma hora; não, não é TPM...

Um segundo depois, chegamos ao pasto nos fundos da propriedade e a carroça para. Evan desce à minha frente e se vira, estendendo os braços, pronto para me pegar, com um sorriso que me faz perder o fôlego e diz:

— Vamos lá, vamos viver um pouco.

Então eu faço o que qualquer garota que tem um lindo garoto esperando de braços abertos faria... Eu pulo.

A festa está, realmente, muito divertida e eu gosto de quase todos aqui. Kaitlyn obviamente se autodenominou a pessoa que não vai dirigir esta noite. Ela está ingerindo bebidas e flertando com todos os caras aqui, incluindo Evan. Estou feliz por estar apenas sentada no fardo próximo ao fogo, rindo um pouco dela, quando Matt Davis rapidamente desliza no lugar vazio que Evan deixou quando saiu em busca de algumas bebidas desprovidas de cevada para nós.

— Ei, Laney. A que devemos a honra? — Matt debocha.

— Você não me deve nada, mas estou lisonjeada por você considerar isso uma honra — retruco com um pouco de rispidez na minha voz. Não estou alheia ao fato de que Matt sempre teve uma "coisa" por mim, algo que não retribuo. Muitas vezes me pergunto se ele é o culpado por trás dos bilhetes assustadores, mas ele sempre tem um álibi para a maioria das ocorrências.

— Quer uma bebida?

— Não, obrigada, Matt. Como você vai voltar para casa? — Ele não é um cara completamente mau, e eu com certeza não quero vê-lo machucado.

— Eu não sei. Quer me dar uma carona?

— Eu não vim dirigindo esta noite.

— Tudo bem; você ainda pode passar a minha marcha...

Oh, ele não é espertinho? Sua insinuação de bêbado não justifica uma resposta e não é o momento certo para Evan se aproximar, eu lhe garanto. As pernas de Matt estão balançando no ar antes mesmo que eu registre o que está acontecendo, e uma das mãos enormes de Evan está enrolada na gola de sua camisa.

— Você tem cinco segundos para se desculpar com a dama — Evan rosna.

— Nossa, desculpe, Laney, eu só estava brincando — Matt responde sem um pingo de sinceridade.

Não digo a ele que está tudo bem, porque não está, mas digo:

— Ponha-o no chão, Ev. Não vale nem um pouco a pena.

— Tem certeza, Laney? Você decide.

— Sim, tenho certeza, Brutus. Coloque-o no chão e vamos dar uma volta.

Não tenho que dizer duas vezes. Em seguida, Matt está de bunda no chão e Evan ao meu lado em um flash. Afastando-me para respirar um pouco, enlaço seu braço com o meu.

— O que está acontecendo com você? — Eu o cutuco.

Ele dá de ombros. O que é isso? Evan nunca fica remoendo. Ele é meu porto seguro, meu Sr. Cautela.

— Evan, não foi nada demais. Apenas um comentário de um menino bêbado e rejeitado. Por que você está estressado com isso?

— Eu não suporto o jeito com que ele fala contigo. Sem mencionar que ele está sempre te olhando e falando sobre você; ele está obcecado. Não gosto nem um pouco disso. Estou de olho nele. Se eu descobrir que é ele o seu perseguidor... — Ele passa a mão pelo cabelo e solta um suspiro. — Eu vou matá-lo.

O silêncio parece durar para sempre, mas Evan precisa de um minuto para se acalmar e não me atrevo a dizer a coisa errada agora.

— Ele é o primeiro cara corajoso o suficiente para falar com você, e é assim que ele faz isso?

— O que isso significa? Corajoso o suficiente para falar comigo?

— Você realmente não tem ideia, não é?

Apenas o encaro, meu rosto com a mesma expressão quando estou "tentando resolver equações de segundo grau".

Ele suspira e baixa o olhar.

— Laney, você é aquela garota. Aquela que os caras projetam em suas cabeças quando colocam todas as melhores partes juntas para montar uma garota perfeita. O homem que fizer você realmente prestar atenção, bem, ele será o cara mais sortudo do planeta, e ele saberá disso. Tudo isso, e o fato de você nunca namorar, é bastante intimidante.

Há uma vibração no meu peito; ele está dizendo que sou a garota perfeita em sua mente? Ele está intimidado por mim?

Ele se aproxima um pouco mais agora. Posso sentir o calor emanando de seu corpo. *Sim, Evan, crie coragem.* E então sua mão espalma a minha bochecha e eu, instintivamente, me inclino contra ela, exalando um pequeno suspiro.

Nunca imaginei isso com Evan. Nunca me ocorreu sequer ousar esperar que o que ele sentisse por mim fosse algo mais do que um melhor amigo protetor sentiria. A boa notícia é que não teria feito jus à fantasia. Seu polegar roça meu lábio inferior e chego a uma conclusão... Posso até rebater bolinhas com um taco, lançar um anzol e dirigir uma caminhonete, tudo ao mesmo tempo, mas ainda sou 100% mulher.

Acho que digo em voz alta:

— Você está intimidado, Evan?

Ele se inclina, recosta a testa à minha e respira fundo. Seu nariz roça o meu, seu sussurro toca os meus lábios.

— Não mais, cansei disso e cansei de não beijar você. Tudo que você precisa fazer é dizer não, menina preciosa. Mas por favor, por favor... apenas diga sim.

Assim que sussurro "sim", sua boca se apodera da minha. Seus lábios são suaves e gentis, enviando um formigamento pelo meu corpo. Sua mão desliza da minha bochecha para o cabelo, colocando uma mecha atrás da minha orelha, acariciando-me lentamente, uma e outra vez. Ele interrompe o contato para se inclinar ligeiramente para trás, encontrando meu olhar, e resmunga um protesto pela perda súbita. Tenho certeza de que ele vê uma mistura confusa de felicidade, choque e... luxúria?

— Outra vez? — Ele me pergunta em um murmúrio rouco. Deixo a pergunta sem resposta, colocando uma mão em sua nuca, segurando-o com firmeza, e a outra sobre seu coração, sentindo sob minha palma, acima de seu peito definido, a batida acelerada de seu coração enquanto o puxo com força contra meus lábios. Ele geme e dá um passo para que seu corpo se nivele ao meu quando abro a boca para permitir que ele reine livremente. Nossas línguas se enredam, se conhecendo, assim como Evan e eu fazemos.

Minha mente está tão acelerada quanto a pulsação, mas o instinto assume-me quando minhas mãos se movem sobre ele. Seus braços sólidos, ombros firmes, costas fortes... bunda durinha. Não consigo sentir o suficiente dele neste momento e me perco no desejo que me consome. Seus doces murmúrios ao longo do meu pescoço, mandíbula, no meu ouvido me estimulam, quase a um ponto sem volta, até que gritos altos da festa interrompem nossa névoa.

De repente, lembro-me de onde estamos e que qualquer um poderia nos ver. Também sinto vergonha por ter sido descuidada o suficiente para deixar Kaitlyn sozinha o tempo todo enquanto trocava carícias com meu melhor amigo no campo. Com pesar, dou um passo atrás. Os olhos de Evan demoram um pouco para abrir, lentamente, e encontrar os meus, mas neles vejo tudo o que preciso, superando qualquer suspeita que possa ter sobre arrependimento ou constrangimento. Nessas piscinas azuis não há dúvidas – esses não são os olhos do meu "amigo". Conheço meu Evan e ele gostou disso tanto quanto eu, superando qualquer sonho mais louco que já tive.

— Vamos lá — digo quase dolorosamente —, temos que voltar e verificar Kaitlyn.

Seus ombros cedem e ele revira os olhos, mas, finalmente, agarra a minha mão e entrelaça nossos dedos. Já andamos de mãos dadas um milhão de vezes, mas nunca desse jeito. É uma sensação boa, e faz com que eu me sinta segura, mas acima de tudo – começo a acreditar no que as pessoas disseram aqui e ali nos últimos anos... Eu me sinto bonita. Evan me puxa um pouco para trás, antes de voltarmos à fogueira e me vira de frente a ele.

— Laney — ele mal sussurra —, você pode fazer uma coisa por mim?

Ele poderia me pedir para escalar o Monte Everest neste instante e eu concordaria. O olhar em seu rosto é tão *sexy* e, agora que sei como é a sensação e sua boca... Espera, qual era a pergunta?

— Siiiim?

Estou flertando?

— Podemos fingir que você é realmente minha, só minha, Senhora Evan Mitchell Allen, pelo menos esta noite?

Penso na mão gentil em minha bochecha, no beijo suave e depois mais áspero, na proteção contra a ofensa de Matt, no número 14 em suas costas toda semana, nas maratonas de filmes da Disney, e digo, sem sombra de dúvida:

— Com todo o prazer.

O sorriso que se espalha em seu rosto e o punho erguido, que eu duvido que ele perceba que acabou de lançar, garantem que eu deveria me sentir tão bem com a minha resposta quanto me sinto. Pelo menos por esta noite... Isso é tudo que eu quero? Tudo que ele quer? Eu me recuso a analisar demais agora; isso é novo, avassalador e emocionante... Vou apenas seguir essa onda sem me preocupar; há uma primeira vez para tudo.

Não tenho certeza de qual de nós define o ritmo para a caminhada de volta, mas nenhum de nós acelera os passos. Assim que voltamos, ainda de mãos dadas, na mesma hora noto que Kaitlyn está dançando uma música lenta com Matt, então ela está definitivamente mais do que bêbada, ou talvez ele tenha dado uma cantada melhor com ela. Não importa. Enquanto eu puder ver suas mãos, vou deixá-la se divertir. Evan me cutuca, então olho para cima.

— Dança comigo? — pergunta com uma sobrancelha arqueada e um apelo *sexy* nos olhos.

Está tocando *"Big Green Tractor"*, de Jason Aldean, ao fundo; nós dois amamos essa música. Eu concordo.

Evan canta a música suavemente no meu ouvido enquanto dançamos. Ele não tem ideia de como canta bem e, aparentemente, meu corpo também só recebeu o memorando esta noite. Todas as vezes em que passeamos juntos, cantando em alto e bom som, ou colocamos nossos iPods para tocar enquanto pescávamos... nenhum desses momentos teve esse efeito em mim. Por que, ó, por que a letra dessa música não pode ser mais longa???

Quando a canção termina, Evan nos guia para nos acomodar em fardos de diversos tamanhos e esparsados. Ele se senta atrás de mim e eu me inclino para trás, entre suas pernas. Seu peito pressiona contra minhas costas e suas mãos repousam em meus ombros, pendendo ligeiramente. Seu dedo mindinho se move para cima e para baixo na parte externa do meu braço, de levinho, mas eu sinto isso.

Ah, como sinto isso.

Viro a cabeça para olhar para ele, e lhe dou um sorriso. O seu próprio reflete de volta para mim tanta felicidade quanto estou sentindo. É sempre bom estar perto de Evan, mas algo mudou e agora é ainda melhor. Consumida por essas novas sensações e pela cobertura do céu noturno, sinto-me encorajada. Apoio minha mão em sua coxa e puxo sua perna até que esteja encostada em mim, ouvindo sua inspiração profunda na mesma hora. Seu corpo enrijece por um segundo e depois relaxa quando ele expira.

— Quanto tempo temos que ficar? — pergunto baixinho.

— Podemos sair quando você estiver pronta. Só estou aqui porque você está.

Ele enfia meu cabelo atrás da orelha ao dizer isso, e nunca me senti mais feminina em minha vida.

— Eu já volto — digo e me levanto para buscar Kaitlyn para levá-la para casa.

Arranjo uma carona para Matt, que se desculpa outra vez por seu comportamento anterior, provavelmente porque ele e Kaitlyn acham que seria uma ótima ideia se ela pegasse carona com eles; ao que eu respondo com um risada e um sonoro: "de jeito nenhum".

Torna-se um desafio segurar Kaitlyn enquanto esperamos Evan trazer a caminhonete, e me pergunto como vou fazer para ela passar pelo meu pai sem que ele note seu estado de embriaguez. Seu hálito rançoso está realmente testando as atribuições da nossa amizade agora... e se ela vomitar na caminhonete de Evan, que Deus a ajude.

— Laney, você se divertiu?! — Kaitlyn grita do banco de trás quando finalmente estamos instalados na cabine.

— Na verdade, tive uma das melhores noites da minha vida. Obrigada por me obrigar a vir — comento com ela, lançando um olhar de soslaio para Evan. Vale totalmente a pena, porque o sorriso em seu rosto quando ele segura minha mão é um que nunca esquecerei.

— Eu também, linda. Eu também.

CAPÍTULO 4

IMPREVISÍVEL

Evan

É um risco enorme, mas estou disposto a correr. Desde que finalmente beijei Laney Jo Walker, fantasia e realidade colidiram, e meus dois mundos nunca mais vão se separar de novo. Sonho em beijá-la desde que eu tinha dez anos de idade. Eu sabia que nunca seria o mesmo quando e se isso acontecesse. E não sou mesmo.

As garotas parecem se atirar em você quando você joga bola, e a tentação levou o melhor de mim uma ou duas vezes, mas nunca precisei de mais do que alguns dias para que as comparações surgissem e eu voltasse a me concentrar totalmente nela, mesmo que Laney fosse alheia aos meus sentimentos. Finalmente, ela está se ligando e tenho que seguir em frente e nunca deixá-la voltar atrás.

Agora que sei que aqueles lábios são realmente tão doces como o mel e que aquelas mãos são pequenas, mas ansiosas, não consigo pensar em mais nada. E aquele pequeno ruído que ela faz em sua garganta quando eu a toco... minha nova fraqueza.

Então aqui estou eu, sentado no campo de beisebol, prestes a convidar Laney para o baile. Ela deu um jeito de se livrar de todos os bailes da história, mas não consigo pensar em um jeito melhor de encerrar nosso último ano – nossa longa jornada da juventude à vida adulta que fizemos juntos –, do que com ela em meus braços. Refleti muito sobre como poderia convidá-la, e precisava ser um plano que falasse a sua língua. Sua voz meiga interrompe meus pensamentos.

— Evan, não querendo parecer ingrata, mas você me trouxe do campo de softbol para me surpreender com o campo de beisebol?

Ela é tão geniosa.

— Abelhinha, não diga nada até eu terminar, beleza?

Ela se cala e ergue uma sobrancelha.

— Os ingressos para o baile foram colocados à venda hoje, e eu sei que você odeia esse tipo de coisa, mas eu seria o homem mais sortudo do mundo se puder te levar. Então... eu tenho uma proposta para você.

Nada ainda. Eu vejo as rodas girando, no entanto. Eu estava contando com isso.

— Então, eu sei que você nunca desistiria de uma aposta comigo — digo, lembrando que uma aposta perdida, certa vez, resultou em ela comer uma minhoca quando tínhamos onze anos —, e sei que você nunca deixaria de pagar, caso perca, então vamos deixar isso para o destino. Se eu puder te eliminar, você vai ao baile comigo. Você me rebate, eu deixo isso para lá.

Nada ainda.

E ainda...

— Tudo bem, terminei, diga alguma coisa.

— Tô dentro.

Quase que num movimento só, ela salta, pega sua bolsa, aperta o rabo de cavalo e então se dirige para o campo como um gatinho selvagem. Adorável.

— Okay. — Ela sorri maliciosamente e bate seu bastão contra a placa, empinando a bunda mais do que o normal na tentativa de me distrair. — Mostre-me do que você é capaz.

Adoro quando Laney age dessa forma, autoconfiante e brincalhona, mas mesmo assim, vou eliminá-la nas jogadas. Conscientemente, arremesso a primeira bola mais distante da placa, no entanto, ela a alcança, coloco o primeiro arremesso do lado de fora do prato e ela estica o braço, rebatendo no ar; ela não consegue resistir a isso. Ela murmura o que acho ser um "bastardo" e começo a rir, abaixando-me para pegar outra bola.

Seu bastão está imóvel sobre o ombro, à espera do meu próximo arremesso, e eu pergunto a ela, com os braços abertos ao lado do corpo:

— Você vai fazer balançar para rebater ou vai ficar aí parada desse jeito lindinho?

— Isso foi golpe baixo. Bola um.

— Rá! — Arqueio as sobrancelhas para ela. — Você acha que vou deixar você decidir? Isso foi perfeito e você sabe disso. Balance o bastão, senhorita exigente.

Uma contagem completa, graças ao seu movimento contínuo unilateral, e uma mandíbula cerrada depois, vejo meus sonhos diminuindo diante dos meus olhos. Seu pai me ensinou como arremessar, e a ela, como rebater... provavelmente deveria ter pensado nisso na hora. Quando faço o último arremesso, sentindo o suor que me recusei a limpar, agora pingando do meu couro cabeludo, sei que ela vai conseguir rebater essa bola. Estive em sintonia com sua linguagem corporal por anos, e a observei ser bem-sucedida em suas bolas tanto quanto fracassada... e à medida que a bola passa por mim, voando para fora do parque, sinto, de verdade, uma dor no peito.

Começo a recolher tudo enquanto Laney corre pelas bases. Ah, claro, de jeito nenhum ela deixaria de fazer o percurso da vitória. Não consigo falar nada, mesmo depois de desligar as luzes do campo e segui-la até a minha caminhonete.

Ela se vira e me dá um sorriso por cima do ombro.

— Nada de bico.

A viagem para casa é mortalmente silenciosa enquanto sofro por dentro. Pouco depois, chegamos. Assim que começo a me preparar para desejar boa-noite, ela se vira, já com a porta aberta, e diz, em sua voz angelical:

— Vá com uma gravata da cor dos seus olhos; é a minha favorita.

Garota impertinente.

CAPÍTULO 5

COMPANHEIROS DE QUARTO

Laney

As últimas semanas passaram voando; a temporada de softbol acabou e eu sobrevivi às compras de vestidos com Kaitlyn. As coisas estão maravilhosas entre mim e Evan. Nós sempre passamos todos os almoços e um montão de tempo juntos, mas ultimamente as legiões de garotas em seu armário se acalmaram e ele me acompanha em todas as aulas, sempre com a mão apoiada às minhas costas ou entrelaçada à minha.

Aparentemente, hoje começa um novo capítulo, porque quando estou tirando meus livros do meu armário no final do dia, sinto seus braços deslizarem ao redor da minha cintura. Sua respiração faz cócegas em meu pescoço assim que ele se inclina contra mim.

— Minha garota está pronta para o fim de semana?

Parece que agora fazemos demonstrações de afeto em público e, surpreendentemente, estou bem com isso, então me viro em seus braços, deslizando os meus em volta de seu pescoço.

— Pronta quando você estiver.

Sinto meu rosto esquentar com minha própria ousadia, mas simplesmente não consigo resistir. Evan me faz sentir segura para que eu possa ser quem eu quiser, a qualquer hora, e essa pessoa está evoluindo. Aquela mulher interior está começando a pensar que, às vezes, se você sentir vontade de beijar, você deve fazer biquinho como se fosse o último beijo da

Terra. De vez em quando, ser arrebatada em um momento é bom; muito, muito bom.

— Senti sua falta o dia todo — ele resmunga e eu lhe dou um beijinho na ponta do nariz.

Meus dedos deslizam pelos dele enquanto o puxo para o estacionamento; estou tão pronta para voltar para casa.

— Eu posso dar um pulinho lá em casa para pegar um filme; te encontro na sua? — sugere.

— Podemos ir ao cinema se você quiser. — *Essa voz era minha?* Eu odeio ir ao cinema. Ninguém nunca dá risadas ou cala a boca na hora certa, e estou confiante de que a sala de cinema também serve como um necrotério subterrâneo, já que sempre consigo ver o vapor da minha respiração, mesmo que Kaitlyn e Evan jurem que a temperatura ambiente está boa.

— Eu realmente gostaria de você só para mim esta noite. Por favor?

Ai, Senhor... Evan, poupe-me dessa cara de cachorrinho carente, você e eu sabemos que odeio filmes. Estou totalmente a favor do plano "vamos recompensar a Laney por fazer um sacrifício", então pisco para que ele saiba que "venceu".

— Mande-me uma mensagem daqui a pouco e pegue algo de que nós dois gostemos — digo e envio um beijinho no ar enquanto me afasto, feliz.

O "daqui a pouco", ao que parece, leva vinte e cinco minutos. Quando acabo de trocar a roupa da escola por uma mais confortável – calça cinza de ioga e uma camiseta regata branca –, meu telefone sinaliza uma mensagem recebida.

> Evan: Está tão pronta quanto eu?

> Laney: Sempre. Minha casa ou a sua esta noite?

Não recebo uma mensagem de texto de volta. Ao invés disso, uma batida à porta.

— Eu escolho aqui. — Ele sorri quando abro a porta. Usando um boné com a aba virada para trás, camiseta azul justa e short de ginástica cinza, ele é a coisa mais *sexy* e esportiva de todos os tempos. Esse sorriso arrogante que se espalha pelo seu rosto quando ele dá um toquinho na ponta do meu nariz faz coisas malucas dentro de mim.

— Okay, garoto bobo, vá se certificar de que a sala de cinema tenha cobertores e travesseiros. Vou trazer pipoca e bebidas.

Meia hora depois, estou enfiada embaixo das cobertas, com apenas um olho de fora, enrolada contra o seu corpo e com o rosto enterrado em seu peito. Tenho certeza de que estou cravando as unhas no braço dele, mas não consigo evitar. Quem sonha com essa porcaria assustadora? Melhor ainda, por que a garota sempre ignora o velho horripilante da cidade que faz questão de dizer que o seu pessoal morreu em sua nova casa? Por que ela insiste em ficar lá dentro sozinha e abrir todas as malditas portas que ela consegue encontrar?

Fico encolhida sob as cobertas, Evan me segurando com força com um braço em volta das minhas costas e o outro na minha perna, em um pequeno paraíso anti-zumbi... essa é a parte boa. Ele não teria que fazer isso se escolhesse uma comédia ou drama, mas estou começando a entender seus motivos ocultos cinematográficos. Eu realmente tenho andado por aí sem noção por anos, porque há muito tempo ele só escolhe filmes de terror.

Ainda não conversamos a respeito da nossa amizade ter se transformado no que é hoje. Assim como a maioria das coisas que acontecem com a gente, simplesmente aconteceu.

Quando nós começamos o segundo filme, sem sangue, vísceras e mortos-vivos, decido me esticar, jogada no sofá. Evan senta-se no chão para se inclinar contra o sofá, mas eu me abaixo e seguro sua mão. Silenciosamente, eu o puxo para se deitar atrás de mim e dividir as cobertas. Seu braço desliza ao redor da minha cintura e eu o sinto respirando contra a minha nuca. Em nossos anos de companheirismo constante, já me deitei no sofá com Evan muitas vezes antes, mas não dessa forma.

Quando dou por mim, acordo assim que a luz acende e ouço meu pai dizer a Evan que seus pais provavelmente o querem em casa.

— Desculpe, Sr. Walker, adormecemos assistindo ao filme. — Sua voz sonolenta é gostosa demais de ouvir.

— Eu sei, parceiro, só não quero que seus pais se preocupem. Laney, vá para a sua cama, garota.

— Sim, pai, deixe-me apenas levá-lo para fora.

Na porta, Evan se inclina para me dar um abraço e um beijo suave na minha bochecha enquanto dizemos nosso boa-noite. De jeito nenhum ele deixou passar despercebido o arrepio que se espalhou pelo meu corpo.

Assim que meus olhos estão fechando, recebo uma mensagem.

> Evan: Eu me diverti muito esta noite, outra das melhores.

> Laney: Sério? Faz anos que assistimos filmes à noite, baby.

Baby? Sim, não vou deletar isso… pronto: enviado.

> Evan: Mas não comigo grudadinho contra o seu corpo, segurando você, caindo no sono ao seu lado…

Ocorre uma longa demora enquanto me convenço a não ficar convencida com isso. Eu tenho dezoito anos e é o Evan. Eu finalmente estou tendo um vislumbre de como ser uma garota notando um garoto, e a coragem que isso, de repente, instiga em mim.

> Laney: Você pode voltar furtivamente?

> Evan: Sim. Por quê?

> Laney: Quero cair no sono com você de novo.

> Evan: Agora?

> Laney: Agora.

Exatamente quatro minutos depois, seu lindo rosto aparece na minha janela.

— Você trancou a porta? — Evan sussurra quando finalmente passa pela janela e entra no meu quarto. — Não quero que seu pai me mate!

35

— Sim, e configurei o alarme do meu telefone para sete da manhã. Você está seguro.

— Não fazemos isso desde que tínhamos o quê, treze anos?

— Eu amei aquele gato, Evan! Eu não poderia ter dormido sozinha na noite em que ele morreu!

— Eu sei, anjo, totalmente compreensível.

Espero que ele não tenha pensado que disfarçou aquele sorriso paternalista. A verdade é que ele tornou aquela noite suportável e arriscou ter uma tonelada de problemas só para me confortar, então eu finalmente o recompensaria... e nesse exato momento, parece bom.

Aconchego-me do outro lado da cama e, na minha melhor jogada sedutora, puxo-o na minha direção pelo cinto. Seu olhar não se afasta do meu em nenhum instante; nós conversamos sem palavras. Meu coração está batendo contra minha caixa torácica enquanto deslizo minhas mãos pelo seu peito. Ele me deixa levantar sua camisa acima da cabeça e jogá-la no chão. Deus, ele é incrível. Seus peitorais são tão bem definidos e os abdominais formam um tanquinho perfeito que se estende até a cintura.

Não tem como este ser o mesmo corpo com que ele tem frequentado piqueniques em família e nados todos esses anos! Quero dizer, de verdade, que névoa era essa onde eu estava vivendo? O pensamento de passar minhas mãos, boca e língua por ele todinho não me chocou muito desta vez. Fico mais confortável com minhas reações a ele a cada dia, mas ainda estou nervosa pra caramba nesse momento. *Provavelmente, você deveria ter pegado leve nessa transformação de moleca avoada e solitária a Jezabel*, diz uma voz interior que decido ignorar.

Eu começo a desafivelar seu cinto, parando para encará-lo para me certificar de que está tudo bem. Ele acena ligeiramente e passa a mão pelo meu rosto. Deslizo o cinto pelos passadores do cós da calça, largando-o junto à camiseta. Minhas mãos estão trêmulas quando a dele se junta à minha para me ajudar na tarefa de desabotoar e puxar o zíper.

O ar sibila por entre seus dentes e sinto seu corpo tensionar, mas ele me ajuda a retirar o jeans, jogando-o no chão; nossos olhares ainda conectados o tempo todo. Ele está agora de pé diante de mim, iluminado apenas pelo luar que se infiltra pela janela, vestido apenas com cueca boxer azul-marinho. Posso ver claramente o efeito que isso exerce sobre ele, e me obrigo a manter o olhar fixo em seus olhos ao invés de deixá-lo vagar pelo seu corpo.

Eu realmente espero que ele não pense menos de mim agora, mas não consigo evitar. Evan despertou algo em meu interior, e me sinto um pouco atirada, mas, sim... não vejo nenhuma desaprovação em seus olhos, o oposto, para dizer a verdade, então acho que estamos bem.

Eu me deito, segurando as cobertas, e digo:

— Abrace-me, Evan.

Ele desliza devagarzinho sob as cobertas, aconchegando-se às minhas costas. Levanto a cabeça e afasto o meu cabelo para que ele possa deslizar um braço por baixo. O outro braço envolve minha cintura e me puxa com mais força contra ele. Eu nem mesmo tento abafar o suspiro de satisfação, sentindo-o se contorcer contra mim em resposta.

— Boa noite, Evan. — Minha voz soa trêmula.

Ele beija minha cabeça.

— Boa noite, minha Laney.

CAPÍTULO 6

MARAVILHADA

Laney

A noite do baile está finalmente aqui e é um daqueles momentos em que seria bom ter minha mãe. Meu pai é incrível, o melhor homem que conheço, e tenho certeza de que ele vai chorar no meu casamento, se eu me casar algum dia, mas eu daria tudo para tê-la me ajudando agora.

Eu me pergunto: onde ela poderia estar neste exato momento? Ela chegou a pensar em eventos como este, que ela deixaria de dividir, antes de ir embora? Eu me sentiria melhor sabendo que ela esqueceu algumas coisas ao invés de simplesmente não se importar. Afastando os pensamentos e as lágrimas ameaçadoras para longe, dou uma olhada no meu reflexo no espelho comprido. Aparentemente, temos um desses à mão.

Após a revisão inicial, eu, na verdade, estou muito satisfeita. Eu me arrumei bem. Escolhi um vestido azul-claro, como disse a Evan que faria. O vestido é tomara que caia com um decote em coração, as bordas forradas com o leve brilho de minúsculas contas. A cintura com espartilho se alarga para uma saia "provocante – como disse a vendedora –, parando pouco abaixo do joelho. O vestido se aperta ao redor da minha bunda e tem um decote revelador nas costas. *Obrigada, treinador, pelos agachamentos que permitiram que meu corpo ficasse sarado.* E, não, meu pai ainda não me viu.

O azul favorece minha pele bronzeada e cabelo loiro, que está preso em um coque frouxo com algumas mechas soltas ao redor do rosto e adornado com alfinetes esporádicos que combinam com os brilhos do meu decote, assim como meus novos brincos. Os saltos prateados com glitter que Kaitlyn me emprestou me deixaram com 1,75 m, o que não será problema, comparado com a altura de Evan; treinei inúmeras vezes para ter certeza de que conseguiria caminhar com eles. Escolhi uma maquiagem bem leve e natural, o único tipo que realmente sei fazer, mas é o bastante. Tento não chorar ao imaginar minha mãe logo às minhas costas, contemplando meu reflexo no espelho.

— *Você está tão linda, querida* — eu a imagino dizendo.
— *Eu puxei de você, mãe* — eu responderia.

Lembro-me que ela era linda. Ah, chega disso... esta noite será ótima.

Desço a escada e quase perco o fôlego quando o vejo. Seu profundo olhar azul lentamente se levanta ao encontro do meu. Sinto-me zonza, e oro, silenciosamente, para que eu não despenque degraus abaixo.

Como as garotas vão a esses bailes o tempo todo? Estou uma pilha de nervos agora.

Ele se parece com o Príncipe Eric, Príncipe Phillip e quem quer que seja o homem supostamente mais *sexy* do planeta, tudo em um. Ele usou alguma coisinha para domar o cabelo e deixá-lo espetado na frente. Seu smoking escuro se encaixa perfeitamente, exibindo seus ombros largos e braços esculpidos. A gravata azul não só combina com meu vestido, mas faz seus olhos brilharem ainda mais.

— Oi — cumprimento, baixinho, assim que paro à sua frente.

Ele se inclina para sussurrar em meu ouvido:

— Laney, meu amor, você está absolutamente deslumbrante.

Estremeço um pouco e quase não consigo responder:

— Obrigada, lindo. E muito obrigada pelas flores desta manhã. Tenho certeza de que você fará com que eu tenha uma noite incrível.

Ele olha para mim, confuso, e é aí que me dou conta.

— Você não as enviou, não é?

Ele nega com um aceno de cabeça, lentamente, percebendo no mesmo instante que eu, o que isso significa.

— Vá me trazer o cartão e o envelope — sussurra.

Ele sabe que não deve deixar meu pai ouvir. Ele piraria e não me deixaria sair desta casa. Discretamente, pego o cartão e o coloco no bolso de seu smoking. Eu sei que ele vai ler mais tarde e vai me contar se for muito diferente de todos os outros; agora estamos focados em nossa noite juntos.

Nosso momento de tensão dura pouco, e logo meu pai pigarreia atrás de nós.

— Pensei em tirar algumas fotos agora.

Estou chocada de ele querer evidências fotográficas de que me deixou usar este vestido, sobre o qual ele não disse uma palavra... Meu pai é tão bonzinho.

Os pais de Evan se aproximam, sua mãe também munida com uma câmera. Quase uma hora depois, após eu e Evan termos feito todas as poses possíveis e inimagináveis que sua mãe inventou, incluindo algumas em que a cabeça de Evan está tombada contra o meu ombro, em frustração, estamos finalmente a caminho do baile de formatura.

A quadra do ginásio foi completamente transformada, e Evan e eu concordamos que tudo está ótimo. Vários dos nossos colegas já estão dançando entre balões azuis e brancos — as cores da nossa escola — quando chegamos, mas optamos por arranjar uma mesa. Elas estão cobertas com toalhas azul-marinho, repletas de pétalas de rosa brancas, e escolhemos a mesa já ocupada por Kaitlyn e seu par, Matt Davis. É isso aí.

— Laney, sua boazuda! — minha amiga diz em seu dialeto Kaitlynês, que significa "você está bonita", quando se levanta para me abraçar.

— Você está linda, Kait — digo a ela. Ela está sensacional em seu vestido rosa-choque, mais curto do que o meu, e totalmente a cara dela.

— Você está ótimo, Matt — eu me viro e o elogio, com sinceridade.

— Obrigado, Laney, você também — diz ele rapidamente, meio sem-graça. — E olhe para você, bonitão — acrescenta ele, estendendo a mão para cumprimentar Evan.

— Obrigado, cara — ele responde, apenas por educação. — Você está muito bonita, Kaitlyn.

Minha amiga enrubesce na mesma hora. Só Evan pode fazer uma garota tão descarada quanto Kaitlyn corar.

— Obrigada, Evan, você está ótimo. Posso ter uma dança mais tarde? — ela pergunta, os cílios piscando a mil por hora.

Evan olha para mim e levanta as sobrancelhas em uma pergunta silenciosa. Mordo meu lábio inferior para conter uma risada enquanto dou um aceno rápido. Eu amo que meus dois melhores amigos se deem bem e, com certeza, não me importo que eles dancem juntos, mas que ninguém ache que vou dançar com Matt durante esse tempo. Isso não vai acontecer.

— Claro — Evan sorri com candura —, uma dança mais tarde seria ótimo.

— Ah, e adivinha só? — Seu grito agudo conseguiu ser mais alto do que a música. — Vamos ser colegas de faculdade! — Ela levanta a palma da mão para um *high-five* com Evan.

Ah, droga, isso dói um pouco. *Não chore no seu baile, Laney, segure sua merda.*

— Você entrou na UGA? — Minha voz vacila e forço um sorriso ao perguntar.

— Claro que sim! Que tal? Não é incrível?

Isso é incrível. É a coisa mais incrível que posso pensar em acontecer agora, mas não está acontecendo comigo. E, sim com Kaitlyn. E Evan. Juntos. Sem mim.

— Isso é maravilhoso, Kaitlyn, parabéns. — Eu a abraço rapidamente; é tudo o que posso oferecer agora.

— Dança comigo? — Evan murmura contra meu pescoço, às minhas costas.

Grata pela distração, me viro e agarro sua mão.

"*Amazed*", do Lonestar, começa a tocar, e não estou surpresa em ouvir a voz baixa e sensual de Evan cantando em meu ouvido. Um dos meus braços enlaça seu pescoço, enquanto minha outra mão está entrelaçada à dele e pressionada contra seu peito, entre nossos corpos. Seu braço forte ao redor de mim me seguram apertado; ele é exatamente o apoio do qual preciso agora.

— Esta é a sua música, Laney. Estarei sempre com você — sussurra nas notas finais.

Ele simplesmente cantou para mim que quer passar o resto da vida ao meu lado, o que só fica cada vez melhor. Deus, como eu queria que isso fosse verdade, mas não parece que isso vai acontecer.

A música termina cedo demais e nós voltamos para nossa mesa de mãos dadas. Evan puxa a cadeira para que eu me sente, em um gesto galante, e se acomoda ao meu lado.

— Você está bem? — pergunta baixinho, inclinando-se contra o meu ouvido. Dou-lhe um sorriso rápido e aceno com a cabeça, segurando sua mão.

— Então, vocês são oficialmente um casal agora ou o quê? — Kaitlyn pergunta, de supetão.

Olho para Evan e o rubor que aquece suas bochechas combina com o meu, tenho certeza. Ele ergue a minha mão e dá um beijo suave no dorso.

— Nós somos tudo o que Laney deseja que sejamos — responde, seu olhar fixo no meu.

O calor me atinge, dos pés ao couro cabeludo, e mal consigo formar um pensamento. Eu quero ser um "casal" com Evan? Sim, eu quero. Acho que nós meio que sempre fomos, apenas sem o aspecto físico flagrante, o que claramente influencia minha avaliação. Então, parece que preciso estabelecer minhas intenções exatas com ele. Será que tenho que pedir sua mão ao seu pai?

Com tantos convites para as festas após o baile, eu não tinha certeza de nossos planos enquanto caminhávamos para o carro. Sua mãe foi atenciosa o suficiente para deixá-lo pegar seu Camry, poupando-me de ter que subir em sua caminhonete com o meu vestido. Abençoada Sra. Allen, ela está sempre cuidando de mim.

— Para onde vamos agora? — pergunto assim que saímos do estacionamento.

— Bem, achei que devíamos voltar para casa e nos trocar primeiro. Eu sei que você deve estar com comichão, já que está usando um vestido há quase três horas. — Ele ri.

É muito legal que ele me conheça assim tão bem. Isso me poupa o trabalho de ter que me explicar. Ele é como a música perfeita, e isso é um fato para mim.

Estendo a mão e seguro a dele, levantando-a para beijar suavemente os nós de seus dedos. Ele olha para mim e dá um de seus sorrisos característicos. É nítido que ele está feliz e o sentimento é mútuo. Coloco nossas mãos unidas sobre a minha coxa.

— Esta noite foi mágica, Evan. Obrigada por me trazer ao baile.

— Ah, Laney, eu deveria estar agradecendo a você. Esta noite foi perfeita. Você é perfeita.

Ficamos sentados na garagem por vários minutos, apenas nos encarando, os dedos de nossas mãos entrelaçadas, brincando e acariciando. Inclino-me primeiro, dominada pela maneira como ele me faz sentir, como me sinto a respeito dele. A centímetros de seus lábios eu paro, deixando seu hálito quente e acelerado soprar sobre meu rosto... Eu amo o efeito que pareço ter sobre ele.

— Vou chegar aqui de volta antes de você — provoco e saio correndo em disparada.

CAPÍTULO 7

TRÊS PALAVRINHAS

Evan

Estou correndo ao redor como louco, tentando trocar de roupa e pegar todas as coisas que arrumei para esta noite ao mesmo tempo. Não quero que Laney vença a disputa e volte ao carro antes de mim. Quero estar esperando para abrir a porta para ela.

Deus, ela estava linda esta noite; espero ter dito isso a ela várias vezes. Esperei metade da minha vida para levar minha princesa ao baile e foi perfeito. Quero que esta noite dure para sempre, para que tudo seja como nos seus sonhos. Só rezo para que ela ame o que planejei.

Estamos prestes a começar um capítulo novo e muito diferente de nossas vidas com a faculdade, e o plano que tínhamos de estudar na mesma faculdade parece menos promissor a cada dia. Então, esta noite, quero levá-la de volta ao início de Laney e Evan, o início da nossa história. Quero lembrá-la de que estamos arraigados um no outro e sempre estaremos.

Vou levá-la para pescar.

Ela ganha de mim e chega primeiro ao carro, mas já que estamos com outras roupas agora, informo que vamos na minha caminhonete, então consigo abrir a porta para ela como um cavalheiro.

— Para onde estamos indo? — pergunta ela enquanto se acomoda em seu assento.

— Você vai ver. — Pisco e fecho sua porta, assoviando ao andar para o meu lado.

Não demora muito para que ela descubra para onde estamos indo; já dirigimos por esse percurso centenas de vezes.

Desço do carro e digo:

— Espere que eu dê a volta. Ainda estamos no protocolo onde "abro sua porta", mulher.

Ela sorri e fica parada, mas parte para cima de mim assim que abro a porta.

— Evan Mitchell Allen, seu pai sabe que vamos pegar o barco dele à noite? — Suas mãos estão plantadas firmemente em seus quadris. Ela trocou o vestido por jeans surrados e botas, e seu cabelo está preso em um rabo de cavalo; maravilhosa.

— Sim, senhora. — Seguro sua mão e a levo até onde o barco está atracado, ajudando-a a subir. — Espere aqui, vou correr de volta e buscar nossas coisas.

Eu me viro uma vez, observando-a, sentada com suas mãos no colo, tão meiga, as leves ondulações no rio, à luz do luar, completando o cenário. Acelero meus passos, querendo voltar para ela.

Assim que embarco, me viro e estendo o colete salva-vidas para ela.

— Não quero que você caia e se afogue caso pesque um dos grandes. — Dou uma piscadinha malandra.

Ela levanta a cabeça na mesma hora e pensa em uma resposta espertinha, mas então vejo a compreensão tomar conta de seu semblante, suavizando sua expressão. Ela está brava, mas não diz nada.

— Diga, Laney… — Começo lentamente a arrastar o barco em direção à nossa enseada favorita e olho por cima do ombro. — Você sabe como colocar a isca no seu próprio anzol, certo?

Ela não responde, então me viro para encará-la, meio que esperando que ela me dê um tapa, mas o que vejo é enervante… Laney tem lágrimas silenciosas descendo pelas bochechas.

Eu corro rapidamente em direção a ela, parando de joelhos à sua frente.

— O que é isso, gatinha? — Seco as lágrimas com meus dedos.

Ela mal está sussurrando:

— É só… você só… — Ela para, e mais lágrimas caem.

— Conte-me.

— Isto. Nós… desde… bem, desde sempre. E depois deste verão, quem sabe…

Eu mal posso ouvi-la agora, mas estou me agarrando a cada palavra para salvar minha vida.

Surgir

45

— Eu não sei como... não quero... — E então ela olha para cima, direto na minha alma, quando acrescenta: — Não quero ficar sem você.

Eu consegui. E sei exatamente como alcançar minha garota. Eu a fiz perceber o que nós somos, que sempre estivemos juntos e sempre deveríamos estar.

Todo o ar deixa meus pulmões em alívio lento, anos de desejo e admiração pesando sobre mim desaparecendo em um instante. Devagar, eu a seguro em meus braços.

— Você nunca vai ficar sem mim, Laney, nunca. Tudo o que quero é você; tudo que sempre quis é você.

Seguro seu rosto entre minhas mãos e respiro fundo. Estou tremendo, porque esperei tanto tempo por esse momento.

— Laney, eu te amo.

Ela levanta a cabeça e me encara com os olhos sonhadores, um sorriso suave curvando sua boca.

— Eu também te amo, Evan.

É a melhor coisa que já ouvi e meu coração incha no peito. Eu a amo mais do que qualquer homem já amou uma mulher, tenho certeza disso. Eu a amei desde a primeira vez que essa moleca atrevida me incomodou, quando ela era magrela e só andava imunda. E agora, ela é uma deusa.

Eu a beijo, dizendo a ela tudo que quero dizer. Ela abre a boca e me deixa entrar, roçando a língua lentamente ao longo da minha. Seus lábios são suaves e doces, um sabor todo seu que desejarei até o dia da minha morte.

Quando ela passa as mãos pelos meus braços, pelo meu cabelo, rosno em sua boca. Eu não consigo parar. Deus, o que essa garota faz comigo; e ela não quer ficar sem mim!

Melhor. Noite. De. Todos. Os. Tempos.

Quando ela se afasta ligeiramente, apesar de todos os instintos do meu corpo, eu a deixo ir. Não posso pressioná-la; já a trouxe para uma enseada escura na noite do baile. Bom Deus, ela provavelmente está pirando agora! Okay, controle de danos.

— Você está pronta para ir para casa? — Por favor, diga não. Por favor, diga não.

— Você trouxe um cobertor?

— Sim.

— Chocolate quente?

— Sim.

— Então estou bem.

Deus, eu amo minha garota.

CAPÍTULO 8

VAMOS SER REALISTAS

Laney

Evan e eu concluímos o ensino médio lado a lado, muito animados com o futuro, juntos, mas… bem, acho que as coisas realmente ficam mais difíceis à medida que você se torna mais velho. A faculdade não parece mais como "o melhor momento da minha vida". Nós finalmente tivemos que enfrentar a realidade. Minha carta da Universidade da Geórgia não chegou.

Vou para a Universidade Southern, a menos de uma hora de casa, mas vou morar lá no dormitório, que é misto e assustador pra cacete. Evan vai, é claro, para a Universidade de Athens, a cerca de cinco horas de casa; cinco horas de mim.

As "novas aventuras" que Kait faz questão de alardear aos quatro ventos parecem mais com mãos enormes e frias enroladas ao redor da minha garganta. Não quero ficar longe do meu pai, de Evan, ou Kaitlyn. E não quero que as coisas mudem.

Oh, cresça, Laney! Sim, tenho me limitado a me castigar mentalmente pelas minhas lamúrias.

— Joaninha, está me ouvindo?

— Hã?

— Onde você está, menina bonita?

Eu viajei por um instante e perdi tudo que Evan acabou de dizer.

— Desculpe, você sabe que tenho mania de me preocupar com as coisas meses antes de elas acontecerem.

— O que está te preocupando? — ele pergunta, franzindo a testa.

— Coisas por vir, mudança, meu pai ficando sozinho…

Dou um suspiro. Devo continuar?

— Não quero que nos distanciemos, Evan. Eu vou sentir muito a sua falta.

E lá se abrem as comportas… de novo. Quando me transformei em uma garota? Oh, é isso aí, quando ele começou a fazer com que eu me sentisse uma.

— Oh, por favor, não chore. Isso me mata. — Ele envolve os braços ao meu redor, me puxando para mais perto. Ele cheira como o meu Evan, como meu lar. — Não preciso ir, Laney. Eu juro. Vou abandonar agora. Nunca quero ser o motivo das suas lágrimas, *baby*. — Seus habituais e intensos olhos azuis estão tempestuosos quando ele deposita um beijo terno e demorado em meus lábios.

Sei que ele está falando sério. Ele sugere planos diferentes e se critica diariamente por não estarmos juntos; a vida parecia perfeita enquanto pensávamos que eu iria para a UGA. Ele poderia adiar por um ano a entrada na Southern, eu poderia trabalhar e pagar as mensalidades, só para ir com ele, sem a bolsa do softbol, talvez entrar na próxima temporada… conversamos sobre muitas opções, mas decidimos que simplesmente não fazia sentido aumentar a tensão quando as aulas limitariam nosso tempo juntos de qualquer maneira. Não temos certeza se essa foi a melhor escolha, mas é a que temos. Tive que tranquilizá-lo inúmeras vezes alegando que estarei segura. Seja lá quem for o cara covarde que tem uma paixonite por mim aqui não vai me perseguir até a faculdade, com certeza.

Inspiro seu cheiro profundamente, deixando-o curar minha alma duvidosa e tento conter as lágrimas. Não quero ser, nunca, a garota que o faz desistir de seu futuro por mim.

— Deus, não, Evan, nem fale assim. Nós já passamos por isso e eu não deveria ter tocado no assunto novamente. Você vai para lá e será ótimo, e vamos nos ver sempre que tivermos uma chance.

Eu tenho mais a dizer a ele, algo que decidi e pensei muito a respeito. Se está me incomodando agora, imagine como será quando ele estiver realmente longe de mim. Eu me recuso a me transformar na garota irritante, insegura e ciumenta… Prefiro deixá-lo voar e lembrar da garota que sou agora.

— Evan, vamos ser honestos por um segundo. Eu tenho que colocar isso pra fora.

Ele olha para mim como se soubesse que estou prestes a lançar uma bomba. Excelente palpite.

— Não vamos virar um clichê, vamos ser francos sobre isso. Nós dois sabemos que você será a nova estrela do futebol e as garotas vão se atirar em você. A tentação será uma constante na sua vida, e isso pode te deixar meio mal. Uma noite, em uma festa de fraternidade, talvez você fique muito bêbado e durma com uma delas. Todo mundo por lá vai transar a torto e a direito. Não espero que você seja super-humano.

Estou sendo muito dura, eu sei disso, mas caramba, eu quero projetar o pior cenário possível. NÃO quero que isso jamais seja a minha realidade, passando por mim de fininho como se eu fosse uma idiota ingênua que vive na Terra do Nunca. Inspiro lenta e calmamente e estendo minhas mãos trêmulas para envolver as dele.

— Você vai se arrepender e debater se deve ou não me contar. Eu vou descobrir de qualquer maneira, blá, blá, blá. Eu não o perdoaria, Evan, e não apenas terminaríamos nosso namoro, mas também seria o fim da nossa amizade. Vamos começar a faculdade como melhores amigos, sem compromissos ou expectativas irreais, e ver o que acontece. Eu prefiro que nossos olhos estejam abertos e que não nos magoemos. Não é assim que somos; nós não machucamos um ao outro.

Evan se afasta de mim, a mandíbula cerrada com força. Não consigo avaliar sua expressão, mas é óbvio que eu o magoei. Isso é exatamente o que estou tentando evitar, uma grande mágoa que nunca poderíamos consertar. Ele abre a boca, mas depois a fecha, abre, fecha.

— Evan, eu sei que estou meio que sendo uma vadia. E, sim, estou supondo o pior vindo de você e colocando palavras na sua boca, ou garotas na sua cama, por assim dizer, mas não posso me sentar e esperar para viver um episódio de Gossip Girl. Isso literalmente me mataria.

Eu tento me aproximar, mas ele se afasta de mim, e, sem dizer uma palavra, vai embora.

— Evan? — Minha voz trêmula ressoa através do silêncio.

Nada; ele apenas continua andando.

CAPÍTULO 9

SEM PALAVRAS

Evan

    Isso acabou de acontecer? Isso é a vida real? Claro que é, apenas a vida poderia extrair tal ironia doentia.
    Ralei a vida toda para me manter longe de problemas, tirar boas notas e me esforcei para ser o melhor jogador de futebol que posso ser. E bem quando todo esse trabalho duro começa a dar frutos, isso coloca em risco a única coisa na vida pela qual lutei tanto para ter... Laney Jo Walker.
    Ela honestamente acredita que eu a trairia na faculdade? E por que ela me daria um passe livre? É para que ela não tenha que permanecer comprometida comigo? Claro que não, ela nunca sequer beijou outro garoto! O que diabos ela está pensando então? Por que ela está fazendo isso? Como faço para corrigir isso?
    Isso só pode ser por causa da mãe dela, tem que ser. Laney não confia facilmente. Ela não se coloca em nenhuma posição em que veja uma chance de sofrer. É por isso que estamos aqui agora.
    Apenas me afasto dela. Nunca faço isso, mas honestamente não tinha ideia do que dizer ou do que *não* dizer.
    Eu não deveria estar chateado por ela pensar que vou me transformar em um mulherengo? Quando pensei o pior dela? Nunca.
    Eu, literalmente, nunca me senti tão perdido em toda a minha vida. Sem dúvida, é hora de chamar reforço... então vou procurá-lo.

— Pai, posso falar com você?

— Claro, filho, o que está passando pela sua cabeça?

Desligue a TV, pai, isso é importante.

— Hum, bem, é sobre Laney, e eu, e… droga, pai, eu simplesmente nem sei.

Lá vamos nós, consegui sua atenção agora; TV desligada.

— Evan, comece do início, filho, e quando você chegar à parte em que está pronto para o meu conselho… pare.

Meu pai é, de verdade, o gênio mais descomplicado da face da Terra.

— Bem, Laney acha que, uma vez que estaremos em faculdades diferentes, nós deveríamos terminar. Ela acha que vou ficar tentado por causa das festas e garotas, e que vou acabar fazendo algo para nos machucar para sempre, então ela praticamente está me dando liberdade para qualquer coisa.

Acho que meio que entendo e ela está certa sobre as meninas. Quero dizer, elas agiam da mesma forma no ensino médio, mas eu nem ligava para isso, porque Laney não era minha. De forma alguma vou perder tempo com alguma maria-chuteira quando corro o risco de perdê-la, agora que finalmente a tenho.

— Como ela pode não confiar em mim, pai? Não sou um grande mulherengo. O que eu faço? — Vamos, pai, me dê uma saída, por favor.

— Nossa, filho, quando você se propõe a deixar um homem perplexo, você realmente dá tudo de si. — Meu pai ri, coçando a bochecha. — O ponto principal é que aquela garotinha meiga, Laney, é uma pessoa realista. Ela foi obrigada a se proteger. Ela tem a alma mais velha que já vi, sempre teve, e ela é corajosa o suficiente para expor todos os seus medos. Tenho que respeitar isso pra caramba, porque uma mulher que realmente te diz o que você pode fazer de errado, antes mesmo disso acontecer, porra, é uma espécie rara. — Ele ri um pouco, provavelmente porque nem faz ideia do motivo que a minha mãe fica brava com ele.

Meu pai está certo, Laney é uma garota muito especial. Deveria estar agradecido por ela ser honesta comigo e me dizer como se sente, porque isso me dá a chance de resolver tudo.

— Filho, você sabe que ela está certa sobre as meninas. Você é um jovem bonito, um novo atleta no *campus*. Elas vão farejar ao seu redor sempre que puderem. Como ela pode ter certeza se você será capaz de lidar com isso? Melhor ainda, será que você conseguirá lidar com isso? Essa é uma preocupação que você pode ter a respeito dela também, sabe? É a primeira vez que Laney vai morar longe do pai, a primeira vez que vocês se separam e os meninos vão notá-la, filho. Talvez você deva deixar isso de lado e ver no que vai dar? Esse lance de os olhos não veem, o coração não sente, pode se tornar complicado.

— Pai, os garotos já a notam agora. As meninas também fazem isso. Ela nunca vai sair da minha mente. Eu quero Laney, apenas Laney.

— Sim, eu sei. Agora vá dizer isso a ela.

CAPÍTULO 10

SEGUNDO PLANO

Laney

    Posso estar com quase dezenove anos e prestes a entrar na faculdade, mas *O Cão e a Raposa* é um clássico, e isso é realmente terapêutico; na verdade, qualquer coisa da Disney é. Não consigo nem começar a contar quantas vezes obriguei Evan a assistir este filme; basicamente, sempre que ele cometia um erro e precisava se relembrar dos conceitos de uma verdadeira amizade. No momento, sou eu quem estou fazendo isso. Oh, aí vem…

— *Toby, você é meu melhor amigo.*
— *E você é o meu também, Dodó.*
— *E sempre seremos amigos para sempre. Não é?*
— *Sim, para sempre.*

    Espere, espere… e aí estão as lágrimas. Não posso brigar com Evan.
    Em algumas semanas ele irá embora. De forma alguma vou passar nosso tempo restante juntos brigando com ele. O tempo agora é precioso. Ele é precioso. Não tenho muito orgulho de pedir uma trégua primeiro, mas sou humilde o suficiente para ceder, então vou enviar uma mensagem.

> Laney: Olá, Dodó.

    Ah, eu sei que ele entendeu, tanto a mensagem quanto a referência. Ele vai me ignor…

> Evan: Ei, Toby.

Surgir

> **Laney:** Você é meu melhor amigo.

> **Evan:** E você é minha, e muito mais, para sempre.

> **Laney:** Onde você está?

> **Evan:** Sentado sob a sua janela.

> **Laney:** Esquisito...

> **Evan:** Culpado...

> **Laney:** Filme?

> **Evan:** Abre aí...

A janela não está trancada e ele sabe disso. Ele sempre briga comigo por causa disso, mas estou realmente orgulhosa por ele ter resistido e me deixado ir até ele. Eu quero tanto que as coisas fiquem bem. Odeio discutir com ele e me sentir insegura, mas eu não aguentaria se ele me traísse. Infidelidade é mais do que traição. É deixar uma necessidade física egoísta assumir o controle com um desprezo flagrante pelos sentimentos da outra pessoa, como se não valessem nada. Se Evan algum dia me tratasse com esse tipo de desrespeito, isso nos mudaria para sempre. Doeria muito mais do que isso.

Quero imaginá-lo com outra garota? De jeito nenhum. Mas pensar não se importando se vai me magoar, mesmo durante os poucos minutos que leva para chegar à linha do gol, dói muito mais. Se não estivermos "juntos", ele não estará me traindo só pelo aspecto físico, mas também não vai trair emocionalmente... O que é a maior quebra de acordos para mim.

Eu me afasto para o lado, para lhe dar espaço e levanto as cobertas.

— Evan, eu não quero brigar com você. Não quero te magoar. Não quero que você me magoe. Por favor, diga que estamos bem.

Eu o sinto suspirar, estendendo o braço para que eu possa me aconchegar contra seu corpo. Ele é tão quente e sólido; este é o melhor local do mundo inteiro.

— Isso tudo é porque eu quebrei uma promessa que fiz a você. Eu nunca tinha feito isso antes. Olhe para nós... Eu deveria estar com você, e eu disse que estaria. — Ele parece tão triste e devastado. — Laney, *baby*, eu sinto muito por ter me afastado de você daquele jeito. Eu só precisava entender tudo o que você disse e como isso me fez sentir. Tudo o que ouvi foi que você não confia em mim, mas percebi que era o contrário. Você confia em mim o suficiente para expor seus medos. Talvez você tenha sido um pouco agressiva. — Ele sorri levemente, mas não um sorriso verdadeiro. Ele se apoia em um cotovelo, olhando para mim com amor, com total desespero. — Eu entendo o que você está dizendo, Laney, eu realmente entendo. Haverá meninas e festas, mas haverá meninos e festas onde você estiver também. Tudo o que posso dizer, com todo o meu coração, é que existe apenas uma Laney. Eu nunca arriscaria isso; nós.

Deus, ele é incrível. Eu sei que ele acredita em tudo o que acabou de dizer e sei que ele morreria antes de me magoar de propósito, mas as garotas podem ser persuasivas e bem manipuladoras. Bebidas alcóolicas e faculdade são como tacar gasolina no fogo delas.

— Nem todo mundo vai embora de vez, Laney. Não o seu pai e não eu. A vida não precisa nos subjugar. Ela cria empecilhos, mas vamos lidar, juntos, como sempre fizemos.

Ele está certo, ele não é um fugitivo. Talvez eu esteja exagerando e imaginando o pior.

— Quer saber, Ev, podemos simplesmente esquecer o que eu disse? Ainda temos várias semanas antes que isso se torne um problema, e talvez todas as garotas de lá sejam realmente feias.

Ele ri e dá um beijo na minha testa.

— Vamos deixar isso de lado por enquanto, porque ainda tenho tempo para mostrar que só pertenço a você. Prepare-se para ser conquistada e seduzida — diz ele com aquele sorriso que eu amo, metade carinhoso e respeitoso de um melhor amigo, a outra metade, amorosa e sedutora do homem da minha vida. Um sorriso que ele dedica só para mim.

— Mulher, você *tá* meio louca, então você sabe que vou escolher o filme, certo?

— Contanto que esteja neste quarto, fique à vontade. — Como se ele fosse sair daqui neste instante. Tenho certeza de que ele não está nem um pouco a fim de contar ao meu pai como entrou aqui, sem ser pela porta da frente. É isso aí, Evan, você é o cara. Escolha o filme, Senhor Todo Poderoso, porque você venceu.

Eu nem preciso pedir e ele escolhe *Robin Hood*. Ele acha que é o filme "mais masculino" da minha coleção. Tento manter meus olhos abertos, memorizando o ritmo de sua respiração, o som das piscadas de seus olhos, a velocidade exata com que ele esfrega meu braço… mas logo eu adormeço.

CAPÍTULO 11

EXPLORAÇÃO

Laney

O verão é uma felicidade, e eu e Evan passamos cada segundo que podemos juntos. Nós pescamos muito, tomamos banho de sol na beira do lago e olhamos as estrelas. Nossas festas de pijamas são ocorrências noturnas. Hoje à noite, quando ele aparecer, já tenho um plano traçado. Sua mensagem me traz de volta do momento onde estou escrevendo, mentalmente, *Faça sua jogada para Leigos*.

> Evan: Ei, ursinha. Assim que eu sair da academia, vou passar em casa para tomar banho e em seguida estarei aí. Talvez uma hora.

> Laney: Se apresse... com segurança.

> Evan: Por quê, o que está acontecendo?

> Laney: Estou com um pouquinho de frio com essa roupa. Preciso ser aconchegada.

Olhe só para mim, toda sensual. Não posso deixá-lo ir para a Universidade da Orgia sem que ele se dê conta do que está perdendo.

Meu telefone começa a tocar, "*Ho Hey*", de The Lumineers. É o nosso toque exclusivo, escolhido pelo Evan. Essa música só toca quando ligamos um para o outro.

— Olá?

— Mulher, você não pode ficar me dizendo coisas desse tipo por mensagem de texto quando tenho que dirigir para chegar aí. Você está tentando me matar? — Ele está praticamente rosnando as palavras.

Ouvir seu tom de voz tão excitado envia arrepios pela minha pele.

— Ah, me desculpe, foi mal. Eu não tinha pensado nisso — minto. Até que sou boa neste jogo.

— O que você está fazendo neste momento? Onde está a minha Laney? — Sua risada suave me aquece.

— Ela está bem aqui, debaixo das cobertas dela, tudo está frio e solitário. — Essa foi a minha melhor voz inocentemente *sexy*, que eu nem sabia que possuía.

— Eu vou desligar agora, *baby*, ou vou acabar saindo da estrada. Te vejo daqui a pouquinho.

Ai, Senhor, agora eu realmente tenho que seguir o baile. Eu sou tãooo escandalosa! Já era tempo!

Pulo da cama e rapidamente escovo meus dentes, borrifo um pouco de perfume no corpo e penteio o cabelo. Dou uma última olhada no meu novo conjunto: um shortinho rosa de dormir e uma regatinha combinando. Quase nem comprei, perdendo a coragem, mas quero deixá-lo pensando em mim.

— Ei, dorminhoca.

Esfrego os olhos, esperando que eles se reajustem à luz fraca. Devo ter cochilado enquanto esperava por ele, mas sua voz rouca sussurrando palavras doces no meu ouvido, os braços ao meu redor e seu corpo pressionado às minhas costas são um delicioso despertar.

Eu me viro para olhar para ele, vendo o cabelo castanho desgrenhado ainda molhado do banho e o calor latente em seus olhos azuis.

— Ei, me desculpe, adormeci.

— Não se desculpe, eu amo a Laney sonolenta. Senti sua falta.

Ele esfrega o nariz ao longo do meu; adoro quando ele faz isso. Como vou viver sem isso? Não, pare com isso.

— Também senti sua falta.

— Mmmm, bom. Dê-me um beijinho.

Dou um sorriso debochado e me inclino, colocando um beijo suave em seus lábios. Ele geme, passando os dedos longos pelo meu cabelo e chupando meu lábio inferior ansiosamente.

— A propósito, amei o seu pijama novo, *baby*.

Suas mãos exploram timidamente, deslizando pelos braços e costas, escorregando mais abaixo com cada varredura.

— Ah, Laney, caramba — ele resmunga quando eu me afasto e deposito beijos molhados e de boca aberta ao longo de seu pescoço.

Aquela voz dele, tão sensual, provoca coisas em mim e sei que ele sente meus mamilos enrijecerem contra seu peito. Deslizo as mãos sob sua camiseta e sobre os abdominais trincados, fazendo lentamente o meu caminho em direção ao seu peito. Deus, ele tem um belo corpo. Tocá-lo me faz queimar de dentro para fora. Minha mão puxa a bainha de sua camiseta.

— Tire, agora — suspiro.

Ele se move para retirá-la pela gola e por trás do pescoço. Um movimento tão sedutor. Vou ter que me esforçar pelo movimento feminino equivalente. Ele está olhando para mim através de pálpebras pesadas e olhos carnais e fumegantes; aqueles que nunca vi, mas gosto demais. Sei que ele está morrendo de vontade de me tocar, mas que nunca iria fazê-lo por conta própria. Eu tenho que dar o consentimento a ele.

— Evan?

— Hmmm?

— Toque-me.

Ele dá uma respiração profunda e irregular, as narinas dilatando pouco antes do canto de sua boca se curvar em um sorriso *sexy*. É a expressão mais excitante que já vi na vida, e ela faz coisas malucas nas minhas partes femininas. Minhas coxas apertam juntas. Estou surpresa e ansiosa para aprender mais sobre nossos corpos hoje à noite.

— Laney, você me diria se alguém chegou a te dar algum tipo de pílula estranha, certo?

Ai, meu Deus, ele acha que estou sob efeito de drogas? Minhas sobrancelhas se franzem com sua pergunta louca.

— Estou brincando! Eu só… você está apenas agindo diferente.

Sua expressão é confusa. Ele me deseja ou realmente está preocupado que eu possa precisar de uma lavagem estomacal?

— Você não gosta?

Ah, Deus, eu não sou sedutora, eu sou uma tola… Não sou boa nisso. Minhas bochechas queimam e eu me afasto com constrangimento.

— Ah, eu gosto.

Ele me puxa de volta contra o seu peito, meu corpo derretendo ao seu sussurro ao longo do meu pescoço.

— Mesmo?

— Sim. Você é a garota mais *sexy* do mundo, Laney.

— Então cala a boca e me mostre.

Seus dedos delicadamente traçam meu pescoço, esfregando para baixo e seguindo em direção ao meu ombro, enquanto a outra mão aperta o meu quadril. Seu dedo mindinho se esgueira entre a camiseta e a pele, enviando uma deliciosa explosão de arrepios pela pele.

— Ah, sim, eu amo o conjunto.

Seu beijo se aprofunda, devorando toda a minha boca. Sua língua acaricia em todos os lugares antes de sugar a minha, beliscando meu lábio. É um beijo diferente de todos os que já compartilhamos. Ele move uma alça para baixo e começa a beijar ao longo do meu ombro, pescoço, percorrendo o caminho outra vez. Sua outra mão agora está embaixo da minha regata e repousa bem abaixo do meu seio. Há força de vontade sobre esse garoto!

— Está tudo bem, Evan… — Minha voz escapa por entre minha respiração ofegante e aquecida.

— O quê, *baby*? — Sua respiração queima minha pele.

— Mais… — eu suspiro.

Ele corre o nariz ao longo do meu ombro e sua mão se move lentamente para segurar o meu seio nu. Sinto-o tremer, então esfrego um pé para cima de sua perna e o agarro em torno de seu quadril, abraçando-o. Nós agora entramos oficialmente em um novo território; isto é o mais distante que já fomos. Graças a Deus, não espalhei migalhas pela estrada, porque nunca quero encontrar o meu caminho de volta.

CAPÍTULO 12

SABOREAR

Evan

Doce mãe de… Eu claramente morri e fui para o céu. Nunca havia experimentado nada tão maravilhoso na minha vida como Laney, pele nua, corada e me querendo. Sua pequena roupa rosa, mamilos duros, e sussurros sensuais são mais do que qualquer homem pode ter. Seu seio perfeito na minha mão é a coisa mais quente que já toquei, e aquela perna enrolada ao meu redor… que o Senhor me ajude. Minha doce pequena Laney é uma sedutora fogosa e é toda minha, intocada por ninguém além de mim, nunca.

Eu tenho que provar mais ou vou explodir, então me movo para tirar sua regata lentamente, dando a ela tempo para me impedir, se quiser. Minha garota se inclina para ajudar e olha para mim com aqueles grandes olhos castanhos inocentes e um leve rubor em suas bochechas. Ela é a coisa mais linda que já vi e eu a amo. Amo tanto que mal posso respirar. É como olhar para o sol e tentar não se afastar.

Inclinando-me para baixo, roço meus lábios em um mamilo rosa-claro e perfeito, intumescido, tudo para mim. O meu toque; eu causo essa reação nela. Ela move suas mãos no meu cabelo rudemente e puxa meu rosto em sua direção, arqueando suas costas, empurrando-se ainda mais na minha boca. Ela dá um longo e suave gemido à medida em que a chupo mais forte, massageando o outro seio com a minha mão, um ajuste perfeito. A outra perna dela envolve meu quadril e ela me agarra com força; *Deus abençoe aqueles músculos de softbol*, e então ela começa a se esfregar. Minha Laney... começa a esfregar.

Ai, meu Deus... pense em outra coisa... não perca o controle e acabe com isso agora. O calor do corpo dela queima através das camadas finas dos nossos pijamas enquanto eu, lentamente, começo a mover a minha mão para baixo ao longo de sua barriga lisa e definida. Eu sinto o tremor, então me afasto de seu mamilo e pergunto:

— Você está bem, *baby*? É demais?

Ela se deita diante de mim, as bochechas rosadas. Seu longo cabelo loiro está espalhado ao redor dela; ela se parece com um sonho. Seios nus, respirando com dificuldade com os olhos fechados. A visão me deixa preocupado.

— Olhe para mim, Laney.

Ela abre seus olhos, devagar, e se conecta com os meus.

Lá está ela...

— Diga-me o que você quer.

— Toque-me, Evan. Por favor, agora.

Acho que nunca ouvi palavras tão doces.

Senhor. Me. Dê. Força.

Deslizo minha mão por dentro de seu short, beijando o pescoço dela, chupando o lóbulo de sua orelha, respirando o cheiro dela. Estou zonzo e fisicamente angustiado por estar tão duro, mas isto é sobre Laney, florescendo, só para mim.

Esse primeiro toque, o primeiro toque dela, todo meu. Minha mão desliza gentilmente por dentro de sua calcinha, suavemente dando leves toques contra seu tesouro intacto.

— Ai, minha nossa, Evan — ela geme e enfia os dedos no meu cabelo, beijando-me com uma necessidade desesperada que nunca vi nela.

— Você é tão perfeita — sussurro em seus lábios.

— Mmmmm... nós somos sempre perfeitos juntos — ela ronrona.

Porra, minha menina é boa com a conversa íntima. Continuo com as carícias suaves, saboreando devagar, mas ela me dá sinais com seu agarre e gemidos; minha pequena tigresa quer mais. Eu dou a ela, e observo com admiração quando ela logo se desfaz na minha mão. Sua respiração se acalma aos pouquinhos e ela, finalmente, abre os olhos, dando-me seu sorriso mais meigo.

— Isso foi incrível — ela murmura preguiçosamente.

Nunca vi nada mais assim, e vou reprisar essa cena em minha mente para o resto da minha vida.

— Laney, será que foi seu primeiro orgasmo?

Eu sei que, sem dúvida, é o primeiro na mão de outra pessoa, mas sempre quis saber se a minha garota dava prazer a si mesma. Suspeito que não.

— Sim, e devo dizer... virei uma fã.

Eu sabia disso. Rio baixinho, ela é tão fofa.

— Eles ficam cada vez melhores, *baby*. Mal posso esperar para te mostrar tudo.

— Como você sabe tudo isso? — pergunta, entrecerrando os olhos ligeiramente.

Não sei de tudo, tecnicamente, e não quero entrar em apuros, então respondo com sinceridade, mas de um jeito evasivo.

— Não sei, mas mal posso esperar para aprender com você. Eu quero te dar tudo. Cada experiência, eu quero que você tenha comigo, sempre.

De verdade, vou matar qualquer outro homem que a toque. Laney Jo é minha, para sempre.

— Eu também, *baby*, você e eu — diz ela, inclinando-se para me beijar suavemente. — Posso tocar em você agora?

— Querida, você pode fazer o que quiser comigo. E só para deixar claro, você nunca precisa pedir.

Ela ri alto e, devagar, move sua mão pela minha cintura abaixo. A trilha de seus dedos deixa minha pele em chamas, e quando ela corre um dedo todo o caminho até o meu pau, preciso cerrar os dentes. Ela empurra a calça para baixo e apenas olha... e olha.

— Humm, docinho, você está bem? Estou me sentindo um pouco exposto.

Ela cora e morde o lábio inferior.

— Desculpe, eu apenas, humm, é só que...

Não consigo segurar o riso; eu sei que ela nunca viu isso antes.

— Não tenha medo de me dizer o que está pensando, doce menina.

Ela respira fundo.

— É... lindo. Quer dizer, eu acho, quero dizer, pelo menos eu acho... e grande. Tipo, como é que... hum...

Ah, cara. Puta merda, minha garota é adorável. Ela é a minha sedutora inocentemente curiosa e eu tenho a chance de compartilhar cada primeiro momento com ela. E quero chegar a ser o seu único. Quero ter a chance de mostrar a ela exatamente o que acontece e como as coisas rolam quando um homem ama uma mulher com tudo o que ele tem.

— Venha aqui, fofinha. — Eu a puxo para um beijo, esfregando minhas mãos em seus braços para tranquilizá-la. — Laney, eu estou bem. Não se preocupe comigo, *baby*.

— Oh, não, de jeito nenhum! Eu quero brincar, e você vai me ensinar — diz, com teimosia e um jeito atrevido. Mas então ela se torna sensual e segura a minha mão com a dela e desce até a minha dolorosa ereção.

— Mostre-me o que fazer, Evan. Mostre-me do que você gosta.

Sim, senhora.

CAPÍTULO 13

DISTÂNCIA

Laney

O resto do verão voou em uma névoa de felicidade ainda que imersa em penumbra. Evan e eu exploramos nosso relacionamento, mesmo com o fim iminente que se aproximava, até que fui deixada sozinha para resolver a Operação: Laney é uma menina grande.

Sinto a falta dele.

Faz apenas duas semanas, mas as mensagens de textos e chamadas todos os dias sequer começam a preencher o vazio. Eu preciso vê-lo, abraçá-lo, sentir seu cheiro... Estou infeliz sem ele.

O nosso último dia juntos me assombra. No fim, venci a discussão, uma vitória vazia: nós não começaríamos a faculdade como um "casal".

— Não é nada além de distância, Laney — disse ele, dando um beijo na minha testa. — Não significa nada. Eu ainda sou seu. Serei sempre seu. — Abraçando-me com força, beijando-me com ternura, ele tentou não chorar.

Deus, era tão gostoso senti-lo contra mim. Posso apenas rastejar para dentro e ir com ele? Como poderei viver a cada dia sem Evan?

— Não é um adeus, meu amor, é só um "te vejo mais tarde". Lembre-se disso, okay? — Suas mãos seguraram o meu rosto, forçando-me a encarar seus belos olhos azuis; os olhos que brilham com meus sorrisos e se nublam quando a minha testa franze. Os olhos que tomaram conta de mim por tantos anos.

Quando fecho meus olhos à noite, a nossa despedida se repete vividamente na minha mente. Nós nos beijamos dizendo adeus uma centena de vezes. Nós nos abraçamos com desespero, lágrimas escorrendo pelo meu rosto, e, finalmente, seguimos nossos próprios caminhos. Bem assim, tão rapidamente quanto o nosso amor apareceu, ele se arrastou de volta nas sombras; o conto de fadas mais curto já escrito.

Também continuo sendo assombrada... pela última carta do meu "admirador". Carta que estava à minha espera na caixa de correio na recepção, no meu primeiro dia, com um carimbo de Savannah, na Geórgia, enviada três dias antes. Um cartão de felicitações com uma mensagem pessoal: "Boa sorte na faculdade, Laney Jo! Seja tão incrível como sei que você é!" Estou tentando pensar positivo. Foi enviado pelo correio, o que significa que ele não está aqui.

Minhas aulas parecem boas e os treinamentos de condicionamento do softbol começam na próxima semana. As meninas da equipe que conheci até agora parecem legais, e estou creditando a minha falta de entusiasmo para uma nova equipe e novas meninas. A maioria dos dias, eu recorro apenas à minha conta do iTunes e meus fones de ouvido para receber um consolo.

O nome da minha companheira de quarto é Bennett, e até agora ela parece ser uma garota muito legal. Ela me lembra bastante de Kaitlyn, o que ajuda; até agora nós nos demos muito bem. Bennett é uma aluna de Artes Cênicas, e dá pra ver que isso combina muito com ela. Tudo é motivo para um "papo-cabeça", e quase tudo, incluindo o vento, uma cadeira, o que você quiser... pode evocar uma sensação. Ela está se transformando na minha salvação com muita rapidez; sua exuberância e seu encanto excêntrico muitas vezes me distraem do sentimento de solidão.

— Quais são os seus planos para este fim de semana, garota? — Ela está esparramada em sua cama, a qual apelidei de "caixa de giz de cera" porque é do tamanho de uma e abrange todas as cores que conheço, e algumas que nunca vi na vida.

— Nada de bom. Evan está num acampamento de treinamento funcional, então não vou vê-lo, mais uma vez. Por quê, o que está acontecendo? — Eu contei a ela um pouco sobre Evan, tanto quanto estou disposta a compartilhar com alguém que conheço há apenas duas semanas.

— Beeeeem... — Seu talento cênico vem à tona — Acho que devemos participar do Quebra-Gelo na sexta à noite.

— O que é o Quebra-Gelo? — Acho que não vou gostar da resposta.

— É uma espécie de boas-vidas que rola nos dormitórios. Os quartos dos meninos estarão abertos, e eles servirão lanches, bebidas, tocarão música, o que seja. Todas as meninas começam pela esquerda do seu próprio quarto, e quando eles anunciarem pelo interfone, você vai para o próximo quarto até completar e passar por todo o dormitório!

— Beleza... duas perguntinhas, em ordem de importância, é claro: Será que realmente temos que quebrar alguns gelos? — zombei.

— Não, bobinha avoada, isso é apenas um nome fofo.

Okay, isso me faz sentir um pouquinho melhor...

— Bem, isso é um bônus. Será que eles distribuem apitos contra estupro?

— Laney, todas as portas têm que ficar abertas, e os companheiros de quarto têm que ir em pares. É uma tradição, e eles não a manteriam se alguma coisa tivesse acontecido. Você se preocupa demais.

— Você ainda vai participar se eu não for?

— Não sei se eu posso fazer isso sozinha. Acho que é uma regra ter que ir em pares. Mas se eu puder, com certeza irei.

Eu sabia o que estava por vir, e de jeito nenhum eu a deixaria ir sozinha, nem quero ser o motivo pelo qual ela não pode participar disso...

— Tudo bem, na sexta à noite? Que horas?

— Começa às sete.

— Você vai ficar me devendo muito, Bennett.

Sim, ela é muito parecida com Kaitlyn.

— Ei — ele responde com a voz rouca. Ouvir sua voz me acalma. Fecho meus olhos para me concentrar apenas em sua voz. Preciso me encher de tudo que posso ter dele, para me banhar em conforto.

— Ei, o que você está fazendo? — Responder exige esforço, minha garganta está apertada.

— Apenas saindo do treinamento, vou sair por aí e arranjar alguma coisa para comer. E você?

— Nada, só sentindo a sua falta. Eu estava pensando hoje em como nós nunca estivemos tanto tempo sem nos ver.

— Eu sei, sinto isso também. Logo, porém, eu prometo. Eu vou estar com você em breve.

Tremo só de ouvir a tristeza em sua voz. Sua dor é minha dor.

— Talvez eu possa ir ao seu encontro, que tal?

— Bem, você sabe que tenho acampamento de treinamento funcional neste fim de semana. Quer dizer, estou livre na tarde de domingo, mas não dá para chegar até aí. Não posso perder aula segunda-feira. — Seu suspiro quebra meu coração ainda mais.

— Está tudo bem, vamos descobrir alguma maneira em breve. Então, você viu Kaitlyn por aí? — Tento me alegrar. Sei que ele está tão frustrado quanto eu, então mudo de assunto.

— Para falar a verdade, não a vi ainda. Diga a ela para me mandar uma mensagem para que possamos nos encontrar e dizer olá.

— Vou fazer isso, preciso ligar para ela e colocar os assuntos em dia de qualquer maneira, talvez convidá-la para vir para o fim de semana. Você acha que ela sabe alguma coisa sobre a Noite do Quebra-Gelo?

— Que diabos é isso?

Ah, ainda bem que não sou a única que não sabia.

— Bem, antes de você entrar em pânico, não é lá grande coisa. Aparentemente é como uma noitada de recepção, onde todas as meninas seguem um protocolo e vão conhecer todos os garotos do dormitório. Eles deixam as portas abertas e servem lanches e bebidas. — Parece ainda mais patético quando dito em voz alta.

— E você vai participar disso?

— Parece que sim. Não quero que Bennett vá sozinha, o que ela vai acabar fazendo se eu me recusar. De qualquer forma, eles fazem isso há anos, então acho que vai ficar tudo bem.

— Eu não gosto disso, Laney. Pensar em você visitando o quarto de cada garoto do dormitório não me traz uma sensação muito reconfortante. — Ele parece chateado.

— Okay, por que exatamente você se sente assim? Eu já pensei sobre o risco disso. Os conselheiros residentes estão no edifício. — Entendo a preocupação dele, já que reflete a minha, no início, mas isso já foi resolvido.

— Não é apenas isso, biscoitinho. Eu não sei. Só não quero você no quarto de outros garotos. Você gostaria que eu visitasse os quartos de outras meninas?

Não, não, eu não gostaria, mas optei por não pensar sobre as coisas que não posso controlar. É apenas mais fácil dessa maneira.

— Ev, é como uma festa de boas-vidas, um evento planejado. Não vou simplesmente para o quarto de um garoto específico.

Estou raciocinando agora mesmo? Não vale a pena brigar com ele por causa dessa maldita tradição. Eu não poderia me importar menos sobre isso, mas me preocupo com os nossos limites. É exatamente por isso que continuar namorando, frequentando universidade diferentes, não teria dado certo.

— Laney, não quero brigar com você. Estou cansado, com fome e sinto muito a sua falta. Talvez eu só esteja meio doido. Deixe-me pensar e vou te ligar de volta.

— Okay.

Preciso de uma opinião objetiva sobre isso, mas as minhas opções são poucas. Não posso perguntar à Kaitlyn – ela nunca poderia ser objetiva sobre a situação "conhecer garotos". Não posso perguntar à Bennett – ela quer uma parceira no crime –, e se eu perguntar ao meu pai, ele chegará aqui para embalar as minhas coisas dentro de uma hora.

Alguma chance de esta resposta aparecer em uma pesquisa no Google? Talvez eu pudesse perguntar à Alexa? Siri? Essa garota sabe tudo.

Após cerca de uma hora de autoanálise miserável, *"Ho Hey"* me salva. Ele está me ligando de volta.

— Evan. — É mais uma expiração do que uma palavra.

— Sinto muito, menina preciosa. Você me perdoa?

— Não há nada a perdoar. Eu entendo que você está cuidando de mim. Eu não irei nessa coisa.

— Não, Laney, vá. Eu estava sendo ciumento e burro. Não posso fazer isso, eu sei. Saia e conheça algumas pessoas. — O silêncio se estende pelo o que se parecem minutos. Sua respiração pesada vem do outro lado da linha, a tortura audível. — É muito bom que você tome conta da sua companheira de quarto. Eu quebrei a promessa que fiz a você . Não estou contigo. Não posso esperar que você se sente e fique de braços cruzados o tempo todo, sem fazer nada.

— Você não quebrou uma promessa, Evan. Você está onde eu estou o tempo todo. Em cada canção, cada pensamento, cada dia… você está aqui. — A aflição na minha voz é impossível de esconder. — Você tinha ideia de que seria assim tão difícil?

— Nem mesmo de perto; eu não poderia ter imaginado. Deus, isso é uma porcaria, eu sinto tanto a sua maldita falta que dói, Laney… — ele se engasga um pouco. — Mas você precisa sair e viver. Vá para esse quebra-gelo. Estou muito orgulhoso de você, tomando as rédeas sobre o mundo.

— Obrigada por me ligar de volta e por estar sempre me apoiando. É tão fácil discutir com você. — Dou uma risada suave. — Vou dormir pensando sobre o assunto e decidir o que fazer.

Ele suspira. Nós dois fazemos isso bastante ultimamente.

— Eu mencionei o quanto sinto sua falta?

— Eu também, a cada minuto. Eu mataria por uma maratona da Disney em seus braços agora. — Não consigo evitar as lágrimas marejando meus olhos.

— Nós poderíamos dormir assistindo a algum filme. Eu trouxe alguns comigo para quando você me visitar. — Sua risada é fingida. — Qual é o seu desejo do coração esta noite, princesa?

— Você, aqui comigo.

— Awww, *baby*. Que merda. Você está me matando.

— Eu sinto muito, eu sei, eu sei, apenas escapuliu. Tudo bem, escolho *O Rei Leão*, que tal?

— Perfeito — ele murmura, tentando esconder o suspiro. E é isso o que fizemos; nos transportamos para um momento só nosso.

Quando acordo na manhã seguinte, minha ligação havia sido encerrada, mas tinha uma mensagem de texto à minha espera.

> Evan: Boa noite e doces sonhos, meu amor. Perto ou longe, adoro adormecer com você.

CAPÍTULO 14

TEM QUE ENGATINHAR ANTES DE ANDAR

Laney

As aulas não foram muito terríveis hoje e o treino foi curto e leve. Arrastando-me até o meu quarto, joguei tudo no final da minha cama e desabei de cara no colchão. Achei que ainda estivesse indecisa sobre o tal evento, mas eu deveria saber que a minha mente tinha se decidido por mim. O entusiasmo de Bennett mal pode ser contido em nosso quarto e ela me faz sentir falta de Kaitlyn. Eu tenho que ligar para ela em breve. Nós não conversamos desde que a faculdade começou.

— Levante-se, avoadinha, temos que nos preparar! Você está animada? Eu estou tão animada! Isso é uma forma criativa de unir as pessoas!

Ai, meu Deus, Bennett mais parece uma borboleta social irritante, mas daí, ela lança uma frase significativa e "profunda" no final. Porém, eu já a amo.

Resmungo ao seguir para o banho, enquanto ela enfia um monte de rolinhos de espuma por toda a linda cabeleira em um tom vermelho-escuro. Por incrível que pareça, eu me adaptei a estar no banheiro ao mesmo tempo em que ela está. O que é ótimo, ou então eu nunca conseguiria usá-lo.

— Você vai me deixar fazer a sua maquiagem essa noite, Laney?

— Não. Eu não preciso impressionar ninguém. Já estou te avisando, B, isso vai ser bem sem-graça para mim. Ah! Eu quase me esqueci, eu quero combinar com você uma palavra ou sinal de modo que, se qualquer uma de nós se sentir desconfortável, vai significar que fugiremos de lá como o diabo foge da cruz.

— Laney, minha guarda-costas pessoal. — Ela ri. — Você pensa em tudo! Okay, então que tal dizermos: "estes sapatos estão me matando, eu tenho que ir trocar". Ou nós poderíamos espirrar três vezes seguidas…?

— Humm, não tenho certeza se consigo falsificar um espirro, e vou usar chinelos, mas, com certeza, parece bom. Você pode me passar uma toalha?

Ela me joga uma e pede que eu me apresse. Nós ainda temos, tipo, duas horas, e ela está prestes a aprender em primeira mão que eu não levo muito tempo para me arrumar. Na verdade, eu me jogo em uma calça jeans, uma regata bacana e chinelos, seco e aliso o cabelo, passo um pouquinho de rímel e brilho labial e *voilà!* Estou pronta, então tenho tempo para ligar para Kaitlyn.

Conversamos um pouco, atualizamos os assuntos sobre as nossas aulas e equipes, mas alguma coisa está estranha. É só que não parece que eu estava conversando com a mesma Kaitlyn. Que diferença algumas semanas tinham feito.

— Então, você já viu o Evan?

— Sim, eu o vi em uma festa na outra noite. Ele disse que nós devíamos nos encontrar, mas estivemos bem ocupados ultimamente. E você, já se encontrou com ele?

— Não, não o vejo há semanas. — Não adiciono o quanto parece como se eu tivesse perdido um dos meus membros.

— Ohhh, Laney, você está bem? Talvez ele e eu pudéssemos viajar até aí para te visitar.

— Sim, vamos planejar isso em breve. Quero dizer, a faculdade deveria ser incrível, não é? Não estou me sentindo muito assim.

Bennett entra no quarto com um visual glamoroso; ela realmente não consegue evitar. Seu curto vestido verde acentua seu corpo perfeito (estou chutando que ela usa o tamanho 36), mechas ruivas, e olhos verdes. Ela é uma das garotas mais naturalmente bonitas que já vi. Ela é a Ariel da vida real.

— Você está pronta? — pergunta ela, baixinho.

— Escuta, Kait, tenho que ir para um negócio de quebra-gelos aqui nos dormitórios. A gente se fala em breve, beleza?

— Achei que você tivesse dito que a faculdade não era incrível… Isso parece algo bastante impressionante. — Ela ri. — Divirta-se por mim!

— Te amo, Kait, falo com você em breve. — Sinto um pouco de ciúmes quando encerro a ligação; ela parecia feliz e animada sobre a vida. Eu pareço mais uma fracassada depressiva. Ela poderia, literalmente, sair à procura do Evan e encontrá-lo em dez minutos, se ela quisesse. Estou distante dele pelo que já se parece um século.

Bennett está mais do que ansiosa, as mãos nos quadris e tamborilando contra a regata que está usando, então planto um sorriso no meu rosto.

— Sim... Vamos lá — resmungo, obrigando-me a andar.

Descemos para o saguão do prédio para pegar nossas credenciais e identificação e alguma aspirante a Elle Woods, do filme Legalmente Loira, cola uma etiqueta com meu nome escrito bem no meio do meu peito.

— Humm, você escreveu meu nome errado. É L-a-n-e-y.

— Oh, bem, é quase a mesma coisa! — ela debocha.

Sim, ela é muito boa no que faz. Agora vou conhecer e cumprimentar as pessoas com o nome errado?

— Vamos, Laney. — Bennett ri, falando alto enquanto me puxa pela mão. — Vamos nos di-ver-tir.

Eu não poderia ter pensado em nada melhor mesmo.

O primeiro quarto é ocupado por Débi e Loide. E eu não sou nem um pouco fã do filme. Eles nos oferecem cervejas e o aperitivo é queijo enlatado, sem bolachas. Eu espirro, tipo, umas cinco vezes seguidas e puxo Bennett para fora; não tenho um pingo de tolerância hoje à noite. Enquanto andamos pelo corredor, relembrando destes dez minutos perdidos e que nunca voltaremos a ter, a conselheira residente anuncia que é hora "trocar". Já estamos muito à frente disso!

O quarto número dois, pertence ao sei-lá-o-nome, um jogador de futebol, e seu companheiro de quarto, que simplesmente nos dá um aceno tipo "e aí" com a cabeça. Eles também servem cerveja e nenhum lanche. Não que eu esteja com fome ou com sede, ou mesmo tentando fingir interesse em toda esta extravagância, mas esses meninos não deviam pelo menos tentar? Pelo amor de Deus... se você sabe que esse evento acontece hoje à noite, pelo menos devia esconder e chutar a cueca imunda para baixo da cama e tirar o lixo! Como 90% das meninas da minha idade não são mais virgens está além da minha compreensão. O pensamento me faz sentir falta do Evan perfeito, então eu apenas saio pela porta, ainda com Bennett em vista, e envio uma mensagem para ele.

> Laney: Se você já não fosse um, agora é que você se parece mesmo com um príncipe...

> Evan: Por que isso?

> Laney: Dois quartos e só me foi oferecido queijo em uma lata e roupa de baixo suja e manchada. Você deve estar louco se estiver com ciúme.

> Evan: Hahaha. Então, basicamente, eu sou um deus, e você descobriu isso e agora está arruinada para todos os outros homens?

> Laney: Isso já era fato antes desta noite.

> Evan: Eu adoro quando você diz coisas assim. Eu sinto falta de você.

> Laney: Eu sinto sua falta também. Tenho que ir para o inferno número 3, falo com você mais tarde.

A conselheira residente novamente anuncia a troca. Guardo o celular e Bennett aparece, para que sigamos pelo caminho de paredes de tijolos amarelos. Não ficarei nem um pouco surpresa se os dois seguintes nos recepcionarem como os anões de *Munchkinland*, do filme O Mágico de Oz.

O terceiro quarto não é um fracasso total. Zach e Drew, na verdade, me lembram um pouco de Parker e Matt, da minha cidade. Zach é um cara grande, e um jogador de futebol júnior que parece legal o suficiente. Se eu tivesse que apostar dinheiro nisso, eu diria que ele tem 1,93 de altura e uns 110 kg, mas seu tamanho não é intimidante, e rola uma vibração de irmão mais velho dele. Drew é um paquerador inveterado, mas é nítido que é inofensivo.

Eles têm caixas térmicas com vinho "para as senhoras" e uma tentativa até fofa, embora patética, de petiscos espalhados para beliscar. Eu me sento para conversar com Zach confortavelmente; é como falar com Parker. Ele é muito engraçado e até mesmo encontra uma caneta permanente e corrige meu crachá quando conto a ele essa história.

— Ei, loirinha — Drew diz do sofá, onde está sentado com Bennett —, qual é a sua história?

Tantas opções sobre o que fazer com isto...

— O quê, você quer dizer além da cor do meu cabelo? Quero dizer, o que mais pode existir? — Bato os cílios para ele, inclinando um ombro até o queixo.

— Sim, tipo, você tem namorado? De onde você é? Qualquer coisa...

— Humm, na verdade, Bennett, meus sapatos estão me matando. Vamos embora para que eu possa trocá-los?

— Sutil, chinelos desconfortáveis? — Zach sorri com deboche, os olhos verdes me provocando.

Eu o encaro com um olhar interrogativo... ele percebeu que esta é minha desculpa esfarrapada para sair dali.

— Eu tenho irmãs. — Ele lança um belo sorriso, com dentes brancos alinhados e uma covinha. — Foi muito legal conhecer você, Laney com um e-y. Prazer em conhecê-la, também, Bennett. Tenham uma boa-noite.

Zach não parece ruim de todo. Eu podia me ver sendo amiga dele.

Estou pronta para me arrastar de volta para minha cama com um livro, mas B continua me implorando para ir a outro quarto, e mais outro. Bennett, é claro, está encantada com todos a quem ela conhece.

— Trata-se de conhecer novas pessoas, Laney, todo mundo é diferente e especial. — Eu, secretamente, acho que ela está apenas procurando material para os poemas dela.

Próximo, quarto 114.

— Olá, senhoras, entrem, por favor.

Nós fomos recebidas por um cara atraente, e até eu sou capaz de ver isso, o que não chega nem perto do que Bennett acha, a julgar pelo seu silêncio absoluto e muito incomum. Quero dizer, sim, ele tem um jeito de Adam Levine engomadinho, mas de jeito nenhum eu serei a representante da dupla.

Plano B. Acho que terei que assumir esse papel, já que Bennett se transformou, literalmente, em uma estátua.

— Oi, eu sou Laney, e essa tagarela aqui é minha companheira de quarto, Bennett. — Aperto sua mão e, em seguida, arrasto B para dentro.

— Prazer em conhecê-las. Eu sou Tate Kendrick, e aqueles dois na frente do *Call of Duty* são Sawyer, meu companheiro de quarto, e Dane, meu irmão mais novo. — A voz dele cai para um sussurro: — A loira é a Whitley, a sombra.

Olhando mais além, vejo dois garotos absortos em um jogo de videogame, e, com certeza, uma garota loira sentada no sofá, os observando. Não parece que qualquer um deles note a existência dela, mas ela parece não se importar. Eu me pergunto de qual deles ela gosta, ambos talvez? Caramba, pelo menos, ela faz isso abertamente.

Ela é bonita, com seios enormes que, obviamente, quer que sejam notados, a julgar pela blusa. Ela franze os lábios enormes e vermelhos como sangue, deparando com o meu olhar e dando uma conferida em mim.

— Sintam-se em casa. Eu tenho cerveja, vodca, refrigerante, água... — Tate oferece com gentileza.

— Então, vocês três vivem neste quarto? — pergunto.

— Não, Dane tecnicamente não vive aqui, mas acho que ele não sabe disso. Certo, mano?

— O que foi? — Dane finalmente percebeu que eles têm nova companhia e se afasta para vir até nós na área da pequena cozinha. Bem, é mais como um espaço para uma mesa pequena, um frigobar e uma bancada estreita articulada; os dormitórios da UGA não têm nada parecido com os de Southern. Whitley está bem atrás dele... acho que isso responde à minha pergunta sobre de qual deles ela está a fim.

— Eu estava dizendo a Laney e Bennett aqui, que você não consegue ficar longe de seu irmão mais velho.

Dane se vira para nós, e Bom Senhor... Espero que seus pais estejam se reproduzindo profissionalmente, porque eles fariam uma fortuna! Se o mais velho já é gato, o irmão mais novo, então, é ilegal, imortal, e também bonito demais para não ser um menino. Esse cara seriamente pertence ao topo da lista de "Razões Mais Sensuais Do Mundo Para Arrancar Sua Calcinha."

Mas que porra é essa? De onde veio isso? Pode ter sido o pensamento mais indecente que já tive e me sinto vulgar só em ter pensado isso. Mas, falando sério, você teria que ser surda, burra e cega para não reparar nesse cara... Ou lésbica.

Não, tenho certeza de que até as lésbicas olhariam pelo menos duas vezes.

75

— Ei, eu sou o Dane. Prazer em conhecê-las. — Ele está me encarando enquanto diz isso; olhando diretamente para mim.

— Laney… Walker, prazer em conhecê-lo, Dane. Esta é Bennett. — Eu a cutuco com meu ombro.

— B-B-Bennett Cole. Caloura. Artes Cênicas. Solteira. Quarto 128.

Ambos os meninos gargalham quando a fuzilo com o olhar. Sério, tagarelar sua biografia e até o número do MEU quarto?

— Sério? — Whitley diz com a voz mais desagradável que já ouvi. Eu não respondo nada, mas essa menina está pedindo. Não vou deixá-la "latir" com a Bennett novamente.

— Okay, bem, agora vocês conhecem a Bennett. — Dou uma risada. Situação embaraçosa. O que eu faço? — Humm, posso usar o banheiro?

— Claro, a porta é bem ali. — Tate aponta.

— Vou mostrar a ela. — Ah, o companheiro de quarto, Sawyer, fala.

— Bennett, você poderia vir comigo, por favor? — Não é realmente um pedido, não quando já estou arrastando sua bunda zumbi pelo braço. Sim, garotos, meninas sempre têm que ir ao banheiro em pares, só isso, e eu não estou prestes a matá-la.

— É bem aqui. Laney, Bennett, eu sou Sawyer Beckett. Desculpe, eu não queria ser mal-educado, eu só tinha que terminar aquele jogo.

Sawyer é um cara grande com aparência de *bad boy*, e não quero dizer grande como um ursinho de pelúcia, e nem *bad boy* como se ele não levasse desaforo para casa. Ele é intimidante pra caralho… até que dá um sorriso. E ele sorriu ou eu estaria fugindo desse quarto agora. Seu cabelo é castanho escuro, o que sobrou, de qualquer maneira, já que ele usa cortado bem rente à cabeça. Não consigo definir se seus olhos são realmente azuis-escuros ou o quê, mas esse é o meu palpite. Ele tem um piercing na sobrancelha e os maiores músculos que já vi. Mais uma vez, não estou falando de músculos como os de Evan, e, sim, de músculos de halterofilismo.

— Não tem problema, prazer em conhecê-lo. Nós vamos sair em um minuto — digo com tanta indiferença quanto possível, enquanto empurro Bennett e tranco a porta.

— Okay, você tem três minutos para sair dessa ou vamos embora agora. Era você que queria fazer essa coisa, Bennett. Que diabos há de errado com você?

— Eu não sei. Sinto muito, Laney. Juro por Deus, isso nunca aconteceu comigo, nunca. Esse Tate, ele, literalmente, causou um curto-circuito no meu cérebro.

— Você quer ir embora?

— NÃO! Eu quero ficar, e lambê-lo... bem, talvez não de verdade, mas quero ficar. Por favor, me ajuda; amenize esse clima estranho para mim. Por favor, quebre o gelo e seja a minha parceira! Eu sei que você consegue fazer isso, por miiiiim?

Se me tornei a única esperança de apoio para essa menina, numa paquera, então é nítido que ela está desesperada. Sinto a compaixão me inundar na mesma hora. Reflito por um instante apenas, e dou a ela um aceno confiante.

— Beleza, eu faço isso. Eu sou Laney Walker, somos adultas e solteiras. Bem, exceto você, B, mas você está meio aérea nesse momento. Estou com você; vamos lá!

Não tenho ideia do que estou dizendo, mas também já estou cansada de sentir pena de mim mesma, e de agir como uma "cadela recatada" com todo mundo, de modo que... dane-se. Bennett precisa de mim! E por razões totalmente diferentes, eu preciso dela. Ela é otimista, jovial, uma amante da vida... do jeito que eu era quando pequena, antes de me tornar desconfiada dos motivos e intenções de todos. Eu me lembro que isto era divertido. Sei como me divertir com as pessoas; e não sou uma leprosa nem uma reclusa... e essas pessoas parecem legais, não é?

Saio determinada do banheiro; quero que um raio caia na minha cabeça se vou dar a esses caras alguma razão para suspeitar que não sou boa nisso. Os meninos parecem estar bancando os garçons, e *Stars of Track and Field*, está tocando de algum lugar. É isso aí, porra! Eu amo essa música. O olhar de Sawyer grita "Vocês duas, garotas estranhas, vão ficar por aqui?

— Ei, pessoal, foi mal. Eu adooooooro essa música. — Cacete, eu sou muito ruim nisso.

— Ah, é, e qual é o nome dessa música? — Dane sorri, debochado.

— "*End of All Time*" — respondo, com um sorriso sagaz.

Não adianta nem tentar, garoto, música é minha praia.

— Muito bom. — Ele dá uma piscadinha. Ele é um "piscador". Conheço outra pessoa que faz muito isso, eu sorrio para mim mesma com o pensamento.

— Esta é uma grande canção. Eu sou Whitley Thompson, a propósito. — Ela estende a mão para mim, longas unhas vermelhas vindo até mim como punhais.

— Prazer em conhecê-la. Eu sou Laney.

— Você é caloura aqui, Laney? — O jeito zombeteiro com que ela disse caloura e meu nome indica, nitidamente, que ela não está tentando ser amigável. Então, por que sequer se apresentar? Eu não sou nem um pouco maldosa, e não sei exatamente qual é o problema dela comigo, mas tenho certeza de que vou resolver isso em algum momento, se for necessário.

— Claro que sou.

— Bem, seja bem-vinda. Eu estou no terceiro ano, e sou capitã das Deslumbrantes Cotovias. — O que diabos são as Deslumbrantes Cotovias? Ela deve ler a minha expressão, porque ela continua: — É um grupo feminino campeão de performances *à capella*.

Isso é muito legal.

— Isso é fantástico. Na verdade, eu assisti *The Sing Off* e *Pitch Perfect* e realmente gostei os dois.

— Sério, você é cantora?

Ela não está nem aí para isso, então por que está perguntando? Por que ainda estou tolerando essa conversa?

— Ai, meu Deus, não, eu sou uma péssima cantora. — Dou uma risada. — Estou na equipe de softbol daqui.

— Ohhhhh, você é uma jogadora de softbol? — Então, ela é sarcástica... e para mim já deu.

— Sou, sim, quer ver meu taco? — Chego mais perto dela, com um olhar bem calmo.

Dane dobra-se de tanto rir e Sawyer cospe a cerveja em todo o lugar, enquanto o rosto de Whitley assume a cor do seu batom.

Ela abre a boca para dizer alguma coisa, mas Bennett a interrompe:

— Vamos, Laney, vamos embora.

Eu me preparo para segui-la, mas Dane fala:

— Ah, não, vocês não vão embora, ela vai. Desaparece, Whitley. Agora.

A boca da garota se abre em surpresa, mas o olhar frio de Dane a silencia e ela se dirige para a porta. Ele vai com ela, mas os dois não trocam uma palavra. Ele se vira para nós, o rosto um pouco vermelho, e dá um sorriso débil.

A tensão na sala é palpável, então tento aliviar o clima.

— Eu realmente sinto muito sobre isso. Eu não ia pegar o meu bastão para bater nela, é sério. Eu poderia apenas amarrá-la numa cadeira e obrigá-la a me ouvir cantar.

A cabeça de Dane se inclina para trás e ele ri com vontade, Tate e Sawyer se juntam a ele.

— Porra, Laney, você é a minha nova pessoa favorita. — Sawyer ri.

— Bem, estou feliz que eu seja a favorita de alguém. Com toda a certeza, não sou a de Whitley... e estou muito arrasada sobre isso — digo, fazendo o beiço mais falso do mundo. — Chega de falar de mim, gente. — Mudo de assunto. — Então, rapazes, querem nos contar um pouco mais sobre vocês? Quero dizer, talvez não tanto quanto Bennett escolheu compartilhar. — Isso leva todos ao riso, até mesmo Bennett. Estou fazendo um bom trabalho comandando este show. Bennett vai precisar me dar um crachá de amiga do peito ou algo assim.

— Cale a boca, vaca. Eu só estava nervosa.

E agora sei que nós somos realmente amigas.

— Por que você estava nervosa, Bennett? — Tate dá um sorriso radiante. Ele sabe a resposta. — Nome muito legal, por sinal.

Bennett cora, e ela é ruiva, então seu embaraço é beeem perceptível.

— Acho que fiquei tensa com o evento desta noite; parece um pouco como encontros rápidos.

— Bem pensado! Parece mesmo — ele concorda com ela.

— Você concorda, Laney? — Dane pergunta.

Dou uma olhada em sua direção e desejo que não tivesse feito isso. Evan é atlético, viril e maravilhoso, enquanto Dane é... lindo. Ele também tem cabelo castanho, mas usa em um corte estilizado e na medida, de propósito. Duvido que ele já tenha usado algum boné com a aba virada para trás, como meu doce Evan. Seus olhos são grandes e castanhos, e totalmente sorridentes. Sua pele é escura, como se ele se bronzeasse durante todo o ano, e ele se comporta de forma amável, mas com aquele ar que sabe que você está olhando para ele.

Ele não é tão alto quanto Evan, nem tão largo, mas ele é bem-construído e musculoso. Seu jeans escuro e sua camisa polo vermelha cabem nele perfeitamente. Em torno de seu pescoço pende uma pequena cruz de prata de um cordão de couro e posso ver uma tatuagem na parte interna do seu bíceps. De onde estou, parece uma frase poética ou algo assim. Este menino realmente devia estar estampado em uma revista ou em uma tela de cinema, e eu poderia apenas apreciar a vista, como faria com uma estrela de cinema, certo? Certo.

Assim que interrompo minha avaliação minuciosa, sou capaz de responder:

— Não sei nada sobre encontros rápidos, mas esta noite não pareceu assim tão rápida.

ESPERA, é isso! O filme *Doce Lar*, Evan é como Jake, e Dane é como Andrew... Arrasei com essa analogia! Mal posso esperar para contar à

Bennett mais tarde. Não que eu esteja comparando, apenas estou orgulhosa da minha esperteza. Porcaria, tenho certeza de que deixei passar sua outra pergunta...

— Você não se divertiu? — Ele sorri timidamente, olhando bem dentro dos meus olhos outra vez. Nossa, isso é novo. Eu não reparo nos caras, ou em suas tatuagens, ou em seus colares. E por que, de repente, eu me sinto tão culpada?

— Diversão não seria a palavra certa. Embora, este tenha sido, com certeza, o quarto menos doloroso da noite, então parabéns por isso.

Ele ri de mim e o mesmo acontece com Bennett. Ela não se moveu do lado de Tate, e parece que ela também não está imune de lançar olhadas descaradas. Ah, e ele percebe; ele se inclina a cada vez que conversa com ela.

— Então, alguém além de Bennett quer nos contar um pouco sobre si mesmo?

— E que tal você? — Dane pode desafiar apenas com seus olhos, e estou aprendendo isso rapidamente.

— Não, não... alguém mais pode ir primeiro. Eu sou superdesinteressante.

— Eu duvido disso.

— Ah, pelo amor de Deus, não vou ter que sugerir Verdade ou Consequência, né? — Reviro os olhos para todos eles. — E andem logo, já deve estar perto de trocarmos de quarto outra vez. — Nós, definitivamente, estivemos aqui a maior parte da noite.

— Essa foi à última troca da noite. — Dane pisca novamente.

— Ah, okay, então já estou pronta para o meu pijama e a minha cama. Vamos, Bennett. Prazer em conhecer vocês! — Começo a caminhar para a porta, mas me viro para trás. Por que Bennett não está me seguindo?

— Ei, calma aí, vocês duas não precisam sair correndo! Eu, pessoalmente, gostaria de um jogo ou algo assim. Caramba, são só dez horas da noite de uma sexta-feira — Sawyer entra na conversa com o cenho franzido.

— Sim, Laney, vamos lá, vai ser divertido! — Bennett dá um gritinho. Oh, aquela ruivinha apaixonada!

— Hum... — Eu pareço tão desconfortável quanto me sinto? Eu estava zoando sobre a Verdade ou Consequência; eu realmente não preciso saber nada sobre ninguém. Apenas pensei que Bennett gostaria das informações de Tate. Esqueça essa porcaria de amiga do peito.

Dane vem até mim e recosta o quadril contra o balcão.

— Laney, por que você não vai lá colocar esse pijama? — Ele sorri. —

Daí você volta. Eu vou pedir uma pizza.

Sua proximidade não passa despercebida e eu me assusto com a reação do meu corpo.

— Não vou aparecer de pijama na frente de garotos que acabei de conhecer!

— Humm, Laney — Bennett se intromete, timidamente —, eu vi os seus pijamas; eles são de boa.

Dane levanta uma sobrancelha para mim.

Acabamos de conhecer esses caras. Está tarde e o tal quebra-gelo acabou, oficialmente, então, se eu ficar agora, no quarto de um cara, será por vontade própria. As preocupações de Evan ecoam na minha cabeça.

— Não, estou meio cansada. Preciso do meu quarto, Bennett. Eu me sentiria muito melhor se você viesse comigo.

— Perfeito, jogo e pizza em nosso quarto, rapazes! — Tudo bem, Bennett perdeu totalmente a noção. Argh!

— Laney, o que você quer na sua pizza? — Há um garoto parecido com um deus que é praticamente um estranho, gritando através da porta do meu banheiro. Esta noite saiu do meu controle, mas este é o quarto de Bennett também, e ela está muito a fim de Tate, então não vou impedir isso.

— Qualquer coisa… exceto pimentas. Ou cebolas. Ah, e anchovas também não!

— Então… pepperoni? — Tão presunçoso, esse Dane.

— Claro. — Este é o meu quarto. E eu vou sair de pijama.

— Que porra é essa? — O rosto de Sawyer parece aflito, como se a minha roupa de dormir fosse na verdade a maior decepção que ele já teve.

— Você beija alguém com essa boca, Sawyer? — Ele me dá o mesmo olhar estranho que sempre recebo quando digo isso, mas sim, eu tinha que mudar a frase.

— Desculpa! Mas, falando sério, Laney. Se uma menina gostosa diz que vai vestir um pijama, eu já penso nela me mostrando seus segredos, saca? Com algo daquela adorável *Victoria's Secrets*. Então, o que você está vestindo?

— Estou vestindo meu pijama, e não tenho nenhum segredo. — E não tenho mesmo. Bem, eu poderia ter... ainda não decidi se vou contar a Evan qualquer coisa que acontecer esta noite.

— Aaah, aposto que você tem — diz ele com um olhar de soslaio.

Dane está recostado contra o balcão, os braços cruzados sobre o peito, sorrindo para mim. É uma pose familiar que acelera o meu coração, e o tempo todo eu me pergunto por que, conscientemente, sinto sua presença no quarto. Quando flagro seu olhar, ele acena com o dedo para mim, pedindo que eu me aproxime dele.

Vou até onde ele está, mas não chego tão perto.

— Sim?

— Laney, eu te conheço tem um minuto, mas dá pra ver que você está desconfortável. Eu posso acabar com tudo isso agora mesmo, se você quiser. Vou levar os meus garotos de volta para o quarto deles, e vou até deixar algumas pizzas aqui para vocês. É só dizer.

Dane me dá uma saída, e eu deveria, definitivamente, aceitar a deixa... Eu me viro para olhar para Bennett. Ela está sentada no sofá com Tate, Sawyer inclinando-se sobre eles. Eles estão escrevendo alguma coisa, rindo e comendo... Eu olho de volta para Dane.

— Posso ser honesta com você? — pergunto, com timidez, mas por algum motivo, tenho a nítida sensação de que posso fazer isso.

— Não, minta olhando direto para o meu rosto. Eu adoro quando as pessoas fazem isso. — Ele sorri. — Sim, pode me falar.

— Eu não me sinto insegura nem nada, mas isso é estranho. Duas meninas convidarem três garotos que elas acabaram de conhecer para o quarto no dormitório? Bem, uma menina, pelo menos; não tenho certeza se eu convidei alguém. — Dou um sorriso para aliviar qualquer aspereza em minhas palavras. — Eu só não entendo o porquê de tudo isso. Não há sentido em ir tão longe no primeiro evento social, certo? — Mordo meu lábio inferior um pouco.

— Eu entendo, e não estou surpreso que você pense assim, de verdade.

— O que você quer dizer?

— Bem, são poucas as meninas que não nos querem em seus quartos. É só dar uma olhada na sua companheira de quarto, por exemplo; ela não está pensando em nos deixar ir embora tão cedo. Na verdade, ela está em conluio com Sawyer, independente se ela já percebeu isso ou não.

— Humm, hã? — Ainda perdida.

— Laney, eles estão lá fazendo 21 perguntas, prontos para jogar. Ambos querem algum jogo bobo; Sawyer porque quer te conhecer melhor, e Bennett para que ela possa conhecer Tate. Eles vão basear as regras em doses de bebida, para que todo mundo fique com a boca frouxa e conte sua história real. É isso o que acontece na faculdade, Laney; rapazes e meninas trilhando um percurso por entre a multidão, até encontrar alguém interessante. Jogos e bebidas mascaram o fato de que eles estão com muito medo e bastante inseguros para apenas fazer perguntas abertamente. É só todo mundo jogando o mesmo jogo, Laney. Mas se você não gosta disto, ou está se sentindo desconfortável, vou resolver isso.

Ele tem razão. Bem, sobre Bennett, de qualquer maneira; quem sabe sobre Sawyer. Bennett é apenas uma garota que gosta deste novo cara e realmente só quer conhecê-lo. O jogo e as doses de bebida vão dar a ela uma desculpa para fazer isso. Caracas, Dane percebeu tudo e esclareceu isso com precisão. Eu gosto e respeito isso. Se ele está pregando uma peça para me enganar, ele merece um Oscar; no entanto, não estou captando nenhuma intenção ruim.

— Okay, Senhor Sentido da Vida, eu tenho algumas condições.

— Diga lá.

— Nenhum menino dorme aqui. Em algum momento, você os arrasta para fora. Se Bennett ficar muito bêbada, você pega o meu sinal para encerrar a brincadeira. — Assinalo as regras em meus dedos. — Ninguém fica pelado, ninguém faz sexo. Ninguém convida mais ninguém para cá. Ninguém posta isto no Facebook, não há tweets de ninguém… Ah, e ninguém rouba minha pizza. Parece bom? — Levanto uma sobrancelha e cruzo os braços sobre o peito.

Ele sorri.

— Sim, Laney, parece ótimo. Agora relaxe e pare de se preocupar. Você consegue fazer isso?

Parecia uma pergunta retórica, então não respondo nada.

— Nada de mal vai acontecer contigo sempre que eu estiver por perto, eu juro. Bem-vinda à faculdade, Laney; bem-vinda à vida.

— Começou o jogo! — Sawyer grita da sala de estar.

Então, aparentemente, o jogo é de 21 perguntas, e não tão banais quanto Verdade ou Consequência. Certo. Bennett firmou-se ao lado de Tate no sofá, e eu me refiro realmente ao lado dele. Sawyer pega a cadeira e Dane e eu nos sentamos no chão em lados opostos da mesa do café. Todos nós tivemos de colocar quatro perguntas no copo, o que dá apenas vinte perguntas, mas ninguém parecia se importar. Se você se recusar ou não puder responder a uma pergunta, você toma uma dose. Eu nunca tomei uma dose, mas sou muito inteligente, então não estou tão preocupada.

— Okay, senhoras em primeiro lugar, uma de vocês começa e vamos no sentido horário.

A mão de Bennett está no copo antes de Sawyer terminar as instruções.

— Quantos anos você tinha quando você perdeu a virgindade? — Ela cora quando termina de ler.

Eu quase me engasgo com o meu refrigerante. É evidente que eu não sabia o tipo de pergunta que seria feita! Parece que minhas notas altas no boletim não vão me salvar de tomar algumas doses esta noite. Merda.

— Humm. — Ela olha para o teto e bate o dedo no queixo. Bem, merda, ela vai responder, e parece ter que pensar sobre isso! — Quinze.

Sutilmente toco em meu peito, para que eu não me engasgue com a mordida que dei na pizza e olho para o chão.

— Dezesseis. — A pergunta não foi para Sawyer, mas ele compartilha mesmo assim.

— Quatorze! Mitzi Shawn, bate aqui! — Tate acrescenta ao dar a Sawyer uma batida de punhos.

Nem Dane, nem eu, dizemos uma palavra. Não era a minha pergunta, então tenho certeza de que ela não se aplica, mas vou beber toda a maldita garrafa antes de responder com "não aplicável".

— Okay, minha vez. — Tate pega uma pergunta. — Quando foi a última vez que você dormiu com alguém e com quem? — QUE PORRA É ESSA! POR FAVOR, deixe-me tirar uma de minhas próprias perguntas.

— Bem, foi cerca de três semanas atrás, mas eu não digo com quem saio, exceto sobre Mitzi — ele ri —, então vou tomar a bebida. — E ele toma.

A vez de Dane é a próxima, e já sinto pena dele; Só Deus sabe o que vai sair.

— Quais são seus três filmes favoritos da Disney? — Ele olha para mim e um sorriso genuíno ilumina seu rosto, ocupando toda a sala. — Hmmm, eu me pergunto de quem seria esta pergunta? Poderia ser, poderia ser... a pequena gatinha no pijama das princesas? — Ele pisca para mim. — Vamos ver... Eu vou com *Toy Story*... — Clássica escolha de menino. — *Monstros SA*... — Ótima escolha. — E... ah, claro, *O Cão e A Raposa*.

— Ai, meu Deus, cara, você é uma menininha. — Sawyer atira um guardanapo amassado na direção dele.

Dane apenas encolhe os ombros e me dá uma olhada. Estou apenas olhando para ele. Eu realmente gostei de sua resposta.

Minha vez. Eu poderia vomitar agora...

— Qual seria o seu encontro ideal?

— Oh, eba, eu estava esperando que você pegasse essa! — Bennett dá um gritinho e aplaude.

Eu penso em Evan, em todas as vezes que saímos para comer, para o baile, para pescar... eram os encontros ideais? Não tenho ideia, mas eles foram para mim, porque Evan estava lá. Será que eu gostaria dessas coisas sem ele? É provável que não, mas ele se foi e eu não tenho aproveitado muito ultimamente. Eu nem sequer gosto tanto assim do softbol agora. Sinto as lágrimas brotarem... estranhos, pessoas me observando, é tudo demais.

— Vou escolher a bebida — digo e faço exatamente isso. Ela desce queimando, assim como a parte de trás dos meus olhos. Olho para cima e Dane fixa o olhar ao meu, mas não diz uma palavra.

Sawyer também pega uma das minhas.

— O que faz você mais feliz? Laney, você me fez uma pergunta indecente? — Ele faz uma careta zombeteira.

— Isso pode ser uma pergunta indecente, dependendo da sua resposta! — Mostro a língua para ele, ouvindo as risadas ao redor.

— Bocetas, cerveja e esportes me fazem feliz, provavelmente nessa ordem. — Sawyer é um porco, mas do tipo "que você acaba gostando com o tempo".

Depois de mais algumas rodadas, sei até demais sobre todo mundo. Engoli duas doses e não revelei nada importante ou embaraçoso, já que Dane e Bennett puseram questões mais fáceis também.

Finalmente, Dane se levanta.

— Gente, está ficando tarde. Vamos embora para que estas senhoras possam ir para a cama.

— Vocês ainda não precisam ir, certo, Laney? — Bennett implora com o olhar.

Eu não digo nada, porque estou cansada.

— Tate, vamos lá, cara. Sawyer, levanta essa bunda daí e diga boa-noite.

Tate se inclina para sussurrar no ouvido de Bennett quando ela o leva até a porta e Sawyer sai murmurando, depois de me dar um abraço desajeitado.

Dane para e se vira para mim.

— Boa noite, Disney, espero que esta noite tenha sido boa para você.

Um apelido? Já? Não tenho certeza se ele já ganhou esse privilégio, mas é um tão bom que nem me importo.

— Sim, não se preocupe. Foi divertido. — Dou de ombros.

— Você está mentindo para mim. Metade das perguntas te deixaram horrorizada. — Ele ri.

— Não, algumas delas foram engraçadas. Isso foi... diferente, um diferente bom.

— Bem, então, estou feliz. Bons sonhos.

Vou para a cama sem ligar para Evan, nem mesmo envio uma mensagem, porque me sinto culpada, embora não tenha certeza do porquê. Ele faz o mesmo, aparentemente, o que torna difícil adormecer.

CAPÍTULO 15

UMA IMAGEM VALE MAIS QUE MIL PALAVRAS

Laney

Estava chovendo quando acordei, um sábado perfeito. Há café novinho e Bennett se foi. Um recado diz que ela vai estar em casa mais tarde esta noite; ela precisou sair para ensaiar sua peça. Ando devagar pelo quarto recolhendo a minha roupa suja, e, em seguida, tomo um banho. Tento ligar para Evan, mas a ligação vai para o correio de voz, por isso ligo para casa.

É tão bom falar com o papai. Eu conto tudo sobre minhas aulas e sobre Bennett. Ele, é claro, pergunta sobre a equipe e o treinador. Eu mantenho o meu tom entusiasmado antes de finalmente dizer que o amo e que vou vê-lo em breve.

Completamente sem coisa alguma para fazer agora, decido treinar algumas rebatidas na arena de treino coberta. Não estou realmente motivada com o softbol, mas eu, literalmente, não tenho mais nada para fazer e pelo menos isso é algo que eu "conheço".

Eu sempre tinha o que fazer em casa, mas agora parece que estou desconectada de mim mesma. Nada parece realmente certo ou errado, mas sei que estou apenas seguindo o fluxo. Sinto saudades de casa. Sinto falta de Evan e de tudo o que era constante, seguro e familiar.

Mas depois, ouço uma vozinha lá no fundo e que odeia que todos ao meu redor pareçam confortáveis, aproveitando a faculdade ao máximo, com amigos, festas, o que quer que seja… Enquanto estou presa no limbo, fora da minha zona de conforto, mas com receio de explorar o outro lado.

Eu rebato as bolas até que estou encharcada de suor e meus braços parecem de borracha, e depois volto para o dormitório. Depois de duas horas e outro banho, Bennett ainda não está em casa. Eu ainda não tenho lição de casa e minha ligação para Evan vai ao correio de voz novamente. Okay, agora isso está me incomodando. Evan nunca deixou de atender duas ligações seguidas, mas eu simplesmente não consigo enviar uma mensagem de texto, também. *Não seja aquela garota, Laney.* Eu deveria estar feliz que ele tenha, obviamente, mais coisas para mantê-lo ocupado do que eu; acima de tudo, eu quero que ele seja feliz, de verdade.

Não tenho certeza de como ou por quê, mas quando dou por mim, estou batendo na porta do quarto 114.

Tate atende e sorri calorosamente.

— Ei, Laney, e aí? Vamos lá, entre. — Ele se move para o lado para que eu possa entrar, mas permaneço no corredor. Passinhos de bebê e tudo isso.

— Não, estou bem, humm, apenas passando para ver como vocês estão… — Não consigo olhar para cima e já estou me arrependendo da minha decisão ousada de vir para cá.

— Ninguém está aqui a não ser eu, mas os meninos devem estar de volta a qualquer minuto. Você quer esperar?

— Não, está tudo bem. Basta dizer-lhes que passei para dizer oi, tudo bem?

— Tem certeza de que não quer esperar?

Eu me viro para começar a voltar ao meu quarto, e eis que Dane vem caminhando na minha direção carregando uma guitarra. É claro que ele está carregando uma guitarra, isso é uma parte fundamental para o tentador garoto malvado, certo?

— Bem, oi pra você, Disney, procurando alguém em particular? — Ele ergue uma sobrancelha, acompanhado por aquele sorriso que consome tudo ao redor. Seu cabelo está bagunçado e seu jeans pende baixo no quadril; ele é uma tentação, sem dúvidas.

Por que você está aqui, Laney? Você está chateada porque Evan não respondeu? Este é o troco que você quer dar nele? Vai fazer todas as coisas que você profetizou que ele faria quando estivessem separados? Boa, Laney.

— Eu só vim para ver como vocês estavam. Estou morrendo de tédio. A Bennett saiu e vocês são as únicas pessoas que eu conheço. — Não tenho certeza do porquê estou divagando. Não tenho certeza do porquê estou aqui.

— Por mais lisonjeiro que seja, eu vou aceitar isso. — Ele está sorrindo, então não está ofendido. A desculpa soava melhor na minha cabeça.
— Vamos entrar.

Sem Bennett como apoio, não vou entrar em seu quarto... então por que vim aqui?

— Estou bem, eu só... bem, não há nada divertido acontecendo hoje à noite? Bennett vai chegar em breve, e tenho certeza de que ela adoraria fazer alguma coisa.

— Não há planos definidos aqui, você conseguiu alguma coisa? — Ele olha para Tate, que parece estar escrevendo uma mensagem de texto.

— A Bennett vai estar aqui em cerca de uma hora, e disse que topa o que quer que seja. — Acho que sabemos para quem ele estava enviando a mensagem.

— Perfeito. — Dane olha para mim. — Então, Disney, você foi corajosa o suficiente para passear aqui embaixo; você é corajosa o suficiente para definir a programação?

Eu sou? Sim, eu sou. É pena que não tenho ideia do que seria divertido. Não só não tenho visto alguma lagoa por perto, mas esses meninos não me parecem do tipo que gostam de pescar. Algo me diz que uma maratona de filmes não vai agradar também, e eu poderia usar uma mudança de cenário.

— Ser coordenadora social não é o meu forte, fiquem à vontade para me substituir. — Eu olho para sua guitarra. — Que tal entrega de comida chinesa e perguntas sobre música?

— Com doses de bebidas? — Tate pede esperançoso.

— É claro. — Dou um gritinho. Não há nenhuma chance de que vou perder o jogo de perguntas sobre música.

— Okay, anfitriã das anfitriãs, seu quarto, em uma hora e meia? — O rosto de Dane se ilumina.

— Parece bom, traga sua guitarra. — Veremos o que ele consegue.

Sentindo-me culpada, sem saber exatamente o porquê, envio uma mensagem de texto para Evan quando volto ao meu quarto.

> **Laney:** Tentei ligar para você duas vezes e caiu no correio de voz. Tudo bem? Estou prestes a passar o tempo com uns amigos do dormitório, sinto sua falta.

Bennett chega um pouco depois, praticamente espumando pela boca. Jorrando empolgação, enquanto está se arrumando na maior pressa, ela declara seu amor eterno por mim por inventar esse encontro nesta noite. Não posso deixar de sorrir. Estou realmente ansiosa por isso também.

Os rapazes do 114 chegam na hora certa, menos Sawyer, e eu os deixo entrar... enquanto estou segurando um rangum de caranguejo[1]. Eu não podia esperar. Ambos se oferecem para me reembolsar pela comida, o que rejeito na mesma hora, e todos nós nos instalamos confortavelmente.

— Obrigado pelo convite, Laney — Tate diz e joga um braço casual por cima do meu ombro. — Fiquei meio surpreso, já que você parece um pouco tímida.

— De nada. É bom ter alguma coisa para fazer. — Não menciono o comentário sobre minha timidez, pois nem eu sei o que dizer. — Sawyer sabe que ele também foi convidado, certo?

Dane tosse e lança um olhar ao Tate, que realmente espero que ele não ache que foi sutil. Seu irmão responde meio sem jeito:

— Ele teve que trabalhar esta noite.

— Ah, onde é que ele trabalha? — Nenhum dos dois me responde antes que um alerta de mensagem toque no meu celular, e corro para ele, exultante. Não é de Evan, porém, e, sim, de Kaitlyn.

> **Kaitlyn:** Pensei que você gostaria de chutar o seu garoto louco.

A imagem anexada é como um chute no estômago. Por que ela iria enviar para mim? Ela só pode estar bêbada, pensando que isto seria engraçado. É tudo menos isso. A dor se move por todo meu corpo, começando em meus dedos do pé e espalhando-se, as lágrimas ameaçam se derramar. Meu doce, elegante Evan parece estar tomando uma dose de bebida dos seios espremidos de uma loira bem-dotada. Sua regata quase inexistente está puxada para baixo para "segurar" a bebida dele e seu rosto está todo

---

1 Crab Rangoon, ou Rangum de Caranguejo é uma espécie de bolinho (salgadinho) frito recheado.

em cima disso. Suas mãos estão segurando os quadris dela, logo abaixo das bordas de uma saia subindo ridiculamente alto enquanto ela está deitada sobre uma mesa.

Quão prestativa foi minha amiga Kaitlyn por capturar esse momento para mim. Rangendo os dentes, tento me lembrar de que Evan pode fazer o que quiser; nós tínhamos discutido isso por muito tempo. Não tenho direito algum de estar chateada ou com ciúmes. O plano de "abra suas asas e voe" foi meu. Nunca pensei que ele fosse voar tão longe e tão rápido. E não achei que eu teria que ver isso.

Balançando a cabeça como se isso fosse apagar a imagem, digo em voz alta para todos:

— Vamos jogar um pouco!

Acontece que Dane é realmente um bom guitarrista e tem uma ampla gama de conhecimento musical. Eu não o atrapalho com o iPod e ele não erra com as cordas. Bennett e Tate mal estão jogando e, ou eles são dois sem-vergonhas, ou se esqueceram de que Dane e eu estamos no quarto. Apesar do meu estômago embrulhado e de muitas vezes encontrar minha mente vagando de volta para a foto, estou realmente me divertindo. Dane é uma grande companhia, me mantendo rindo e adivinhando quais são as músicas. Seu talento e paixão óbvia pela música é contagiante, e sua veia competitiva, acompanhada apenas pela minha, é hilária.

— Okay, Maestro, vamos ver se existe uma música que você não consegue tocar — eu o provoco.

Ele espera calmamente, sem observações.

Pense, Laney, uma canção onde você sinta a guitarra…

— Que tal *"The Cave"* dos *Mumford and Sons*?

Achei que o tivesse encurralado, mas ele é muito bom nisso. Ele toca com perfeição, até mesmo cantando junto. É incrível, lindo, e não posso negar o quanto isso me cativa. Ele dá uma piscadinha quando termina e mantém o olhar focado em mim, esperando que eu fale alguma coisa.

— Isso foi incrível, Dane. — Pigarreio para continuar em mais do que um sussurro rouco: — Você é muito bom, e eu, caramba, estou impressionada. Deixe-me adivinhar, você faz parte de alguma banda?

— Não, nenhuma banda.

— E não está na faculdade?

— Não, não estou.

— Então, o que você faz?

Ele ri baixinho.

— Nada de importante.

— Besteira, Dane, você... — Tate começa, mas Dane o corta de supetão.

— Eu já respondi a ela, mano.

Não o pressiono ainda mais e a noite, que realmente foi divertida, logo chega ao fim.

CAPÍTULO 16

PESADELO

Evan

Quando o time se prepara para fazer a iniciação dos calouros, eles não brincam em serviço. Ontem à noite foi tão insano que mal me lembro de muito do que aconteceu. Olhando em volta, devagar, protejo meus olhos contra a luz que se infiltra pelas cortinas. Demoro um minuto para perceber que realmente cheguei ao meu quarto de alguma maneira.

Sentando-me ainda grogue, apesar da bateria explodindo na minha cabeça, eu tento me lembrar de como cheguei aqui. Depois da quarta ou quinta dose de tequila, através do peito de uma *Bulldog Babe*, tudo se tornou um pouco confuso. Nunca fui de beber muito, mas quando os veteranos em sua equipe de futebol da faculdade convocam você para uma festa de iniciação, você vai. Eu só espero que não tenha feito um grande papel de bobo.

Vou andando até o banheiro e paro, congelado.

Não, não, não... por favor, me diz que ainda estou bêbado e isso não está acontecendo.

Kaitlyn Michael, a melhor amiga de Laney, está de pé do outro lado do quarto, de calcinha e com a minha camiseta. Olho para mim rapidamente... usando apenas a roupa íntima. Ah, puta que pariu, isso tem que ser um pesadelo. Por que ela está aqui? O que aconteceu? Isso não poderia ser pior. Laney nunca vai aceitar a desculpa de eu estar bêbado ou me perdoar.

Eu tenho certeza que transar com amigos não fazia parte do nosso acordo.

Engulo a bile, lentamente olhando para cima, arfando outra vez quando deparo com o sorriso muito brilhante de Kaitlyn. Ela parece feliz pra caralho e sinto tudo dentro de mim retorcer. Estou prestes a vomitar, se essa merda não começar a fazer sentido bem rápido. Eu dormi com Kaitlyn? Certamente que não, eu não poderia estar tão bêbado assim, não é?

Ela deve ver a pergunta estampada no meu rosto porque, em seguida, ela pigarreia e atrai o meu olhar para os dela mais uma vez.

— Relaxe, Evan, nada aconteceu. Eu sou uma velha amiga; só quis ter certeza de que você chegasse em casa a salvo.

Tentando acordar, balanço a cabeça com força.

— Então por que nós estamos só de roupas íntimas? E por que você ainda está aqui?

— Eu não ia dormir com a minha roupa apertada da festa e você tirou a sua própria roupa. E obrigada, mas acho que você não ia querer que eu dirigisse sozinha, de volta para o meu dormitório, e tarde da noite, né? Então eu dormi por aqui. De nada, a propósito — ela bufa e cruza seus braços sobre o peito.

Ah, agora ela está agindo como se estivesse chateada e ofendida. Ela está maluca??? Laney vai nos matar! Esta seria a pior traição possível... eu e Kaitlyn. Deus nos acuda se ela algum dia descobrir isso. Nós dois vamos perdê-la para sempre. Sim, Kaitlyn me trouxe para casa em segurança e eu sou grato, mas merda... ela devia ter chamado um táxi para mim, não passar a noite no meu quarto! Prefiro morrer em uma vala a perder Laney.

— Não fique brava, Kaitlyn. Não estou tentando ser mal-agradecido, isto é apenas estranho e é muito para digerir. Eu realmente aprecio você ter cuidado de mim. E estou feliz por ter feito isso. — Vou pegar uma água, pois a minha garganta está seca e apertada. Eu me viro de volta para Kaitlyn, o desespero total na minha voz. — Acho que não devemos mencionar isso para Laney. Nós realmente não fizemos nada de errado, mas seria difícil para ela entender. Certo?

— Claro, Evan — ela me corta enquanto reúne as coisas dela. — Não vou dizer nada à Laney. Mas não vejo o motivo para o segredo, no entanto, vocês não são apenas amigos agora? Isso é o que eu estava sendo, uma boa amiga.

— Você está certa, você foi. Obrigado, de verdade. — Faço uma pausa para ver o que ela vai dizer, mas depois de um longo silêncio constrangedor, eu digo: — Então, vou tomar um banho. Obrigado novamente. Acho que vou te ver por aí?

Ela sorri e segue em direção à porta, mas ainda na defensiva.

— Sim, Evan, eu vou te ver por aí.

Eu permaneço no chuveiro por muito tempo, tentando avaliar a situação. Nada aconteceu. Kaitlyn estava apenas sendo uma boa amiga. Nós concordamos em não contar à Laney e deixá-la chateada por besteira. Tudo vai dar certo.

Isso aí, vai ficar tudo bem.

CAPÍTULO 17

LAR, AGRIDOCE LAR

Laney

Saindo do treino na segunda-feira, meu telefone toca e sei que é Evan antes de responder:

— Bem, olá, estranho.

— *Baby*, como você está? Senti sua falta.

Digo-lhe que estou bem, e que senti falta dele, também. Ele explica como perdeu seu telefone e só conseguiu um novo hoje. Tudo o que quero fazer é perguntar a ele sobre a imagem que eu vi. Quero dizer o quanto ele me magoou, como foi nojento, mas não digo nada. Evan precisa desfrutar da faculdade, ser livre, e se divertir... o que quer que isso possa significar para ele.

Isso não significa que não posso testar as águas, porém, e ver se ele vai me dizer por conta própria.

— Então, como foi seu fim de semana?

— Bom, eu acho, teve principalmente o acampamento de treinamento funcional, e eu saí por um tempo com os amigos no sábado à noite, nada demais. O que você fez?

Não, ele não vai me dizer. A ironia não me passa despercebida. O que nos levou anos para construir, uma fundação forte que resistia a qualquer elemento, acaba de sofrer sua primeira rachadura. Levou uma fração do tempo.

— Eu participei do Quebra-Gelo na sexta à noite; basicamente foi uma porcaria. Sábado eu treinei umas rebatidas por um tempo, e então saí um pouco com os amigos, daí, no domingo lavei a roupa. — Tudo isso é verdade.

Fazemos planos para irmos para casa para o fim de semana prolongado do Dia do Trabalho que está chegando. Posso estar chateada com a foto, mas de jeito nenhum vou perder a oportunidade de revê-lo. Ele ainda é meu melhor amigo no mundo todo, e eu sinto saudades dele.

Bennett me liga durante a minha viagem para casa na sexta à noite, implorando para que eu volte um dia antes para sair com ela. Aparentemente, alguma coisa chamada *"The K"* vai estar *"kicando"* por causa do fim de semana prolongado. Tate não pode fazer isso, mas ela "reeeealmeeeeenteeee" quer ir. Ela está trabalhando nas nossas identidades falsas no momento.

Eu disse a ela que vou ver. Não tenho certeza de quando Evan terá que voltar a Athens, e não vou sair nem um minuto antes dele. Além disso, ainda tenho que ir a uma festa da faculdade, e nunca ouvi falar desse *"The K"*, por isso estou um pouco hesitante. Eu digo a ela que vou ligar no dia seguinte ou algo assim.

Chego em casa antes de Evan, uma vez que eu tinha um caminho bem mais curto para dirigir, por isso tenho muito tempo para me organizar e colocar a conversa em dia com o meu pai. Ele é um homem tão bom. Nunca entendi por que ele nunca namorou depois que minha mãe fugiu de casa. Uma vez perguntei se ele se sentia sozinho e sua resposta foi bem simples:

— Como eu poderia me sentir solitário quando tenho você? Eu já tenho a garota mais bonita e maravilhosa do mundo.

Ele amava a minha mãe de todo coração. Ele tentou ignorar durante muito tempo a forma como ela simplesmente "se afastava" de nós bem antes de ela desaparecer de verdade, mas eu já sabia, há algum tempo, que ela não estava presente, mesmo quando estava sentada bem ao meu lado. Não pude acreditar que ela realmente foi embora. Eu não sabia que as mães faziam isso, mas ela fez. Nunca mais soubemos notícias dela, e nunca mudamos de casa, então ela simplesmente não quer falar conosco, porque, com toda a certeza, não é tão difícil nos encontrar.

Desde esse dia, tem sido apenas eu e meu pai; em cada refeição, em cada feriado, apenas nós. Ambos os seus pais são falecidos e não sei nada sobre os pais da minha mãe; eles também são fantasmas. Ele me levou para jogar bola, algo que domina bem e que poderia se relacionar a mim. Ele me ensinou a pescar, como cozinhar coisas simples, e como ser forte e autossuficiente. Posso ter sido abandonada pela minha mãe, mas quando estou entre meu pai, Evan, e até mesmo Parker, estou bem. Ganhei o ouro com os homens da minha vida.

Depois que comemos o espaguete que fiz, ele se dirigiu para sua Noite de "Viola", também conhecida como "velhos sentados em um galpão e bebendo cerveja". Alguém pode pegar um violão e dedilhar algumas notas em algum momento, daí o nome original. Ele não tinha necessidade de perdê-la só porque estou em casa; Evan estará aqui em breve.

Enquanto espero, faço um bolo de carne e um pote de chili para o papai. Ele pode congelar os dois e eles vão render pelo menos uma semana de boa comida. Então lavo toda a sua roupa de cama e limpo os banheiros, coisas que ele nunca pensaria em fazer. Eu tenho que cuidar do meu paizinho.

Finalmente, por volta das dez, Evan aparece na minha porta. Eu salto em seus braços, enlaçando-o com os meus braços e escondendo meu rosto em seu pescoço, já tendo esquecido as fotos desagradáveis. Deus, senti tantas saudades dele.

Ele me pega no colo e ri, deslizando as mãos para cima e para baixo nas minhas costas.

— Senti sua falta, também, princesa.

Ele beija minha cabeça e suspira.

Eu o puxo para o sofá, porque só quero abraçá-lo. Nós ficamos ali deitados por horas, e é como se a minha bochecha não pudesse deixar seu peito e suas mãos nunca pudessem deixar uma parte de mim. Seria muito mais difícil me despedir dele desta vez, agora que sei o quão ruim isso pode realmente ser e o que ele faz enquanto está longe de mim. Eu me pergunto se ele sente isso também.

CAPÍTULO 18

REMÉDIO

Evan

É tão malditamente bom tê-la de volta em meus braços. Senti falta dela mais do que pensei ser possível. Ela sempre foi o motivo de cada dia pelo qual me levanto de manhã, pelo que olho adiante. A vida simplesmente não significa tanto sem ela.

Eu sabia que ia ser difícil; nós estivemos juntos por tanto tempo, os dois lados da mesma moeda. Mas de jeito nenhum fui capaz de prever a magnitude exata do vazio que eu sentiria. Ela está com a mesma aparência, mas há algo diferente sobre ela; uma tristeza em seus olhos, um ar diferente. Rezo para que ela não tenha estado metade do quão miserável que estive; eu nunca iria querer isso para ela. Sempre oro para que ela não tenha acordado acidentalmente com um cara em seu quarto... é claro que ela não faria isso, minha doce menina... Deus, eu sou um babaca. A culpa está me consumindo, mas não posso dizer a ela; não posso arriscar perdê-la completamente.

A faculdade está indo bem até agora. A equipe de futebol é ótima. Meu companheiro de quarto e os novos amigos são legais, há sempre alguma coisa para fazer, mas ela nunca deixa minha mente. Está sempre lá... o que ela está fazendo, com quem ela está, se sente saudade de mim, quando posso vê-la outra vez. Ela sempre encontra uma maneira de entrar em meus pensamentos.

Quando perdi meu telefone, fiquei louco imaginando vários cenários em minha mente. A última coisa que eu soube dela, é que ela estava naquela coisa de turnê maldita no dormitório, e depois o meu telefone desapareceu. Ela estaria em uma festa bebendo, ou deixando os caras tomarem doses de bebida de cima dela, como eu estava? Bem, toda a merda do "faça o que digo, não faça o eu faço" está me deixando insano.

Eu deveria ter saído daquela festa e telefonado para ela com o celular da Kaitlyn. Eu deveria ter ido para casa. Eu nunca deveria ter ido lá. Eu deveria tê-la seguido para a Southern. Em todos esses anos, eu nunca tinha mentido abertamente para Laney, e agora estou fazendo isso. Omissão é mentir. Eu sei disso e ela também. Há tanta coisa que não consigo me forçar a contar a ela... E quanto maior a pilha de segredos se torna, pior eu me sinto.

Apenas alguns meses atrás, nós sabíamos tudo um sobre o outro. Nada e nem ninguém esteve entre nós. Ela era a primeira pessoa com quem eu conversava todas as manhãs e a última voz meiga que ouvia antes de ir dormir. Quando eu planejava o meu dia, sabia que ela estaria nele. Agora tudo está contaminado.

Laney estava certa sobre os desafios que nós enfrentaríamos; as meninas da faculdade são maníacas. E não se esqueça das *Bulldogs Babes*. Elas são a equipe de torcida, e parte do "trabalho" delas é cuidar do time de futebol. Nossa roupa suja, o nosso dever de casa, limpar o nosso quarto, bater umazinha... o que você pensar. Eu sou um calouro, então recebo menos atenção, basicamente qualquer tempo que Courtney, a ruiva atribuída a mim, tenha restante, depois que já tivesse cuidado de um dos atletas veteranos. Eu a evito como uma praga.

Pensei que sabia sobre a tentação e mulheres – caralho, passei por isso no ensino médio, mas é algo sem comparação.

E Laney também estava lá no ensino médio. Eu podia vê-la sempre, ir até ela, estar por perto; tudo ao fundo se tornava um ruído distante. Não sou um pervertido sexual, não preciso ir para a cama com alguém, por assim dizer, mas preciso de companheirismo.

Maldição, estou caindo aos pedaços.

E o que me mata mais... Laney está na faculdade também, com as mesmas coisas acontecendo ao redor dela. Qualquer garoto com um cérebro sempre vai notar sua presença em uma sala, de primeira, porque isso é inevitável. Ela é linda de tirar o fôlego. Rostos como esse não aparecem com muita frequência e o corpo dela não deixa por menos. Ela é o pacote completo. Mesmo antes que ela fale qualquer coisa, você já sabe que ela tem alguma coisa especial; irradia para fora dela como raios. E quanto mais ela resistir – o que sei que ela vai fazer –, mais ela vai se tornar um desafio, e todo mundo sabe como garotos se sentem sobre um desafio. Sim, eu me preocupo com ela; eu me preocupo com a gente. Oficialmente ou não, ela é minha. Somos nós. Sempre.

Não essa noite, no entanto. Hoje à noite eu só quero abraçá-la. Só quero ser eu e Laney. Eu quero que nossos batimentos cardíacos se sincronizem. Quero que o cheiro do cabelo dela se infiltre pelo meu corpo e me traga paz.

Ela se move para se levantar e eu a puxo de volta para baixo.

Por favor, não me deixe, ainda não. Eu acabei de ter você de volta.

— Só vou pegar um travesseiro e um cobertor. É rapidinho.

— Eu posso ir para casa se você quiser ir para a cama, bonita.

— Você não vai a lugar nenhum. Você vai dormir comigo; sob este teto ou fora dele, eu não me importo. O sofá é muito respeitoso.

Parece bom para mim. Eu dormiria na cova dos leões bem agora se isso significasse que o calor dela estaria ao meu lado.

Ela volta e se aconchega contra mim; você não poderia colocar um pedaço de papel entre nós. Seu cabelo macio e seu rosto suave estão contra o meu peito. Suas pernas estão entrelaçadas às minhas e posso sentir suas pequenas respirações contra o meu pescoço enquanto esfrego suas costas e beijo o topo de sua cabeça uma vez atrás da outra. Eu sei que ela ainda está acordada, mas nenhum de nós falamos nada. É como se o som fosse estourar a bolha ao nosso redor, mas não posso segurar isso por mais tempo.

— Laney, eu te amo.

Ela coloca uma mão na minha bochecha e olha para mim. Seus olhos estão vidrados e posso ver as lágrimas que ela está reprimindo.

— Eu sei que você ama, Evan. Eu também te amo. Eu sempre vou amar. Você é meu melhor amigo.

Eu a beijaria neste instante, mas de jeito nenhum eu conseguiria parar, então a puxo contra o meu peito e sussurro:

— Nós vamos dar um jeito, amor, eu prometo.

Por favor, não me deixe quebrar esta promessa também.

Eu ouço o pai dela entrar; ele faz uma pausa, mas não diz uma palavra. Eu fico a noite toda aqui com Laney e, finalmente, consigo uma boa-noite de sono.

CAPÍTULO 19

FACA DE DOIS GUMES

Laney

No dia seguinte, Evan e eu andamos de mãos dadas através do imenso terreno dos Parker para um piquenique. Eu sei que a família dele não se importaria, mesmo que sequer soubessem, já que nós estamos uns bons cem acres de distância da casa. Eu preciso de algum tempo a sós com Evan e nós precisamos conversar, mas o tempo a sós vem em primeiro lugar.

O sol está quente em nossa pele e a leve brisa está perfeita. Evan carrega a cesta de piquenique que eu tinha embalado, enquanto eu me agarro ao "meu cobertor", que peguei no banco de trás de sua caminhonete. Eu me sentei ao abrigo deste cobertor azul-marinho em mais jogos de futebol de Evan, no frio, do que posso contar, observando-o fazendo suas coisas. Eu sorrio um pouco, apesar da tristeza que vem com as memórias; este cobertor velho é praticamente a única coisa restante que ainda está no lugar ao qual pertence. Olho para Evan, forçando os pensamentos melancólicos a irem para longe, recusando-me a desperdiçar mesmo que um minuto do tempo que realmente tenho com ele.

Ele está tão bonito hoje; seu cabelo castanho sedoso encontra-se bagunçado por causa do vento e seu corpo esculpido está evidenciado por uma camiseta cinza apertada e jeans desbotados. Ele pega o cobertor das minhas mãos e o abre sobre o gramado, sentando-se primeiro.

— Venha aqui para mim, doce garota. — Ele estende a mão para me ajudar a me sentar ao seu lado. Eu nunca me canso do respeito gentil com que me trata.

Deitando-me de costas sobre o cobertor, com meu olhar fixo ao dele, nossas mãos unidas entre nossos corpos, eu sei que sempre estarei conectada a Evan. Sem ter que dizer as palavras, nós dois sabemos que o outro está magoado. Agora que estamos juntos, não podemos esperar nem mais um minuto para demonstrar o nosso amor; para curarmos um ao outro, o máximo que der.

Evan rola do lado dele para me encarar, colocando uma mecha do meu cabelo atrás da minha orelha. Meu coração e alma respondem, e tudo em mim relaxa. Ele se move sobre o meu corpo e me beija com paixão, sussurrando palavras doces, mas ainda posso sentir a angústia. Ele passa a mão para cima e para baixo no meu corpo, como se estivesse memorizando cada pedacinho.

— Eu preciso me sentir perto de você, Laney — ele diz, com a voz rouca.

Este menino... Este menino incrível que me ama de uma forma platônica, romântica, física e espiritual. Ele nunca faria nada para me machucar. Seus olhos não mentem e ele não pode se esconder de mim quando o encaro desse jeito. A dor que vejo em seus olhos dá um baque no meu coração. Posso resolver a distância entre nós? Não. Acelerar o tempo até estarmos juntos de novo, é uma opção? Não. Posso aliviar seu espírito bem agora? Absolutamente. Correndo o meu dedo ao longo de sua mandíbula, absorvendo sua beleza masculina, eu sussurro:

— Meu doce Evan, senti saudades de você.

Ele puxa uma alça da minha blusa para baixo, dá beijos ao longo do caminho e, em seguida, me dá uma olhada rápida. Eu o tranquilizo, deixando-o saber que estou bem com o que está fazendo, e estendo a mão, puxando a outra alça para baixo, revelando meus seios para seus olhos cheios de luxúria. Ele se inclina para baixo para lamber excruciantemente devagar os meus mamilos, traçando o contorno de cada um, conhecendo-os. Arqueando em sua boca, eu suspiro seu nome e um grunhido profundo vibra de seu peito.

Ele me faz sentir tão bem, tão estimada. Sua mão se move para cima da minha coxa, para o zíper da minha calça, e posso sentir o leve tremor quando ele enfia a mão por dentro, apenas provocando ao longo da borda da minha calcinha.

— Ah, Laney, doce Laney — ele geme enquanto se esfrega contra mim.

Posso sentir o quanto ele me quer. Minhas mãos se recusam a desacelerar, segurando suas costas, seus ombros, seu pescoço. O corpo dele está tenso quando envolvo seus quadris com as minhas pernas e o puxo para mais perto com os meus pés.

Ofegante, ele se afasta um pouquinho para trás, lendo minha expressão.

— Eu preciso te tocar, anjo.

É claro que isso vai nos confundir ainda mais, tornar a distância mais difícil, mas raios me partam se conseguirei impedir qualquer coisa agora. Meu peito arfa, meu corpo se contorce conforme o aproximo ainda mais de mim.

— Faça alguma coisa antes de eu ficar louca — gemo dolorosamente.

Sua risada é leve enquanto sua mão encontra o lugar onde mais preciso dele, puxando a calcinha para o lado. Um de seus longos dedos trabalha timidamente pelo meu centro e um tremor me percorre de cima a baixo. Sua boca se move ao longo da minha garganta, em carícias molhadas e flagrantes.

— Estar com você, Laney, nada se compara. Nada nunca vai se comparar, meu amor.

Eu o agarro pelo pescoço e puxo sua boca contra a minha, beijando-o com um fervor descontrolado. Seus dedos se movem suaves e lentos, me explorando. Sua língua impiedosa passeia até a curva da minha orelha, enviando tremores para o meu núcleo, onde sua mão brinca.

— Você está bem, *baby*? — ele pergunta.

— Nunca estive melhor; não pare.

Ele continua a exercer o domínio do meu corpo, seu polegar pressionando o local perfeito, até que começo a tremer incontrolavelmente, devorando cada centímetro de sua boca com a minha língua ardente. Em poucos segundos, um gemido descomunal escapa de mim à medida que ele me leva às alturas que eu nem sabia que existiam.

Eu, finalmente, interrompo nosso beijo para recuperar o fôlego, as vibrações loucas em minhas coxas se acalmando em um minuto. Uma vez que as batidas do meu coração se acalmam, eu gentilmente o empurro de costas.

— Deixe-me te amar.

Empurro sua camiseta para cima, e o beijo por toda parte, descendo pelos abdominais, lambendo cada linha distinta. Seus músculos se contraem e ondulam com cada toque da minha boca, sua respiração é profunda e angustiada. Quando já saboreei cada centímetro de seu torso, distribuo doces beijos cada vez mais para baixo em direção ao cós do seu jeans. Com meus olhos conectados corajosamente nos dele, eu desabotoo sua calça. Ele levanta os quadris para me ajudar a retirá-la junto com sua cueca cinza apertada.

Jogando-as de lado sem o menor cuidado, olho para baixo e encaro sua ereção protuberante. Sua mão acaricia o meu cabelo e sinto seus olhos em mim. Ele está me analisando? Memorizando isto para reproduzir em seus sonhos enquanto estivermos separados? Sabendo que ele está me observando, eu distribuo mordidas sedutoras pelo interior de sua coxa, me deleitando com os sons que saem de sua boca. Suas mãos se apertam em meus quadris enquanto ele geme meu nome, me estimulando. Eu não tenho nenhuma ideia de onde aprendi a fazer aquilo, mas tudo veio de forma muito natural. Eu quero fazê-lo se sentir bem e simplesmente sigo os meus instintos, deslizando a minha língua por todo o comprimento de sua ereção.

— Ai, meu Deus, Laney, sim. — Seus dedos cravam em meu couro cabeludo, afastando a cortina do meu cabelo do meu rosto. — Eu tenho que ver você — ele diz, sua voz gutural e viril.

Eu movo minha boca para baixo sobre ele, explorando com a minha língua. Depois de testar e brincar com ele o suficiente, tento tomá-lo em minha boca, o máximo que consigo. É óbvio que como não sou nenhuma perita, meu reflexo me diz quando fui longe o suficiente e imediatamente digo a mim mesma para respirar pelo nariz e relaxar.

Isso parece… erótico. Tê-lo na minha boca, sentindo-o se contorcer de excitação, parece tão bom para mim como espero que seja para ele. Com uma mão em sua coxa para me apoiar, sinto seus músculos se contraírem e arrasto minhas unhas para cima e para baixo. Envolvendo uma mão ao redor do resto de seu comprimento longo e espesso, que não consigo amar com a minha boca, sua mão se junta à minha. Ele me mostra exatamente o que ele quer; rápido e duro.

— Aah, puta merda, Laney, isso é tão bom. — Sua voz treme assim como o seu corpo. Eu o encaro e vejo que ele está retribuindo meu olhar com amor genuíno, silenciosamente me dizendo o que isto, entre nós, significa. Sua mão acaricia meu cabelo. — Um pouco mais forte, *baby*.

Suas palavras sugestivas me incentivam e eu mostro a ele o que ele faz para mim. Coloco tanto amor e desejo em minha descoberta sensual a respeito dele quanto possível. Logo ele geme mais alto:

— Estou perto, Laney, ah… a-afaste-se, *baby*.

Mas eu não me movo. Eu levo tudo o que ele tem para me dar.

Ele é *sexy* até mesmo quando puxa o jeans para cima, e me envolve em seus braços. Uma mão desenha redemoinhos preguiçosos na minha barriga enquanto sua respiração irregular se estabiliza.

— Você é tão incrível — ele sussurra quando recosto a cabeça em seu peito.

Surgir

— Assim como você, Ev. Eu realmente precisava disso hoje — suspiro.

— O pensamento de nos separar novamente está me matando, Laney. Não sei se consigo fazer isso.

Lágrimas quentes começam a cair; eu sei muito bem o que ele quer dizer. Nós acabamos de amar um ao outro. Isso parecia tão certo, mas muito em breve essa euforia vai desaparecer e a tristeza gelada e fria irá substituí-la. Nós dois já sentimos isso se aproximando e só faz alguns meros minutos. Por que a vida é tão difícil?

— Estou tendo um momento muito difícil também, Evan — ofego ao falar. — É como se eu estivesse ferrada se eu fizer e ferrada se não o fizer. Estou sozinha e sinto muito a sua falta, mas isso não iria mudar se você fosse meu. Você ainda estaria tão distante e então eu apenas teria que acrescentar mais culpa se eu estivesse me divertindo sem você. Suspeito que você esteja lidando com a mesma coisa, não é? — Eu o observo com um olhar interrogativo.

— Eu sei exatamente como você se sente, menina preciosa. — Ele beija o topo da minha cabeça. — Nós nunca estivemos tão longe um do outro. Vai ser diferente e isso é uma porcaria.

— Não é só isso. Eu conheci algumas pessoas divertidas, a maioria são rapazes, e sinto como se estivesse fazendo algo errado. Então eu me pergunto o que você está fazendo e isso me corrói, Evan. — Eu peço a ele, silenciosamente, para que me diga a resposta.

Nós nos aconchegamos e conversamos e ele se abre mais; ele se sentia da mesma forma – preocupado e inseguro sobre o que estou fazendo o tempo todo. Sua vida social é, aparentemente, muito mais selvagem do que a minha, e ele está prestes a dizer que de um jeito assustador, eu estava certa sobre as tentações que ele enfrenta. No entanto, ele não diz nada ou sequer admite algo em específico, como o que vi na foto. Eu não digo nada também. Não vale a pena. Claro, eu posso fazê-lo se sentir culpado ou ficar chateada, mas chega desse carrossel.

— Não é que eu as deseje, Laney. Eu quero você, mas não posso ter você... e às vezes o pensamento passa pela minha cabeça de que iria ser bom preencher o vazio. Não o sexo, apenas alguém para abraçar ou passar o tempo junto, mas o pensamento de outro homem tocando em você me faz querer matar alguém, então eu sou um hipócrita... um solitário e deprimido hipócrita. Você entende o que estou tentando dizer?

— Sim, eu entendo. Evan, eu só quero que você seja feliz. Quero que você faça o que quiser, o que escolher. Bem, quero dizer, seja cuidadoso. —

Sinto o rosto esquentar dou uma bufada sarcástica. — Saiba que não vou prendê-lo a nada. Nós concordamos. Apenas seja feliz.

Parece que meu coração está se dividindo em dois e que metade dele vai partir de volta para Athens, mas isso também, de repente, faz com que eu respire com mais calma. O pensamento de Evan com outras meninas me deixa doente, mas sei que isso não tem lógica. Isso é uma questão superficial perto da devastação emocional profunda, então não ouso pedir a ele abertamente para não dormir com ninguém. Só em pensar nele sentado pelos cantos no quarto, triste e solitário, fico mais doente ainda.

Toda a minha viagem de volta para a faculdade é feita com lágrimas nublando a minha visão, uma dor apertando meu peito, e metade da minha alma faltando.

CAPÍTULO 20

ARRASANDO

Laney

Bennett está radiante porque voltei um pouco mais cedo – não temos aula amanhã e na mesma hora ela insiste para que eu saia com ela. Será que ela sequer percebeu que estou arrasada? Que talvez haja alguma coisa de errado comigo?

Que se dane isso. Vou ligar para Zach, que se tornou um grande amigo. Nós começamos a nos encontrar algumas vezes em uma cafeteria aqui nas proximidades. Ele é um gênio em álgebra e eu estaria me ferrando sem ele.

Minha primeira impressão dele, no dia do Quebra-Gelo, já se desfez. Ele se torna mais legal cada vez que estou perto dele. Se ele fosse para casa comigo, ele sem dúvida se tornaria amigo de Parker e Evan. Fazendo especialização em Cinesiologia, ele quer ser treinador de futebol mais tarde, e gosta de jogar.

Não consigo imaginar por que ele não tem uma namorada, mas um dia ele me contou um pouco sobre o seu passado, sua desilusão. Sua namorada do ensino médio tinha sacaneado com ele. Ele descobriu que ela o traiu várias vezes depois de ver uma postagem de uma foto na página do Facebook de alguém, que marcou alguém, que… enfim, deu merda. Isso fez com que ele a questionasse e fez com que a garota cedesse e confessasse tudo. Eu captei a imagem (sem trocadilhos). Ele tem se mantido afastado de qualquer relacionamento sério desde então. Isso pode até ter feito com que ele ficasse receoso com o amor, mas não o tornou uma pessoa amarga. Ele era tão doce quanto açúcar.

Às vezes converso com ele sobre Evan e ele me dá conselhos muito bacanas, um ponto de vista de um cara sem quaisquer segundas intenções do tipo "quero arrancar sua calcinha". Seu relacionamento fracassado também tinha sido de longa distância, então ele entende exatamente como eu me sinto.

Ele responde na mesma hora e me assegura que Drew está fora (seu companheiro de quarto definitivamente não cresceu no meu conceito da mesma forma que aconteceu com Zach), então vou para o quarto dele. No minuto em que ele abre a porta, ele percebe que algo está errado... *Obrigada, amigo!* Ele me puxa para um abraço, esfregando minhas costas, e me conduz para me sentar com ele no sofá.

Eu conto tudo entre soluços e fungadas e ele não interrompe, não interfere para dar sua opinião; ele apenas me escuta. Quando faço uma pausa, ele finalmente diz:

— Quer saber o que eu acho? — Aceno com a cabeça ainda recostada em seu ombro. — Eu acho que vocês dois têm um relacionamento incrível, mesmo que ele não tenha um rótulo com o qual se encaixe no momento. É sem dúvida um relacionamento, e um dos mais tolerantes, abertos e amorosos de todos os tempos. Como é aquele poema que as garotas estão sempre citando? Alguma coisa sobre se você o ama, liberte-o?

— Libertar, tipo, você acha que ele vai dormir com um monte de garotas? Isso me faz querer vomitar. — Realmente faz... sinto um nó na garganta na mesma hora.

— Eu acho que não, Laney. Quero dizer, ele poderia, mas ele parece diferente. Acredite ou não, alguns caras realmente conseguem passar pela faculdade sem pegar uma DST. Você me vê dormindo com todas ao meu redor?

E bem assim, ele torna tudo melhor. O que ele disse, isso é exatamente o que Evan e eu temos, e isso é exatamente o que nós estamos fazendo... deixando o outro livre para ver se vamos encontrar o nosso caminho de volta um dia. E Zach faz muito bem em não se prostituir por aí, e não há meninas saindo do quarto de Sawyer e Tate o tempo todo também, embora eu tenha certeza de que é mais influência de Tate do que Sawyer. Mas é outro exemplo de que nem todos os rapazes universitários estão determinados em transar com cada pessoa disponível. Caracas, Zach é melhor na terapia do que a antiga terapeuta que eu tinha. A resposta dele deixou a mulher no chinelo.

— Então, senhorita Laney, o que devemos fazer agora?

— Bem, a ruiva no meu quarto gostaria de ir ao tal "*The K*", o que estou supondo que é uma péssima ideia. Mas não é realmente a faculdade sem passar por uma intoxicação pública, certo?

— Como você vai entrar no *"The K"*, Laney? Você tem apenas dezoito anos, não é? — Ele levanta as sobrancelhas, divertido.

Eu mostro a minha língua para ele.

— Eu vou fazer dezenove em algumas semanas.

— Ainda não teria idade suficiente. — Ele sorri.

— Aparentemente, Bennett tem conexões no mundo das identidades falsas.

— Você quer ir para uma boate, Laney? Quer dizer, eu acho que o *"The K"* é incrível, mas não tenho certeza se você vai gostar.

— Honestamente, estou cansada de me sentir assim tão pra baixo, e tudo o que eu venho fazendo não está funcionando! Eu simplesmente magoei a pessoa mais importante para mim, então talvez eu devesse tentar alguma coisa nova.

— Eu vou com você, então. — Não é uma pergunta, mas também não soa como uma ordem; apenas na medida.

Nós combinamos de nos encontrar no meu quarto às oito, então volto para encarar Bennett. Ela está deitada em sua cama e se senta quando eu entro.

— Laney, podemos conversar?

— Sim, o que foi?

— Laney, percebi que você estava chateada hoje, mas preferi me concentrar em tentar te animar, em vez de lidar com o assunto. Isto é o que eu faço. Eu respiro a vida de volta para as coisas. É a minha especialidade. — Okay, então eu meio que acabo dando um sorriso para isso. — Eu quero tirar você desse quarto, te mostrar um pouco de diversão. Saia da sua caverna, Laney, se divirta com os outros!

— Bem, desde que estou completamente sozinha agora, acho que a única coisa sensata a fazer é começar de novo. — Completamente sozinha... meu porto seguro está bem longe.

— Eu gostaria de salientar que você não está sozinha. Estou encantada por sermos amigas e colegas de quarto, e eu adoraria aproveitar o nosso ano de calouras juntas, se você achar que eu valho a pena.

Ela é realmente boa em coisas profundas e as palavras me afetaram de verdade. Eu sei como ser Laney, a filha; Laney, a jogadora de softbol; e por um tempo eu era muito boa em ser Laney e Evan, mas não tenho ideia de como ser apenas a Laney.

— Você quer saber, Bennett? Eu sinto muito. Estou grata por ter você. Isto é tudo novo para mim e não estou tentando ser uma mimadinha. Se você me arranjar uma identidade, estou dentro.

Eu sou uma excelente dançarina, certo? Cada animal de pelúcia que eu possuo pensa assim. Eu nunca faria isso na minha antiga escola, mas esta é a minha nova faculdade, minha nova vida, então talvez eu possa arrasar com um passinho ou dois.

— Laney, você é a melhor companheira de quarto e nova BFF[2] de sempre! — Ela bate palmas, salta para cima, e me dá um abraço apertado.

Sim, eu posso lidar com isso.

— Então, o que devo vestir hoje à noite? O que você vai usar?

— Laney, por que você sempre faz essas perguntas juntas? Eu vou me preparar, você vai de… jeans, saltos e talvez uma blusinha de alça? Que tal?

— Só se você tiver saltos e uma blusa dessas para me emprestar.

— É claro que eu tenho!

Estamos indo para o *"The K"*, que pelo que fomos esclarecidas, é a abreviação de *The Kickback*. Isso é a coisa mais cosmopolita que já fiz na minha vida. Estou usando um sutiã tomara que caia, e portando um documento falso. Eu estou imaginando o Pinóquio, quando João Honesto o leva para a ilha; é capaz que todos nós vamos voltar para casa com orelhas de burros.

Vestida em minha própria calça jeans, os saltos altos vermelhos de Bennett e uma blusinha preta, estou um pouco acanhada, mas tão pronta quanto nunca estarei. Prendi o cabelo em um rabo de cavalo e estou com pouquíssima maquiagem. Ainda sou eu, e não pareço ter os vinte e um anos que se lê na minha "identidade" agora, mas se eles me chutarem para fora, isso será o meu chamativo "sinal" em neon de que isto é realmente uma ideia tão ruim quanto eu suspeito.

Bennett foi com tudo… ela está em uma saia preta que poderia ser usada como um top, uma sandália de uns 15 cm, e uma regata prateada e reluzente. Seu cabelo ruivo está solto e volumoso. Ela parece velha o suficiente para ser uma de nossas professoras com toda aquela maquiagem, e o olhar nos olhos dela é escandaloso… a Garota do Drama está à espreita.

---

2   BFF: Best Friend Forever. Melhor Amiga para Sempre.

111

Bom, ainda bem que posso me encolher atrás dos holofotes dela durante a noite toda.

Zach parece ótimo em jeans escuro, o botão de cima da camisa preta aberto e seu cabelo está estilizado; ele até mesmo aparou um pouquinho o cavanhaque.

Envio uma mensagem para Evan antes de sair. Eu gostaria que ele estivesse comigo por diversas razões, mas pelo menos sei que estou segura quando olho para Zach no assento do motorista.

> Laney: Eu te amo, por tudo o que somos e tudo o que não somos por agora também. Se você ama algo, deixe-o ir. Se isso voltar, ele será seu.

Evan: Eu sou seu, sempre fui, sempre vou ser. Eu odeio o que isto fez para nós, odeio a faculdade.

> Laney: Não sou uma fã também, mas nós tínhamos que crescer em algum momento, certo?

Evan: Eu nunca vou amar qualquer coisa sequer a metade do tanto quanto amo você. Nós vamos encontrar nosso caminho de volta.

> Laney: Eu espero que sim.

Evan: Tenha uma boa-noite, Laney, se cuida.

> Laney: Boa noite, Ev, você também.

— Você está bem? — Zach olha para mim de soslaio.

— Sim, ótima. — Estou me esforçando ao máximo para não deixar as lágrimas que estou segurando caírem. Nunca achei que alguma coisa poderia ficar entre mim e Evan... e olhe para nós agora.

— Sim, você é ótima, Laney, uma das melhores. Agora se divirta um pouco, beleza? Você diz quando estiver pronta e nós vamos embora, menina. E mantenha o seu telefone no modo de vibração, para o caso de perdermos um ao outro. Você não vai ouvi-lo tocar aqui, mas vai sentir. — Zach parece muito seguro de seu plano, então eu relaxo um pouco.

— Vamos apenas não nos perder um do outro — eu digo com sinceridade.

— Laney, isso vai ser divertido, eu prometo! — Bennett adiciona do banco traseiro. Ela realmente não tem medo.

Há um enorme cara na porta que quase não olha para a minha identidade, mas olha para mim de cima a baixo, e simples assim... nós estamos dentro. Posso sentir a música pulsando através de mim. Sinto o cheiro de fumaça e suor, mas quase não consigo ver muita coisa... este lugar é escuro. Eu tremo e entrelaço meu braço ao de Zach, confiando nele para liderar o caminho. Ele estica o outro braço e me dá um tapinha na mão, fazendo-me sentir um pouco melhor.

— Bennett?! — Eu quase grito.

— Bem aqui.

— Okay, não se atreva a fugir.

— Sim, mãe.

— Não me chame assim, e fique por perto, B, estou falando sério.

Eu não me importo se sou um pé no saco. Se ela não gostar, ela pode desistir de me fazer sair com ela.

A visibilidade melhora ligeiramente quanto mais avançamos, então dou a minha primeira boa olhada ao redor. Tenho certeza de que *Boogie Nights 2* será filmado aqui. A parede traseira é revestida com couro escuro, com cabines circulares e mesas com um brilho azulado por baixo. O DJ está em cima de um palco elevado com tantas luzes diferentes que não consigo olhar diretamente para ele. A pista de dança é enorme e, obviamente, feita para ser a atração principal, e o bar em formato de U, iluminado na parte inferior com vermelho, fica bem no meio dela.

É quase impossível ver o que há nos fundos, do outro lado, já que está meio longe, mas parece haver mesas de sinuca, dardos e aquilo é um Fliperama?! No canto mais afastado, escondido quase por trás do palco do DJ, está uma escada. Olho para cima e avisto uma área de estar no terraço; deve ser a seção VIP. Existem VIPs na faculdade? Gostaria de saber se Diddy[3] está lá em cima.

Bennett nos puxa para uma mesa à beira da pista de dança. Eu arrasto o meu banquinho tão perto de Zach quanto posso sem me sentar no colo dele. Nós somos rapidamente abordados por uma loira em uma fantasia de menina de escola católica – a pobrezinha perdeu metade dela – para anotar os nossos pedidos das bebidas. Olho ao redor, absorvendo tudo isso, e me vejo impressionada.

---

3   Diddy ou Sean Combs: Cantor Americano de RAP.

Eu tinha visto pessoas dançando e se esfregando, mas era de classificação livre em comparação com o que alguns dos casais na pista de dança estão fazendo agora. A música está um pouco alta, e eca... nada de colocar os cotovelos na mesa pegajosa. Mas fora isso, posso começar a ver porque as pessoas se atraem por lugares assim. O ambiente está vivo, elétrico, e sem dúvida é melhor do que ficar sentado em seu quarto no dormitório.

A loira traz de volta a cerveja de Zach e a coisa rosa de Bennett, e em seguida, coloca um copo alto e fino na minha frente.

— Humm, o que é isso?

— É um drinque de champanhe, eles são bons.

— Mas eu pedi água.

— É por conta da casa — diz ela, dando de ombros, e vai embora.

Eu olho para Zach em confusão.

— Você pediu isso para mim?

— Eu não. — Ele nega com um aceno e Bennett encolhe os ombros, confirmando que não foi ela também.

— Garotos enviam bebidas para as meninas bonitas o tempo todo, Laney, não se preocupe com isso — Bennett explica despreocupadamente, jogando o cabelo sobre o ombro.

— Ela não disse do cavalheiro ali, ela disse da *casa*. De qualquer maneira, não vou beber isso, de jeito nenhum.

Zach se oferece para trocar comigo.

— Ninguém colocou nada na minha cerveja, eu te garanto, além do mais, é champanhe de graça. — Ele manda para dentro um grande gole da bebida borbulhante.

— Ela estava certa, é bom pra caramba. Você quer dançar?

— Humm, pra dizer a verdade, eu nunca dancei uma música animada fora do meu quarto. Não quero te fazer passar vergonha — murmuro, corando levemente.

— Não esquenta, Laney, eu sou um excelente professor. — Ele começa a me puxar para a pista e eu seguro a mão de Bennett, puxando-a com a gente.

Três músicas depois e eu estou curtindo demais! Eu me sinto mal por não ter dançado assim com Evan no baile, mas eu odiava aqueles espectadores. Não conheço ninguém aqui... e eles não me conhecem. Zach é um grande dançarino e ele se move comigo, mas não de uma maneira escorregadia e com mão boba. Ele me mergulha em um movimento, e enquanto estou de cabeça para baixo, vejo Tate se aproximando por trás de Bennett.

Zach me puxa e eu me viro, mas Tate está me dando o sinal de "shh", enquanto ele desliza bem atrás dela, as mãos indo para seus quadris. Ela se vira ligeiramente para ver que é ele e enlaça seu pescoço com os braços. Eles são fofos juntos, realmente, mas achei que Tate não pudesse vir. Oh, bem. Eu me viro para Zach.

— Você está pronto para uma pausa?! — grito por sobre a música.

Ele balança a cabeça e nos leva de volta para a nossa mesa, com a mão na parte inferior das minhas costas. Pouco depois, Bennett e Tate voltam para desancar à mesa.

— Tate, pensei que você não pudesse vir. Que surpresa agradável.

— Bem, eu terminei mais cedo, então vim para encontrar essa beleza. — Ele olha e sorri para Bennett. — Eu não poderia deixá-la aqui sozinha agora, poderia?

Bennett cora e beija sua bochecha.

— Onde estão Sawyer e Dane? — pergunto enquanto olho ao redor do ambiente.

— Não tenho certeza — diz ele com um sorriso debochado. — Posso mandar uma mensagem para eles.

— Não, está tudo bem, só estou perguntando. — Não quero que ele envie mensagens de textos dizendo que eu estava perguntando sobre eles! Você pode dizer que isso é "humilhante"? Estou apenas curiosa... certo?

Zach e eu eventualmente saímos e dançamos mais algumas músicas, jogamos um pouco de Fliperama e até mesmo dardos. Agora estou pronta para ir embora; estes saltos estão matando os meus pés. Zach concorda, por isso nós vamos procurar Bennett. Eu a encontro de volta na pista de dança com Tate e começo a passar através da massa de corpos girando para buscá-la.

Eu sinto isso; meu corpo me diz que ele está por perto antes de vê-lo... tão estranho. De repente, bem na minha frente, está Dane. Eu me assusto um pouco, mas consigo gaguejar um "oi".

— Olá, Disney, legal te encontrar aqui. — Ele sorri. — Mundo pequeno.

— É, na verdade, não tanto assim. Eu poderia te mostrar.

O quê?

— Posso ter uma dança?

Ah, sim, ele pode. Eu olho para trás para Zach e murmuro "uma música" enquanto eu levanto um dedo. Ele balança a cabeça e eu me viro para Dane.

— Apenas uma.

— Bem, então é melhor eu fazer valer a pena. — Ele se vira e faz uma coisa com a cabeça para o DJ, que por algum motivo parece tomar conhecimento. — Venha aqui — ele diz, estendendo a mão. Apoio a minha

115

mão na dele, movendo-me contra o seu corpo. Ele me puxa com força e nós dançamos "*I'll Be*", de Edwin McCain. Parece estranhamente similar ao baile com Evan; se ele começar a cantar no meu ouvido, posso não aguentar isso. Mas não, ele não é um cara que sussurra no seu ouvido.

— Quem é aquele cara com quem você está, Laney?

— Zach Reece; ele vive no nosso dormitório.

— E o que ele é para você? — A respiração quente dele acaricia minha orelha e pescoço.

— Um amigo, um bom amigo até agora.

— E Evan? — Como ele sabe sobre isso? Bennett!

— Um melhor amigo, o melhor. — Dói um pouco quando digo isso.

— E eu sou?

— Interessante. — Eu o sinto tremer levemente contra mim, rindo.

— Eu também acho você interessante, Laney. — Ele não exatamente diz isso; mais como derrama essas palavras lentamente no meu ouvido.

— Eu não sou.

— Eu vou ser o juiz disso.

— O que significa isso? — Eu sei que minha voz está vacilante e é praticamente um sussurro, mas manter uma conversa enquanto você mal consegue respirar é um desafio.

— Isso significa, Laney, que eu quero te conhecer melhor.

— Por quê?

— Algo me diz, tem me dito, que eu deveria.

— Okay, bem, eu estava prestes a ir embora.

— Eu não quero dizer hoje à noite. Eu concordo plenamente que você deveria sair daqui o mais rápido possível. Amanhã, passe o dia comigo; o que você quiser fazer.

— Eu vou pensar sobre o assunto. — E eu vou; estou considerando isso de verdade.

— A canção acabou, Laney, então vou deixar você ir, por agora, mas amanhã… — diz ele, levantando a minha mão para sua boca, dando um beijo suave.

E com isso, eu volto para Zach, que havia encontrado Bennett, e nós vamos para casa. Pouco antes de adormecer, eu quase envio uma mensagem para Evan, mas me detenho.

Deixe estar, Laney.

CAPÍTULO 21

DIA DA LANEY

Laney

Meu telefone me acorda; um número que não reconheço.

— Olá?

— Bom dia, Disney, dormiu bem? — Como é que o Dane conseguiu o meu número? Não que eu me importe que ele tenha, mas preciso falar com Bennett sobre sua boca grande.

— Bom dia, Dane, você acordou cedo — murmuro sonolenta. Sério, eu conheço algum cara que dorme até mais tarde?

— Eu não podia esperar para começar. Não quero perder um único minuto deste dia com você.

— Não me lembro de ter aceitado ainda. — Nós dois sabemos que vou concordar, então a quem estou querendo enganar?

— Ah, mas você não disse não, e estou esperançoso.

— Eu não sei… O que nós faríamos?

— Eu disse a você, qualquer coisa que você quiser.

— Nããão, você foi corajoso o suficiente para me chamar, não é corajoso o suficiente para definir a programação? — Ri quando devolvo suas palavras para ele.

Ele ri.

— *Touché*, Disney. Sim, se você diz que posso fazer os planos, eu ficaria feliz em fazê-los. Há alguma coisa que você não possa ou não vai fazer, como quaisquer fobias que eu deveria estar ciente?

Ele está brincando? O que diabos ele está planejando?

— Vamos ver… Eu preferiria não saltar de ou para lugar nenhum. Eu sou friorenta e sou alérgica a nozes. Fora isso, acho que estou bem.

Ele está rindo com vontade agora.

— Oh, Laney, você me faz sorrir. Use sapatos confortáveis; estarei aí dentro de uma hora.

— Tá bom, tudo bem então, mandão, te vejo daqui a pouco.

Quando desligo, penso em Evan. Eu me pergunto se ele está passando algum tempo com outras garotas. Passar tempo querendo dizer: fazendo coisas que não seja enfiar sua cara bêbada em seus peitos, é claro, porque tenho certeza de que Dane tem melhores planos para hoje do que isso.

Afasto os pensamentos e salto para fora da cama, correndo para o chuveiro, escovando os dentes, e me jogando em jeans desbotados, uma camiseta e tênis vermelhos. Eu rapidamente seco meu cabelo e o puxo pela parte de trás do meu boné favorito; brincos bonitos e algum *gloss* mais tarde, estou pronta em tempo recorde a tempo de ouvir a batida na porta.

— Bom dia — digo, alegremente, levando um minuto para observá-lo.

Ele usa uma calça jeans escura e *sexy*, que encaixam com perfeição, uma camiseta cinza e botas, ainda com o colar com o crucifixo e o cabelo perfeito. Ansiosa por hoje… Eu estou! Estou mesmo!

— Então, o que achou? — Ele dá um sorrisinho de lado e arqueia aquela sobrancelha arrogante quando percebe a minha avaliação minuciosa.

— Tenho visto melhores — brinco, dando de ombros.

— Eu não tenho. — Ele dá uma piscadinha… cada vez que o vejo.

— Oh, por favor, como se eu acreditasse mesmo nisso. Você não me parece um cara de cantadas baratas, então não arruíne isso agora. — Pisco para ele dessa vez.

Ele segura a minha mão, me guiando pelo corredor.

— Disney, eu não digo quase nada que realmente não queira dizer. Eu, honestamente, acho que nunca vi nada melhor.

Meio tonta com suas palavras doces, eu pergunto:

— Então, para onde estamos indo?

— Você vai ver. — Ele me ajuda a entrar em seu carro prateado muito bacana. Isso é tudo que sei – é da cor prata, duas portas, não é uma caminhonete, parece caro. Ele contorna pela frente, ao que dou demasiada atenção, e se ajeita no banco do motorista. — Você quer ouvir música?

— Você sabe a resposta para isso.

— Então eu também quero, Disney. — Ele me lança um olhar de

soslaio adorável e liga o carro e o rádio.

Isso é…? Ah, não é possível. Pensei que era a única pessoa da minha idade que conhecia o ELO. Meu pai escutava seus discos, pelo amor de Deus! Qualquer coisa poderia ter tocado, alguns clichês, com aquelas porcarias de batidas parecidas… Mas era ELO. Esta pequena surpresa está fazendo coisas engraçadas na minha cabeça.

— Você já comeu? — ele pergunta.

— Eu estava na cama quando você ligou. — Dou uma risadinha. — Não, eu não comi.

— Nem eu, vamos começar com isso? Não quero você com fome.

Eu concordo porque soa muito bem e, poucos minutos depois, paramos perto de um pequeno café em uma rua histórica do bairro. Eu me pergunto como que ele conhece este lugar.

Nós optamos por nos sentar do lado de fora, no terraço traseiro; ali tem uma excelente vista para o lago. As casas à beira do lago são espetaculares. Eu sempre me pergunto quando vejo casas como essas, o que diabos essas pessoas fazem para ganhar a vida? Meu pai costumava me dizer:

— Campeã, o dinheiro desse nível vem de duas maneiras. Você nasce com ele ou você ferra com alguém para isso.

Meu pai é o trabalhador mais esforçado que conheço – trabalha qualquer dia, qualquer turno; e nós passamos por dificuldades. Estas casas são de três andares, com praias de areia privadas e degraus de pedra a partir de seus terraços dos andares no mesmo nível da água. Eu me pergunto se eles alguma vez param e admiram tudo isso. Será que apreciam o que têm ou eles desejam que tivessem a casa que está do outro lado da água, porque tem mais janelas?

— Você sabe o que você quer? — A pergunta dele me puxa dos meus pensamentos.

— Não faço a menor ideia. — Não estou falando apenas sobre o cardápio e eu acho que ele sabe disso. — Eu vou querer o mesmo que ele — digo à garçonete. — Então, você vai me dizer o que vamos fazer hoje?

— Não, você vai ver. Você não é uma fã de surpresas, Disney?

— Sim e não. Eu amo surpresas boas. Gosto da sensação de antecipação, mas não curto muito o medo persistente de saber que a maioria delas acabam não sendo legais. Eu tenho que realmente confiar na pessoa para saber que a surpresa vai ser boa.

— Espero fazer tudo maravilhoso. Se não for, basta me dizer, okay, Laney? Hoje e sempre, apenas me diga, e eu vou consertar isso. — Ele sorri calorosamente e eu vejo sinceridade nele, aquecendo-me diante da ideia de passar mais tempo com esse garoto.

A nossa comida chega e tem um cheiro maravilhoso. Strudel recheado com mirtilo, e a primeira mordida confirma isso – Dane tem excelente gosto.

— Mmmmm… — Um gemido de apreciação escapa, apesar da boca cheia.

— Você gosta?

— Ai, meu Deus, gostar está longe de ser a palavra certa. Pode ser a melhor coisa que já comi na vida.

— Sim, eu amo este lugar. Na próxima vez, vamos pedir as panquecas com pedaços de morango. Você pode se adiantar e me agradecer agora. — Ele ri enquanto coloca um pedaço do céu em sua boca.

— Obrigada — digo, um pouco envergonhada, olhando para o tampo da mesa. É claro que eu iria agradecê-lo no final da refeição.

— Não, Laney. — Ele solta o garfo e pega a minha mão, dando uma risada suave. — Eu quis dizer que você vai me agradecer por apresentá-la para as panquecas.

— Ah, tá, obrigada por isso e por elas também.

Ele beija as costas da minha mão que está segurando.

— Obrigado por se juntar a mim.

Eu olho para baixo, focando no meu prato, em vez da corrida de emoções que surgem através de mim.

— Laney, como é possível que você não tenha ideia do quanto é cativante?

Evan me perguntou algo similar uma vez, e eu me lembro de que isso me derreteu ao saber que ele pensava assim… Evan.

— Conhecendo-me tão pouco, o que você pode, possivelmente, querer dizer?

Isto é um teste. Se ele vier com a palavra gostosa, fumegante, peitos, ou bunda, ele vai me levar para casa antes da hora.

— As meninas entraram e saíram daquele quarto durante a noite toda. A única que eu notei foi você. Não apenas porque você é linda, você é, mas muitas delas eram bonitas. — Ele olha para o lado de fora brevemente antes de se virar de volta para mim com um tom sério em sua expressão. — Mas você, eu me lembro que você perguntou: "então vocês três vivem neste quarto?", e sua voz… foi impossível não me virar. Quanto mais todos nós conversávamos, mais eu via a sua sagacidade, seu sarcasmo, e o brilho inocente, mas curioso em seus olhos… Eu não sei, eu só me encontrei morrendo de vontade de ouvir o que você iria dizer em seguida. — Ele

120   **S.E. HALL**

respira profundamente, como uma testemunha faria quando o seu testemunho está, por fim, encerrado. — Ah, e então, o pijama das princesas; não me lembro de alguma vez já ter visto algo mais fofo na minha vida.

Nós dois rimos disso.

— Dane, eu ...

— Não fique nervosa, Laney, eu só quero passar um tempo com você. Quero te conhecer. — Ele se inclina sobre a mesa e apoia-se nos cotovelos, trazendo seu rosto mais perto do meu. — Existe alguma coisa grande sobre você, sobre a maneira como eu me sinto quando você está por perto. Eu quero ver se os meus instintos estão certos ao seu respeito, e eles me dizem que vale a pena passar qualquer tempinho ao seu lado.

— Okay, nós vamos passar algum tempo juntos. Eu gostaria de conhecê-lo, também. — Ofereço um sorriso hesitante e dou outra mordida, de modo que não tenha que falar mais.

Ele se inclina para trás em sua cadeira, apoiando as mãos atrás da cabeça e cruza uma perna sobre o joelho.

— Melhor notícia que ouvi durante todo o dia — responde timidamente.

MK Studios é o que diz o letreiro no edifício em frente ao qual estacionamos, e eu me viro para olhar para o Dane.

— Que lugar é este?

— É a nossa primeira parada no dia da Laney. — Seus lábios se curvam um pouco hesitantes antes de um sorriso completo; ele está nervoso.

— O café da manhã foi a nossa primeira parada, e uma excelente.

— Então retiro o que disse; esta é a segunda parada, vamos nessa. — Ele dá a volta para abrir a minha porta, estendendo a mão para mim.

A recepcionista o cumprimenta na mesma hora.

— Senhor Kendrick, é tão bom ver você.

Senhor Kendrick? Ele parece ter vinte e poucos anos de idade.

— Obrigado, Ângela. Acredito que Paul está nos esperando. Esta é Laney Walker.

— Claro, vamos lá para trás.

Quem está esperando? Quem está me esperando e para o quê?

Respire, Laney, respire. Eu concordei em deixá-lo fazer os planos, e concordei em sair com ele hoje, em primeiro lugar, então é hora de criar coragem.

Paul é um homem fascinante, definitivamente voltado para o mesmo sexo, e, aparentemente, ele me ama e sou sua querida. Eu amo o jeito como ele fala "ambos" incessantemente. Torna-se bem claro que estou aqui para uma sessão de fotos, e, de repente, sinto-me nauseada. Certamente este não é um primeiro encontro normal – bem, isso não é um encontro, mas isso é tão intimidante como um evento quanto se pode ser... Dane é aparentemente um garoto do tipo "é tudo ou nada".

— Dane... — Eu me inclino para ele e sussurro: — Mas que coisa...?! Eu não posso fazer isso! Por que eu faria isso? Se você acha que vou vestir algumas lingeries e posar, eu vou correr para fora daqui... e vou desistir de toda essa coisa de "passar o tempo juntos", seu pervertido.

Ele limpa os olhos marejados do tanto que ri.

— Ai, Disney, nunca pare de falar, por favor. — Ele inspira. — Eu já te conheço bem o suficiente para saber que lingerie nunca seria uma opção, e mesmo que eu esteja confiante de que você pareceria fabulosa — ele dá uma piscadinha —, não orquestraria para que outras pessoas pudessem vê-la usando uma.

Oh, Senhor, boa resposta; eu me sinto um pouco aquecida, e estranhamente lisonjeada.

— Eu quero que veja o quanto você é linda, produzida perfeitamente com lindas roupas. Agora vá com Paul e eu vou esperar aqui.

Eu começo a lentamente arrastar meus pés na direção de Paul.

— E, Laney...!

Eu me viro para olhar para ele. O pequeno sorrateiro.

— Divirta-se.

Paul me coloca em um vestido de seda fluido, de um belo tom de verde-claro, com uma sobreposição de creme. Argumentei um pouco com ele sobre a escolha da roupa, porque não uso vestidos, mas ele me garante que faz isso para viver e que eu pareço maravilhosa.

— Eu acho que o Senhor Dane quer que você veja o que ele vê. Deixe-me trazer isso para fora de você. Confie em mim.

Eu fui com tudo; poderia muito bem tirar o máximo proveito da experiência, isso é algo que nunca teria pensado por mim mesma.

Quando a equipe de Paul termina, meu cabelo está solto e ondulado, e meus pés estão descalços, com um esmalte vermelho-escuro em minhas unhas. Minha maquiagem é leve, exceto ao redor dos olhos, onde a sombra é mais pesada e esfumaçada.

Paul me puxa para um cenário de fundo branco infinito e me posiciona em uma espreguiçadeira escura. Então, ele mira um ventilador na minha direção de uma distância longa. Este é pra valer. Eu me sinto um pouco como Cleópatra ou Elizabeth Taylor.

— Olhe para cima, para a esquerda, para mim, nenhum sorriso, olhar sensual, faça um biquinho, olhe para longe, braço direito para trás, incline o tornozelo esquerdo para dentro, arqueie para trás, ombro para baixo, olhe para baixo e para cima — Paul dispara os comandos, pulando ao meu redor como o Tigrão, do Ursinho Pooh.

Estou mais do que um pouco sobrecarregada. Peço a ele para parar algumas vezes para que eu possa me acalmar, mas finalmente ele diz que terminamos e que fui muito bem.

Dane olha para mim.

— Como foi?

— Na verdade, foi realmente divertido uma vez que me acostumei com a coisa toda. Muito obrigada.

— De nada. Vou olhar as fotos enquanto você se troca. Acho que ele fez algumas realmente bacanas.

Engoli em seco.

— Você assistiu?

— A cada segundo. Você foi incrível. Será que isso fez você se sentir bem, Laney?

Se eu descontar a minha ansiedade e ignorar esse detalhe, sim, isso fez eu me sentir bem.

— Sim, fez — respondo, por fim.

— Ótimo então, a segunda parada foi um sucesso. — Seu sorriso convencido é brilhante.

Quando já estou com a roupa trocada, Paul me chama para olhar para as fotos no monitor. Tenho certeza de que meu queixo bate no chão; eu adorei cada uma delas. Eu mal me reconheço e estou definitivamente chocada com a expressão que ele capturou em meus olhos.

Ele passa por todas as fotografias, comigo e Dane olhando por cima de seu ombro.

Surgir

— Aquela! — Dane diz, de repente. — Coloque-a com o filtro P&B[4].

De repente, a imagem na minha frente se torna preto e branco. É um close do meu rosto, a cabeça ligeiramente inclinada, e um cacho caindo pelos meus olhos inclinados para baixo. Dane aproxima-se mais de Paul, aperta alguns botões no teclado, e a impressora nas proximidades vêm à vida. Num piscar de olhos, duas grandes impressões surgem na bandeja, e Dane se move para colocar cada uma em um envelope pardo separado.

— Uma para você, uma para mim — ele diz, entregando-me um envelope. — Você vai ter uma cópia de todo o resto mais tarde, mas tive que fazer essa agora.

Paul me beija em cada bochecha e o agradeço pelo tempo divertido, prometendo voltar para outra sessão em algum momento. Quando saímos do prédio, faço Dane parar e dou-lhe um abraço enorme. Não posso evitar isso nem um segundo a mais.

— Obrigada mais uma vez, Dane, de verdade mesmo. Você nunca vai saber o quanto isso foi importante.

Ele dá uma piscadinha – é claro que ele dá uma piscadinha –, e isso é o suficiente; estou começando a entender o idioma das piscadinhas.

— Então, aonde nós vamos agora? — A euforia ainda passa através de mim quando me sento em seu carro.

Ele estala a língua em negação.

— A terceira parada é uma surpresa também, mas é uma viagem mais longa, então nós temos tempo para fazer uma sessão de perguntas e repostas agora. — Ele olha para cima, com timidez. — Isso é, se você estiver pronta. Não vamos beber uma dose de bebida para passar a pergunta agora, então você tem que responder.

— Dane, você está se acovardando com sua própria teoria sobre os jogos? Se você quiser saber alguma coisa, é só perguntar. — Oh, é tão divertido enviar suas palavras de volta para ele.

— Caramba, você é boa. Não estou acostumado com as pessoas realmente ouvindo ou lembrando o que digo simplesmente porque eles querem. Eu vou ter que elevar o meu jogo. — Ele ri. — Okay, então minha primeira pergunta... — Ele faz uma pausa dramática para pensar sobre isso. — Onde você cresceu?

— Cerca de uma hora da faculdade, em Forest. Você?

— Bridgeport, Connecticut. Eu me mudei para cá no primeiro ano de Tate.

— Por quê?

---

4   P&B: Preto e Branco.

— Tate escolheu uma faculdade aqui porque era a mais distante. Ele entrou, então eu o segui.

— Por que o seguiu se você não ia para a faculdade também? — Eu geralmente não sou tão intrometida, mas ele abriu o espaço para interrogatório. Além disso, estive me perguntando isso desde que o conheci, porque ele vive no dormitório de uma faculdade que ele não frequenta. Na verdade, estou curiosa sobre o que ele faz de fato.

— Hum-hum, minha vez. — Ele se esquiva muito bem. — Então, Disney, por que Southern?

— Fácil, é onde tive uma boa oferta; você sabe, o softbol. Evan e Kaitlyn, minha outra melhor amiga, estão na Universidade da Geórgia, mas eles não me aceitaram lá. — Eu instantaneamente desejo que pudesse engolir de volta a última parte que deixei escapar. Não quero que ele pense que sinto pena de mim mesma. Eu tive muita sorte de obter ajuda financeira para a minha educação e sou grata.

— Então, Dane, por que não Southern?

— Eu nunca iria para a faculdade. — Ele não elabora mais que isso. Estou quase tendo que arrancar as informações dele.

— Por que não?

— Ahn, Laney, com todas as suas brincadeiras espirituosas, certamente você é capaz de se conscientizar de quem é a vez. — Seus lábios se curvam para cima.

Ah, ele é esperto. Sim, eu estava atirando todas as perguntas, sem nenhuma consideração para as rodadas, então permaneço em silêncio.

— Há quanto tempo você joga softbol? — ele pergunta.

— Desde que eu estava prestes a completar onze anos, bem, em um nível sério, de qualquer maneira. Meu pai me treinou toda a minha vida até que cheguei ao ensino médio. Eles não iriam deixá-lo no campo depois disso. — Dou risada com a minha resposta. Oh, papai.

— Eu tenho que te dizer, Disney, nunca sequer pensei em softbol de meninas, muito menos havia apreciado isso, até que conheci você.

— Nossos jogos ainda nem sequer começaram, do que você está falando? — Dou um olhar interrogativo de relance.

— Eu posso dizer que o softbol requer um trabalho duro e você, obviamente, tem se dedicado a ele.

— Como sabe disso?

— Pelo seu corpo, Laney. De jeito nenhum que isso tenha acontecido por conta própria — ele comenta em um tom mais rouco.

Surgir

— Humm, Dane, você anda dando uma conferida em mim? — Eu coro.

— Só quando estou respirando. — Ele dá uma piscadinha e lança um sorriso de lado.

Ele elaborou tudo isso para ser capaz de me dizer que acha meu corpo bonito, e que o Senhor me ajude, eu apreciei o esforço.

— Tudo bem, de quem é a próxima pergunta? — pergunto com muita empolgação.

— Minha, quando acabarmos... nós chegamos.

O lugar é uma academia muito agradável e eu nem sequer pergunto o que estamos fazendo aqui desta vez, já que eu gosto de malhar. Tenho que dizer, não acho que alguém conseguirá imitar os planos de Dane. Eu não teria adivinhado a agenda de hoje em um milhão de anos.

Aqui, também, é tudo Senhor Kendrick isso, e Senhor Kendrick aquilo, e assim que colocamos nossos equipamentos de proteção, parece que este não será um exercício padrão e que somos os dois únicos na aula. Um homem corpulento chamado Kit explica que ele é um instrutor de autodefesa e demonstra alguns movimentos básicos. Ele me faz praticá-los repetidas vezes. É estranho o quanto Dane está em sintonia comigo. Aula de autodefesa? Perfeito.

Em seguida, Kit quer que eu pratique com Dane, que está sorrindo de orelha a orelha.

— Pega leve comigo, valentona — ele provoca com um sorriso largo, se isso é possível.

Então eu parto para cima dele.

Suas sobrancelhas disparam para o alto.

— Eu nunca vi esse movimento em um filme da Disney. — Ele ri. Eu só reviro meus olhos.

Nós praticamos as situações e eu realmente fui muito bem... eu acho. Estou um pouco distraída, quero dizer, porque Evan tem um ótimo corpo e é um atleta fantástico, mas ele está bem longe e em um campo, todo coberto de almofadas protetoras. Dane está bem na minha frente; sem camisa e suando. É assustadoramente *sexy*.

A forma masculina em movimento é uma coisa bonita; pele, suor, músculos se flexionando... preste atenção, Laney, você vai acabar sendo nocauteada. Eu fico em pé, faço alguns bloqueios e acerto um chute nele, o qual tenho certeza de que ele permitiu, mas eu diria que fui até bem para a minha primeira performance.

— Lembre-se, Laney, no nariz ou na virilha, e, em seguida, correr e gritar por todo o caminho, entendeu? — Dane está levando isso muito a sério. — Vamos fazer isso de novo; vou te atacar pela frente.

E ele faz. Eu faço o movimento de atingir seu nariz de baixo para cima e me viro para correr.

— Certifique-se de que ele está apagado antes de você virar as costas, Laney — ele me lembra enquanto agarra meu braço.

Levo o cotovelo para trás até o seu nariz como eles me ensinaram, e desta vez eu giro e faço o movimento de joelhada em sua virilha, observando-o se curvar antes de eu me virar para correr.

— Muito bom, Disney, você fez muito bem.

Ergo meus ombros e a cabeça.

— Obrigada.

Até mesmo Kit concorda que sou uma aprendiz muito rápida. Dane e eu agradecemos pela lição e seguimos para nos trocar no vestiário.

À medida que caminhamos para o carro, estou realmente saltitando de um lado para o outro ou algo assim. Não me lembro da última vez que tive este tipo de onda de adrenalina. Este tem sido um dos melhores dias que já tive na vida e estou eufórica.

A última parada deste dia emocionante é o jantar e nós concordamos com comida mexicana.

— Okay, então é a minha vez — ele fala enquanto esperamos pela comida. — Você gostou da aula de autodefesa?

— Eu realmente gostei, muito maneiro e legal de se aprender. Obrigada. — Dou um sorriso.

— Você não tem que agradecer. Você sabe por que te levei lá?

— Bem, a sessão de fotos foi para que eu me sentisse bonita, então estou supondo que a aula foi para que eu me sentisse segura?

— Em parte, sim. Eu quero que você se sinta no controle, Laney. Vejo um olhar em seus olhos, algumas vezes, muito parecido com medo, e à medida que você se aventura mais, quero que tenha pelo menos algum controle sobre a situação. Eu quero que esse senso de confiança emane de você.

— Por quê? — É esclarecedor, mas há mais do que isso.

— Eu posso dizer que tudo isso é novo pra você, Laney; a faculdade, sair, conhecer novas pessoas. Eu quero que se sinta segura. Cada mulher deve tomar decisões com base no bom-senso ou na escolha, não no medo.

— Como acha que sabe tanto sobre mim?

— Eu sou um excelente observador, sempre fui. Eu tenho que ser. Se eu estiver errado, lembre-se, apenas me diga. De qualquer maneira, no entanto, não custa nada estar preparada, certo?

— Sem dúvida, foi bom aprender… mas, eu não sei…

— O quê, me conta…

— Eu amei o dia de hoje. Tudo o que você planejou foi original e criativo e tão divertido, mas ambas as coisas eram para me fazer sentir outra coisa ou ser alguém diferente. E meio que me faz sentir como se você visse todas essas coisas sobre mim que deseja corrigir, como se tivesse algo errado com o meu jeito. Isso faz sentido?

Ele olha para mim atenciosamente por um tempo antes de responder:

— Sim, eu posso entender por que você pensou isso. — Ele inspira e expira, despenteando seu cabelo ligeiramente. — Eu sinto muito, Laney. Caramba, fale sobre um tiro sair pela culatra.

— Não tive a intenção de fazer você se sentir mal, Dane. — Cubro sua mão apoiada na mesa com a minha. — Eu realmente adorei tudo hoje.

— Eu sei que você gostou, mesmo que estivesse fazendo você se sentir em dúvida o tempo todo. Tentei planejar as coisas para te fazer feliz e isso teve o efeito oposto. Sinto muito. — O ar desolado em seu rosto quebra alguma coisa em mim.

— Não faça isso, Dane, não se feche. Conte-me qual era sua intenção, o seu objetivo, e vamos ver se consigo entender onde você estava querendo chegar. Eu aposto que sou capaz de entender.

Sorrio para ele, encorajando-o. Eu me recuso a deixar esse dia azedar.

— Isso, exatamente isso. — Ele vira a sua mão na minha, entrelaçando nossos dedos. — Você é tão verdadeira. A última coisa que eu gostaria de fazer é mudar você. Eu te levei para a sessão de fotos porque significa muito para mim, capturar uma beleza como a sua. — Ele beija as costas da minha mão. — E a aula, foi porque achei que seria divertido. Você joga softbol, então é óbvio que gosta de atividades físicas. E eu admito que tinha certeza de que gostaria de vê-la desfrutar de uma atividade física. Então, realmente, ambos eram meio que sobre mim. — Ele ri. — Até agora, não vejo absolutamente nada de errado com você. — Ele dá uma piscadinha, mas é para desviar o nervosismo; ele acha que não vou aceitar a sua resposta ...

Errado, foi uma resposta perfeita.

— Olha, eu entendo completamente. Isso foi tão difícil? Quero dizer, você não odeia quando as pessoas fazem isso? Elas permitem que um mal-entendido minúsculo cresça e se torne enorme, sem que ele seja abordado, e antes que você perceba, existe um caminho de destruição. É tão fácil resolver isso apenas falando abertamente. Na verdade, algumas vezes isso não só corrige as coisas, as torna ainda melhor!

— Meninas que conversam sobre as coisas calmamente? De onde você veio, Laney?

— Geórgia.

— Bem, a Geórgia tem sorte de ter você. Vamos lá, você terminou?

— Estou pronta. A comida estava tão boa. Obrigada, Dane.

— Obrigado por você sempre dizer obrigada. Eu gosto de fazer coisas com você.

Eu coro um pouco com isso. Gosto de fazer coisas com ele, também. Ele é tão pé no chão, tão fácil de conversar. É como se eu o conhecesse por muito mais tempo do que conheço.

Está escuro quando vamos para o lado de fora, então sugiro que ele me leve para casa agora, já que tenho aula cedo.

— Dane, por que você disse que nunca iria para a faculdade?

— Ah, voltando à sua pergunta, hein? Okay, eu vou te dizer um pouco, mas pega leve comigo, Disney. Não quero revelar todas as minhas teias de aranha de uma vez, tudo bem?

Aceno em concordância enquanto ele segura a porta do carro aberta para mim, guiando-me para dentro com sua mão na parte inferior das minhas costas.

Ele se senta ao volante e liga o carro, mas se vira para mim antes de avançarmos.

— Eu tinha outras coisas esperando por mim, responsabilidades, então não poderia ir para a faculdade e gerenciar essas coisas ao mesmo tempo.

Surgir

Eu não podia deixar tantas outras pessoas de lado apenas para sair com um diploma que nunca teria que usar. Talvez um dia, se as coisas estiverem diferentes, eu vá. Mas, por agora, tomei a decisão certa.

— Você é feliz?

Esta questão o surpreende. Ele olha adiante, pelo para-brisa, e parece estar se acalmando antes de responder.

— Acho que você é a primeira pessoa que parou e me perguntou isso. Em todo esse tempo, de todas as pessoas que me conhecem desde sempre, você foi a única. A resposta é… algumas vezes. Estou feliz bem agora.

— Por que agora?

Minhas mãos se retorcem nervosamente no meu colo e mordo meu lábio; talvez esteja cavando muito profundo.

— Porque estou com você; estive com você durante todo o dia. A maneira como você fala comigo tão abertamente, me faz sentir vivo, visto. Eu sei que você me vê.

Nós chegamos ao meu dormitório, mas a última coisa que quero fazer é sair do carro. Ele se vira em seu assento para me encarar, seus olhos vagando para os meus lábios e de volta, sem vergonha alguma. Dane está se abrindo e absorvo todas as informações possíveis, mas realmente preciso entrar e ir para a cama.

— Você vai até o quarto dos meninos? Nós podemos caminhar um pouco.

— Não esta noite, eu tenho que ir para casa. Mas vou te acompanhar até a porta.

Quando chegamos lá, ele para e acaricia o meu rosto com as pontas de seus dedos. Acho que ele pode querer me beijar, mas não vou deixar que isso aconteça. É muito cedo para mim. Mas ele não faz, e apenas me observa, acariciando minha bochecha.

— Venha me ver amanhã — diz ele. — Eu vou deixar você planejar isso.

Eu rio.

— Você faz planos maravilhosos. Pare, nós já falamos disso. Mas tenho softbol até as seis amanhã, e então provavelmente a lição de casa. Por que você não me manda uma mensagem de texto ou me liga e vamos ver?

— Posso fazer isso. Obrigado por hoje, Disney.

— Eu que agradeço, Dane, e vou falar com você amanhã.

Eu entro, dando-lhe um pequeno aceno.

Entro no meu quarto, Bennett e Tate estão enrolados na cama dela assistindo a um filme. Eu odeio interromper, mas realmente preciso descansar um pouco.

— Ei, gente, desculpa. Eu vou dormir e deixar de atrapalhar vocês em apenas um minuto.

— Laney, onde você esteve durante todo o dia? — Bennett pergunta, com a voz um pouco abafada, já que seu rosto está enterrado no peito de Tate. Deus, eu aposto que isso é bom; ser segurada assim.

— Sim, Laney, onde você esteve? — Tate sorri debochado.

— Estava com um novo amigo, deixe-me mostrar para vocês. — Tiro do envelope a impressão que Dane tinha feito para mim e entrego a Bennett, nervosa por sua reação.

— Ai, meu Deus, Laney, você está linda! Você pode modelar, sabia?

Tate olha por cima e sorri.

— Ele te levou para o estúdio, hein? Você gosta disso?

A implicação na pergunta de Tate, de repente, faz com que eu me sinta uma idiota, como se Dane levasse todos os seus "projetos" lá e talvez todas as suas palavras sobre o quanto sou especial não tenham passado de besteira. Este é o modus operandi dele e eu estupidamente me permiti sentir encantada? Deus, eu devo ter parecido uma tola, modelando como uma garota sonhadora bonita e burra.

Eu ligaria e perguntaria a ele, mas eles estão no quarto e acabariam me ouvindo; mais humilhação. E Dane realmente não me deve uma explicação. Ele não é meu namorado; porra, isso não foi nem mesmo um encontro. Se eu o conhecesse melhor, eu teria uma melhor compreensão sobre isso, sobre suas intenções. Mas não conheço, assim como não conheço ninguém aqui de verdade. Como é que este dia maravilhoso deu errado em segundos? Ele não acabou de comentar o quanto foi agradável conhecer uma garota que conversa sobre as coisas com calma? E, sim, geralmente eu sou tranquila... mas bem agora, estou agindo de uma forma irracional. Eu sabia que não devia baixar a guarda, cacete!

— Laney, você está bem aí? — Bennett pergunta. — Você pode assistir ao filme com a gente.

— Não, estou bem, apenas cansada. Não se importem comigo.

Bennett é uma boa companheira de quarto, ela é organizada e faz comentários pertinentes, sem ficar o tempo todo no meu caminho, mas preciso do meu tempo, meu santuário. Eu viro em direção à parede e conecto meus fones de ouvido, mas enquanto fico ali deitada, minha raiva e mortificação fervilha cada vez mais, então, por debaixo das cobertas, onde os amantes não poderiam ver, envio uma mensagem para Dane...

> Laney: Eu me sinto uma idiota.

> Dane: Do que você está falando?

> Laney: Sessão de fotos... eu... eu não me sinto mais bonita, eu me sinto como uma imbecil.

> Dane: Eu não sei do que você está falando. De onde isso está vindo?

> Laney: Esquece, provavelmente estou exagerando. Boa noite.

Arranco os fones de ouvido e desligo o celular. Ótimo, agora eu posso ouvi-los resmungando e Bennett rindo... Quão ruim iria doer simplesmente perfurar meus tímpanos? Provavelmente doeria pra caralho, então cubro minha cabeça com um travesseiro.

CAPÍTULO 22

LÁ FORA NO FRIO

Laney

Ignoro as ligações e mensagens de Dane durante todo o dia, e não havia nenhuma de Evan para ignorar, por isso o treino de hoje à noite consiste apenas em fazer o que o terapeuta ordenou; eu tenho um monte para trabalhar. Na verdade, eu tenho um monte de "falta de" para trabalhar – falta de namorado, Evan, falta de comunicação com o melhor amigo, Evan, falta de dignidade por ser um fantoche de Dane, falta de silêncio a partir de duas pessoas que transam como coelhos no meu quarto ... sim, a faculdade é incrível. VAI, ÁGUIAS!

Eu treino até o treinador me obrigar a parar.

— Para o chuveiro, Walker, é o suficiente por hoje. Te vejo domingo de manhã.

Domingo de manhã? Ai, alguém me mate agora, porque esqueci dessa maldita avaliação física e aperfeiçoamento de técnica que vai rolar na UGA. O que vou fazer? Claro que vou ver Kaitlyn, com quem não falei desde que ela me enviou a foto. Na verdade, já faz um tempo que não falo com ela, de qualquer maneira. Mas e se eu esbarrar com o Evan? E se não esbarrar? Olha só... desde quando eu me questiono sobre ver ou não o Evan? E ainda assim, aqui estamos nós. AAARGH!

Finalmente vou até o meu quarto depois de um dia de maratona, e alguém grita meu nome às minhas costas. Ao me virar, vejo Zach dando uma corridinha pelo corredor para me alcançar.

— O que se passa, estranha? Você acabou de entrar?

— Sim, dei tudo de mim no treino de softbol de hoje à noite. Como você está, Zach? Alguma novidade? — Seu abraço é mais do que bem-vindo.

— Nada de mais, grande jogo em casa neste fim de semana, você vai conseguir nos assistir?

— Sim, vou sair para avaliação física e aperfeiçoamento de técnica na manhã de domingo, mas posso vir no sábado para te ver jogando. Eu vou adorar!

— Ótimo, vou te dar os ingressos dos meus pais. Você não parece combinar muito como a seção de torcida estudantil. — Ele ri.

— Boa decisão. — Começo a rir também. — Eu estarei lá. Mas vou te ver antes disso, certo?

— Bem, eu, com certeza, espero que sim. Você está bem, Laney? — Ele descansa uma mão no meu ombro. — Você parece meio aérea.

Eu estava aérea mesmo, estou tão distante que não sei mais o que se passa.

— Sim, estou bem, mas obrigada. Tudo o que preciso agora é de um chuveiro. Eu me recuso a usar as instalações da equipe. — Um arrepio realmente me faz estremecer só de pensar nisso. — Eu tenho uma redação para terminar, também; te vejo mais tarde, Zach.

Meu quarto está vazio, graças a Deus. Jogo todas as minhas coisas no chão e vou direto para o chuveiro. Eu fico lá por muito mais tempo e só saio quando a água esfria como gelo. Visto uma calça de moletom e uma regata, deixando o cabelo molhado, e subo na cama. Bennett aparece não muito tempo depois.

— Ei, coleguinha, o que você está fazendo?

— Apenas relaxando, preparando-me para dormir. Como foi o seu dia?

— Absolutamente fabuloso! Acho que consegui o papel que eu queria em nossa apresentação. — Seus olhos verdes brilham e estou tão feliz por ela. — Você vai vir para o espetáculo, não é, Laney?

— Claro que vou, parabéns!

— Obrigada! Tate está tão orgulhoso de mim; ele está vindo para cá. Acho que ele comprou um presente para mim!

Ela está tão animada, que não reclamo sobre o fato de que já estava pronta para ir dormir e preferiria não ter companhia. E que não quero servir de vela, por isso eu me levanto para sair.

— Eu vou bater papo no quarto do Zach, vocês dois se divirtam. — Ela, claro, alega que eu não tenho que sair, mas saio do mesmo jeito. Eles precisam deste momento. Deus sabe, que se eu tivesse um cara gostoso vindo aqui para me oferecer presentes do tipo "você é incrível", eu não iria querer uma audiência.

É claro que Zach não está em seu quarto, mas nós já analisamos isso... todo mundo aqui tem uma vida, menos eu. O que diabos eu faço agora? Estou em um moletom, no meio do corredor e as minhas chaves estão lá no quarto, juntamente com a minha cama. Foda-se a minha vida.

E mais uma vez... Eu me encontro batendo no quarto 114. Tate e eu realmente devíamos simplesmente trocar de quartos, exceto que isso não vai rolar.

Sawyer grita "Entra!" então abro só um pouquinho a porta, espreitando por ela. Eu gosto de ver no que estou me metendo antes que me vejam.

— Ei, Laney, entre, menina. O que você está fazendo? — Ele desvia o olhar de seu jogo e eu entro, fechando a porta em seguida.

— Qual dessas é a cama do Tate? — pergunto a ele.

— Humm, aquela ali. — Ele aponta. — Por quê?

— Bem, Romeu e Julieta estão tendo momento íntimo, e eu estou cansada. Se ele vai se apossar no meu quarto, então vou me apossar da sua cama.

— Legal, tudo bem para mim, você quer uma bebida ou alguma coisa assim?

— Como se você fosse se levantar desse jogo para me trazer uma. — Dou uma risada. — Não, Sawyer, estou bem, obrigada.

Tento ficar confortável o suficiente para possivelmente cair no sono na cama de Tate com Sawyer no quarto, num gesto não muito característico da minha pessoa, quando a porta se escancara. Ah, e só quando não acreditava em finais felizes ambulantes, ou melhor dizendo, cambaleantes, Dane e a cadela rouxinol, Whitley, entram. Ela está rindo como se ele fosse o garoto mais engraçado do planeta, e é claro que ela não poderia ficar em pé sem as duas patas agarradas a ele, pobre garota.

Dane nota a minha presença e seu rosto fica pálido enquanto seus olhos perfuraram os meus.

— O que você está fazendo aqui... na cama do meu irmão? — Ele resmunga.

— O seu irmão está no meu quarto e Zach não estava no quarto, então vim aqui e Sawyer me usou e me deixou esgotada.

Sawyer chicoteia a cabeça na minha direção e gargalha.

— Não me provoque assim! Estou tentando me concentrar na dominação do mundo aqui. — Ele despreocupadamente se volta para o seu jogo. Gosto de Sawyer mais e mais a cada instante; ele é tão de boas.

— O que você está fazendo aqui, Dane? Ah, foi mal, vocês dois precisam desta cama? — Agora, por que perguntei isso mesmo? Estou magoada e envergonhada sobre a coisa do estúdio, mas isso não é motivo para o que acabei de fazer. Estou com ciúmes? Sim, sim, eu estou. Nada bom.

— Sério? — A canarinho pia.

Eu gosto da palavra "sério", é muito apropriada em diversas situações, mas ela tem que mudar isso um pouco. Foi a sua frase de assinatura da última vez que tive o prazer de um encontro com ela, também. Se há uma célula cerebral naquela cabecinha, ela vai captar minhas vibrações e não vai me irritar neste instante.

— Vejo você depois, Sawyer, obrigada por me deixar ficar aqui. Estou de saída. — Salto da cama como se ela estivesse pegando fogo e praticamente corro para fora do quarto. Não paro até que estou passando pelas portas do saguão e indo em direção ao ar fresco da noite. Estou descalça, sem casaco... e pouco me fodendo para isso.

Começo uma corrida, inspirando profundamente para levar ar aos meus pulmões. A ardência parece agradável, até mesmo terapêutico. Talvez eu vá para o parque do *campus* e durma em um banco. Talvez vá escalar uma árvore, ou encontrar uma ponte bacana; eu, neste momento, nem sequer me importo.

Lágrimas jorram pelo meu rosto e eu me recuso a limpá-las. Tudo o que sinto é a raiva me impulsionando a correr e correr. Por que estou fazendo isso comigo mesma? *Basta voltar para o seu quarto, Laney...* NÃO! Por que estou aqui? Diplomas universitários são quase inúteis no mercado profissional hoje em dia, não que eu saiba que carreira quero seguir ou se isso importa, desde que estou tendo um colapso nervoso! Tal mãe, tal filha, certo? Estou ficando maluca E estou correndo, literalmente.

A temperatura da noite, que só eu pensaria que está friozinho, o cabelo molhado e a coisa de correr descalça finalmente me vencem, então sou forçada a parar e me sentar em uma mesa de piquenique. Meus pés não estão feridos ou sangrando, mas estão doendo. Estou começando a recuperar o fôlego quando vejo faróis se aproximando, bem devagar. Eu realmente espero que o ataque de pânico tomando conta de mim acabe comigo antes que o possível assassino no carro saia. O veículo para, e é então que percebo o quão irresponsável fui.

Com o peito apertado, sinto dificuldade em respirar e um medo verdadeiro começa a pulsar nos meus ouvidos. Nenhum comentário sarcástico me vem à mente; a merda acabou de se tornar real. Eu não faço coisas

136   **S.E. HALL**

estúpidas como essa. Não me atiro em situações arriscadas. Estou de cabeça para baixo, em choque, petrificada... até que vejo Dane sair do carro.

— Disney, é você?! — Ele está vindo na minha direção, as mãos cerradas em punhos e balançando a cada passo.

— Não quero papo.

Ele está bem na minha frente agora, me encarando, e é óbvio que não está feliz. Bem, que pena, porra, porque eu também não estou.

— Laney, é perigoso, você sozinha aqui fora. Que diabos você está fazendo? — Seu rosto está a alguns centímetros do meu enquanto ele grita.

— Vá embora, Dane, me deixe em paz — digo com uma voz fria e impassível. — É oficial, eu sou igual a ela, e você é praticamente um estranho, então, ainda há tempo para você fugir ileso.

— Igual a quem? Laney, diga coisa com coisa. Se você for falar merda sem parar, pelo menos facilite e seja verdadeira. — Ele cruza os braços contra o peito e isso levanta minhas defesas.

— Você não quer que eu seja verdadeira, Dane. Eu não sei se você gostaria disso. Você não precisa da minha história trágica. É sério, volte para a sua cotovia e eu vou simplesmente ir para casa.

— Bom, vamos te levar para casa. Está tarde e você está chateada. — Ele se move suavemente agora, seus braços prestes a me abraçar e me guiar para o carro dele, mas eu o afasto.

— Não, Dane! — Passo as mãos pelo meu cabelo molhado. — Eu quero dizer casa, minha casa. Para mim já chega. Estou voltando para a minha casa.

— Laney, não seja louca, apenas se acalme. Nós podemos consertar isso. — Ele vem na minha direção novamente, mas desta vez eu salto da mesa e vou embora. Estou ainda mais chateada agora. Sua escolha de palavras não foi boa, e ele saberia disso se me conhecesse; e ele não me conhece. Não importa o quanto ele imediatamente me atraiu e me persuadiu a sair com ele, Dane não me conhece.

— É isso mesmo, eu sou louca; a "menina racional que conversa sobre as coisas calmamente" é tudo uma encenação. Não posso lidar com tudo isso. Meu primeiro desafio e eu por pouco estraguei tudo, e agora... eu vou fugir. E nós não vamos consertar coisa nenhuma! — Estou gritando agora. Isso não é algo que eu faço, ou achei que não fazia.

— Droga, Laney, pare com isso! Você não tem que provar merda nenhuma para mim, só fale comigo, pelo amor de Cristo. Deixe-me levá-la para dentro e nós vamos conversar. — Sua voz é firme, mas seus olhos castanhos profundos estão suplicantes e eu quero tão desesperadamente acreditar que ele vai ouvir e não me julgar. Não, ele vai usar isso para me machucar, assim como todas as outras palavras que jogou na minha cara antes.

— Não posso voltar para lá. Meu quarto foi tomado por duas pessoas felizes, que me lembram que o meu coração está sangrando toda vez que eles conversam entre si. Zach não está em casa, você invadiu o quarto de Sawyer com a sua Barbie, e a pessoa que me mais me conhece no mundo inteiro, aparentemente esqueceu meu número! Isso ou a vadia com quem ele está transando, o que eu, basicamente, disse a ele que estava tudo bem em fazer, continua me enviando direto para o correio voz dele. — *Pare, você está assustando o cara com essa diarreia verbal!* Minha mente está se recuperando, mas eu continuo disparando: — Talvez eu vá perguntar a ele, quando eu estiver em sua faculdade neste fim de semana com a equipe de softbol que eu nem deveria estar dentro porque tenho fracassado nisso já faz algum tempo. Talvez haja tempo antes do meu perseguidor me enviar uma cabeça em uma caixa! Mas, se você me levar para "o estúdio" de novo — eu divago irritada, jogando aspas debochadas no ar —, porque você sabe, "eu sou especial", vou me sentir toda bonita outra vez e esquecer que já me transformei completamente em uma lunática que desiste e foge, exatamente como a mãe dela! Parece que dá para consertar isso, Dane?

E agora ele sabe tudo sobre a minha vida e pode ir embora, e rápido de preferência. Eu apenas gritei, chorei e regurgitei tudo em cima dele como uma psicopata chorona. Estou oficialmente tão exposta e tão vulnerável quanto nunca estive antes, e entorpecida pra caralho para me importar. Talvez ele vá dizer a todo mundo e toda a faculdade começará a cochichar a meu respeito, mais uma vez... Devo amar ser o centro das atenções.

— Por que você ainda está de pé aí?! — esbravejo. — Você é masoquista?

Tudo de uma vez, ele se move e me joga por cima de seu ombro, levando-me para o carro.

— Ponha-me no chão! — grito, batendo em suas costas. — Se o seu periquito estiver nesse carro rindo de mim, eu vou chutar a bunda dela!

Eu o sinto rir abaixo de mim, mas não vejo o que é tão engraçado. Ele me joga no assento do seu lado, fazendo minha bunda se chocar contra o console, e trava as portas antes que eu possa pular para fora. Bem, pelo menos não tem mais ninguém no carro; um pequeno prêmio de consolação.

— Você está me sequestrando? Você está mais louco do que eu.

Ele não me responde, apenas tira a jaqueta e me cobre com ela, como

138   S.E. HALL

uma criança... Exatamente como estou agindo. O carro finalmente está se movendo, mas Dane apenas olha adiante e dirige na direção oposta do dormitório. Quanto mais tempo rodamos, mais percebo que não faço a menor ideia para onde estamos indo, no entanto, eu me recuso a quebrar o silêncio desconfortável para perguntar. Recosto a cabeça contra a janela e fecho os olhos, tentando dormir e apagar este DIA ÉPICO.

CAPÍTULO 23

EXPOSTA

Laney

Acordo quando Dane abre minha porta, fazendo com que minha cabeça tombe para frente. Demoro um minuto para me orientar; parece que estamos em uma garagem. Dane se estica para frente e me pega e, em seguida, fecha a porta com o pé.

— Onde estamos? — pergunto, meio grogue.

— Na minha casa — ele responde enquanto caminha até uma porta nos fundos. — Abra isso. — Ele está com as mãos ocupadas, então eu me inclino e faço o que pediu. Nós entramos em uma cozinha, obviamente feita para Rachel Ray[5], enquanto Dane chuta a porta, fechando-a atrás dele. Só este cômodo já é maior do que a minha casa de infância – bem, quase –, com metros de belos granitos escuros e armários em madeira de cerejeira. Todos os aparelhos são de aço inoxidável brilhante e a geladeira gigante poderia guardar tudo o que possuo.

— Dane, por que você me trouxe aqui? Não quero que seus pais me vejam assim. — digo, nervosa, olhando para cima, em desespero e ainda aninhada entre seus braços.

— Eles não estão aqui, ninguém está. — Ele me põe no chão.

— E-u... p-preciso ligar para Bennett. — Percebo que nem sequer tenho

---

5   Rachel Ray: Chefe de cozinha apresentadora de um programa culinário de TV.

o meu celular comigo; ele está esquecido no meu quarto... junto com os meus sapatos.

— Eu liguei para Tate no caminho. Ela sabe que você está segura e comigo. — Ele se move para a geladeira e começa a pegar um monte de coisas, colocando-as no grande balcão. — Sente-se, vou te alimentar.

Eu me sento na grande banqueta na ilha central da cozinha e apoio o meu rosto em meus braços sobre a bancada. — Por que você me trouxe aqui? A sua namorada não vai ficar se perguntando por que você simplesmente a abandonou?

Ele se vira para mim e deixa escapar um suspiro exasperado.

— Vamos começar esclarecendo isso agora mesmo: Whitley não é, e nem nunca foi, a minha namorada. E antes que você pergunte, não, eu nunca dormi com ela. Você quer presunto ou peru?

— Presunto, por favor, e somente mostarda. — Espere... O quê? Nós vamos simplesmente mudar o assunto para sanduíches? Humm, não, nós não vamos. — Com certeza que não parecia dessa maneira esta noite, Casanova, já que estava toda em cima de você. Como ela se saiu em sua sessão de fotos? — POR QUE, outra vez, POR QUE eu me importo? E por que continuo abrindo a minha boca como uma idiota ciumenta e insegura? Em um minuto estou gritando para ele ir embora porque ele nem sequer me conhece, no minuto seguinte, estou pedindo a ele para se explicar.

Eu realmente não gosto de mim mesma neste momento.

— Eu a vi do lado de fora do prédio e ela subiu, embriagada. A amiga dela mora no prédio, mas não atendeu à porta. Eu nunca a teria levado ao estúdio, bem como qualquer outra garota, e se você vai continuar dizendo isso, você poderia, pelo menos, me esclarecer por que acha isso. — Ele desliza meu sanduíche para mim, me encarando como se eu tivesse duas cabeças. — Nenhum jogo, Laney, lembra? Diga-me o que é que você acha que sabe. — Seus olhos e tom de voz são glaciais e sinto o frio na mesma hora.

— Quando Tate viu a imagem impressa que você me deu, ele sorriu com deboche porque você tinha me levado para o estúdio — digo, sentindo o veneno escorrer. — Eu tive a impressão de que isso era uma coisa habitual. — Cabisbaixa, deixo o meu cabelo agora seco cobrir meu rosto. Quero esconder a vulnerabilidade que me consome.

Ele mergulha a cabeça para nivelar nossos olhos, empurrando meu cabelo para trás da minha orelha.

— Olhe para mim, linda. — Inclina meu queixo trêmulo para cima. — Não foi isso que ele quis dizer, e eu sinto muito que isso fez com que

Surgir

141

você se sentisse mal. Você é a única garota que já levei para uma sessão de fotos pessoais. Eu sei que é importante para as meninas saberem esse tipo de coisa, e sim, você é a primeira e a única; foi especialmente para você. — Ele bate na ponta do meu nariz levemente com o dedo indicador. — Bem, um problema resolvido. Agora coma alguma coisa.

Ele dá uma mordida gigante em seu próprio sanduíche e se vira para pegar para nós dois uma garrafa de água da geladeira. Deslizando uma para mim, ele diz:

— Mas tenho que te dizer, Laney, para alguém com um namorado, você, com certeza, gosta de me repreender pelas minhas supostas merdas femininas.

Ai, essa doeu. Nota mental, esteja preparada para aguentar se você for discutir com o Dane.

Ele obviamente presumiu que Evan é meu namorado com base em o que quer que ele e Bennett têm discutido pelas minhas costas, mas passei humilhação suficiente por esta noite, por isso vou deixá-lo assim nesse equívoco um pouco mais.

— Você está certo. Não é da minha conta e passei dos limites. Eu só... Eu não tinha me sentido tão especial desde que comecei a faculdade, e você me fez sentir desse jeito. Fiquei magoada ao pensar que não era assim. Me desculpa. — Eu estava errada antes, e é assim que idiotas se sentem.

— Evan não fazia coisas para fazer você se sentir especial? — A voz dele se suavizou.

— Ah, Deus, sim, o tempo todo. É provavelmente por isso que sinto tanta falta dele.

— E agora ele está transando com vadias? Grande passo. — Então ele tinha captado cada palavra que vociferei mais cedo e ia tirar satisfação sobre cada uma delas comigo. Normalmente, eu daria um jeito de enrolar, mas eu tinha exposto tudo isso e iria embora em breve de qualquer maneira, e nunca mais o veria, então posso muito bem arrancar isso do meu peito.

— Não sei o que ele está fazendo. Nós não nos falamos há algum tempo. — Eu me levanto para colocar meu prato na pia; comi tudo que consigo aguentar. — Eu me sinto muito melhor; você pode me levar de volta agora?

— Por que você não fica aqui e relaxa? Existe espaço de sobra e vou levar você de volta na parte da manhã. — Ele espera que eu diga alguma coisa, suponho, mas não digo nada. — Você está segura aqui, Disney.

Voltei a ser Disney agora, então ele não deve estar mais com raiva de mim.

— Não quero incomodar, de verdade, e me sinto melhor. E sinto muito,

142   S.E. HALL

Dane, eu realmente sou muito mais tranquila na maioria das vezes. — Suspiro. — Eu simplesmente perdi o controle.

— Eu sei, e você não seria um incômodo. É solitário nesta casa enorme, Laney. Por que você acha que estou nos dormitórios o tempo todo? Vamos lá, vou te levar para fazer um tour pela casa. — Ele se aproxima e segura a minha mão, puxando-me para uma nova parte da mansão.

Do lado de fora da cozinha existe uma grande sala de estar com uma enorme lareira de pedra como o ponto focal. O mobiliário é todo em couro bege, imensos, e o sofá está de frente para uma parede completamente tomada pela maior TV de tela plana já fabricada, eu tenho certeza disso.

— Bem, lembre-me de nunca assistir filmes aqui. — Finjo escárnio. — Quero dizer, como eu poderia enxergar nessa coisinha tão pequenininha?

Ele me dá um sorriso debochado, mas não responde nada.

O longo corredor abriga diversas portas que ele não abre e leva a um hall de entrada aberto com piso de mármore. Lá está a maior escada flutuante que já vi e, à esquerda, há uma área de jantar com uma mesa de mogno gigante com cerca de vinte cadeiras. À direita, há um espaço rebaixado que abriga um belo piano de cauda, o que me faz refletir se Dane toca.

No canto há um conjunto de portas francesas que tenho certeza de que darão para o quintal. Enquanto tudo é bonito e impecável, também parece frio. Estéril. Eu não vi nem uma única foto. Não existem poltronas reclináveis desgastadas onde os pais assistem a jogos, nada largado no sofá, e não há papéis nem porcarias espalhadas… Não é uma casa; a palavra mausoléu vem à minha mente.

Dane nos guia para cima pelas escadas e à esquerda para me mostrar uma academia completa, do tipo "por favor preencha essa papelada para a sua adesão". Há pelo menos uma peça de qualquer equipamento que você poderia nomear, a maioria dos quais eu não poderia, e isso não é pouca coisa, uma vez que sou uma atleta, porra. As paredes são espelhos sólidos com alto-falantes espalhados ao longo do teto de forma intermitente e… Ah, é claro, um pequeno bar na esquina… Porque, é óbvio que deveria haver um. É a academia mais elegante que já vi, mas seria intimidante pra caralho malhar com todos esses espelhos.

— Uau… — É tudo o que consigo pensar para dizer.

Ele apenas ri e me puxa para fora e mais para frente do corredor… Para o lugar onde eu gostaria de ser enterrada. Este é o maior e melhor *home theater* do mundo inteiro! Não consigo segurar o suspiro encantado; isso é fabuloso. Há quatro fileiras de assentos, que são grandes e fofinhos, não encostos duros e rígidos, com fones de ouvido e porta-copos. A tela em si é gigante e, oh, meu Deus, a sala tem a temperatura ambiente perfeita – posso até sentir meus dedos dos pés! A parede direita inteira é revestida com milhares de filmes, e não posso decidir se choro ou fico de joelhos e presto homenagem. Acho que ele vê a expressão nos meus olhos.

— Achei que você gostaria disto. Basta imaginar a Disney aqui. — Ele sorri debochado para mim. Ele leu minha mente. Ele começa a me puxar pela mão para continuar com a turnê e eu firmo os pés, como se estivesse implorando para ficar aqui, então ele gargalha. — Vamos lá, você pode voltar a qualquer hora que quiser.

Estou focada em cumprir isso. Estou meio que em um transe agora, e depois de algumas voltas e reviravoltas, avisto um número de quartos que mal registro. Eles são todos luxuosos, se não simples, suítes com enormes banheiras, mas isso é tudo o que consigo me lembrar. Até que nós finalmente chegamos ao que ele me informa ser o dele.

Seu quarto não representa nem um pouco a maneira como penso nele. É estéril e desolador com bastante preto, branco e cinza. A única coisa digna de nota sobre o lugar é porque possui a maior cama que já vi na minha vida, com grandes postes em madeira escura, de frente para uma lareira. Ele me guia até uma varanda, e dali dá para ver direitinho o quintal paradisíaco... que pertence à MTV. Há uma cachoeira, uma caverna, um escorrega de pedra e um bar na piscina com uma TV acima dele. Agora, como diabos isso acontece na água? E como a água pode ter aquele tom azul-safira profundo em vez do azul normal da piscina?

— E isso é tudo — digo e ele ri baixinho.

— Para a esquerda naquela direção, você não pode ver agora, mas existem quadras de basquete e tênis. Nenhum campo de softbol, embora... ainda. — Ele bate no meu ombro com o seu de brincadeira.

— Dane, este lugar é, bem, é impressionante. Não posso acreditar que você vi-vive aqui — gaguejo descaradamente. Esta é a parte onde com compostura e nem um pouco impressionada, tenho certeza, mas ele me ganhou no home theater. Este lugar é o paraíso e estou perplexa.

— Eu durmo aqui algumas vezes, sim; não há um monte de atividade acontecendo por aqui, no entanto. É só um monte de espaço — responde com tristeza, um sofrimento que me lembra de que não sou a única com problemas na minha vida. — Então você quer que eu te mostre um quarto? Eu sei que você tem aula amanhã, então provavelmente quer ir dormir. — Ele se vira para que voltemos.

— Sério, Dane, você pode simplesmente me levar para o dormitório. Eu tenho certeza de que Tate já deve ter ido embora. Eu vou ficar bem. Eu simplesmente perdi o controle por um minuto. Não vou embora, ou qualquer coisa assim, eu prometo. — Dou um sorriso tímido. — Por mais envergonhada que eu esteja, realmente foi muito bom desabafar tudo aquilo.

— Eu entendo, Laney, juro. Todo mundo tem o seu ponto de ruptura de vez em quando. Não se atreva a ter vergonha, okay? — Ele levanta meu queixo e conecta o olhar ao meu. — Que tal isso? Se você não estiver muito cansada, vamos pegar um copo de vinho e ficar de bobeira na gruta; nós podemos conversar um pouco mais. Parece bom?

Eu sei que não vou conseguir adormecer agora, e conversar com Dane, de alguma maneira, me deixa à vontade. Ele tem esse efeito calmante sobre mim, como se ele pudesse resolver qualquer coisa que aparecesse no caminho, sem esforço.

— Sim, isso parece muito bom agora. — Respiro profundamente e sinto quando a tensão se esvai ainda mais.

Ele me guia de volta para baixo e pelas portas que, de fato, levam para o quintal. Andando pelo pequeno e mais bonito percurso, com luzes no chão e uma belíssima cerca toda florida, chegamos a uma casa de hóspedes ao lado da piscina que poderia facilmente ser o apartamento de alguém.

— Bem ali — ele diz, apontando —, deve haver uma abundância de opções de maiôs. Escolha o que você gosta, há um banheiro para se trocar lá dentro. Eu te encontro na piscina. — E com isso, ele se afasta.

Sozinha com meus pensamentos, paro por um minuto para reorganizá-los. Dane é solitário, e reconfortante, e rico… Eu quero dizer muito rico. Então, por que Tate vive em um dormitório? A que distância este lugar está da faculdade? Por que estou escolhendo biquínis em uma noite da semana, sendo que tenho aula amanhã? Por que Dane é tão bom para mim? Por que confio em um cara que mantém uma seleção de biquínis em mãos para seus convidados?

Não sei a resposta para nenhuma dessas perguntas, e, no momento, não me importo. Os sons suaves de música derivam de algum lugar enquanto visto o bonito biquíni verde que escolhi, me elogiando por não estar atrasada na manutenção das partes feminina. Tento ignorar a etiqueta do preço ao removê-la, mas falho; o valor é obsceno. Sinto-me estranha, porém viva quando saio em direção à piscina, como se eu estivesse em um universo alternativo. A Laney Jo Walker que conheço não participa de mergulhos tarde da noite com jovens milionários reconfortantes e *sexy* – estou tããoo fora do meu elemento agora.

145

CAPÍTULO 24

JANELA

Dane

— Aí está você, achei que ia ter que sair à sua procura — digo ao entregar a ela uma taça de vinho, tomando um gole da minha própria em seguida. — Vejo que encontrou alguma coisa que se encaixa; ficou ótimo.

Eu a olho da cabeça aos pés, suprimindo o rosnado tentando escapar de mim. Laney está parada timidamente diante de mim; com os braços cruzados à frente da barriga, em um biquíni. Sua postura e a trepidação em seus olhos me tiram do chão. Como diabos essa garota é tão inconsciente dos efeitos que causa? A luz da lua e o ligeiro brilho da piscina me dão apenas iluminação suficiente para olhar para ela descaradamente. Ela é, sem dúvida alguma, a garota mais *sexy* que eu já vi.

O cabelo loiro-escuro dela vai, com certeza, parecer marrom quando ficar molhado. Seus olhos gentis são quase cor de avelã na luz do dia, mas à noite, ou quando ela está escondendo um sentimento de mim, eles se transformam em um marrom profundo, rico. Seus lábios são carnudos e ela os umedece quando está nervosa ou protelando antes de falar, apenas uma rápida pequena passada de sua língua.

Olhando mais para baixo, não posso deixar de sorrir quando avisto o que será para sempre minha parte favorita dela, uma pequena sarda em seu peito, bem no centro e acima do seu decote... Minha nova Estrela do Norte. Mal coberta agora pelo material verde, vejo que os seios dela são amplos e perfeitos. Sinto o formigamento nas pontas dos dedos, louco para tocar neles.

Ela sabe que estou olhando, seus mamilos endurecem e apontam contra o tecido do biquíni, até que ela cruza os braços bem-esculpidos para se cobrir. Adoro a sua modéstia. Uma vez que ela for minha, eu sei que ela nunca vai deixar ninguém mais ver ou tocar no que me pertence. Aposto qualquer coisa que ela é virgem e como homem das cavernas que posso ser, isso traz à tona cada sentimento territorial possível dentro de mim.

Seu abdômen é plano, mas tem uma curva feminina nele, juntamente com os seus quadris; ela tem a combinação perfeita de físico atlético e suavidade. Aquelas pernas parecem que continuam para sempre, e também mostram que ela joga bola. Ergo o olhar e deparo com os olhos dela, então levanto um dedo e faço um pequeno giro, dizendo-lhe para dar a volta para mim, e ela faz.

— Lentamente — resmungo.

Puta merda, eu sabia que sua bunda era gostosa – as roupas não escondem isso –, mas meu pau não tinha ficado duro só de olhar até agora. É empinada e firme, a perfeição. Sempre fui um homem que gosta de bunda, mas agora sou um homem que gosta de Laney; porra, ela é gostosa. Embora eu tenha que admitir para mim mesmo que, sinceramente, gosto dela tanto assim quanto em seu pijama das princesas. Absolutamente adorável.

Paro às suas costas e coloco uma mão suavemente em seu ombro, desfrutando da sensação de senti-la estremecer ao meu toque. Você vai conhecer esse toque, Laney. Você e eu, um dia, iremos conversar sem palavras.

— Vamos lá, Disney, vamos entrar. A hidromassagem de água quente vai te fazer bem. — Respiro próximo ao pescoço dela e vejo os arrepios subindo pelos seus braços.

— Está bem — ela sussurra.

Devagar, eu a guio para a água, minha mão na parte inferior de suas costas. A pele dela é como a seda. Tenho que suprimir a tentação de empurrá-la para o chão e devastá-la. Assim que nos instalamos na água morna, eu a vejo visivelmente relaxar um pouco; ela está sempre tão tensa. Sempre com a guarda erguida, seus olhos sempre mantendo apenas uma pontinha de medo. Ganhar a confiança dela será a minha maior realização; já sei disso nos mínimos detalhes.

— Dane, por que você é tão bom comigo? — ela murmura, sem olhar para mim.

Ah, esta mulher tão meiga na minha frente. As pessoas não costumavam ser boas para ela? Como isso é possível? Ela é incrível.

Surgir

— Eu já te disse, Disney, existe alguma coisa sobre você que gosto, bastante.

— Mesmo depois da minha histeria esta noite?

Ela está tão preocupada com isso. Eu, na verdade, achei que foi bem fofo. Suas bochechas estavam totalmente coradas, com os pés descalços, cabelo molhado, explodindo de raiva… Sim, ela era algo para ser contemplado. Adorei que uma parte dessa raiva toda era por causa de ciúmes. Mesmo que ela ainda não possa compreender isso, e se sinta culpada sobre o fato, ela está com ciúmes e eu gosto disso.

— Especialmente depois da sua histeria esta noite. Você se deixou levar. Eu gostei de ver isso. Eu sabia que você tinha um fogo dentro de você desde o momento em que te conheci, e hoje à noite ele apareceu, então estou contente. — Ah, sim, essa pequena bola de fogo ameaçou pegar um bastão para bater em Whitley na primeira noite em que a conheci. Quanta classe.

Eu poderia ter matado Whitley por cair em cima de mim esta noite, mais uma vez. Essa menina precisa me deixar em paz. Não quero que Laney pense que estou de alguma maneira indisponível para ela, ou que, alguma vez, eu daria um pingo de atenção a Whitley. Sou tão seletivo quanto Laney é… E eu escolho a Laney.

Ela estava tão chateada esta noite porque tinha revelado muito mais do que imagino que normalmente ela faria. Laney e Evan não têm se falado, e ela parecia mais chateada por ele não ter ligado, do que pela possibilidade de ele estar dormindo com outras garotas. Em nosso grupo de amigos, as pessoas falam, então sei que ele não é o namorado dela, mas ela não me corrigiu esta noite quando me referi a ele como tal.

Há alguma coisa fora do lugar sobre tudo isso, mas de uma coisa eu tenho certeza agora – eu tenho uma oportunidade. A obsessão instantânea e avassaladora que desenvolvi por esta menina agora não parece tão improvável. Pela primeira vez, posso ousar me permitir ver a possibilidade real de ter esta menina para mim. Mas tenho que ir com muita calma. Eu já a conheço bem o suficiente para saber que ela não vai levar o "nós" a sério enquanto alguma coisa com ele estiver por resolver; ela não vai machucá-lo… É essa mesma característica que adoro nela. Laney é uma boa pessoa, ela é leal e honesta.

Ela respira fundo e exala o ar lentamente.

— Eu te contei muita coisa em uma noite só; coisas das quais não falo a respeito, nunca. Eu me sinto exposta agora, vulnerável. Apenas quando você estava convencido de que sou supertranquila e uma menina nem um pouco dramática, eu derramo praticamente tudo o que há de errado na minha vida, tudo de uma vez.

Sua risada não é sincera, como se ela realmente não achasse isso engraçado e estivesse horrorizada que eu poderia suspeitar que ela é louca. Não penso isso. Acho que ela é radiante e fascinante, e que está completamente sozinha pela primeira vez, um pouco assustada.

— Não faça isso. Eu nunca vou usar seus pontos fracos contra você. Além do mais, tenho uma abundância de outras armas no meu arsenal. — Dou uma piscadinha para aliviar o clima, mas por dentro eu sei que é um passo monumental; ela já se abriu para mim, então confia em mim em algum nível, e eu confio nela. — Você gostaria de um pouco mais de vinho? — Não estou tentando embebedá-la; eu só quero vê-la relaxada. Quero ouvir qualquer coisa que ela precise desabafar. Eu quero ver o sorriso dela.

— É melhor não; não sou muito de beber.

— Laney, você está segura aqui. Não estou tentando seduzi-la, eu prometo. Se mais uma taça vai fazer você se sentir melhor, tome uma.

Ela leva apenas alguns segundos para pensar sobre isso.

— Okay. Mais uma, por favor. Isso realmente está me ajudando a relaxar.

Eu vou buscar outra taça de vinho para ela, e, quando volto, ela me pergunta que horas são. Sei que ela precisa descansar por causa da aula pela manhã na faculdade.

— Só um pouco depois da uma, qual é o horário da sua primeira aula amanhã?

— Eu não vou — ela diz de supetão.

— Bem, por mais que faltar um dia não vá arruinar você, estou mais interessado em saber por que você não quer ir. Você não vai ficar em apuros com o seu treinador?

— Não, não por causa de uma ausência, contanto que eu esteja no treinamento; ou eu poderia dizer que estou doente. Eu não sei. Nem sei se vou ficar aqui. Eu estava falando sério antes. Eu poderia apenas mandar tudo isso para o inferno e ir para casa, certo?

Não tenho certeza se ela está perguntando a mim ou a si mesma em voz alta, mas posso ver que ela está ficando nervosa de novo, e, eu, definitivamente, não quero isso, nem quero que ela vá embora daqui. Eu a quero na minha casa, aos meus cuidados. Eu nunca trago garotas aqui, e, ainda assim, essa menina... eu lhe daria uma chave nesse instante se achasse que ela fosse aceitar. Eu daria à Laney a chave para um monte de coisas.

— Sim, Laney, você poderia desistir, mas você não me parece uma

Surgir

149

desistente. Você também poderia ficar e ser ótimo. Embora, isso cabe a você. O que você quer?

— Talvez esse seja o meu problema. Eu não tenho cem por cento de certeza sobre nada. Você entende o que quero dizer?

— Ainda não, continue falando.

Ela começa a me contar sobre o softbol, como não tem certeza se ela pratica para si mesma ou para o pai dela, o quanto não sabe se isso é realmente uma obrigação ou ela só está dizendo a si mesma que é. Mas então, quanto mais ela fala, mais os olhos dela brilham e posso ver que ela adora isso. Ela adora acertar uma rebatida, ela ama a sensação quando sabe que conseguiu acertar com precisão, enviando a bola por cima da cerca. Então, eu digo a ela o que vejo enquanto ela fala, e ela concorda que precisa dar ao softbol apenas um pouco mais de tempo.

Isso significa que tenho que levá-la para o treino de amanhã no final da tarde, mas até então, ela está aqui comigo e não posso sequer compreender o que isso faz dentro de mim. Embora, uma coisa que ela disse mais cedo realmente me incomodou, e tenho que saber do que se trata, já que fico doente só em pensar nesta criatura requintada estando insegura. No minuto em que a conheci, percebi que ela era cautelosa, e quero saber o motivo.

— Laney, você pode me dizer o que quis dizer mais cedo sobre um perseguidor e uma cabeça em uma caixa?

Sua expressão muda na mesma hora para fria e hesitante.

— Não é nada; eu estava apenas sendo uma rainha do drama quando disse isso.

— Explique para mim de qualquer maneira. — A severidade na minha voz deixa bem claro que estou falando sério. Eu não estou aceitando isso.

— É só que, de vez em quando, eu recebo um cartão, ou um bilhete ou um presente de algum tipo de admirador secreto. Eles nunca dizem qualquer coisa malvada ou ameaçadora, eles são, na verdade, sempre elogios. E são esporádicos, têm sido durante anos. Evan sabe sobre isso, mas é só. Eu recebi um cartão quando cheguei aqui na Southern. Esse foi o último.

— Eu não tenho certeza se isso é algo para ser menosprezado, Laney. Estou feliz por saber disso agora, e mais feliz ainda por ter te levado para uma aula de autodefesa. — Uau... Quais são as chances? A raiva que sinto por Evan saber a respeito disso me choca. É claro que estou feliz que ele saiba e tenha, sem dúvidas, cuidado dela, mas por que sinto que isso agora é o meu trabalho e que não preciso da ajuda dele?

— Eu sei, eu pensei a mesma coisa. Você devia tentar apostar em jogos de azar.

Ah, acho que eu disse os pensamentos esquisitos em voz alta. Porém tenho que admitir, tão inquieto quanto toda esta descoberta me deixa, eu sinto uma pequena pontada de alguma coisa. Eu li sua expressão corretamente e dei-lhe algo significativo.

— De qualquer forma, vamos falar de outra coisa. — Ela acena sua taça no ar para encerrar o assunto, e vou deixá-la pensar que nós estamos seguindo em frente, por enquanto. Não quero pressioná-la até que ela acabe se fechando para mim, mas esse problema não acabou para mim.

E então eu avanço e peço que ela me fale mais sobre Evan. Não tenho certeza se consigo ouvi-la falar sobre ele, mas preciso saber contra o que, ou *quem*, estou lutando.

Quando ela fala dele, há tanto amor e respeito em seus olhos. Ela se preocupa de verdade com esse cara. Ela estremece só em pensar em machucá-lo; ele é um sortudo filho da puta. Mas, em seguida, uma lágrima desliza pelo seu rosto quando ela me conta que eles não têm se falado e que tem medo de que eles até percam a amizade, e tudo o que quero fazer agora é machucá-lo, só por ele a ter feito chorar. Eu me pergunto se ela não está apaixonada por ele, mas simplesmente o ama. Estou triste porque ela está sofrendo, mas isso me dá outra centelha de esperança.

A próxima coisa que ela diz me deixa feliz por estar vivo.

— E depois há, bem...

— O que mais, Laney?

— Eu mal te conheço, mas gosto de estar perto de você e não tenho certeza de que isso é tão inocente quanto digo a mim mesma que é, ou se está tudo bem sentir isso. Eu quase me sinto culpada, como se estivesse fazendo alguma coisa errada com o Evan, mas realmente não estou. Você me entende de alguma forma?

Nunca nem de perto amei alguém que não seja da família, mas Deus sabe que gosto de ouvi-la dizer que está sentindo alguma coisa por mim, o que quer que seja.

— Ele não é meu namorado — ela sussurra, olhando para baixo. — Eu deveria ter corrigido você antes; eu não sou uma mentirosa.

— Sei que você não é, Laney, e eu já sabia disso.

Ela levanta a cabeça, os olhos arregalados.

— Você sabia?

Concordo com um aceno de cabeça. Ela não percebe que tem sido honesta comigo o tempo todo, para dizer a verdade. Eu tinha perguntado sobre o tal Evan quando nós dançamos, e ela respondeu que ele era seu melhor amigo antes mesmo de pensar. Sua omissão esta noite tinha sido algum tipo de autopreservação, não de engano.

— Como você se sente sobre os outros rompimentos? Foi tão ruim assim? — pergunto a ela.

— Eu nunca tive quaisquer outros rompimentos. Evan foi o meu único namorado, e nem o tive por muito tempo.

Não posso me impedir de ficar boquiaberto. Onde fica esta cidade natal dela que, obviamente, está repleta dos bastardos mais burros do planeta? Como alguém é capaz de não tentar fisgá-la?

— Laney, quantos anos você tem?

— Eu vou fazer dezenove no dia 23, por quê?

Guardo a data de seu aniversário no meu arquivo mental. Dia 23 deste mês? Isso não me dará muito tempo para orquestrar alguma coisa espetacular, que é exatamente o que pretendo fazer.

— Eu só estou tentando entender como uma garota de tirar o fôlego, engraçada, espirituosa e gentil de quase dezenove anos de idade teve apenas um namorado.

Ela olha para baixo; meu elogio a envergonha e aquela pequena língua aparece para roçar os lábios.

— Obrigada, Dane, isso é muito gentil. E, bem, sobre a sua pergunta... Nós podemos fazer isso outra noite? Não consigo mais compartilhar nada importante hoje. — Ela me dá um sorriso doce, seus olhos me implorando para largar o assunto.

Percebo que Laney está, literalmente, começando de novo. Todos os seus apoios permanentes sumiram. Sem Evan, sem o pai, nova equipe de softbol, dormitório misto; ela é tão corajosa quanto é linda. Parte dela quer isso, as novas experiências – é nítido em seus olhos. Mas a outra parte está apavorada, e essa lealdade feroz por Evan e o que ela acredita ser o comportamento mais honroso com ele é um tormento constante para ela.

Ela interrompe os meus pensamentos quando pergunta, num sussurro quase inaudível:

— Você já está assustado?

Se ela soubesse de todas as coisas que já enfrentei, ela nem sequer perguntaria isso.

Eu a puxo para um abraço e deposito um beijo suave em sua testa sem nem perceber. Quero cuidar desta menina, abraçá-la, e tornar tudo melhor para ela. Eu quero ser o motivo de ela gargalhar, sorrir, suspirar. O que ela está fazendo comigo?

— Você não me assusta, Laney. Você me surpreende, me intriga. — Meus lábios roçam sua têmpora. — Você me cativa. — Dou um beijo suave mais perto de seu ouvido. — Você me seduz, me excita... mas você não me assusta, e espero nunca te assustar.

Seus olhos se arregalam, a respiração dela acelera... e então ela disfarça.

— Ah, por favor — ela caçoa, tentando aliviar o clima sério, logo antes da diabinha espirrar água em mim! Isto, obviamente, provoca uma guerra de água que nos mantém rindo e tocando um ao outro por um tempo.

Por volta das quatro da manhã, eu a envolvo em uma toalha e a levo para o quarto de hóspedes, pegando uma camiseta e uma boxer para ela vestir. Só em pensar nela, vestindo as minhas roupas, já me deixa feliz. Eu a entendo muito melhor depois de todo o nosso papo esta noite. Ela está passando por uma série de coisas, lidando com uma porção de novos sentimentos... mas ela tinha admitido em alto e bom som, que é cem por cento solteira.

Esta foi a melhor noite da minha vida. O jogo começou, Evan.

CAPÍTULO 25

TRAGA O PONGUE

Laney

Dou um jeito de não desistir ou correr para casa e, finalmente, aproveito para almoçar com Zach no *The Rotunda*, a cafeteria estilosa da faculdade pela primeira vez na sexta-feira. Bennett e eu ainda pretendemos assistir ao jogo dele e planejamos fazer alguma coisa depois, mas não até tarde, já que tenho a maldita avaliação do softbol na manhã de domingo. E ainda não falei com Evan... paramos totalmente de nos comunicar. Não, eu também não tentei ligar para ele, e sim, isso era teimosia no dicionário da Laney, mas esperar para que ele ligue primeiro parece como algo que tenho que fazer.

No sábado, os Águias ganham por 34-17 e um superanimado Zach, Bennett, e eu saímos do *campus* para comer pizza. Tate apareceu e arrastou Bennett, então Zach e eu optamos por pegar um filme e voltar para o quarto dele. Drew está lá quando nós chegamos, com alguma garota, mas eles saem para uma festa de fraternidade, um convite que nós dois declinamos na mesma hora. Enquanto Zach toma um banho, eu corro de volta para o meu quarto para pegar o carregador do meu telefone.

— Laney! Venha jogar na minha equipe! — Bennett grita quando entro, meu olhar absorvendo a cena do pongue de cerveja. No nosso quarto? É como um espaço 4x4 e eles estão derramando cerveja em todos os lugares. Não é isso que me preocupa mais, embora – o fato de ver Whitley sentada na minha cama, assistindo a tudo é o que me deixa pronta para matar alguém.

— Laney, você quer fazer parte do time dos vitoriosos? Se quiser pode ser minha parceira — Sawyer diz enquanto vasculho pelas minhas gavetas. Não me atrevo a olhar para cima e responder por medo de avistar Dane em algum lugar. Se eu fizer isso, não vai ser bonito.

— Não, estou bem, Sawyer, só vim pegar o meu carregador rapidinho. — Mantenho a cabeça baixa. Onde está a maldita coisa? Estou prestes a desistir e simplesmente sair daqui. — Mas você pode acabar com eles, parceiro.

— Para onde você vai? — Não preciso olhar para saber quem está perguntando.

— Vou voltar para o quarto de Zach para assistir a um filme. — Finalmente olho para cima, apesar do que me propus, e deparo com o olhar firme de Dane.

— Diz pra ele vir para cá, Laney! Vocês todos vão jogar comigo e Bennett! — Sawyer grita de onde está no jogo.

Whitley dá uma risadinha.

— Eu vou jogar com vocês, Sawyer. Dane, vamos lá, docinho, vamos jogar com eles.

Ela se sentar na minha cama, posso até relevar. Mas querer me excluir no meu próprio quarto, aí já é demais e não vou deixar passar batido. Chamar Dane de "docinho" para afastá-lo de mim e me provocar – desafio aceito, queridinha.

Dou uma olhada para Bennett do outro lado do quarto. Ela tenta disfarçar a todo custo o sorriso debochado; ela sabe o que está acontecendo.

— Arrumem tudo, eu já volto com o Zach. — Corro pelo corredor como se eu estivesse pegando fogo, a adrenalina percorrendo meu corpo.

Entro apressada no quarto, sem fôlego, e Zach me encara com um olhar interrogativo, vestindo a sua camiseta.

— Onde você foi? E por que está sem fôlego?

Desvio o olhar rapidamente, enquanto ele ajeita a camiseta e se cobre por completo. *Gostei desse tanquinho, Zachary.*

— Mudança de planos, garotão. Você é bom em pongue de cerveja?

— Estou na faculdade e sou bom em tudo. — Ele sorri. — Mas por que você pergunta?

— Zach, vou lavar a sua roupa por um mês, se você me ajudar a ganhar este jogo, tá bom? Vamos lá. — Eu o arrasto pela porta.

— Bem, segura aí, ligeirinha, eu preciso de sapatos? Chaves?

— Não, nada, você está ótimo, apenas vamos lá — imploro, puxando-o ainda mais rápido.

Não faço contato visual com Dane quando entro de volta no meu quarto. Eu, no entanto, encaro Whitley na mesma hora.

— Eu e Zach contra vocês e o "docinho" — eu a desafio, a última palavra saindo com acidez. — Vamos lá.

Bennett dá um sorriso largo, enquanto ela, Tate, e Sawyer se ajeitam para ter uma boa visão do show. Más notícias, Whit – eu sou uma garota respondona.

— Você não tem que cuidar da minha roupa suja, menina. Isso vai ser divertido. Vamos acabar com eles — Zach sussurra em meu ouvido, me dando um cumprimento de punho.

— É isso aí, porra! Chuta a bunda deles, Laney! — Eu amo o Sawyer.

Dane está tentando de todas as maneiras possíveis evitar as mãos bobas de Whitley. Ele está parado tão longe dela que bem poderia estar em outro quarto. Zach e Sawyer começam a lançar insultos de brincadeira um para o outro, mas quando Bennett muda a música em seu telefone para *"Let's Get Ready to Rumble"*, de Jock Jamse, todos nós caímos numa gargalhada louca.

— Primeiro as damas — diz Zach, me entregando uma bola de pingue-pongue.

— Eu sou uma dama também — Whitley faz beicinho —, por que ela tem que ir primeiro?

— Você está certa, Whitley. Acho que você e Laney devem fazer uma queda-de-braço para ver quem vai primeiro — Bennett diz isso com a cara mais séria do mundo.

Eu levanto uma sobrancelha para Whitley, dizendo-lhe que estou totalmente de acordo com a ideia.

— N-não, está tudo bem — ela esbraveja nervosamente. — Ela pode ir na frente.

Todos os caras na sala estão prestando atenção na troca de palavras. Que cara não gosta de uma boa luta de gatas como preliminares?

Afundo minha primeira bola e fuzilo Whitley com o olhar, à medida que ela esvazia o copo. Zach dá um passo para frente e também acerta. Fazemos uma batida de peito e Sawyer bate na minha bunda. Levo um susto, quase chocada, mas em um milésimo de segundo isso muda para uma aura de conforto. Eu me encaixei neste lugar! Eu sou apenas um dos caras!

— Belo lançamento — Dane murmura quando ele me entrega a bolinha. Por que ele está me devolvendo a bola? Franzo o cenho em confusão.

— Sua equipe joga novamente, já que vocês dois acertaram — ele explica.

Ah.

Estamos reduzidos a quatro copos e bem quando estou prestes a arremessar novamente, Zach agarra meu braço.

— Espere um pouco, você gosta dos copos assim como estão?

Essa é a primeira vez que jogo isso.

— Não faço ideia do que você está me perguntando, Zach. Eu nunca joguei isso antes.

— Nós podemos reorganizar, se quisermos. Eles têm que posicionar os copos do jeito que a gente quiser, mas só podemos fazer isso uma vez. Eu gosto de um quadrado, ou podemos esperar e fazer uma linha reta quando só tiver três copos. A escolha é sua.

Bem, obviamente, há apenas uma pessoa para responder a uma pergunta tão difícil como esta, então consulto o especialista. Sawyer já está segurando três dedos quando olho para ele. Ele sabia que eu ia buscar sua infinita sabedoria em tudo quanto é tipo de jogos universitários.

— Espero por três copos? — pergunto a ele.

— Sim — ele fala, concordando com um aceno de cabeça.

— Uh, não é justo — Whitley choraminga e é quase pior do que sua voz normal. — Você não está no jogo, Sawyer, então não pode ajudá-la.

Reviro os olhos e viro a cabeça, vendo que Bennett está chamando a minha atenção. Secretamente, ela gesticula o seu pequeno plano maléfico. Depois de um tempinho consigo decifrar o que diabos ela está tentando dizer e aceno em negativa, morrendo de rir. Acertar Whitley na cabeça com a minha bola de pingue-pongue é um pouco exagerado. *Embora eu adore a maneira como sua mente funciona, Bennett!*

— Não é grande coisa, Whitley, ela nunca jogou antes — Dane diz a ela com um olhar exasperado em seu rosto.

Agora que tudo isso está resolvido, dou um passo adiante para arremessar e acerto bem dentro do copo de novo. Desta vez olho para Dane e vejo que ele está radiante. Dou-lhe um sorriso debochado em resposta; *você gosta disso assim, senhor?* Ele dá uma piscadinha.

— Você consegue — encorajo o meu parceiro.

Zach erra o arremesso e a sua cabeça tomba no meu ombro em derrota.

Começo a rir e dou uma palmadinha em seu ombro.

— Da próxima vez, craque.

Whitley dá um passo à frente para lançar, e sua bola voa por cima de todos os copos e eu, por instinto, estico a mão e a pego no ar.

— Mandou bem, garota Lanestar! Caralho, pode beber, Whit! — Sawyer grita, sacudindo os punhos no ar como um maluco.

Eu me viro para o Zach e dou de ombros fazendo-o rir.

— Pegar a bola no ar significa que nós podemos escolher um dos nossos copos para que eles removam — ele explica. — Isso realmente não importa, já que nós temos uma chance de reorganizar outra vez. Então, basta você dizer de qual copo ela deve beber, superstar.

Aponto aleatoriamente para um dos copos na extremidade e dou um sorriso para Bennett ao ver Whitley bebendo outra vez e colocando a minha equipe dois copos à frente!

Dane se encaminha para jogar e, de repente, eu me sinto meio mal. Nós estamos dando uma surra neles, e é nítido o seu desconforto, ainda mais porque estou provocando o tempo todo. Então decido dar uma ajudinha… Eu levanto os braços acima da cabeça e me inclino para trás, como se estivesse bocejando e me espreguiçando ao mesmo tempo. Um ventinho frio atinge a minha barriga descoberta quando a camiseta sobe um pouquinho, daí endireito a postura e puxo o tecido para baixo, com uma timidez fingida.

— Ai, meu Deus, sinto muito por isso. — Pisco meus olhinhos para ele, em seguida, e depois dou uma olhada de relance para Bennett em busca de apoio moral telepático.

Tate olha para mim e murmura um "você é terrível", mas seu sorriso confirma que ele adora me observar torturando seu irmão. Acho que Dane acertou o seu arremesso porque Zach está bebendo quando volto a me concentrar no jogo.

Erro na minha próxima rodada, ainda um pouco envergonhada pela minha súbita audácia, mas sou recompensada, no entanto, quando finalmente ouso dar uma espiada em Dane. Ele está me encarando, como se estivesse apenas esperando que eu retribuísse seu olhar, e a luz que vejo em seus olhos me faz sentir bonita, corajosa, e boba… como se esta noite fosse boa.

O jogo acaba em apenas mais alguns arremessos e, mesmo sem querer, a contragosto peço a todos para saírem, já que tenho que acordar cedo amanhã. Zach me dá um abraço apertado e me faz prometer que seremos parceiros sempre que houver pongue de cerveja por estas bandas e eu concordo ansiosamente enquanto Tate e Bennett escapam para dormir no quarto dele, de forma que eu possa dormir. Whitley desajeitadamente fica de papo alguns minutos a mais do que ela deveria, antes de pedir para Dane levá-la para fora.

Somente quando eles se vão é que Sawyer toca meu ombro para que eu olhe para ele.

— Ele nunca vai ser grosso com ela de forma gritante, Laney. Ele não consegue, porque ele não é assim, não é do feitio dele. Mas não me entenda mal; ele nunca olhou para ela, ou para qualquer outra garota, do jeito como ele te olha. Tente se lembrar disso, beleza? — Seu olhar se conecta ao meu para ver se entendi o que ele acabou de revelar.

Chocada, e em uma letargia silenciosa, simplesmente concordo com a cabeça.

— Boa noite. E dê uma surra amanhã, querida — ele brinca, dizendo por cima de seu ombro.

Belisco a sua bunda pela sua tentativa de fazer humor sarcástico, porque agora já estamos no nível de dar uns tapinhas no traseiro um do outro, certo?

Assim que saio do banheiro, já de pijama e com os dentes escovados, escuto uma leve batida à porta. Nem sequer penso em conferir o olho mágico, mas também não estou preocupada com isso, imaginando que alguém deve ter esquecido alguma coisa.

Ele está olhando para o chão quando abro a porta, mas lentamente ergue a cabeça e seus expressivos olhos castanhos se conectam aos meus.

— Dane, você esqueceu alguma coisa?

— Não, mas posso entrar por um segundo?

Abro mais a porta para permitir que ele entre e a fecho em seguida, respirando profundamente antes de me virar para encará-lo. Sua presença normalmente coloca todos os meus sentidos em alerta máximo, mas sinto a centelha de alguma coisa ainda mais intoxicante no ar bem agora.

Ele estende a mão e segura uma das minhas mãos, dando um aperto suave.

— Você estava pegando fogo hoje à noite. Você se divertiu?

— Muito. E você? — Nossas mãos unidas pendem entre nós e ele esfrega o polegar no meu pulso, tão de levinho que é quase como se eu estivesse imaginando isso.

— Eu me diverti, assim que percebi que você não estava muito chateada. — Ele suspira, passando os dedos longos pelo cabelo escuro. — Eu sinto muito que a Whitley estava aqui, em sua cama. Ela seguiu Sawyer do quarto dele, procurando por mim. Isso é tudo.

— Está tudo bem. Tenho certeza de que dei o troco. — Dou de ombros, rindo. Foi muito mais divertido acabar com ela sem piedade no pongue do que ser escrota.

— Isso, com certeza, você fez… — Ele gargalha. — Você é incrível quando se solta um pouco. — Ele arqueia uma sobrancelha. — Eu vi Sawyer agarrar a sua bunda? — Um sorriso curva o canto de sua boca para cima, embora ele esteja tentando contê-lo.

— Não! — Dou um tapa no peito dele com as costas da minha mão, de brincadeira. — Existe uma grande diferença entre estar agarrando minha bunda e me dando um tapa tipo "mandou bem, garota".

— Então, você está bem? Nós estamos bem? — Seu cenho franzido em preocupação é desnecessário, então corajosamente estico um dedo para alisar as rugas em sua testa.

— Nós estamos bem, Dane, eu juro.

— Posso passar algum tempo contigo quando você voltar? — Ele acaricia o meu queixo.

Não trema, Laney.

— Okay — digo, respirando fundo na esperança de que as minhas próximas palavras saiam em um tom normal: — Eu te mando uma mensagem.

— Boa noite, Disney. — Sua voz é sensual quando ele se inclina para beijar minha bochecha. — Vou ficar esperando.

Deito-me na cama, e o brilho nas minhas bochechas e a curvatura nos meus lábios são impossíveis de disfarçar. O sono vem fácil e eu acordo para embarcar no ônibus apenas poucas horas mais tarde. Se soubesse o que me esperava do outro lado desse passeio, nunca teria seguido adiante.

CAPÍTULO 26

MANTENHA SEUS AMIGOS PERTO E...

Evan

Laney vai estar aqui, no meu *campus*, em alguns instantes. Não me importo se eu tiver que levá-la para casa por perder o ônibus de volta, mas nós vamos conversar. Nós concordamos que fazer algumas mudanças era o melhor para a nossa amizade – que amizade? Ela não retornou as minhas ligações ou mensagens de texto por um tempo muito longo e vou descobrir o porquê hoje. Isso é inaceitável.

Paro no estacionamento bem atrás do ônibus e espero enquanto as garotas descem uma de cada vez, até que finalmente ela aparece. Ela é tudo para mim. Minha Laney Jo está a três metros de distância. E está ainda mais bonita do que da última vez em que a vi, se isso é possível. Seu cabelo está preso em um rabo de cavalo e ela está em seu uniforme de softbol... tão *sexy*.

É hora de descobrir exatamente o que diabos está acontecendo com ela. Desço da minha caminhonete e grito seu nome:

— Laney!

Ela se vira para olhar para mim e um sorriso lindo ilumina seu rosto. Ela larga suas bagagens no chão e corre para os meus braços. Eu a pego no meio do salto e giro em torno dela, plantando beijos por todo seu rosto. Aqui está ela – minha menina.

Eu a coloco de pé, já sentindo falta da sensação de seu corpo em meus braços. Assim que ela supera o choque inicial por estar perto de mim outra vez, depois de tanto tempo, vejo seu sorriso se desfazer e, de repente, ela parece irritada.

— Evan, por que está aqui? Como você sabia?

— Kaitlyn não se dá muito bem com o álcool. Ela deixou escapar na outra noite, quando estava bêbada em uma festa. Mandei uma mensagem para você na mesma hora, quando ela disse isso, mas você não me respondeu. Por quê? Na verdade, por que não respondeu a nenhuma delas, ou atendeu às minhas ligações? — Seguro seus ombros e um simples toque ajuda a me acalmar de imediato. — Você disse que estávamos numa boa com a decisão que tomamos, Laney, mas como é que me ignorar vai proteger a nossa amizade? Como vou ficar bem se não conseguir falar com você de jeito nenhum? — Estou meio desconexo, e a minha voz poderia soar mais gentil, mas porra, dói pra caralho ser ignorado pela pessoa que considero o meu mundo.

— Evan, do que você está falando? Eu não recebi uma ligação ou mensagem sua há séculos... NENHUMA. — Ela me cutuca no peito e me fuzila com o olhar. — Pensei que você me odiava, ou que tinha seguido em frente, ou que precisava de um tempo. Eu nunca iria ignorá-lo, nunca, você sabe disso.

Seu olhar se fixa ao meu enquanto suas palavras perduram, suavizando aos poucos sua expressão. Ela olha para trás, por cima de seu ombro, e me encara outra vez, suspirando.

— Escuta, eu tenho que entrar para essa avaliação e treinamento; nós podemos conversar mais depois.

O brilho em seus olhos me diz que ela não está mentindo. Ela realmente não recebeu nenhuma das minhas mensagens? Afinal, o que isso quer dizer?

— Laney, você está com o seu celular aí?

Ela o entrega para mim.

— Por quê?

— Enquanto você estiver treinando, vou dar uma olhada e descobrir o que está acontecendo, o porquê você não recebeu qualquer das minhas chamadas ou mensagens. — Olho para baixo, respirando profundamente e sem querer assustá-la com a intensidade da minha frustração. — Isso é uma loucura, e quase me matou.

— Ah, beleza, te vejo depois então; talvez você possa explicar isso para mim. — Ela pega a mochila e a joga por cima do ombro. — Porque nesse exato momento, estou muito magoada também... e um pouco cética. —

162   S.E. HALL

Ela corre para se juntar à equipe. Seu rabo de cavalo balança e ela olha uma vez para trás, por cima do ombro, agraciando-me com um pequeno sorriso.

Eu poderia ficar aqui, neste mesmo lugar, para o resto da minha vida, apenas esperando receber aquele exato olhar novamente.

Ela vai ficar lá por um tempo, então decido arranjar alguma coisa para comer e depois entender essa coisa do telefone. Paro no *Joe's*, uma hamburgueria de negócio familiar, e escolho uma cabine na parte de trás. Não preciso de ninguém me incomodando, então eu me sento com as costas viradas para a porta. Tenho que destravar este celular e descobrir exatamente como a minha vida foi despedaçada nas últimas semanas.

Como primeiro passo óbvio, ligo para o meu número a partir do celular de Laney. Acertei a senha para desbloquear no meu primeiro palpite: meu aniversário era o código dela. Sorrio para isso, porque o dela é o meu e isso só me lembra como nós compartilhamos o mesmo cérebro. Isso também me faz lembrar o quão próximo realmente está o aniversário dela, e preciso dar-lhe alguma coisa especial. Algo que diga "Eu sinto a sua falta tanto quanto o oxigênio e sinto muito por ter te deixado. Ah, e por falar nisso, meninas acordam no meu quarto, mas juro que não toco nelas e, por favor, não me deixe ou vou morrer." Alguma coisa me diz que um ursinho de pelúcia e um cartão não vão transmitir muito bem essa mensagem. Não poderei vê-la no dia, mas posso assegurá-la do meu amor.

Ele toca, mas em vez de aparecer na tela como "Minha Garota", ou registrar o toque de *"Ho Hey"*, iluminando o meu dia, aparece apenas o número dela. Então, envio uma mensagem, e é a mesma coisa. O quê? Okay, então eu ligo para ela do meu celular, e o dela não toca. Envio uma mensagem de texto do meu telefone, e ela não aparece. Percorro os contatos dela, vendo que estou lá. É o número certo e dou um sorriso quando vejo que estou salvo como *"Baby"*. Minha imagem de contato é uma que o pai dela tirou de nós dois; estou levando-a de carona nas minhas costas, de cavalinho, quando voltávamos da lagoa.

Então, o problema é o meu telefone… Encontro o contato dela, abro, e ali está – o número salvo não é o mesmo. Então, quando liguei ou mandei mensagens para ela, não foi para o seu telefone; ela nunca as recebeu. E ela não me ligou ou enviou uma mensagem de volta, porque não houve nenhuma mensagem para responder ou ligação para retornar… mas ela também pensou que eu a estava ignorando. Ai, meu Deus, minha pobre menina pensou que eu tinha, simplesmente, parado de falar com ela. Talvez fosse dela uma daquelas mensagens aleatórias que eu deletava, com nenhum nome de contato, pensando que seriam de alguma *Bulldog Babe* grudenta. Embora de jeito nenhum eu tocaria nesse assunto ao pedir esclarecimentos. Dou um soco na mesa, derrubando o sal e a pimenta. Sal grosso... *Tarde demais, sal, a má sorte já me atingiu.*

Inclinando-me com os cotovelos sobre a mesa, a cabeça em minhas mãos, esfrego as têmporas. Minha cabeça está latejando e o meu peito está apertado. Não consigo respirar direito. Laney deve estar tão magoada e só em pensar nisso já me deixa pau da vida. Mais importante ainda, que filho da puta mudou o número dela no meu celular? A única pessoa aqui que Laney e eu temos em comum é... de jeito nenhum, NÃO! Kaitlyn é a melhor amiga de Laney! POR QUE ela faria isso? Sim, nós tivemos aquela manhã estranha, mas pensei que estivéssemos de boa com isso.

E o que estou prestes a fazer é assustador? Sim, e me sinto como um babaca, mas abro a caixa de conversa entre Kaitlyn e Laney. Quero ver se alguma coisa ali confirma ou refuta as minhas suspeitas. Estou realmente esperando pela última alternativa. Laney adora Kaitlyn e isso vai partir seu coração se for verdade.

Puta que pariu.

O meu corpo inteiro começa a tremer e tenho que engolir o ácido queimando que sobe até a minha garganta. Por favor, não deixe que isso realmente esteja acontecendo. Eu estou muito fodido. Minha doce, doce menina tinha visto isso. Uma foto minha tomando uma dose de bebida em cima do corpo de alguma loira. Kaitlyn enviou isso na noite em que ela estava "sendo uma boa amiga" e me levou para casa com segurança.

Laney nunca mencionou isso. Ela nunca mencionaria. Nós terminamos, então ela acha que tenho direito a uma farra com quem eu quiser e ela nunca vai voltar atrás em sua decisão. Ela me deu liberdade para que nós não brigássemos, para que ela não tivesse que me repreender sobre isso.

Eu mereço levar uma surra. Se eu visse uma foto do rosto de algum cara se enfiando nos peitos de Laney, eu daria um jeito de encontrá-lo e matá-lo e, em seguida, eu me internaria em um sanatório. Eu não conseguiria suportar uma merda dessas, e ainda assim, ela conseguiu. Ela guardou a imagem, a dor, a traição dentro de si e me deixou seguir em frente.

De um modo altruísta.

Manter-me dirigindo em linha reta exige um esforço absurdo quando volto para o campo para ver se Laney já conseguiu sair. Vi novos contatos salvos em seu telefone e ela tinha me contado sobre as pessoas com quem tem convivido na faculdade, mas doía um pouco ver a entrada de quatro novos caras na sua lista de contatos. Nem de perto tão ruim quanto dói ao pensar que eu havia me tornado o canalha mais nojento que ela poderia conhecer.

    Paro a caminhonete no estacionamento e descanso minha cabeça contra o volante. Eu só quero que ela saia e me deixe tornar tudo melhor. Quero voltar ao passado onde eu me deitava com ela, assistindo seus filmes e sentindo o perfume de seu cabelo ao meu redor, onde nada disso havia acontecido. Como posso encará-la? Como poderei olhar bem dentro de seus olhos? Confesso que sei que ela viu a foto? Eu tento explicar? Será que ela realmente acreditaria em toda aquela coisa de "os meus colegas de time me pressionaram"? Eu não acreditaria.

    Espero pouco mais de uma hora até que a vejo caminhando na minha direção, com a bolsa na mão. Ela é cativante. Eu juro que posso ver o halo acima de seus cachos dourados enquanto ela caminha para mim. Desço correndo da caminhonete assim que vejo que ela está chorando, mas não a puxo para os meus braços na mesma hora. Eu não tenho mais tanto direito de fazer isso.

    — O treinador disse que posso voltar com você... se você estiver bem para dirigir toda essa distância. Está ficando tarde, então entendo se não puder. Eu só preciso do meu telefone e tenho que ir agora mesmo, mas podemos nos falar pelo caminho, se você tiver conseguido descobrir o que aconteceu. — Ela funga e olha para baixo, seus ombros cedidos em total derrota.

    — É claro que vou te levar. Vá lá e avise ao seu treinador, docinho.

    Ela volta rapidamente e sobe na caminhonete pelo lado do motorista enquanto eu coloco sua mochila na parte de trás.

    Silenciosamente entro, tentando decidir o que devo ou não dizer a esta criatura preciosa e misericordiosa ao meu lado. Depois de pegar o caminho para a rodovia principal, que vamos percorrer por algumas horas, eu, por fim, encontro a minha voz.

    — Por que você está chorando, querida?

    — Alguma coisa está errada, Evan, e odeio o que estou pensando. Alguém me sabotou de propósito; alguém tirou a UGA de mim. — Seu corpo tensiona e ela fica em silêncio, mas só por um segundo; a calmaria antes da tempestade. — Alguém AFASTOU VOCÊ DE MIM! — grita e se acaba de tanto de soluçar.

    Dou a ela um minuto para se recompor antes de fazer perguntas; ela mal consegue respirar. Posso ser um bastardo deplorável, mas não consigo

165

simplesmente acompanhar em silêncio o sofrimento que exala dela. Um pouco hesitante, coloco a mão em sua coxa, esperando transmitir algum conforto.

— Laney, do que você está falando? Ninguém me afastou de você; eu estou bem aqui, pequena. Eu descobri sobre os telefones, nós vamos ser capazes de conversar agora. Apenas se acalme por mim, coração.

— Sim, e o que você descobriu sobre os telefones?

— Seu número tinha sido alterado nos meus contatos e nunca cogitei conferir se estava certo, assim, o tempo todo que enviei mensagem ou liguei pra você, na verdade era para o número errado. E você nunca retornou minhas ligações, porque nunca as recebeu, então acabou achando que eu estava te ignorando, e eu pensei o mesmo de você.

— E como é que o meu número foi alterado em seu celular, Evan? — A cabeça dela se vira de uma vez para mim, as narinas agora dilatadas e os olhos brilhando.

Eu nunca a vi tão furiosa.

— Eu já sei a resposta, mas quero ouvir a qual a conclusão você chegou. Apenas me fale, e pode acreditar, o seu choque nem se compara com o meu. — Ela começa a tremer, chorando novamente.

— Laney, existe apenas uma pessoa na faculdade que conhece nós dois e que saberia que a data do seu aniversário é a minha senha. — É melhor que a Kaitlyn fique longe de mim.

— Diga, Evan, diga em voz alta o nome da pessoa que fez isso com a gente! — vocifera.

— Kaitlyn. Só pode ser ela, Laney, porque nada mais faz sentido. — Odeio dizer isso, porque Kaitlyn era sua melhor amiga; isto deve doer pra caralho. O que diabos aquela vadia queria? Enviando uma foto, aparecendo no meu quarto, *hackeando* o meu telefone... por quê?

— Doeu tanto, Evan, pensar que você simplesmente pegou o passe do término e seguiu em frente, que nem se importava mais em falar comigo. — O corpo inteiro do meu pobre anjo estremece com um soluço. — Ela não poderia ter tomado nada mais valioso de mim do que você. Ela bateu onde machucaria mais. E então, ela levou ainda mais, ela só tinha que torcer a faca. Estou surpresa que ela simplesmente não matou o meu pai também, isso teria me dizimado por completo. — Ela bate as mãos no painel do carro, o lamento mais angustiante que já ouvi vindo dela.

— Você está me assustando, docinho, do que mais você está falando? Eu arrumei os números nos telefones, e ela nunca mais vai tocar no meu outra vez... então sobre o que mais você está falando? — Por favor, não fale sobre a foto. Ou talvez, por favor, fale de uma vez; talvez seja melhor apenas colocar isso para fora e esclarecer tudo, porque Deus sabe estou me acovardando em confessar.

— Bem, você sabe, achei estranho quando a minha grande amiga e eu não conversamos nas últimas semanas, ainda mais estranho quando ela mal me reconheceu na avaliação e treinamento. — Sua cabeça está balançando de um lado ao outro agora, a raiva espumando dela. Ela está bastante exaltada e eu prefiro me jogar desta caminhonete em movimento do que ouvir o que quer que seja a grande conclusão a que ela está chegando.

— Eu também achei estranho quando fui até ela para lhe dar um abraço e o veneno escorreu de sua voz quando ela disse o meu nome e as meninas em volta dela começaram a rir. Mas tenho que dizer... o destaque foi quando o maldito treinador da faculdade dos meus sonhos, da Universidade da Geórgia, me contou o quanto ficou triste quando recebeu a minha declinação de sua oferta.

Afastando o olhar da estrada para ela, de supetão, vejo-a socando a palma de sua mão com o outro punho, fingindo um imenso sorriso sarcástico.

— Ele assegurou que tinha ficado ansioso para ter o meu grande bastão em sua equipe este ano!

Ela voltou a chorar com tanta intensidade agora, que encontro um local seguro para encostar; eu preciso segurá-la.

— Venha aqui, *baby*, venha aqui. — Solto o seu cinto de segurança e a puxo para o meu colo, envolvendo-a em um abraço. Transmito todo o amor e tranquilidade que consigo para dentro dela; deslizo as mãos para cima e para baixo em seus braços trêmulos, beijando o topo de sua cabeça, sussurrando que tudo vai ficar bem.

— Ela fez isso, Evan! Minha melhor amiga, Kaitlyn, que ficou ao meu lado quando a minha mãe não ficou, que me ajudou a escolher o meu vestido do baile, que me ensinou a usar maquiagem... ela fez isso comigo. Eu tinha a bolsa de estudos para a UGA, Evan! ELES ME QUERIAM! EU ERA BOA O SUFICIENTE, DROGA!

Eu a seguro tão apertado quanto posso e, literalmente, não consigo conter a sua derrota.

— Eu poderia ter estado lá com você todo esse tempo! Todo esse sofrimento, todo esse dano, toda a tristeza... isso foi culpa dela. Ninguém mais iria interceptar a minha carta e declinar em meu nome. As únicas pessoas com esse tipo de acesso à minha vida são você, meu pai e ela. E no minuto que ele disse isso, eu sabia o que tinha acontecido com os celulares também. Ela ferrou com a gente, Evan, ela nos custou tanto. — Sua cabeça e o seu corpo amolecem contra o meu corpo, exaustos.

Maldita seja aquela cadela! Como ela pôde? POR QUE ela fez isso? Kaitlyn e Laney eram tão próximas; ela não tinha nenhuma razão para querer machucar Laney. Não é como se o lugar de Laney fosse custar o dela, que já estava certo. E por que enviar uma imagem que só esmagaria os sentimentos de sua melhor amiga? Laney nunca machucaria sua amiga, então POR QUÊ? Eu poderia ter tido Laney na faculdade comigo esse tempo todo; abraçando-a, amando-a, sem que nem eu ou ela precisássemos ficar arrasados. Como eu resolvo isso? Eu consigo resolver isso?

Quando Laney se acalma um pouco, eu a coloco de volta em seu assento e gentilmente afivelo seu cinto. Ela está um pouco como um zumbi no momento. Nós pegamos a estrada novamente.

— Laney, o que vamos fazer? Você ainda pode vir para a UGA?

— Não, todas as bolsas já foram entregues, Evan. A faculdade já começou; as meninas que aceitaram as ofertas estão lá. É muito tarde. Eu poderia ter estado lá com você! — Cansada demais para chorar desta vez, ela fica cabisbaixa e envolve o próprio corpo com seus braços. — Me fala que isso não está acontecendo; me fala que estou tendo um pesadelo! Por que ela faria isso comigo, com a gente? Acho que minha vinda até aqui, finalmente a quebrou; ela sabia que o treinador iria dizer alguma coisa.

Não tenho nenhuma ideia do que dizer a ela. Eu mesmo não posso acreditar nisso. Mal posso dirigir; minhas mãos estão tremendo, porque estou segurando o volante com força demais. Laney e eu fomos ambos roubados da nossa felicidade, da nossa chance. Ela teve a oportunidade de jogar na primeira divisão de softbol roubada por sua melhor amiga. Diz bem o ditado que devemos manter os amigos próximos e os inimigos mais próximos ainda.

Os olhos de Laney estão fechados; sua cabeça recostada contra a janela. Eu tenho certeza de que ela está exausta de tudo isso e meu coração sangra por ela. Todo esse tempo ela pensou que não era boa o suficiente, que a UGA não achava que era boa o bastante; mas ela era e agora não há nada que possa fazer sobre isso. Ela está sozinha na Southern, e eu não posso imaginar o quanto isso é difícil para ela, especialmente quando ela não teria que estar lá.

Kaitlyn vai pagar por isso. Não sei como ainda, mas ela vai pagar.

Horas mais tarde, eu paro no *campus* da Laney. Não tenho muita certeza para onde devo ir, então sou obrigado a acordá-la.

— Laney, *baby*, onde é o seu prédio?

Com sono, ela consegue se orientar e indica o caminho para dormitório dela. Quando chegarmos lá, nenhum de nós se move para sair da caminhonete. Nós apenas meio que olhamos fixamente um para o outro, sem saber o que fazer ou dizer. A viagem de volta supostamente era para ter sido gasta falando sobre o motivo pelo qual não tínhamos nos falado e feito as pazes... mas nós nunca brigamos, nós tínhamos sido brutalmente enganados. Então o que fazemos agora?

— Laney, eu odeio deixar você, Deus, especialmente dessa maneira, mas tenho que voltar. Se eu faltar, não visto o uniforme. Nós podemos pelo menos nos falar de novo agora, certo? — Tento obter um pequeno sorriso dela, esperando que isso vá fazê-la se sentir melhor, mas sei que não vai; isso não me faz sentir muito melhor, também.

— Sim, acho que foi bom que descobrimos tudo isso. Eu senti sua falta, Evan. Pensei que tinha perdido você, perdido o meu melhor amigo. Acho que uma nova parte em mim... morreu a cada dia. — Uma lágrima escorre por sua bochecha quando ela diz isso.

Eu chego mais perto e a enxugo suavemente, em seguida, puxo-a para mim. Deus, é tão bom senti-la em meus braços. Eu a amo tanto e meu coração se partiu quando pensei que ela estava me ignorando. Não quero nunca mais deixá-la ir. E isso tudo vale a pena? A faculdade, o futebol, tudo isso... tudo o que deveria importar é estar com Laney.

— Laney, nós vamos passar por isso. Eu vou te levar à sua porta, pudimzinho, e então você pode subir e dormir um pouco. Nós vamos conversar depois que eu fizer o mesmo e nossas cabeças estiverem claras.

— Okay, me promete que está bem para dirigir?

— Eu prometo, pequena. — Eu me inclino, segurando o rosto dela em minhas mãos. Então absorvo todas as nuances de sua beleza, queimando-as em meu cérebro, a imagem que vai me fazer passar por isso até que eu a veja novamente. Eu não mereço esse privilégio, mas, como sou um idiota egoísta, beijo seus lábios. Ela tem gosto de minha Laney, minha vida, meu amor. Ela aprofunda o beijo, suspirando contra a minha boca, e eu consigo realmente absorver sua mágoa. Estou mais confuso agora do que nunca, mas uma coisa nunca oscila, de uma coisa que nunca duvido... Eu estou e sempre estarei completamente e para sempre apaixonado por Laney.

CAPÍTULO 27

BEIJÁVEL

Laney

Não acordo até quase uma da tarde; as aulas que se danem hoje. Por um breve momento, penso que isso talvez tivesse sido tudo um sonho ruim, que ontem não aconteceu, mas percebo que foi real. O que faço agora? Nada – não há nada que eu possa fazer.

Eu não tenho ideia do que motivaria Kaitlyn a fazer tais coisas e não acho que eu possa aguentar falar com ela até mesmo para perguntar o porquê. Tudo bem, então bancando a advogada do diabo, talvez ela tenha pensado que a foto ia ser algo engraçado. Mas roubar a bolsa de estudos de alguém? Isso é muito sério! E insano! E a coisa do telefone? Por que Kaitlyn não iria me querer conversando com Evan? Ela estava tentando quebrar a minha determinação ou tentando bloquear a comunicação para que eu não descobrisse o plano dela?

Bem, dãã, Laney, o quão cega você é? Kaitlyn quer Evan. Puta merda, é isso!

SÓ. AS. COISAS. BOAS. Sério? FODA-SE A MINHA VIDA.

Só tem uma coisa que consigo pensar em fazer neste momento. Eu ligo para o meu pai.

— Papai — soluço, me acabando de chorar no minuto em que escuto sua voz.

— Campeã? O que há de errado? — ele pergunta, preocupação pesando em sua voz. — Você está bem? Você está machucada?

— N-não, não estou ferida. — Limpo o nariz com a manga da camisa, respirando fundo.

— Laney Jo, você está me assustando. Qual diabos é o problema? — ele brada.

Ele fica me pedindo para parar, desacelerar, começar de novo; eu estou chorando tanto que ele não consegue entender uma palavra do que estou dizendo. Eu finalmente coloco tudo para fora, a saga da bolsa de estudos e de Kaitlyn, e ele está tão chocado quanto eu. Talvez chocado não seja a palavra para isso, mortalmente irado e próximo de um aneurisma seja mais preciso.

Ele diz que vai fazer algumas ligações e ver o que pode fazer, mas digo a ele para não fazer nada de definitivo, fazendo-o jurar que não vai telefonar para os pais dela. Nós somos adultas agora e é assim que quero lidar com isso. Não é até que ele se oferece para tentar resolver isso que percebo uma coisa... talvez eu não queira mudar nada agora. Gosto do meu treinador aqui. Gosto bastante das meninas da minha equipe. Gosto dos amigos que fiz aqui, eu amo Bennett, gosto das minhas aulas, e não quero ver Kaitlyn todos os dias e fingir que nós estamos na mesma "equipe".

Mesmo que ele pudesse consertar isso, o que é duvidoso, talvez eu não queira essa situação corrigida. Então ele vai fazer algumas ligações, mas nada com certeza. Sim, isso vai funcionar por agora.

Então conto a ele sobre Evan, em geral, os detalhes não-sangrentos. Não há sentido em conseguir o Evan morto, para completar os meus problemas. Papai ama Evan, e é claro que adoraria nada mais do que nos ver juntos, por isso nem sequer menciono o nome de Dane; apenas a confusão dos meus sentimentos sobre estar longe de Evan, a solidão... pobre papai, ele não tem absolutamente nenhuma ideia de como falar dessas coisas comigo e não lhe dei muita prática. Ainda assim, é bom desabafar, no entanto, e ele se esforça ao máximo para acompanhar.

— Obrigada, papai, eu me sinto melhor, eu acho. Eu te amo.

— Eu te amo, campeã. Você é a minha garotinha, sempre. Se você precisar da minha ajuda, estou aqui; você sabe disso, certo?

— Eu sei — digo, respirando com mais calma. — Eu posso lidar com isso, papai. Estou concentrada e determinada a ser uma adulta que faça você se sentir orgulhoso.

Sua risada forçada é prestativa.

— Você não poderia me fazer qualquer coisa menos que isso, querida. Não se preocupe tanto, okay? Basta fazer o que acha certo, Laney. Isso é tudo o que você pode fazer.

— Mensagem recebida, papai. Eu vou estar em casa em breve, beleza?

— Parece bom, criança. Estou sempre feliz em te ver.

Meu pai é demais, não existe nenhum "*se*", "*e*", ou "*mas*" sobre isso. Eu adoro aquele homem e não importa o que quer que aconteça, nunca, eu tenho uma maldita sorte com isso.

Em seguida ligo para Evan, mas vai para o correio de voz.

— Só quero ter certeza de que você retornou com segurança. — Fazendo uma pausa, tento reduzir a frustração na minha voz. Estou tão cansada de cair no seu correio de voz. — Acho que nós temos um monte de coisa para falar; me ligue quando puder. — Apertar o botão de encerrar a chamada carrega um peso do qual não posso me livrar. Eu me deito na minha cama olhando para o teto por um longo momento, lutando contra a melancolia que tenta me consumir.

Eu poderia telefonar para Kaitlyn e perguntar a ela por que caralhos ela fez isso comigo. Eu poderia ligar para Zach para bater papo. Eu poderia telefonar para Bennett, mas acho que ela deve estar no ensaio. Então faço exatamente o que já sabia que iria fazer dez minutos atrás. Eu envio uma mensagem de texto para o Dane.

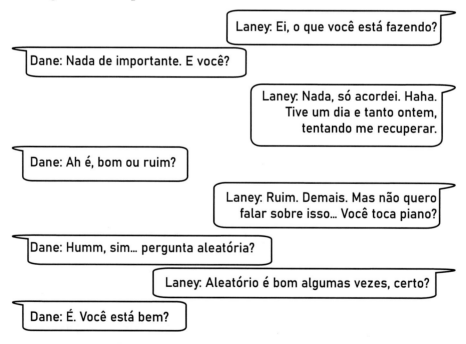

S.E. HALL

> Laney: Nem um pouco. Quer fazer algo aleatório comigo hoje?

> Dane: Eu vou estar aí daqui a pouco.

Salto da cama e corro para o chuveiro. Tomo um cuidado extra para alisar o meu cabelo, aplicando uma maquiagem leve e selecionando a minha roupa. Escolho um jeans e uma regata preta com botas de cano curto pretas que desenterrei do armário de Bennett. Basicamente, eu me visto diferente de mim mesma para o Dia Aleatório: Laney com uma pitada de Bennett. Não consigo evitar que meu coração palpite quando ouço a batida na porta. Quando a abro, minha boca seca e a cabeça viaja para outro lugar. Dane está parado diante de mim em jeans escuro, uma camiseta branca apertada, botas pretas e com o cabelo desgrenhado. Ele tem um cheiro delicioso, o leve aroma de perfume e frescor agracia os meus sentidos de onde ele está parado, e aquele sorriso meio de lado que ele dá quando olha de cima a baixo é mais do que posso suportar. A consciência me bate na mesma hora — eu fui de nunca ter um namorado para um triângulo amoroso à primeira vista completo.

— Bem, olá, Disney. Você parece como o pecado encarnado — ele diz, a sensualidade escorrendo de cada palavra. Torne aquele triângulo um octógono hexápole. Estou muito ferrada.

— Muito obrigada — agradeço e ergo um pouquinho o queixo. — Tentando alguma coisa aleatória. Está pronto?

— Estou pronto para qualquer coisa. O que você tem em mente? — pergunta enquanto fecho e tranco minha porta. Eu realmente espero que Bennett tenha se lembrado de sua chave.

— Bem, estou pensando que não posso matar as aulas, de modo que não temos tempo para pegar um jato para Fiji. Então que tal... nós brincarmos de Direita e Esquerda e ver onde vamos acabar?

Ele me dá um olhar curioso quando abre a porta para mim e me coloca no banco do passageiro de... um SUV preto? Bem, é claro que ele tem mais do que um carro. Quero dizer, quem não tem?

— Você vai ter que me dizer o que é isso antes que eu possa concordar. — Ele ri e se apressa para se acomodar ao volante, entregando-me seu telefone. Ele vai me deixar escolher a música, um gesto pequeno, mas muito atencioso. Escolho a sua lista de Damien Rice, pulando direto para o "*9 Crimes*". Talvez ele vá captar a dica de que penso nessa música quando o

173

imagino ao piano. Ele olha para cima e me dá uma piscadinha quando ela começa – sim, ele sabe como tocar essa música.

— Cada vez que pararmos num sinal, nós simplesmente escolhemos direita ou esquerda. Mas, em uma reviravolta surpreendente, nós vamos nos revezar dizendo alguma coisa completamente sem sentido sobre nós a cada vez, até que a gente acabe em algum lugar legal! Honestamente, eu não poderia me importar menos, onde a gente termine agora, eu só quero estar aqui.

— Estou dentro. — Ele me dá um sorriso. — Mas eu meio que gostaria que você me falasse sobre o que aconteceu.

Dou a ele a versão muito condensada, interrompendo a cada poucos minutos, com um "direita" ou "esquerda", e até agora os nossos fatos aleatórios sobre cada um me dizem que ele topa beijar alguém com hálito matinal desde que ambas as pessoas o tenham e ele também pode tocar violino. Eu compartilho que sou a maior fã de Beatles, mas apenas dos Beatles pré-bigodes, e que escovo os dentes cerca de quinze vezes por dia (totalmente em reação ao seu comentário sobre o hálito matinal). Ele não me pergunta sobre o meu tempo com Evan ou qualquer coisa específica, ele só bate na parte sobre Kaitlyn.

— Então, o que você vai fazer?

— Não vou fazer nada; o que posso fazer? A chance se foi, pelo menos para este ano. A amizade se foi, então por que sequer pedir a ela por uma explicação? Não existe nenhuma que vai consertar isso. E... nada, é isso.

— Boa tentativa, Disney, termine o que você ia dizer.

— Os quartos do dormitório daqui são realmente bons, tipo, muito melhores do que os de outras faculdades. O quão legal é ter os nossos próprios banheiros? Você não consegue ter isso em qualquer lugar.

— Isso também não é o que você ia dizer. — Ele me atira um olhar com a sobrancelha erguida.

— Encoste o carro então, quero que você olhe para mim quando eu disser.

Ele para tão rápido que eu bato no braço dele, porque a minha vida simplesmente passou diante dos meus olhos.

— Eu tenho a sua atenção completa? — pergunto a ele com um sorriso debochado.

— Desde o momento em que eu te vi. — Ele se vira em seu assento para me encarar e espera que eu fale, seu rosto cheio de perguntas e antecipação.

— Estou satisfeita com o lugar onde estou. E não tenho que consertar isso. Na verdade, eu realmente gosto daqui. E fica melhor a cada dia. Além disso, acho que Sawyer poderia realmente sentir falta de mim e acabar se tornando alguém insano.

Ele gargalha da minha tentativa de aliviar a seriedade.

— Eu realmente gosto de Bennett, e as meninas da minha equipe são muito talentosas. Nós temos uma chance real de uma temporada excepcional. Quem se importa se os jogos nunca vão ter uma câmera lá, nós ainda estaremos dando uma surra e fazendo os nossos nomes.

Dou uma espiadinha nele, esperando que seus olhos me digam o que ele está pensando. Eles são de um marrom tão profundo, quase preto, e bem agora posso ver o meu próprio reflexo. Seus olhos me espelham neste momento. Isso me dá a força para continuar falando:

— E parte de mim odeia isso, odeia sentir dessa forma, e estou me borrando de medo, mas suspeito que a minha decisão tem alguma coisa a ver com o fato você estar aqui, Dane. Nunca na minha vida estive instantaneamente conectada com alguém, nem mesmo com Evan. Eu o fiz ralar pra caralho até aceitar. — Eu rio baixinho com a lembrança. — Mas me encontro pensando no que você está fazendo o tempo todo, e pensando sobre o que nós poderíamos fazer ou sobre o que falar se estivéssemos juntos. Diga-me a verdade; você tem alguma coisa sequer parecida com isso acontecendo? — Dou uma risadinha nervosa, rezando para que haja alguma pergunta, porque não posso arriscar que ele saiba que estou completamente certa disso antes que ele me faça sentir como uma boba.

Ele respira fundo e expira lentamente, estendendo a mão para esfregar o dorso de sua mão pelo meu rosto.

— Eu vi você ontem à noite, na porta com ele. Eu vi vocês. — Sua mão ainda acaricia com suavidade o meu rosto, mas ele me obriga a encontrar seu olhar. — Vocês dois estão juntos novamente?

— Não. — Minha voz falha.

— Eu não vou te compartilhar, Laney. Nem os seus lábios, e nem os seus pensamentos, nem o seu corpo, e, especialmente, nem o seu coração. Você não tem que dar tudo para mim neste instante, mas não me dê nada, se alguma dessas coisas ainda pertence a ele. Você me entende?

— Dane, foi uma longa noite, nós dois estávamos machucados. — Pisco para afastar as lágrimas que estão surgindo. — Ele nunca vai estar fora da minha vida. Eu apenas não sei o que isso significa nesse momento. — Preciso ser honesta, não só com ele, mas comigo. E não posso descaradamente acabar com Evan; e não vou. — Se ele estivesse aqui comigo,

175

as coisas não estariam assim. Não posso mentir para você. Eu não sei exatamente o que significa nada agora; estou tentando ser tão honesta quanto posso. E eu não contei ao Evan sobre você, não que tivesse tido uma chance disso. — Respiro fundo. Eu me sinto melhor por ter colocado tudo para fora.

— Obrigado por ser tão honesta. Isso me faz te querer ainda mais, e eu quero você, Laney... pra caralho, e isso me assusta muito. Vamos tentar de novo: você está em um relacionamento sério com Evan?

— Não.

— Você está apaixonada por ele? — Sua mão se move para baixo no meu rosto, as pontas dos dedos pincelando carícias suaves, e eu me inclino contra o seu toque e fecho os olhos. Não posso olhar para ele enquanto respondo. Não quero que ele veja a menininha assustada refletida no meu olhar.

— Eu não sei.

Minha própria resposta me confunde. Eu não tenho nenhuma dúvida de que amo Evan, mas estou apaixonada por ele? Nós éramos tão perfeitos e no minuto que mudamos isso, as coisas ficaram muito complicadas. Sim, a faculdade tinha tudo a ver com isso, mas por que nosso namoro não pôde durar? Era para ser com o Evan, ou simplesmente porque ele sempre esteve lá para mim? Essa é a coisa que mais me assusta – por que estou tão intensa e imediatamente atraída pelo Dane? Por que penso em passar meu tempo com ele? Primeira tentação? Não, eu não sinto essa atração por Zach, Tate, Sawyer, Parker... mais ninguém, nunca. Para ser honesta, além de Evan, Dane é o primeiro garoto a quem já considerei gostar em toda a minha vida.

— Você não disse que sim. — Seu dedo está agora traçando os meus lábios. Ele vai me beijar, e eu vou permitir.

Sopro bem de levinho, provocando o seu dedo, e o ouço inalar.

— Eu nunca vou beijar a garota de outro homem... mas você não é dele, Laney. Você não é minha... ainda. Mas também não é dele. Então do meu ponto de vista, você é beijável.

Eu não digo nada. Só abro meus olhos e olho para dentro dos dele; se ele pode ouvir o meu sim nisso, então pode ter o meu beijo.

— Última oportunidade, Disney. Uma vez que eu tiver um gostinho, vou atrás de você com tudo o que tenho.

Eu não poderia dizer não nesse momento, nem se eu quisesse. Eu mal consigo respirar. Suas palavras são tão sensuais; elas derretem cada pedacinho dentro de mim. Ele se inclina na minha direção e eu fecho os olhos.

— Abra seus olhos, Laney, olhe para mim. Tenha a maldita certeza de que você sabe que sou eu que estou beijando você, e nunca se esconda disso.

Eu faço o que ele diz e, em seguida, seus lábios estão nos meus. Este não é o beijo de um melhor amigo, não é o beijo do rapaz da casa ao lado que fez você selar um acordo com cuspe e que sempre vai cuidar de você. Este é o beijo de um homem louco que quer fazer você gritar o nome dele contra uma parede. Esse beijo faz com que seja normal que eu tenha apenas pensado nisso, porque é um fato consumado.

É demais para aguentar. Interrompo o contato e afasto a cabeça para trás, tentando recuperar o fôlego.

— Nuh-uh, eu não acabei ainda, vem cá — ele rosna, envolvendo minha nuca com uma mão e puxando-me para ele. Dane devora a minha boca novamente com luxúria, mordidas, e um gemido baixo. Segurando um lado do meu rosto, ele o vira, aprofundando o ângulo e o latejar entre as minhas pernas.

Porra, esse cara sabe como beijar.

Dane interrompe o beijo dessa vez, apenas ligeiramente, ainda perto o suficiente para que seu hálito faça cócegas nos meus lábios…

— Isso não foi aleatório, isso era para acontecer — ele afirma, me dando outro beijo rápido.

Depois de um breve silêncio, simplesmente porque ainda não tinha recuperado a capacidade de falar, ele acelera de volta para o tráfego com sua mão direita agora entrelaçada à minha. Ele dá um aperto firme na minha mão antes de perguntar:

— Para onde?

É sério que ele espera que eu raciocine?

— Humm, direita… e eu odeio café, mas amo sorvete de café.

Nós viramos esquinas até escurecer, sem nunca realmente chegar a um destino.

CAPÍTULO 28

ANIVERSARIANTE DO DIA

Laney

— Feliz aniversário, Laney! Acorde, acorde, acorde!

Okay, Bennett está saltando na minha cama, e temo que ela vá desabar em cima de mim a qualquer momento.

— Já estou acordada, já estou acordada! — digo a ela, rindo. Deve ser porque é o meu aniversário, o grande 1.9. Eu nunca acordo de bom humor.

— Olhe em cima da mesa, aniversariante do dia!

Olho para a mesa e vejo o mais lindo buquê de flores esperando por mim. Eu me levanto para inspecionar e conto dezenove rosas vermelhas, com lírios e flores mosquitinho misturados; é de tirar o fôlego. Eu verifico o cartão com um pouco de hesitação.

> *Eu daria qualquer coisa para estar aí com você hoje. Eu te amo, aniversariante do dia.*
>
> *Beijos, Evan.*

Não consigo me lembrar do último aniversário que passei sem ele e uma lágrima silenciosa escorre pela minha bochecha.

— De quem são? — Bennett pergunta às minhas costas.

Afasto a lágrima rapidamente antes de me virar para responder:

— Elas são de Evan. Não são lindas?

— Elas são incríveis, Laney. Você está bem? — pergunta, a preocupação estampada em seu rosto. Ela esfrega minhas costas. — Não é certo ficar triste no dia do seu aniversário, chica! Eu sei que não passamos muito tempo juntas ultimamente, mas eu tenho o dia todo agendado para comemorar seus dezenove com fogos e rojões!

Ela é realmente um raiozinho de sol, essa menina; acredito que ela nunca tenha ferrado uma amiga em sua vida. Eu, em silêncio, me comprometo a nunca mais compará-la a Kaitlyn outra vez.

— Estou bem, Bennett, eu só sinto saudades dele, mas nós vamos ter um grande dia! Estou tão feliz por ter você aqui comigo. Obrigada.

— Agradeça-me amanhã de manhã! Você vai ver... — Ela ri e o meu telefone toca.

Eu sei que é o meu pai; Evan não ligaria assim tão cedo.

— Oi, papai — atendo.

— Feliz aniversário, campeã! Você se sente mais velha?

Eu rio e falo para ele que acordei há pouco tempo, então não tenho certeza de como me sinto ainda, em seguida, conto a ele sobre as flores que Evan enviou e que Bennett, aparentemente, tem um monte de coisas planejadas para mim, embora eu não tenha nenhuma ideia do que seja.

— Bem, seus presentes estão aqui comigo, filhinha, e nós podemos abri-los quando você chegar em casa, okay?

Concordo dizendo que isso é ótimo e que o amo demais e vou vê-lo em breve. Enquanto ainda estou falando com meu pai, decido que tenho que ligar para Evan.

Obviamente, a hora adiantada não faz nada para impedir a alegria na voz dele.

— Feliz aniversário, baixinha, o que você está fazendo acordada?

Eu tagarelo alegremente, descrevendo como Bennett me acordou e agradeço pelas flores.

— Eu sei que você não é uma grande amante de flores, mas eu tinha que enviá-las, já que não estou aí para te presentear com alguma coisa. Deus, como eu gostaria de estar, Laney. Tenho uma coisa para te dar, no entanto, quando eu te encontrar.

Nós relembramos um pouco sobre todos os meus aniversários do passado e do que nós fizemos, ambos morrendo de rir com as memórias engraçadas e ternas. Ele não menciona nada sobre a coisa da Kaitlyn e eu fico grata, recusando-me a falar sobre isso hoje.

Surgir

— Qualquer coisa estranha até agora? — ele pergunta, baixinho, talvez com receio da resposta. Em alguns aniversários, meu admirador "ataca" com flores, mas não são todos os anos, e o décimo nono está tranquilo até agora.

— Não, nada desde que acordei.

Ele suspira audivelmente.

— Bom, bom. Okay, aproveite o seu dia, meu amor.

Bennett tinha permanecido em silêncio esse tempo todo, mas posso dizer que ela está morrendo de vontade de começar com o nosso dia.

Eu desfruto da felicidade durante o banho, pensando em como sou sortuda. Meu aniversário mal começou e tenho uma grande amiga pronta para me surpreender, um arranjo deslumbrante sobre a minha mesa, e acabei de conversar com dois dos homens mais incríveis do planeta – e eles me amam. Algumas coisas têm sido uma porcaria ultimamente, mas, apesar de tudo, sou muito abençoada... e eu estou indo com tudo.

Estou adorando o Spa – quem diria, não é? Deixei Bennett me presentear com uma manicure e pedicure, e foi minha primeira experiência com isso. Aceitei até mesmo a massagem e corei até a raiz do cabelo, com os dentes cerrados, durante a depilação da virilha (você só vive uma vez, certo?)... mas quando eles me sentam na cadeira para mexer no meu cabelo, acho desnecessário e uma completa besteira.

— Bennett — eu me inclino e sussurro: — é o suficiente. De onde você está tirando todo esse dinheiro, mulher? Não posso deixar você gastar tanto assim comigo.

Ela não responde, e ao invés disso, me dá um sorriso de escárnio amigável, enviando em seguida uma mensagem para alguém. Meu telefone alerta na mesma hora o recebimento de uma mensagem. Será que ela realmente acabou de me mandar uma mensagem de texto estando a menos de meio metro de distância de mim?

Zach: Eu banquei...só relaxe e desfrute, doce menina.

Olhando de volta para Bennett, eu reviro meus olhos.

— Você poderia ter simplesmente me dito isso, sabia? — debocho.

— Não, ele me disse para fazer exatamente isso.

> Laney: Bem, muito obrigada! Eu vou te ver hoje?

> Zach: Sim, senhora. Feliz aniversário! Te vejo em breve.

Eu me acovardo com o cabelo. Eles quase me convenceram a uma grande mudança, mas em vez disso, optei por uma aparada nas pontas e uma repicada na franja, deixando-a ainda comprida; isso é o máximo de radical que consigo. Depois de agradecer a todas as pessoas alegres que tinham nos mimado durante todo o dia, nos encontramos com Zach para o almoço, onde dou um grande abraço nele em agradecimento; ele é realmente muito fofo. Após o almoço, Bennett e eu vamos para o shopping local onde recusei todas as coisas que ela ofereceu comprar para mim. Onde é que essa menina arrumou esse dinheiro todo? Com certeza Zach não arcaria com tudo isso.

Finalmente, de volta ao quarto após o melhor dia de todos, eu desabo na cama.

— Eu tive um ótimo aniversário, Bennett! Muito obrigada, você é incrível!

— Tive... *puft!* Laney, você é tão ingênua que chega a ser preciosa. Menina, você não viu nada ainda, nós estamos apenas começando.

— O quê? Não é possível que você ainda tenha alguma coisa planejada! Você já fez demais, é sério.

— Você está perdendo tempo discutindo comigo e é melhor ir se arrumar. — Seus cachos vermelhos balançam e um sorriso diabólico se espalha pelo seu rosto.

Surpreendentemente, não estou nem um pouco apreensiva. Sendo bem honesta, mal posso esperar para ver o que mais ela tem escondido na manga.

— O seu cabelo já está pronto, então apenas tome um banho, raspe as pernas e me encontre de novo aqui. Eu vou cuidar do guarda-roupa, Vossa Majestade. — Ela me sopra um beijo e me acena para que eu me mande dali.

Ai, meu Deus, o que mais poderia haver? Se tenho que raspar minhas pernas, isso deve ser sério.

Saio do chuveiro e chamo Bennett, aguardando as próximas instruções. Ela entra e ajeita meu cabelo e faz minha maquiagem. Finalmente satisfeita com seu trabalho, ela traz o meu vestido para a noite; um que já vi em seu armário antes. Para ser sincera, ele me deixa nervosa só em estar pendurado no cabide.

— Em primeiro lugar — ela fala e começa a deslizar meias pretas pelas minhas pernas até o alto das coxas. Ah, querido Senhor. Ela, então, me entrega uma calcinha preta fio dental e um sutiã de renda sem alças, da mesma cor, que empina os seios.

— Humm... Bennett, eu realmente não quero ser presa por prostituição no dia do meu aniversário, mesmo assim, obrigada — digo com mais seriedade do que sarcasmo enquanto visto as peças por baixo do meu robe.

— Silêncio, bobinha, estes são apenas os apetrechos escondidos para fazer você se sentir *sexy* no seu dia especial, existe uma embalagem. Agora tire o roupão. — Ela puxa o vestido justo preto pela minha cabeça.

O vestido é curto demais, fino demais, apertado demais, e com um decote baixo demais. Não posso sair de casa dessa maneira, DE JEITO NENHUM. Eu tento dizer isso a ela, várias vezes, o pânico fazendo minha voz vacilar, mas ela me garante que esta noite vai ser semiprivada e que estou ótima, é meu aniversário, e blá blá blá.

Em seguida, ela adorna meu pulso, orelhas e pescoço com brilhos e uma coroa de princesa na minha cabeça – essa parte eu adorei!

— Ai, que merda, esqueci que é sem colar — diz enquanto o remove.

Eu tenho que perguntar:

— Existe alguma regra sobre não usar colar no bordel?

Ela dá um muxoxo para mim, mas não responde especificamente. Sim, nós estamos indo a um bordel e eles não querem que as meninas tenham seus colares capturados nas gaiolas — eu sabia!

Há uma batida à nossa porta, mas não me importo, não vou sair desse banheiro, de jeito nenhum, sem chance.

— Onde está a aniversariante do dia? — Escuto Tate perguntar.

— Ela não quer sair dali de dentro — sussurra Bennett, como se o nosso quarto fosse tão grande que eu não pudesse ouvi-la.

— Laney, você está decente? Estou entrando!

Ai, merda – quem diz isso é o Sawyer.

— Humm, não, estou longe de estar decente.

Eu vejo a porta abrir atrás de mim e a cabeça dele aparece. Um sorriso de flerte ilumina seu rosto.

182   **S.E. HALL**

— Puta que pariu, mulher, por favor, saia de dentro de um bolo no meu aniversário!

— Não está ajudando, Sawyer.

— Laney, você está incrível pra caralho. Vamos lá, violeta tímida, esse é o seu aniversário, ostente esse material!

— Sério? Isso não é demais? Ou muito pouco, eu quero dizer? — Resisto à vontade de mordiscar as unhas, um velho hábito que é difícil de romper.

— De jeito nenhum, isso está perfeito. É um "eu te disse que havia um corpo gostoso aqui embaixo" combinado com um "eu arraso porque é meu aniversário". Eu juro que você está mais do que apetitosa, agora vamos lá. Eu tenho que encontrar alguma mulher pra mim, porque você me deixou todo excitado. — Ele agarra a minha mão e me puxa para fora do banheiro.

Entro na sala de estar e a mandíbula de Tate quase cai no chão. Bennett salta para cima e para baixo, batendo palmas.

— Humm, Laney, só mais uma coisa?

— Sim, Sawyer? — Eu tenho até medo de perguntar.

— Esse é o tipo de pijama que você devia vestir!

Todos gargalham, até mesmo eu; ele é tosco, mas irresistivelmente adorável. E tem crescido no meu conceito a cada dia; Sem contar que ele é muito charmoso com aqueles olhos azuis grandes e as covinhas. Sim, seus olhos são, definitivamente, azuis, como safiras.

— Tudo bem, beleza, vamos brindar antes do jogo, pessoas. — Tate serve champanhe em copos descartáveis vermelhos para cada um de nós. Esse cara é elegante demais. — Pelo aniversário da Laney, uma noite incrível, um ano incrível, e um grande despertar para todos!

Nós todos brindamos e bebemos o líquido gelado e borbulhante. Whoo! Essa coisa vai direto para a cabeça. Não posso evitar, mas me pergunto onde Dane está. Com certeza, depois do beijo escaldante de bambear as pernas ele não perderia o meu aniversário? No entanto, não consigo perguntar a ninguém.

— Para a carruagem! — Sawyer exclama e todos nós o seguimos.

— Divirta-se, docinho, esse é o seu dia e estou bem atrás de você — Bennett sussurra enquanto caminhamos até o estacionamento.

Um curto passeio de limusine mais tarde e chegamos ao *The Kickback*. Eu nem sequer pergunto quem pagou pelo passeio elegante porque desisti desse mistério; certamente alguém está prestes a desmaiar por causa de todo o plasma que já doou para obter esse dinheiro, e então vou acabar descobrindo quem é o culpado. Ai, que merda, esqueci de pegar minha identidade falsa! Oh, bem, eu não tenho que beber.

Não há fila nenhuma na entrada e o segurança apenas nos deixa passar sem verificar os documentos. Nós andamos na escuridão total, e estou em frangalhos por apenas um segundo antes de as pessoas saltarem para cima, em luzes radiantes, gritando:

— Surpresa!!!

Primeiro pensamento: Eu conheço esse tanto de gente, então quem está aqui? Vejo o Zach na frente e bem no meio, enquanto Bennett, Tate e Sawyer gritam às minhas costas, hmmm. Localizo Drew com uma menina que não reconheço e há várias garotas da minha equipe de softbol, algumas com o que parecem ser seus pares em um encontro – foi tão legal que eles vieram. E então percebo que nós temos este lugar fechado só para nós, como isso é possível? Eles têm de estar perdendo uma tonelada de dinheiro com isso. E onde está o Dane?

— Você está surpresa, docinho? — Zach me dá um abraço de urso e pergunta com um beijo na minha cabeça.

— Ai, meu Deus, sim! Como vocês conseguiram armar isso?

— Eu diria a você, mas então eu teria que te bater. É o seu aniversário — ele provoca e dou um tapinha em seu braço.

Várias das meninas da equipe se aproximam e me cumprimentam, algumas até me entregam cartões; é comovente, de verdade. Talvez esta nova equipe possa ser a minha equipe, minha nova irmandade. Vários rapazes são apresentados para mim. Alguns são encontros, outros não, mas continuo passando rapidamente os olhos pelo ambiente, tentando localizar apenas um garoto.

Tate tinha saltado para trás do bar e está começando a servir as bebidas. Acabei de pedir um "qualquer coisa" quando Sawyer aparece ao meu lado.

— Então, Laney, eu tenho que te dizer, pensei que você fosse a exceção, mas as meninas do softbol são gostosas pra cacete!

— Humm, obrigada?

— QUEM é a morena de vermelho à nossa direita?

Olho por cima do ombro dele; ah, ele tem um bom olho. As gêmeas Andrews, Avery e Kirby, são lindas garotas e são a combinação de arremessadora e apanhadora, o que, naturalmente, significa que elas são maneiras pra caramba. Embora, honestamente, não sei para qual delas estamos olhando neste momento. A única diferença que posso encontrar é que Avery, a arremessadora, é mais alta, de modo que uma vez que há apenas uma delas aqui, não tenho ideia de qual seja.

— É ou Avery ou Kirby Andrews — digo e dou de ombros.

— Ou? — Ele demora um minuto para entender, e tento controlar uma risadinha enquanto observo sua mente trabalhando. Eu vejo quando ele compreende, e acabo gargalhando com sua reação. Sawyer literalmente revira os olhos para cima e geme. — Se você estiver me provocando, eu vou te bater... você está me dizendo há duas dessas? Como gêmeas?

— Isso é o que estou dizendo a você. — Dou um toquinho na ponta de seu nariz, ciente de que acabei de fazê-lo extremamente feliz.

— Oh, foda-me duas vezes, eu devo ter morrido e ido para o céu. Então, o que você sabe sobre ela, elas, seja o que for?

— Muito pouco, na verdade — admito. — Avery é a arremessadora e é a mais alta das duas. Ela tem uma bola rápida de quase trinta metros por segundo, um lançamento de bola curva e com efeito. Kirby fala mais, ela é a nossa apanhadora, então ela assume o comando, e é uma maldita parede humana, se lançam um canhão em sua direção, ela consegue rebater 400...

— Laney! — Ele me interrompe.

— O quê?

— É sério, mulher, eu preciso das estatísticas importantes delas, tipo, namorados? Se gostam do mesmo sexo? Reputação? Pontos de vista sobre anal? — Ele realmente disse isso com uma cara séria, não é possível, e eca...

— Ai, meu Deus, Sawyer, como é possível eu ser sua amiga?

— Porque eu sou adorável e você me ama.

Ele está certo, ele é adorável e eu já o amo. Ele é um bom garoto; e ele protegeria um amigo, dando-lhe cobertura. Ele me dá cobertura, eu sei disso.

— Okay, vou te apresentar, mas se a palavra "anal" sair da sua boca, eu vou chutar suas bolas com força. Entendeu?

— Entendi! Mas todas as outras palavras são aceitáveis, certo? — Ele sorri debochado.

Cutuco seu peito com o meu dedo.

— Estou falando sério, senhor, não me envergonhe! Eu mal conheço essas meninas e tenho que jogar softbol com elas. Não se atreva a desrespeitá-las!

— Ah, Laney, estou apenas brincando. Eu nunca iria... agora vamos me arrumar um encontro, mulher!

Acontece que Avery está de vermelho esta noite. Eu converso com ela por alguns minutos, agradecendo sua presença.

— Estou realmente feliz por estar aqui, Laney. Estou ansiosa para a temporada e pelo seu bastão. — Ela me dá uma batidinha com os nós dos dedos. — Talvez a gente possa sair algum dia, começar a se conhecer melhor.

— Isso seria ótimo. Vou te dar o meu número. — Espero que meu rosto não revele o quão pateticamente feliz estou com a ideia de uma nova amiga. — Então, onde está Kirby? — Olho ao redor, não encontrando sua irmã gêmea.

— Boa pergunta — ela diz, fazendo o mesmo —, não tenho certeza de onde ela poderia estar. Não há muita gente aqui.

— Humm, vamos perguntar ao meu amigo Sawyer, ele conhece esse lugar melhor do que eu. Sawyer! — grito.

Ah, sim, ele se dirige diretamente para nós, e nem mesmo tenta uma abordagem blasé, mais parecendo um bisbilhoteiro tentando não tropeçar. Ele é precioso.

— Sawyer Beckett, meu bom amigo, esta é Avery Andrews, a nossa lançadora. Ela parece ter perdido sua irmã gêmea, Kirby, você pode ajudá--la a encontrá-la? Você conhece o edifício melhor que eu.

— É claro, eu ficaria feliz em ajudar. Prazer em conhecê-la, Avery.

Eu quase rio quando vejo sua reação a ele; os olhos dela estão prestes a explodirem para fora de sua cabeça… ele é bastante coisa para absorver de uma só vez. O rubor que se arrasta pelo pescoço e bochechas dela é fofo, embora, e eu dou uma saída estratégica. Lá vai você, Sawyer, me deixe orgulhosa. Dou uma piscadinha para ele enquanto me afasto.

Quando ouço a música começar, eu sorrio; reconheceria essa introdução em qualquer lugar. Eu me viro para o palco e uma única luz o ilumina. Ele está sentado ao piano, meio que olhando de volta para mim, e pisca do jeito que só ele sabe fazer.

— Esta é para a aniversariante do dia — ele diz.

Então ele toca *"This Year's Love"*, de David Gray, sua voz, talvez, ainda mais bonita do que a original.

É a coisa mais hipnotizante que já vi ou ouvi e quando ele termina e se levanta, elogios explodem ao redor, mas eu permaneço congelada no lugar. Meu olhar está aprisionado ao dele, e mal consigo reagir quando ele move seu dedo para mim, pedindo para eu me juntar a ele.

Minhas pernas estão bambas quando cruzo o caminho até ele, os membros pesados. Parece demorar uma eternidade para chegar perto, como se eu estivesse andando através da areia. Ele, misericordiosamente, me encontra no meio do caminho.

— Feliz Aniversário, menina linda — sussurra em meu ouvido, enfiando uma mecha de cabelo atrás da minha orelha.

— Obrigada. Achei que você não estivesse aqui — respondo sem fôlego, tremendo, incapaz de processar mentalmente a serenata que ele fez para mim.

— Você me conhece melhor do que isso. — Seus lábios agora estão tocando minha orelha. — Não conhece? Você acha que não me conhece e que não deveria sentir isso, mas você de fato sente. Não é, Laney? — Uma mão se move para a parte inferior das minhas costas, incendiando a minha pele através do tecido fino do vestido.

— Talvez — eu mal sussurro. Estou aterrorizada com a maneira como ele me faz sentir; minha atração por ele é animalesca.

Eu sinto sua risada contra a minha pele quando ele move sua outra mão sobre o meu coração.

— Não há um talvez para isso. Você sente isso, Laney? Seu coração bate rápido assim por mim, por nós.

Não digo nada. Eu não consigo. Ele enlaça minha cintura para me segurar, graças a Deus. E começa a andar para trás, puxando-me com ele para o centro da pista de dança, e como se fosse por sugestão, o DJ começa a música, "*Hero*", de Enrique Iglesias. Dane arrasa tanto com a coisa de escolher a música perfeita para o momento perfeito, mais uma vez ele acertou em cheio.

Outros se juntam a nós e eu olho em volta; Tate e Bennett estão absortos um no outro e muitas das minhas companheiras de equipe parecem estar se divertindo bastante também. Sawyer e Zach não estão aqui, pelo jeito. Como até agora uma garota ainda não arrastou um daqueles caras maravilhosos para longe, é incompreensível. Hã, então é isso o que se parece, ter um monte de amigos e fazer esse lance de festejar em público. Isso definitivamente parece estranho, mas muito parecido com magia.

Dane e eu estamos com nossas testas recostadas, mal balançando com a enésima música lenta consecutiva, quando ele me pergunta se gostei do meu aniversário até agora. Eu tagarelo sobre o meu dia maravilhoso com Bennett, a generosidade dela e de Zach e o quanto estou gostando dessa festa surpresa.

Minhas bochechas esquentam e meus olhos ardem enquanto descrevo o quão especial isso me fez sentir e o quanto estou feliz pela presença de tantas pessoas. Eu tenho esperança de que há um lugar para mim na Southern depois de tudo.

Ele me olha com um ar de satisfação em seu rosto o tempo inteiro, e posso ver isso – ele está genuinamente feliz por mim. Eu tomo um fôlego a partir de minhas divagações e ele me dá um sorriso radiante.

— Mais uma música e, em seguida, é hora de um dos seus presentes.

— Pensei que a música que você tocou para mim fosse o meu presente... E foi um maravilhoso, de fato. — Sorrio para ele. Esse realmente foi o presente mais encantador que já recebi e vou apreciá-lo sempre.

Ele segura meu rosto entre suas mãos e beija o meu nariz, movendo-se de um jeito provocante e devagar para finalmente pousar em meus lábios.

— Eu vou tocar para você a qualquer hora, Disney.

Envolvo meus braços ainda mais apertados em volta do seu pescoço e recosto a cabeça em seu peito quando toca *"Flightless Bird"*, por Iron & Wine.

— Eu amo essa música.

— Pensei que você gostaria. Eu também.

— Você sabe que os nossos gostos são bastante ecléticos. Nós podemos ser as duas únicas pessoas da nossa idade que gostam disso — eu murmuro contra o músculo esculpido em seu pescoço.

— Perfeito, uma vez que eu estava pensando que nós somos as duas únicas pessoas neste momento, de qualquer maneira. — Ele roça seus lábios macios na minha testa. — Você fala a minha língua.

Nós aproveitamos o resto da música em silêncio, envolvidos um no outro.

— Agora vamos abrir os presentes — ele diz, segurando minha mão e me puxando para a mesa. Ele arrasta uma cadeira para mim e assim que me sento, Dane se posta às minhas costas, inclinando-se por cima de mim, e sussurra no meu pescoço: — Feche os olhos.

Eu olho de volta para ele interrogativamente. Estou tão nervosa, mas ele dá uma piscadinha para mim e sei que está tudo bem. Viro-me e faço o que ele pediu, fechando os olhos.

— Levante esse cabelo bonito para mim — ele comanda.

Eu faço, tão suavemente quanto posso, apesar do tremor por todo meu corpo. Eu sinto metal frio escorregar em volta do meu pescoço; Ai, meu Deus, ele me deu um colar! Por instinto, solto o cabelo e a ponta dos meus dedos se movem para tocá-lo, mas quase não percebo isso.

Ouço a voz dele, bem à minha frente agora.

— Abra, minha garota dos olhos castanhos.

Abro os olhos e Dane está na minha frente segurando um pequeno espelho, e só então eu vejo. Ele está em volta do meu pescoço, um colar com um pingente com a letra "D" em diamantes. A fonte de assinatura do "D" da Disney é inconfundível. Eu suspiro e sinto as lágrimas começando a se acumular; caramba, esse garoto é bom.

— Oh, Dane! Eu não poderia amá-lo mais; isso é perfeito — digo entre leves fungadas, meu coração prestes a estourar. — Muito obrigada. Você é maravilhoso. — Antes que eu saiba o que estou fazendo, pulo em seus braços e quase o esmago com meu abraço. O presente simboliza o que ele me disse antes: talvez não seja sobre o tanto de tempo que você conhece alguém; talvez seja sobre o reconhecimento imediato em um nível inconsciente. Nossas almas se conhecem.

— Tinha um pressentimento de que você gostaria disso, garota da Disney. O prazer é meu. — Ele dá uma piscadinha.

— Coloque-a no chão, idiota, eu tenho que dar a ela o meu presente!

Começo a rir quando ouço Sawyer atrás de mim. De volta aos meus pés, eu me viro e o abraço.

— Você me trouxe um presente também? Você não precisava fazer isso... mas me dá aqui! — Gargalho.

Ele enfia os dedos em sua boca e deixa escapar um assovio alto, quase me matando de susto e me deixando em choque, então acena para Tate, Bennett e Zach se aproximarem.

— Venham aqui, todos vocês, é hora do presente da Laney. — Ai, meu Deus, Sawyer, ele quer uma plateia para o presente... se ele começar a tirar a roupa ou dançar no meu colo, eu vou matá-lo. Certamente Zach ou Dane vão impedi-lo de cometer uma catástrofe.

Uma vez que eles estão todos reunidos ao me redor, Sawyer desaparece rapidinho e volta empurrando uma bonita mala marrom e creme da Louis Vuitton!

— Obrigada, Sawyer! Eu amei isso! — Eu me movo para abraçá-lo, mas ele gentilmente me impede, gargalhando.

— Amei o entusiasmo, mas me deixa terminar, mulher! — Ele me guia de volta à minha cadeira e me entrega um envelope.

Eu o abro para encontrar um cartão de aniversário grosseiro, obviamente, mas engraçado, e uma nota.

> *Além de ter arrastado esta mala por aí por você a noite inteira, meu presente para você é fazer todo o seu trabalho ao longo dos próximos dois dias, cuidar da casa do Dane, e ajudar o seu treinador a executar as posições em troca por ele ter deixado você ir. Agora caia fora daqui. - S*

Espere... o quê? Eu me viro para trás e olho para Dane, que tem um sorriso torto *sexy* pra cacete e está com um brilho em seus olhos. Eu me dirijo de novo para Sawyer, que está com os braços estendidos para mim.

— Agora você pode me abraçar, doçura — diz ele.

Pulo em seus braços; aparentemente, estou indo para algum lugar com a minha mala nova e ele é encarregado de cuidar de todas as pontas soltas que tornam isso possível.

Bennett o empurra para longe e me envolve em um abraço, então se afasta e agarra meus ombros, olhando diretamente nos meus olhos.

— Você ilumina as nossas vidas, Laney, agora vá iluminar a sua própria. Se divirta o máximo possível, a cada segundo! Oh, e me traga alguma coisa de presente! — Ela beija cada uma das minhas bochechas. — Eu amei o colar, ele é perfeito.

Ahhh, isso explica tudo, então; esqueci o comentário sobre não usar um colar mais cedo. Ela sabia o que eu ia ganhar e sabia que eu não podia usar nada no pescoço. Pequena sorrateira.

Em seguida, Zach faz o seu movimento, puxando-me para o seu peito grande e beijando o topo da minha cabeça.

— Ele é um bom garoto, deixe-o ser bom para você, menina.

Ainda não tenho ideia de para onde estou indo e estou ligeiramente apreensiva. Eles estão falando como se eu os estivesse deixando para sempre, para alguma ilha onde não possam se comunicar comigo.

Um ataque de pânico começa a se alastra com rapidez; e nessa deixa, os braços reconfortantes serpenteiam em volta da minha cintura por trás.

— Vamos lá, Disney, estou contigo. Confia em mim?

Concordo com a cabeça na mesma hora, porque realmente confio. Eu confio nele completamente e, em segredo, mal posso esperar para ir para onde quer que ele esteja me levando. Aceno um adeus para tantas pessoas quanto posso enquanto Dane me guia pela mão para fora, puxando minha

S.E. HALL

mala com a outra. Do lado de fora do prédio, há uma limusine imensa preta e diferente, e um homem musculoso em um terno e um chapéu abre as portas para nós, pegando a mala que está com Dane. Tudo bem, eu já tinha assistido um monte de filmes, mas acho que pensei que aquelas eram "limusines decoradas", e eu não sabia que a gente poderia realmente conseguir uma limusine como essa por dentro. Isto é, obviamente, como Dane anda de "limo", sem comparação com a que viemos para cá.

Há uma TV, um pequeno bar, bancos inteiriços de fora a fora que podem ser mais amplos do que a minha cama no dormitório, e um sistema de som. Eu sei que Dane vive em uma casa grande, é claro, e que seus pais têm muito dinheiro, mas ele está simplesmente autorizado a gastá-lo em tudo o que quiser?

E o que dizer dos outros? Eu tenho certeza de que a máfia não pensaria que a alma florida de Bennett tem o que é preciso para cobrir os custos, então, eu, obviamente, não tinha caído em um grupo de criminosos. Eu simplesmente não consigo imaginar gastar todo esse dinheiro para "festejar." Papai costumava me levar para comer hambúrgueres e jogar boliche quase toda sexta-feira quando seu trabalho rendia bem, e aquele era o nosso "tempo de ostentação especial" juntos. Isso desbancava e muito essa limusine, mas ainda assim…

Dane se senta de frente para mim e serve uma taça de champanhe para nós dois.

— Feliz aniversário, Disney. Espero que você tenha tido um grande momento e que tenha um tempo ainda melhor com o que está por vir.

Eu coro.

— Este pode ser o melhor dia e noite que já tive. De longe é o mais extraordinário aniversário de sempre! Eu me sinto como uma princesa!

— E você tem a coroa, e agora o colar, para provar isso. — Ele sorri. — Você é uma princesa. Eu sempre vou me encarregar de que você se conscientize disso.

CAPÍTULO 29

SE UMA ESTRELA APARECER

Laney

— Então, para onde estamos indo? — Eu meio que temo a resposta; estive a ponto de desmaiar durante a noite inteira. Não sei quantos mais desses grandes gestos sou capaz de aguentar.

— Bem, sobre isso... — Ele está me tornando inquieta agora, e acho que ele pode ver isso pela minha expressão. — É uma surpresa, e eu realmente quero que isso continue dessa maneira, mas imagine o meu desafio de esconder a geografia do lado de fora das janelas. Então, estou pensando nas minhas opções e ainda estou indeciso. — Ele ri. — Eu decidi que simplesmente não poderia drogá-la secretamente para te manter dormindo.

Humm, isso é uma notícia reconfortante e ele tem sorte que sei que ele está brincando ou eu saltaria para fora pelo teto solar nesse exato momento.

— Então pensei que talvez eu pudesse vendar você, mas é uma longa viagem e você provavelmente não iria querer isso. Daí, o que você sugere? — Ele esfrega seu queixo e franze as sobrancelhas.

— Bem, apenas improvisando aqui, mas, que tal se eu apenas tentasse não olhar pelas janelas?

— Excelente plano, senhorita Walker, você é brilhante. Então, para ocupar sua mente — ele diz, alcançando a parte de trás de um dos assentos e trazendo o meu próprio travesseiro do quarto, e um cobertor —, nós lhe oferecemos um serviço de filmes em movimento. Portanto, esteja confortável e escolha. — Ele segura a caixa de diversos filmes enquanto me ajeito em meu ninho e removo os sapatos e brincos.

Escolho um e depois que ele o ajeita no aparelho, ele remove seus sapatos, afrouxa o colarinho de sua camisa e se junta a mim na minha poltrona, sentando-se na ponta do meu travesseiro, onde estou deitada. Nós não estamos sequer nos tocando, mas eu o sinto de um jeito bem íntimo e estranhamente familiar. Eu não deveria me sentir tão à vontade com ele; devia levar a ele mais tempo para chegar tão perto assim de mim, da mesma forma que sempre custou para todas as outras pessoas. Pelo amor de Deus, estou indo para sabe-se lá onde com ele no meio da noite. Estive aconchegada em uma banheira de hidromassagem com ele. Quem é essa garota e por que ela se sente tão contente com isso?

Acordo com ele gentilmente acariciando meu cabelo.

— Hora de acordar, aniversariante do dia.

Leva-me um minuto para sentar e tomar conhecimento de tudo ao meu redor. Eu ainda estou na limusine e a luz do início do dia se infiltra pelas janelas.

— Quanto tempo eu dormi?

— Cerca de cinco horas. Você foi perfeita, boneca, nós já chegamos.

— Onde nós estamos?

— Você vai ver, basta fechar os olhos para mim mais uma vez e eu vou te ajudar a descer, está bem?

Agora, como vou conseguir colocar meus sapatos e sair de uma limusine com os olhos fechados? Eu o sinto deslizar meus sapatos nos meus pés e de alguma forma nós damos um jeito de sair. Uma brisa quente toca minha pele e é preciso mais um segundo até eu identificar a música. *"Pequeno Mundo"*. Eu me lembro de ele me dizer que não era pequeno coisa nenhuma. O que ele está aprontando?

— Abra os olhos, Laney — ele sussurra em meu ouvido, tirando as mãos dos meus olhos.

DE. JEITO. NENHUM.

Isso não pode ser real. Pisco mais algumas vezes, tentando ver se estou realmente acordada. E estou, estou acordada, isso está acontecendo. Meus dedos das mãos e dos pés formigam, minha respiração acelera com o entusiasmo. Eu tombo para trás, em cima dele; seus braços se estendem para me pegar e ele gargalha.

— Relaxa, *baby*, estou com você.

193

Estou de pé na frente de um hotel enorme, mas é o que posso ver por trás dele que me permite saber onde estou, o que ele está me dando de presente – O castelo. Dane me trouxe para a Disney World!!!! Eu repito na minha mente: Dane "inacreditável" Kendrick tinha malditamente me trazido para o Mundo "do lugar mais mágico na Terra" da Disney!

Eu sonhava em vir aqui desde quando ainda tinha medo do escuro; isso é um sonho de toda a vida se tornando realidade. Simplesmente não parece ser possível que ele veja o suficiente em mim para fazer todo esse esforço, mas, obviamente, o sentimento passa, porque estou aqui. Isso não se trata de conquistar a garota puritana; este é um ato de cavalheirismo da vida real. O próprio Walt Disney teria ficado orgulhoso de basear-se em Dane para fazer um príncipe.

— Senhorita Walker, bem-vinda ao Resort Contemporâneo da Disney, e feliz aniversário — uma linda jovem na porta me diz. — Vamos fazer o *check-in*?

Como se por telepatia, Dane ri atrás de mim quando percebe que não consigo falar nada, então ele faz isso por mim:

— Sim, por favor, a aniversariante do dia aqui ainda está um pouco sonolenta.

Eu não tenho ideia do que acontece em seguida, eu simplesmente flutuo na minha nuvem, confiando em Dane para liderar o caminho. Por fim, sou capaz de compreender que estamos no nosso quarto agora, e ele é magnífico, com móveis exuberantes – e apenas uma cama. Meu rosto sempre me entrega e não falha nesse momento, como evidenciado pelas próximas palavras de Dane:

— Eu queria este quarto pela vista, Laney. — Ele puxa a cortina e me mostra. — Eles dizem que o castelo à noite é algo para ser contemplado, então eu queria que você tivesse isso. Não tenho nenhum problema em dormir no sofá; você viu o quão grande ele é.

— Não vou deixar você dormir em um sofá depois de tudo o que você fez para mim. — Estou meio chapada pela Disney, então isso só extravasa da minha boca. — A cama é grande o bastante para nós dois ficarmos confortáveis, não se preocupe. — Vou até ele e me levanto na ponta dos pés para lhe dar um beijo na bochecha, deixando minha mão acariciar o canto de seu rosto. — Dane, não sei o que fiz para merecer tudo isso, mas muito, muuuuito obrigada. Isso é… isso é… bem, isso é simplesmente a melhor coisa que já aconteceu comigo. Eu nem sei como expressar para você em voz alta.

Ele recosta sua testa contra a minha; adoro quando ele faz isso. Passei a pensar nisso como um gesto de intimidade de um cavalheiro, mas ainda escaldante.

— Então, você está feliz?

Ele está de sacanagem?

— Extremamente. Euforicamente. Na verdade, se eu estiver dormindo, sonhando com tudo isso, não me acorde. Sinta-se livre para seguir em frente com o seu plano de me drogar, e me mantenha dormindo agora. — Nós rimos juntos.

— Então você já me agradeceu. Eu quero fazer você feliz, Disney. É realmente tudo o que penso nos dias de hoje, "como eu faço para fazê-la feliz?" — Esfregando meu nariz com o dele, as palavras se estabelecem entre nós.

— Bem, deixe-me apenas dizer, você, de verdade, sabe como atingir um objetivo, e é melhor encontrar alguma outra coisa para pensar, porque você nunca vai superar isso.

— Isso é um desafio? — Ele sorri debochado, beijando meu nariz.

— Nem um pouco, apenas um fato. Se eu pudesse ter escolhido a dedo o meu aniversário ou Natal, ou o último dia perfeito na Terra, seria esse. É sério, onde você estava quando eu tinha dez anos?

— Em algum lugar, esperando por você.

Piegas? Porra, não – surpreendente. Eu o beijo com tudo o que tenho. Pela primeira vez, eu vou com tudo, sem pensar em qualquer coisa ou qualquer outra pessoa na minha mente. Minhas mãos deslizam pelo seu pescoço, agarrando seu cabelo, e eu inclino meu corpo contra o dele. Anseio pela conexão física com ele, este homem irresistivelmente bonito e atencioso que se metamorfoseou mentalmente comigo. Eu quero escalar seu corpo e me enrolar em torno dele como um macaco.

Ele retribui meu beijo, gemendo em minha boca, suas mãos ansiosas insinuando um caminho na tentativa de chegar à minha bunda, puxando-me com mais força contra ele. De repente, ele se afasta, respirando com mais dificuldade do que eu talvez.

— *Baby*, vou precisar fazer um exame na minha cabeça mais tarde pelo que estou prestes a dizer, mas se a gente não parar, você não vai sair tão cedo desse quarto.

Uma parte minha quer demais dizer a ele que está tudo bem, mas apenas uma parte; agora que nós nos afastamos, sou capaz de pensar com mais clareza.

— Minha princesa da Disney tem muito para ver, então vamos comer alguma coisa e ir visitar os lugares. Okay?

Faço um beicinho, só um pouquinho, porque o meu pequeno coração de menina e minha libido de mulher ainda estão duelando, e estou meio que me sentindo rejeitada.

Ele se inclina e chupa meu lábio inferior.

— Desfaça logo esse beicinho, rabugenta. Eu quero você, e você sabe disso, mas quero mais te ver naquelas xícaras. — Ele se agacha ligeiramente de modo que nossos olhares agora estão nivelados, e dá um sorriso debochado. — Vá se trocar, Disney. Você sabe que está morrendo de vontade de conhecer o Pateta.

Eu cedo e corro para o chuveiro enquanto ele pede o café da manhã. Bennett fez um trabalho realmente bom arrumando a mala para mim, melhor do que eu teria feito, e é só quando reviro a minha mala e esbarro com o meu celular, é que percebo que não o chequei há um tempo. Existem várias mensagens de Evan, então envio de volta uma resposta rápida.

> Laney: Tive um aniversário maravilhoso. Amigos me deram uma festa. Sinto sua falta também. Obrigada novamente pelas flores. Bjs.

Eu questiono o "Bjs". Ainda devo colocar isso, durante as férias dos sonhos com outro cara? Sim. Eu sempre estarei disposta a demonstrar meu amor a Evan, um abraço e um beijo doce, então decido que está tudo bem. Está tudo bem agora mais alguém me chamar de *baby*? Está tudo bem que eu almeje testas coladas com um cara novo? Está tudo bem que eu queira simplesmente desfrutar deste conto de fadas em que entrei e não ficar refletindo isso agora? Sim, sim, e porra, sim. Enquanto estou jogando o meu telefone de volta na minha bolsa, Dane se aproxima por trás de mim.

— Tudo certo?

Virando-me para ele, dou o meu sorriso mais tranquilizador.

— Perfeito, só vou me vestir. Ah, e estou pensando em roubar este robe, só para te avisar. Olha, ele tem as orelhinhas nele. — Eu mostro o emblema logo acima do meu peito esquerdo.

Ele ri, entredentes, ligeiramente.

— Não há necessidade de recorrer ao roubo, menina louca, eu vou te comprar um roupão. O café da manhã já está aqui fora, quando estiver pronta. Eu vou comer com você antes de tomar o meu banho, mas me dê um segundo para contar os talheres. — A piscadinha de olho que se segue é todo o tipo de espertalhão *sexy*.

Eu coloco o meu vestido de verão favorito, que não conta como um vestido porque ele é confortável, e sandálias. Depois de um maravilhoso bufê de café da manhã, Dane fica pronto e nós partimos para aproveitar tudo o que Magic Kingdom pode oferecer.

Dane ri de mim o dia todo; eu sou quase pior do que as crianças pequenas correndo ao redor por aqui. Não furo a fila na frente deles e nem os empurro para o lado, ou qualquer coisa assim, mas eu, com certeza, posso tagarelar sobre um personagem com o melhor deles. E está tudo bem em usar suas orelhinhas durante todo o dia, a idade não é um fator importante aqui.

Uma coisa que aprendi rápido, porém, é a ficar longe das lojas, porque Dane vai me comprar qualquer coisa em que meu olhar perdure por mais de dez segundos, e não só sinto que estou tirando vantagem dele, mas que ele gastaria outra fortuna pagando o transportador. Sabia que você pode pagá-los para levar todas as suas sacolas para um ponto de coleta, para que você não tenha que carregar suas compras durante o dia inteiro?

Brilhante.

Este vai ser o meu momento favorito da viagem, talvez da vida, não importa o que aconteça. Há uma projeção de imagens sendo apresentada nas paredes externas do castelo, sincronizada com as vozes de Whitney Houston, Celine Dion e outras mulheres com um vozeirão, e todos os postes de iluminação estão lançando um manto de bolhas sobre a multidão. As crianças mais novas estão rodando em torno de seus pais, pegando as bolhas, os pais estão tentando manter o controle deles uma vez que agora já está entardecendo, mas as meninas na multidão, todas têm a mesma expressão em seus rostos que eu – um encantamento total neste momento de conto de fadas.

— Eu amo esse olhar no seu rosto neste exato momento — ele diz calorosamente em meu ouvido, seus braços fortes agarrando minha cintura.

— Que olhar é esse? — Dou um sorriso.

— O olhar de amor; você está apaixonada por este momento, por este lugar. É como você vai olhar para o seu marido, seus filhos; é de tirar o fôlego.

— Dane? — sussurro, por fim, depois de não sei quanto tempo. Eu quero congelar este momento no tempo, para sempre sentir como se a vida fosse perfeita, feliz e despreocupada.

— Hmmm? — Ele acaricia o lado do meu rosto e pescoço com seu nariz e sua ternura toca minha alma.

— Você está feliz? — Meu tom sussurrado é praticamente silencioso; estou espantada de ter saído alguma coisa.

— Mais a cada dia — ele garante, me puxando para o centro de um espaço vazio para dançar comigo sob as bolhas, em nossa bolha.

CAPÍTULO 30

ULTIMATO

Laney

Se pensei que estar na faculdade, vivendo de macarrão instantâneo, dormindo pouco, e vivendo em um quarto apertado era uma porcaria antes, então acho que agora é uma completa desgraça. Depois de passar quatro melhores dias da minha vida envolvida na Disney e em Dane, em um glamoroso hotel, comendo em restaurantes luxuosos, e desfrutando de serviço de quarto, estar de volta à realidade carrega um sofrimento extra. Não posso acreditar que já acabou, isso voou.

Dane e eu experimentamos tudo o que nós podíamos. Nós fomos em cada passeio, fizemos a turnê das princesas, observamos os fogos de artifício da nossa varanda, nos deitamos à beira da lagoa, tivemos um jantar à luz de velas, tudo o que você pensar. Dormir na mesma cama todas as noites não foi nem um pouco estranho; nós desabamos nela esgotados todas as noites e Dane foi um perfeito cavalheiro... quase irritantemente muito cavalheiro. Aqueles últimos beijos ardentes que nós compartilhamos no dia do meu aniversário me enganaram muito bem sobre como as coisas poderiam ser gostosas com Dane.

"A Galera", como agora me refiro ao nosso grupo, está feliz por nós estarmos de volta, e eu trouxe para cada um deles um par de orelhas do Mickey com o nome de cada um bordado na parte de trás. Sawyer também ganhou uma camiseta e um boné por seus esforços extras. Então, depois de um aniversário agitadíssimo, estou me acomodando novamente e as coisas estão indo muito bem.

Bennett e Tate ainda estão namorando sério, e em uma reviravolta chocante, Sawyer, Zach e as gêmeas parecem ser um quarteto; no entanto, eles estão indecisos sobre quem é o par de quem. Dane, Bennett, Tate e eu fizemos apostas, mas isso está por debaixo dos panos. Estou ficando muito próxima de Avery e Kirby. Elas vêm para passar um tempo com a gente algumas vezes e estou muito feliz de ter amigas no time. Isso realmente torna mais fácil aceitar que esta é a minha equipe agora; não posso desfazer a traição de Kaitlyn, mas posso aproveitar ao máximo o que tenho.

Eu me encontrei com Dane todos os dias destas duas semanas desde que nós voltamos, e me encontro ansiosa para isso a partir do momento em que acordo todas as manhãs. Alguns dias ele me pega antes da minha primeira aula, com um lanche de café da manhã quentinho em sua mão. Algumas outras poucas vezes ele aparece para me levar para fora do *campus* para um almoço bacana. Talvez as minhas favoritas sejam as noites em que ele estava me esperando do lado de fora do treino de softbol, para o nosso jantar em um *drive-thru* depois de um longo dia.

Eu amo como as coisas são despreocupadas e fáceis com Dane, mas não posso ignorar o pressentimento me corroendo por trás deste torpor e encantamento... eu ainda sei muito pouco sobre ele, já que ele contou praticamente nada sobre si e eu tinha desnudado toda a minha história. O que ele faz, geralmente, quando estou em sala de aula? Como é que ele me pede para ficar na casa dele a cada noite, mesmo que eu sempre recuse? Seus pais alguma vez estão em casa? Tenho tantas perguntas; eu quero conhecê-lo melhor.

Eu preciso de "sustento" para um relacionamento, alguma coisa que valha a pena me apegar, uma fundação. O tempo gasto em conjunto é vazio quando não se conhece a pessoa muito melhor, afinal. Sim, eu tinha me soltado um pouquinho desde que entrei na faculdade, mas saltar para o desconhecido, baseado apenas em confiança, talvez nunca se torne o meu ponto forte.

Falar ou enviar mensagens de texto para Evan todos os dias corrói minhas entranhas. Estou indo para casa neste fim de semana para passar algum tempo com meu pai, e Evan vai estar lá, depois do jogo. Eu não tenho certeza de onde estamos neste momento ou o que ele está esperando, e essa é a mesma história com o Dane. Na verdade, não tenho certeza de onde estou ou o que quero exatamente. Eu tinha escolhido o Dane sobre

Evan? Se sim, como posso escolher alguém que conheço tão pouco sobre alguém que compartilha a minha pele? E se Evan estivesse aqui nessa faculdade agora, eu o escolheria? Será que Dane quer ser escolhido?

Pelo menos Dane conhece a história sobre Evan. Falar abertamente com Evan sobre Dane neste fim de semana está destinado a ser um choque para ele. Estou planejando apenas ir com o fluxo e ver como as coisas acontecem, que é o que Bennett diz que eu deveria fazer, mas não estou de acordo em amarrar dois corações ao mesmo tempo, se for mesmo isso o que estou fazendo. Tenho quase certeza de que Dane está interessado em mim em um nível sério, e acho que Evan ainda está, mas não coloco a mão no fogo por nenhum dos dois. E a minha própria confusão de vai e vem, bem, estou ficando enjoada de mim mesma, na boa.

Fisicamente – eu desejo eles dois, mas com Dane é algo muito mais primal, para não mencionar que ele está, de verdade, bem aqui, e isso é um componente bastante fundamental. Emocionalmente – eu desejo eles dois, mas, é óbvio que Evan e eu temos uma ligação muito mais profunda, embora, isso esteja diferente agora. A distância não fez bem para nós. "A ausência faz o coração ficar mais afeiçoado" uma ova. Não estou costurando essa pequena pérola de sabedoria em um travesseiro em nenhum futuro próximo. E quanto a "a ausência torna a cabeça confusa e enche o coração com desnorteamento doloroso"?

 Eu tinha finalmente conseguido alguns encerramentos, o que levou a uma quantidade mínima de paz interior, com o escândalo sobre a Kaitlyn. Eu finalmente reuni coragem para ligar para ela, cerca de uma semana atrás, para pedir uma explicação, e ela estava bem feliz em me contar a respeito. Eu sabia que ela não ia perder a chance disso; Kaitlyn não tem um osso recatado ou reservado em seu corpo. Aquela névoa em que eu costumava viver cercada, sem sombra de dúvidas se estendia para além de Evan, porque eu não fazia ideia da aversão que Kaitlyn cultivava, em segredo, por mim.

Ela não podia conter a amargura em suas palavras cruéis enquanto me contava que estava "de saco cheio do meu fingimento de pobrezinha e lamentável" e que eu não merecia a devoção de Evan. Em outras notícias de última hora, aparentemente, eu era uma provocadora e secretamente amava como Matt Davis dava em cima de mim. Por mais que eu não tenha conseguido fazê-la admitir abertamente que ela havia planejado a minha rejeição fraudulenta para UGA, ela confessou na caradura o quanto ficou "feliz por tomar conta de Evan agora que você não está por perto para distraí-lo com toda a sua encenação de merda".

É psicopata que chama, né? Como se Evan fosse querer a companhia dela depois que ela mostrou quem era de fato; Evan não curte esse lance de maldade. De alguma maneira, ela não conseguiu ver a falha em seu plano, porque agora ela tinha perdido dois amigos e nunca teria Evan para si. Eu estaria mentindo se fingisse que isso não me magoou e que não iria doer para sempre. Como ela pôde ter fingido uma amizade que pensei que fosse tão boa? Ela significava o mundo para mim por tanto tempo e eu era a pessoa que ela odiava com essa intensidade? Simplesmente não parece ser possível que eu seja capaz de dirigir um carro, cursar a faculdade, lembrar-me das posições e sinalizações para um jogo… e estar tão longe da verdade com aqueles que me rodeiam. Devo ser completamente sem noção.

— Você tem certeza de que não quer que eu vá com você? Eu poderia conhecer o seu pai, reservar um hotel, o que seja — Dane lamenta. Não, lamentar não é a palavra correta, porque se lamentar é irritante e o que quer que ele esteja fazendo é adorável. Eu sei qual é o motivo de sua preocupação: eu disse a ele que Evan estava indo para casa, também, e desde então, ele tinha se oferecido para me acompanhar pelo menos uma vez a cada hora.

— Você vai contar a ele sobre mim?

— Sim. — A apreensão está prestes a me matar e uma onda de náuseas embrulha meu estômago toda vez que penso sobre o que vou dizer.

— O que você vai dizer a ele? — Ele move seus braços em volta da minha cintura agora e descansa sua bochecha contra a minha cabeça.

— Boa pergunta, o que devo dizer a ele? — Entrecerro meu olhar, encarando bem dentro dos seus olhos.

Não que eu alguma vez fosse deixar Dane ditar minhas conversas com Evan. Perguntar diretamente era mais como uma brincadeira de menina querendo pescar alguma informação, mas, ainda assim, é óbvio que é hora de termos uma conversa bem séria. Será que Kaitlyn está certa, e eu sou uma provocadora? A maioria das garotas passa suas vidas inteiras sem conhecer um homem tão maravilhoso quanto Evan ou Dane, e muito menos se encontram imprensadas entre dois deles. O velho triângulo amoroso só parece cliché e banal até que você realmente se encontra dentro de um, e então isso se torna uma agonia.

— O que você quer dizer com o que deve dizer a ele? Conte a ele que você é minha agora.

Eita, como é que é? Dele? Ele não tinha proclamado um compromisso e eu tinha visto o nome de Whitley aparecendo várias vezes em seu celular... é claro, há toda a coisa dos presentes extravagantes.

— Sua, hein? Isso é novidade para mim.

— Sério, Disney. — Ele me solta e dá um passo para trás; eu me sinto vazia no mesmo instante. — Que diabos você está falando? Nós passamos todos os dias juntos. — Ele passa a mão em sua nuca, frustrado. — Por que você está agindo tão indiferente? — Ele parece devastado, o que não é minha intenção de forma alguma.

Eu me aproximo dele, enlaçando-o com os meus braços.

— Eu só quis dizer... eu... e-eu... não percebi que você pensava que isso era sério, ou estivesse comprometido ou o que quer que seja. Eu não sei. Eu não queria presumir nada.

— Bem, o que você pensou?

— Eu pensei que nós estávamos começando a conhecer um ao outro. Eu sei que existe uma atração, é óbvio. — Eu o abraço com mais força. — Eu só não sabia que você se sentia tão sério sobre isso. — Minha boca está ficando seca, as palmas das mãos escorregadias.

— Laney, estou prestes a surtar aqui. — Ele se afasta de mim outra vez, andando de um lado para o outro como um animal enjaulado.

— Acalme-se, Dane, estou apenas te dizendo a verdade. Nós só estamos conversando; talvez seja bom que estejamos, finalmente, tendo essa conversa.

Isso parece ajudar; ele, pelo menos, para e olha para mim agora.

— Sim, não, você está certa. Tudo bem, então vamos falar sobre isso. — Ele se senta na minha cama e me puxa para o seu colo. — Laney, eu quero estar com você, exclusivamente, ou qualquer que seja o rótulo que as mulheres desejem colocar sobre isso, contanto que ninguém chegue aqui perto — ele diz isso usando seu dedo para tocar no meu coração — além de mim. Eu quero te tocar, te beijar, livremente. Eu quero que você seja a minha namorada... só minha, *baby*. — Ele revira os olhos e dá risada. — Eu não posso acreditar que você me fez delinear as coisas, me fazendo parecer com um garoto de dezesseis anos de idade. — Ele aparentemente se sente compelido a me lembrar que é um homem; do jeito como ele está me beijando agora, é ilegal, a menos que você tenha idade para votar.

203

Ele se vira, me fazendo deitar sobre o edredom, e rola para acomodar seu corpo acima do meu. Fico tensa e chocada com essa posição e novo território inexplorado, mas apenas por um segundo, enquanto a mensagem do meu corpo se move para o meu cérebro.

— Não quero que você seja nada mais do que amiga de longa data de Evan. — Ele passa a mão pelo meu cabelo, retirando-o detrás minha orelha, e depois se inclina para mordiscar o lóbulo. — Eu quero você para dormir — ele diz, se afastando um pouco para me encarar —, e eu disse *dormir*, na minha casa por quantas noites forem possíveis. — Ele enfia o rosto na curva do meu pescoço, deixando quentes beijos de boca aberta ao longo do caminho. — Eu quero que você se apaixone por mim, Laney. — Então dá uma lambida longa até a minha garganta. — Isso está claro o suficiente para você?

Ainda tenho que abrir os olhos, mas sei que ele está me encarando, porque posso sentir seu olhar.

— *Baby*? Olhe para mim.

Estou queimando desde o V entre minhas coxas até as pontas coradas das minhas orelhas, como se ele tivesse acendido um fósforo. Ele e eu, juntos, somos tão selvagens.

— Você me deixa louca — murmuro. Estou esperando que ele não tenha me escutado, mas o seu grunhido primitivo antes que sua língua exija entrada deixa claro que ele ouviu. Ele sente isso também, nossa gravitação desenfreada; seu comprimento duro pressiona contra mim e eu me esfrego contra ele, empurrando para cima quando ele empurra para baixo.

— Oh, Deus, *baby* — ele arfa, seu corpo inteiro tremendo sob meus dedos. — Vai ser tão bom um dia. Você e eu, será explosivo. — Sua boca provoca ao longo do meu pescoço, minha mandíbula, e ele exala um grande suspiro. — Okay, nós temos que parar; eu não consigo aguentar isso.

Parte de mim começa a puxá-lo de volta, mas sei que ele está certo, nós estamos nos aproximando rapidamente do ponto de não-retorno e meu corpo está muito preparado, mas meu coração e mente, não.

Ele sai de cima de mim para se sentar e saúdo o momento de adiamento para recuperar meus sentidos. Eu me sento e aliso o meu cabelo e as roupas, ainda incapaz de olhar para ele. Estou sendo permissiva com Dane cedo demais. Eu tenho que retomar o controle dessa situação. Eu me levanto, indo pegar uma garrafa de água do frigobar. Fico desse lado do quarto ao retornar para a nossa discussão.

— Dane, eu não me sentiria bem em estar com você até que tenha conversado com Evan. Na verdade, eu já fiz muito mais do que devia. Eu não espero que você entenda, mas é isso o que preciso fazer.

Ele se levanta e se move devagar em minha direção, de um jeito elegante e predatório.

— Okay, você conversa com ele então, mas me promete que não vai fazer nada com ele, por favor. Prometa que ele não vai ter estes — ele desliza as pontas dos dedos sobre meus lábios, bem devagar — ou isso — esfrega o nariz pelo meu pescoço, ao longo da minha garganta, pelo meu ombro. — Me promete — murmura.

— Eu prometo — digo, com a voz rouca quando inclino a cabeça para trás.

— Essa é a minha boa menina.

Minha calcinha está encharcada com suas palavras, com sua proximidade, e quando ele se inclina e desliza a língua do meu ombro até a orelha, acho que vou prometer qualquer coisa que ele pedir.

Eu me preocupo a viagem inteira para casa sobre a minha conversa iminente com Evan. Essa é a hora, agora ou nunca. Não posso fazer isso com qualquer um deles ou a mim mesma nem mais um minuto. Se eu não estivesse dirigindo, estaria fazendo uma lista agora, organizando os meus pensamentos, daí eu precisaria ligar para alguém para analisar tudo. Eu não me sinto confortável em conversar sobre isso com Bennett. Ela namora com Tate, por isso ela estaria inclinada ao Dane e isso iria colocá-la em uma posição muito desconfortável. Eu decido ligar para Zach, já que ele é tão equilibrado e tinha provado ser exatamente o que preciso.

— E aí, Laney, que está acontecendo?

— Dirigindo para casa e ficando louca. Eu preciso de uma ajudinha para alinhar meus pensamentos e talvez alguns conselhos. Você está ocupado?

— Não, menina, nunca muito ocupado para você. O que você tem?

Eu, primeiramente, faço ele prometer que essa conversa vai ficar entre nós dois, o que já sei que vai, mas a confirmação me faz sentir melhor.

— Tudo bem, então, estou a caminho de casa para ver o meu pai.

Evan vai estar lá neste fim de semana. Eu preciso contar a ele sobre Dane e não sei o que dizer. Eu sei que Evan e eu concordamos em nos afastar e sermos apenas amigos, então tecnicamente não estou fazendo nada de errado, certo?

— Tecnicamente você não está, mas um detalhe técnico é apenas isso, Laney, uma desculpa para limpar sua consciência. Isso não parece estar funcionando desde que você está me ligando. Alguma coisa está fora do lugar ou você não estaria se sentindo culpada.

— Você está certo, eu sei que você está certo. O que vai me fazer sentir bem? Talvez isso nunca vai parecer estar bem. Talvez não seja. Eu deveria simplesmente esquecer Dane? E… e…

— Laney! — Zach interrompe minhas divagações. — Se acalme, menina, e me escute. Você tem que determinar o porquê você se sente culpada sobre Evan. Será que é porque você o ama ou simplesmente porque não lhe disse? E aqui está a grande questão, Laney: se Evan tivesse ido para Southern, qual deles você escolheria?

E aí está. A pergunta de um milhão de dólares. Qual deles devo escolher?

— Eu não sei, e não sei se é porque Dane é o único aqui ou se isso é realmente algo mais. Não sou realmente boa em toda essa coisa de namorado, é óbvio. Como faço para descobrir isso, se eles nunca estão no mesmo lugar? — Estou perguntando ao cara que atualmente alterna entre duas irmãs gêmeas; estou tão ferrada.

— Eu gostaria de poder te dizer, querida, mas não posso. Eu sei que você foi honesta com Dane, então faça o mesmo com Evan e veja o que acontece. Isso é tudo o que você pode fazer, realmente, isso ou deixar os dois para lá. Ou você poderia sempre escolher a porta número 3 e me pegar. — Ele gargalha.

— Muito engraçado, Zach. Estou pensando que você já está fazendo malabarismo demais agora, com as mãos cheias.

— Eu sei, não é? É divertido pra caralho, também, deixa eu te dizer. No entanto, essa é a coisa: todos sabemos que nenhum de nós está emocionalmente envolvido, ainda, de qualquer maneira. Você, no entanto, Laney, não poderia fazer isso apenas para se divertir, nem se tentasse. Você já está profundamente envolvida com ambos e tenho total certeza de que os dois estão apaixonados por você. Alguém vai sair machucado seja lá o que você escolha fazer, então apenas garanta que você está absolutamente certa antes de esmagar um deles.

— Então você está dizendo para enrolar os dois até que eu decida?

Não posso fazer isso.

— Porra, não, estou dizendo para ser honesta com Evan. Dane já sabe como está o placar, Evan merece isso também. Eles são garotos crescidos; deixe-os decidir depois o que eles querem fazer. Talvez eles vão se afastar e mandem você ir se foder ou talvez eles vão lutar por você, mas, pelo menos, os dois tomarão a decisão de olhos abertos. Está tudo bem se sentir confusa, Laney, isso não faz de você uma pessoa ruim. Apenas seja honesta. Não se afaste desse seu coração bonito, beleza?

— Dane me fez prometer não beijar Evan neste fim de semana. Como diabos vou conseguir evitar isso? — Não consigo segurar o riso. E nem consigo acreditar que eu, de todas as pessoas, estou nesta situação.

— Eu acabei de falar para você: seja honesta. Que tal "Ei, Evan, eu prometi a Dane que não iria tocar sua bunda até eu descobrir tudo isso", ou "Ei, Dane, não houve nenhuma maneira que pudesse evitar beijar Evan, eu prometi cedo demais". Eu sei lá, fala para ele que está com sapinho.

Eu morro de rir com ele, porque nenhuma dessas opções daria certo e eu teria um problema ao explicar a Evan como peguei a doença do beijo!

— Isso parece tão desgastante para você quanto é para mim? A verdade, Zach, é que estou com medo. Será que realmente conheço o Dane bem o suficiente para dar uma chance a ele?

— Não se atreva a fazer isso, Laney. Não reconsidere você e Dane apenas por uma questão de indecisão. Você sabe que existe alguma coisa forte entre vocês.

— Desde quando você é o maior fã de Dane?

— Eu sou fã da Laney. Seu pequeno rosto bonito se ilumina quando aquele garoto aparece e isso me diz tudo que eu preciso saber. Ele, obviamente, te faz feliz, então ele e eu estamos de boa.

— Obrigada, Zach, por tudo.

— Sem estresse, meu bichinho. Agora vá resolver a sua merda e me ligue se precisar de mim. Eu vou te ver quando você voltar.

Estabelecida no conforto do meu antigo quarto, eu normalmente não teria problemas para dormir a esta hora, mas hoje à noite o sono me escapa. Minha pele está rastejando de dentro para fora e estou no limite. Não há nenhum filme da Disney para resolver isso, nenhum *Band-aid*. Eu decido ligar para Evan, talvez para adiantar um pouco nossa conversa amanhã. Posso dizer que ele esteve bebendo em três palavras.

— Ei, coisa gostosa.

— Ei, Ev, o que você está fazendo? — Eu sei o que ele está fazendo; dá para ouvir a festa ao fundo. Na noite antes de um jogo, sério?

— Apenas curtindo um pouco, e você?

— Nada, eu falo contigo mais tarde. Tô vendo que você está ocupado. Eu vou te ver quando você chegar aqui.

— Não fique chateada. Por favor, escuta, eu realmente não consigo te ouvir, deixe-me te ligar de volta — ele grita no telefone, e cerca de dez segundos antes de dizer tudo bem, eu ouço a voz dela.

— Saia do telefone, Evan, o sexo casual está bem aqui.

Oh, caralho, não. Eu conheço essa voz. Ela está embriagada e falando arrastado, mas é a Kaitlyn. Por que ele está no mesmo recinto com ela, perto o suficiente para que eu consiga ouvi-la? Ela me destrói e você vai passar tempo com ela? Evan nunca tinha descaradamente me machucado ou desrespeitado, em todos estes anos, mas este foi um tiro certeiro.

— Vai se foder, Evan. — Eu desligo.

Desligo meu telefone e desço para tomar um remédio que me ajude a dormir. Eu cansei deste dia.

CAPÍTULO 31

CONFISSÕES

Laney

    Papai se levanta ao romper da aurora, como sempre. Eu me levanto e perambulo até a cozinha para me juntar a ele.
    — Vá se sentar, papai; eu vou preparar o seu café da manhã. — Nós comemos juntos, falando pouco e sei exatamente o que vai me fazer sentir melhor. — O que você acha de um pouco de pescaria hoje papai?
    — Ah, com toda certeza eu aceito, garota.
    É um ótimo dia para isso e em pouco tempo estamos com falta de isca. Minha alma está até mais leve; eu espero que a dele esteja também. Ele tem sido todo sorrisos, lançando a linha e a recuperando com entusiasmo o dia inteiro. Eu amo este tempo com o meu pai. Ele é um homem tão sociável. Eu sempre me pergunto como ela não conseguiu encontrar conforto nele, em uma vida com ele. Eu sei que ele teria feito qualquer coisa que ela precisasse.
    Nós chegamos em casa ao entardecer e eu limpo tudo para fazer uma caçarola de atum para nós. Meu pai se empanturrou; ele obviamente passou muito tempo sem alguém para cozinhar para ele. Ele vai para a cama cedo, então finalmente ligo o meu telefone outra vez; ninguém deve interromper o tempo de pesca ou meu tempo com o papai.
    Eu nem sequer abro as mensagens de Evan, porque ainda estou tão irritada que não consigo ver direito. Envio uma mensagem à Zach para saber como foi o seu jogo e, em seguida, retorno a ligação de Dane, que tinha ligado uma vez ontem à noite e duas hoje.

— Ei, até que enfim, onde você esteve?

Sua voz me cobre como uma manta quentinha, envolvendo-me em conforto de imediato. Nesse exato momento, eu sei que Evan poderia entrar em meu quarto e minha pele ainda formigaria quando eu visse, ouvisse ou pensasse em Dane. Isto não vai embora.

— Eu sinto muito, desliguei meu celular porque pesquei o dia todo com o meu pai. Como você está?

— Melhor agora que você ligou. Sinto a sua falta, *baby*.

Sinto falta dele, também, surpreendentemente até demais. Eu só não consigo dizer isso em voz alta, embora, então mudo de assunto.

— Conte-me sobre o seu dia. O que você fez na noite passada? — pergunto, tentando me concentrar em sua resposta. Ele poderia simplesmente continuar me chamando de *baby* de novo e de novo; ele me deixa louca quando faz isso.

Ele me conta que a galera esteve no *The Kickback* ontem à noite e, depois diz que todos foram para o jogo de Zach hoje, onde os Águias venceram. Nesse momento, ele estava deitado em sua cama "sentido saudades de mim".

— Dane, me conta alguma coisa real. Me conta alguma coisa tão importante quanto tudo o que eu lhe digo. — Ele tem que fazer isso, neste exato minuto; é vital que ele demonstre alguma confiança em mim. As próximas palavras que sairão da sua boca são tão importantes quanto qualquer coisa que ele já disse para mim. Eu tenho que saber que esta ligação não é unilateral e que vai mais profundo do que a atração física.

— Você escolhe, *baby*, o que você gostaria de saber?

Eu provavelmente poderia arrancar "a questão complexa" dele bem agora, aquela que cada menina se pergunta no minuto em que ela decide que gosta de um cara. Isso não é realmente o que quero saber. Merda, a quem estou enganando, sim, eu quero... mas simplesmente não posso perguntar isso.

— Então, deixe-me pensar... que tal uma revelação leve e uma pesada, tudo bem?

— Qualquer coisa, pode perguntar. — Ele não iria simplesmente concordar dessa maneira se não soubesse que estou testando o peso do nosso relacionamento antes que eu veja Evan. Eu não deveria me aproveitar disso, mas quero me sentir próxima dele emocionalmente bem agora.

— Qual é o seu nome do meio? — Porcaria, estou enferrujada e fui muito precipitada. Desperdicei uma pergunta cobiçada em alguma coisa que eu poderia facilmente ter descoberto em outros lugares.

— Dane.

— Uh... — Eu sei o que ele está dizendo, e agora quero saber o seu primeiro nome, mas não posso perguntar ou ele vai contar como a minha segunda pergunta.

Ele sorri largamente.

— Não quer queimar outra pergunta, hein? — Esse garoto tem um sexto sentido assustador. — Tudo bem, eu vou ser bonzinho. Meu nome é Michael Dane Kendrick. Eu prefiro Dane, meu nome do meio.

— Eu gosto dele, Dane é um nome bonito. Ele combina com você. Não que Michael não seja legal, também.

Ele está se divertindo com a minha resposta prolixa.

— Obrigado, *baby*.

A batida à porta vem e tenho que desligar antes da minha pergunta "profunda"... é claro.

— Laney, por favor me ligue quando você terminar de falar com ele, okay?

— Okay — eu suspiro, sentindo o medo se avolumar dentro de mim.

— De verdade, Laney, não importa a hora, você me liga.

Numa fração de segundo, assim que o vejo, esqueço que estou irritada com ele. Esqueço que estamos a quilômetros de distância agora. Esqueço tudo o que eu tenho feito, me tornado, e experimentado sem ele. Ele é tão bonito, tão familiar. Ele tem bolsas sob seus olhos, que não estão tão azuis brilhantes como de costume, mas o seu sorriso leve ainda me afeta.

— Ei, bonita.

Olhe para ele, meu Dodó, meu melhor amigo. O corretor dos erros, protetor do mal, acompanhante do baile de formatura, primeiro beijo, está parado diante de mim em carne e osso. Passamos apenas uma fração do tempo que nós passamos juntos estando separados, eu tinha deixado outro se aproximar e nos dividir. Como pude ser tão insensível? Como eu poderia deixar o meu para sempre de lado tão facilmente?

Mas não tinha sido fácil, e nós tínhamos mutuamente concordado...
não... eu não posso continuar fazendo isso. Não posso me sentir culpada
por sentir, por viver; mas posso me sentir culpada por só ser completamente honesta com um deles. Estou prestes a corrigir isso bem agora.

— Ei, vamos, entra aí. — Eu me afasto para dar espaço a ele e fecho
a porta assim que ele passa.

Ele se senta no sofá e repousa os braços sobre os joelhos, a cabeça
entre suas mãos. Ele leva um tempo para se recompor e, finalmente, olha
para mim de onde estou sentada na extremidade oposta do sofá.

— Laney, eu sinto muito... por tanta coisa. Eu sinto muito pelo que
a Kaitlyn fez e pelo que ela disse ontem à noite. Aquela cadela bêbada me
seguiu durante toda a noite, tentando dizer que me ama, mas eu não dei a
ela uma hora do meu dia, Laney, eu juro. Eu a odeio, você sabe que odeio.

Eu quero acreditar nele, nem que seja apenas para o bem da nossa
amizade, mas parte de mim não acredita.

— Por que você não foi embora quando a viu lá?

— Por que eu deveria ir embora? Aquela cadela não vai ditar aonde
eu vou.

Não, apenas aonde eu vou.

— Às vezes você tem que ser a pessoa mais madura e se afastar, Evan.
Ficar apenas deu a ela a oportunidade de continuar a te seguir, para continuar falando com você. Se isso realmente tivesse te incomodado, você
teria ido embora. — Cruzo os braços por cima do peito, as sobrancelhas
arqueadas, desafiando-o a me dizer que estou errada.

Ele pondera sobre isso um tempo antes de falar:

— Você está certa. Eu sei que você está certa, mas eu estava bêbado e
não estava pensando. Eu sinto muito, Laney, por favor, me perdoe.

— Não posso ser sua amiga se você continuar a permitir que ela tenha
oportunidades para estar perto de você. Penso nisso como uma traição
direta. — Sim, eu posso ouvir a hipocrisia nas minhas palavras, mas isso é
diferente; a base de tudo é a verdadeira amizade, e eu não traí isso, e ele não
deveria, tampouco. Se você descaradamente ferra com Evan, bem, então,
eu termino tudo com você e exijo a mesma lealdade em retorno.

— Eu concordo; isso não vai acontecer de novo, Laney. Eu juro.

— Okay, então eu vou te perdoar. — Relaxo meus ombros. Eu realmente acredito nele e o perdoo, mas tenho que ter certeza de que ele sabe
que estou falando muito sério sobre esse assunto.

Ele chega perto de mim e me abraça. Eu não posso evitar isso, então respiro o seu cheiro, absorvo a sensação dele e penso no que poderia ter sido.

— Posso ficar com você essa noite? Eu sinto muito sua falta, pequena. Eu te amo tanto, e eu preciso te segurar.

Deus, o que eu faço?

— Eu sinto saudades de você também, Evan, o tempo todo, mas não posso mais fazer essa coisa de carrossel. Estou ficando maluca tentando descobrir sobre mim e você, e sobre mim e Dane. — Eita, porra, isso simplesmente escapuliu. Eu não queria contar a ele dessa maneira.

— Quem caralhos é Dane? — ele rosna, arqueando as costas.

— Eu...e-u te contei sobre ele. Eu o conheci na faculdade. Ele é parte do meu grupo de amigos, minha companheira de quarto é namorada de seu irmão, lembra?

— Vagamente. Não me lembro de você me dizendo muito mais que isso. Agora você tem que descobrir sobre algo que há entre você e ele? O que é que isso quer dizer? — Seu rosto está vermelho e os olhos estreitados.

— Baixe a voz, Evan, você vai acordar o meu pai! — sussurro, irritada.

— Desculpa — ele diz, bem mais baixo —, mas me fala, Laney. Me fala sobre esse Dane, nesse momento.

— Eu não sei o que dizer, de verdade. Primeiro de tudo, ele sabe sobre você, o nosso passado, nossos problemas com a distância, como eu me sinto ao seu respeito. Ele gosta de mim e me quer como sua namorada ou o que quer que seja.

— Você fodeu com ele?

Plaft! Eu me levanto e dou uma bofetada nele.

— Saia! — grito em um sussurro. Se é que isso existe.

— Não. Merda, desculpa, eu não deveria ter dito isso. — Ele esfrega o rosto, passando a mão de cima e para baixo, tentando afastar a raiva. — Eu estava errado em dizer essa merda, mas você não pode simplesmente soltar uma bomba dessa e me jogar para fora. Eu mereço algo melhor do que isso, Laney. Mereço uma explicação. Eu não vou embora; me estapeie de novo, se quiser, mas você vai me contar tudo.

— Fale comigo desse jeito de novo, Evan Mitchell Allen, e vai ser a última vez que vai falar comigo para sempre, você entendeu? — Estou tão irritada que poderia até aceitar a oferta de esbofeteá-lo novamente.

— Sim, eu entendo, e sinto muito, Laney. Isso é tudo que eu mais faço agora, me desculpar com você. O que aconteceu com a gente? — Sua pergunta sai embargada.

— A vida, isso foi o que aconteceu com a gente. — Eu não tenho certeza exatamente do que isso sequer significa, mas estou certa de que é a resposta correta.

— Isso não é verdade... então me diga, por favor, Laney? Estou morrendo aqui.

— Não, eu não transei com ele, mas você já sabia disso. Eu também não o deixei enfiar a cara no meu decote. Você me conhece melhor do que isso. — Ergo uma sobrancelha e espero que ele faça a conexão. Para ser honesta, nunca planejei jogar isso na cara dele, mas estou achando que Evan já lançou o desafio.

Seu rosto empalidece e seus olhos se desviam dos meus. Finalmente, ele sussurra:

— O que você quer saber sobre isso?

— O que você quer me contar?

Em alguns pontos da história dele sobre a iniciação, com as *Bulldog Babes*, festas, vendo a foto no meu telefone, realmente acho que ele vai chorar, mas ele não chora. É óbvio que eu não conseguiria fazê-lo sentir-se pior consigo mesmo do que ele já se sente, e esse não é meu objetivo aqui, de qualquer maneira. Pelo menos ele sabe agora que eu sei, então pode parar de agir como o mais santo pelo resto da nossa conversa sobre o Dane.

— Eu beijei Dane, mas isso é tudo... bem, fisicamente de qualquer maneira. Ele de fato me comprou um colar. — Respiro fundo. — E, bem, ele, humm, ele meio que me levou para o Disney World no meu aniversário. — 3, 2, 1...

— O QUÊ?! — Ele se levanta de supetão do sofá, desta vez, os braços agitados, o peito arfante.

— Evan, novamente, cuidado com o tom de voz! Eu vou desistir de falar, se você não puder falar mais baixo. — Olho feio para ele; isto é provavelmente uma conversa séria demais para estar tendo enquanto meu pai está dormindo, mas sair está fora de cogitação, nós só acabaríamos acordando a vizinhança inteira.

— Você viajou com um cara que você mal conhece? Quem é você, Laney? E por que esse garoto está fazendo isso tudo se você somente o beijou? — Ele sibila a última parte; esse não é um lado muito legal dele. Eu sabia que ele realmente ia pirar sobre a viagem e, para ser sincera, isso não é nada do meu feitio, mas eu simplesmente sei que estou segura com o Dane... assim como sei que estou segura com Evan.

— Bem, eu não sei, Evan, talvez ele veja alguma coisa em mim. Você faz coisas maravilhosas para mim o tempo todo e eu não transo com você!

— Ah, querida. — Ele se senta novamente e acaricia o meu braço. — Eu sei que você vale a pena, mas ele não sabe. Ele mal te conhece. Eu só questiono os motivos dele. Se ele sabe que você é minha, ele é um canalha por fazer essa jogada.

— Na verdade, ele deixou claro que não faria nenhuma uma jogada, se eu estivesse com você, e eu não estou, lembra? Ele não me tocou nessa viagem, Evan. Ele realmente fez isso simplesmente para ser legal.

— Besteira, Laney, nós não concordamos em beijar outras pessoas! Eu posso ter feito algumas merdas estúpidas, mas não beijei ninguém! E você pode apostar que não estou fazendo viagens com ninguém ou comprando joias para elas. Porra, Laney, o que esse cara é para você? Eu te perdi?

Posso ver as lágrimas em seus olhos e isso me dilacera. Meu doce, doce Evan. Este menino, não muito tempo atrás, representou tudo o que era bom na minha vida, tudo o que eu poderia querer. Agora estou arrancando o seu coração.

— Eu não sei, Evan. Tudo o que sei é que eu te amo, sempre. — Chego mais perto e envolvo uma mão em torno de seu pescoço para acariciar seu cabelo e fazer ele sentir o peso das minhas palavras reconfortantes. — Se você estivesse lá, nós estaríamos juntos, exatamente como planejamos e queríamos. Mas você não está lá, e ele está, e ele é bom para mim. Eu gosto dele, e sim, estou atraída por ele. Ele me quer, sem nenhum vínculo romântico com você, mas eu disse a ele muito claramente que te amo de verdade e que não vou te machucar.

— Mas você está me machucando. Nada poderia doer mais, nada. — Ele levanta o meu queixo, exigindo que eu olhe para ele. — Eu te amo, Laney, e vou fazer o que for preciso para mantê-la. Eu sei que você só estava sozinha e eu não culpo você. Eu não tenho sido perfeito também, mas vou ser. Por você, eu vou ser.

Ele me puxa para seus braços fortes e me segura firmemente. Eu estaria mentindo se não admitisse que me sinto maravilhosa em seus braços, de uma forma quase catártica. Não existe lugar no mundo como o abraço de Evan. É aqui, e só aqui que encontro aceitação completa, amor incondicional, e desejo de um homem apenas por mim.

— Você nem sequer sabe quem é esse Dane. Você me conhece, Laney, você nos conhece. Eu não vou deixar você confundir companheirismo com amor. Não vou deixar você nos jogar fora.

Absolutamente tudo o que ele acabou de dizer faz sentido e fala diretamente ao meu coração. Eu quero brincar com dois caras? Não. Ele está certo, e eu só desejo o Dane porque ele está lá? Não. Com toda a certeza, ele nunca teria chegado nem perto de mim, se Evan tivesse estado lá, mas mesmo se estivesse, eu ainda teria sido tentada. Dane me atraiu do outro lado da sala no instante em que o conheci, inegavelmente. Mas eu já sabia disso, por isso a minha tontura. Meus pensamentos são apenas círculos perversos nos dias de hoje.

— Eu não sei o que você quer que eu diga, Evan. Eu te amo. Eu não o amo, mas gosto dele. Eu queria que você estivesse lá e que isso nunca acontecesse, mas...

Ele me silencia com seus dedos, esfregando meus lábios suavemente.

— Você deve estar esgotada, doçura, então vá para a cama e não se preocupe sobre esse absurdo. Eu vou consertar tudo, Laney. — Ele me puxa para um abraço e dá um beijo na minha testa. — Eu realmente sinto muito por ter passado dos limites contigo, e você sabe que eu não quis dizer isso. Eu adoro você, Laney. Eu sempre adorei e sempre vou adorar.

Ele olha para mim e procura a minha aceitação, e eu lhe dou um sorriso fraco. Ele está certo; estou exausta, física e emocionalmente. Ele não menciona ficar comigo de novo e eu vou para a cama.

S.E. HALL

CAPÍTULO 32

CARTÃO DE VISITA

Evan

Espero Laney chegar no quarto dela e fechar a porta antes que eu pegue seu celular e encaminhe o contato dele para a minha agenda. Nenhum apelido fofinho, apenas "Dane." Nenhuma música anexada. Eu ainda tenho uma chance. Eu conheço a minha Laney, e se ela não anexou uma canção, ele não penetrou todas as suas camadas até seu coração ainda.

Pensei em enviar uma mensagem do telefone dela e dizer a ele que "eu" tinha mudado de ideia e para "me" deixar em paz, mas sendo uma vítima recente de fraude telefônica, não vou descer o nível desse jeito. Não, eu vou lutar de homem para homem com ele durante todo o dia. Quando Laney descobrir, ela vai ficar chateada, mas vai superar isso. No entanto, ela pode acabar não superando esse Dane babaca se eu não fizer alguma coisa, e é esse pensamento que me impulsiona a prosseguir. Sem cautela.

Quando estou longe da casa dela, eu ligo para ele; certeza de que ele vai estar acordado esperando pela ligação dela.

— Alô?

— Sim, é o Dane?

— Sim. Quem é?

— Aqui é Evan Allen. — Deixo essa informação assentar por um minuto.

Sim, imbecil – você sabe quem sou eu.

— O que posso fazer por você, Evan? Onde está Laney?

— Laney está na cama. Ela teve um dia muito longo, não que você precise se preocupar com isso. O que você pode fazer por mim, Dane, é ficar longe dela, porra. Que tipo de cara vai atrás da garota de outro homem?

— Evan, escute, eu ouvi um monte de ótimas coisas sobre você e sobre o que tem feito por Laney. Então, por respeito a isso, não quero ser rude, mas o que existe entre mim e Laney não é da sua conta. Não vou discutir sobre ela com você pelas costas dela.

— Nem vem com essa merda, como se você a respeitasse e eu a estivesse traindo. Ninguém se importa mais com essa garota do que eu. Eu a amo mais do que minha própria vida e não estou prestes a deixá-la ir embora.

— É sério? Pensei que você já tinha feito isso.

Agora ele está me deixando tão puto que cogito a ideia de ir até lá para lhe dar uma surra.

— Seja como for, cara, eu tinha a faculdade. Não fui embora e abri mão do que a gente tinha. De qualquer maneira, isso não é da sua conta, porra. Estive ao lado daquela garota por dez anos, você esteve por dez minutos, então não se iluda, nunca pense que você conhece a nossa história.

— Evan, eu entendo a sua posição, eu realmente entendo. Não consigo imaginar perder uma garota como a Laney, isso me deixaria maluco também, mas isso não é para você e eu decidirmos. Nós não podemos duelar pela mão dela, sendo que isso pertence a ela para dar.

— Eu não a perdi e ela deu a mão dela para mim! Se você se importa com ela, afaste-se! Você está apenas confundindo a cabeça dela e a deixando estressada.

— Vou fazer o que Laney quiser que eu faça… Laney, não você. Tenha uma boa-noite.

Eu não tenho certeza do que aquele telefonema resolveu. Ele não me fez sentir nem um pouco melhor e esse babaca certinho não mostra sinais de que irá recuar em breve. A calma fundamentação dele e a confiança no que ele tem com Laney me queima por dentro como ácido. Por que ele age com toda a prepotência sobre seu lance com Laney e eu estou parado aqui duvidando de tudo o que achava que sabia sobre nós?

Tenho de estreitar a nossa distância, literalmente. Laney Jo Walker é o meu futuro, de maneira nenhuma eu vou ficar para trás e deixar algum idiota cegá-la com viagens e presentes bacanas. Não há nenhuma maneira de que ele tenha tido tempo suficiente para roubar todo o coração dela. O tempo dele acaba agora.

Na manhã seguinte, eu bato na porta, ainda hesitante, sem ter certeza de qual será a reação de Laney. Se Dane disse a ela que eu liguei, então tenho certeza que vou ser saudado pela minha pequena tigresa. Felizmente, ela abre com um sorriso sonolento.

— Ei.

— Bom dia, luz do sol, como você está se sentindo hoje?

— Melhor, mais com o pé no chão. Vamos lá, entre, papai está assistindo TV. Vá fazer-lhe companhia, por favor. Eu vou preparar o café da manhã.

Eu a observo caminhar meio atordoada pela cozinha. Ela realmente não é uma pessoa da manhã, mas é fofa pra caralho. Mal posso esperar até que ela acorde em meus braços todos os dias. Minha Laney... por favor, Deus, não deixe ninguém tirá-la de mim. Se você me der isso, eu prometo acordá-la todas as manhãs com "bom dia, bonita" e beijá-la antes de dormir todas as noites. Eu vou mantê-la segura e abraçá-la apertado. Eu vou cuidar dela, eu juro.

— Ei, Sr. Walker, como você está?

— Aí está você. Como você está, filho? — Ele se levanta e me dá um abraço; ele me chama de filho. Dane nem sequer o conhece. Ele não tem ideia de que isca ele lança na água ou qual a sua equipe favorita da NFL. Muito triste que o pai da Laney não tenha o voto de minerva. Eu iria ganhar essa merda com o pé nas costas.

— Estou bem, feliz por estar em casa. — Dou a ele o sorriso mais sincero que consigo apesar da tristeza dentro de mim. Meu anjo está escorregando para longe. Eu nunca pensei que veria esse dia. Lábios de outro homem tinham tocado os dela. Ele havia mostrado o Disney World para ela, simplesmente o seu maior sonho se tornando realidade. É bem provável que eu já a tenha perdido e o pensamento provoca uma sensação dilacerante no meu peito.

Ele me pergunta sobre a faculdade e o futebol americano. Eu me concentro para acompanhar o meu lado da conversa, dizendo a ele que estamos com duas vitórias no jogo de conferência. Essa notícia o faz sorrir e esfregar minha cabeça.

Laney entra com uma bandeja de café da manhã para o pai dela.

— Você quer alguma coisa, Ev?

— Não, obrigado, baixinha, eu já comi em casa. Seu pai e eu estávamos apenas conversando sobre a faculdade.

Ela olha para mim e segura meu olhar. Ela pode sentir isso? Será que ela sabe que vou fazer qualquer coisa por ela?

— Você está feliz lá, Evan? — ela pergunta.

Ela quer que eu afirme isso para que ela saiba que estou bem sem ela. Não importa o que aconteça, Laney nunca iria simplesmente desconsiderar os meus sentimentos, mas não quero ser a sua escolha por pena. Eu quero que ela me queira, da maneira como ela me queria antes que eu saísse de perto dela. Eu saí de perto dela. Isto é tudo culpa minha.

— Eu estaria mais feliz se você estivesse lá. — Dou uma resposta simples pelo bem de seu pai e dou uma batidinha no assento ao meu lado para ela se sentar.

Passamos o resto do final da manhã assistindo TV com o pai dela, e quando terminamos de almoçar, percebo que ainda não encontrei nenhum momento para conversar a sós com Laney. Nós dois temos que voltar para a estrada em breve, e antes que eu perceba, já estou carregando sua mochila até seu porta-malas.

Ela me encontra na varanda no meu caminho de volta.

— Evan, o que vamos fazer, você sabe, sobre... nós? — Ela olha para qualquer lugar, menos para mim e vejo as lágrimas em seus olhos, prestes a cair. — Por favor, me diz que você sabe, Evan, porque eu não tenho a menor ideia. Não sei de mais nada.

— Olhe para mim, Laneyzinha. — Inclino seu queixo para cima e seco a sua bochecha com o meu polegar. — Tudo vai dar certo. Não se preocupe comigo. Eu não vou a lugar nenhum. Eu te amo, Laney Jo, e sempre vou te amar. Nós sempre vamos ficar bem, não importa o que acontecer, por isso não se preocupe. — Beijo sua testa, respirando o cheiro doce dela. — Se não existir nada mais no mundo, do qual você tenha certeza, saiba que você é e sempre será a coisa mais importante do mundo para mim. Apenas se cuide, Laney. Eu vou cuidar de todo o resto.

Não a pressiono sobre a coisa com Dane agora, guiando-a até sua caminhonete. Eu não quero estressá-la ainda mais, já que ela vai dirigir, e nesse momento parece que ela pode desmoronar a qualquer minuto. Além disso, vou cuidar desse pequeno inconveniente em breve. Eu só espero que não esteja subestimando o cara até que eu consiga colocar as coisas no lugar.

220   **S.E. HALL**

O mais estoico possível, eu abro a porta e levanto-a pelos quadris. Não importa o quão mal eu queira abraçá-la, jogá-la contra a porta, e beijá-la até que ela não possa respirar, eu me seguro. Dando a ela um sorriso, apesar da dor no meu peito ao ver seus olhos lacrimejantes, eu me inclino na sua janela e coloco um beijo suave em seus lábios. Suas sobrancelhas se franzem e ela meio que se afasta; seria imperceptível se eu não a conhecesse como a palma da minha mão.

— Tudo vai ficar bem em breve, Laney, eu prometo.

CAPÍTULO 33

OLHO POR OLHO

Laney

Houve uma época, nem mesmo há muito tempo atrás, onde eu, automaticamente, assumia o pior sobre as pessoas. Eu não deixava qualquer um se aproximar; e ninguém se aproximava facilmente de mim. Eu, muito raramente, dava uma oportunidade para pessoas novas. A faculdade meio que leva essa opção para longe de você; dormitórios, aulas, projetos, esportes – o distanciamento representa um desafio, e agradeço a Deus por isso! Minha galera é uma bênção; eu estaria perdida sem eles. É surreal o quão facilmente todos nós nos "encaixamos" e quão natural isso parece quando estamos todos em um quarto juntos. Eles são a minha muleta esses dias, então a noite da pizza é uma necessidade.

Eu me recuso a sair de pijamas e Zach não sabe a hora que ele vai conseguir chegar aqui, desse modo as mensagens de texto do grupo declararam nosso quarto como o local de reunião. Avery usou a desculpa de "trazer o jantar" hoje à noite, mas eu sei que Sawyer ou Zach vão dar um jeito de devolver o dinheiro para ela. Bennett e eu temos um pouco de tempo para colocar a conversa em dia antes que alguém mais apareça e estou grata por isso; nós temos andado muito afastadas ultimamente para uma boa conversa de coração para coração.

Ela está animada com seu grande espetáculo, cuja noite de estreia se aproxima. Eles estão encenando Uma Rua Chamada Pecado e a fabulosa

Bennett foi escalada como Blanche Dubois. Agora entendo por que existem fotos de Vivian Leigh fixadas ao redor do quarto e do banheiro. Ela vai se sair muito bem, eu sei disso. Bennett é um flash de individualidade segura em qualquer espaço. Isso me deixa muito feliz ao ouvir a euforia em sua voz e ver o rubor em suas bochechas enquanto ela canta louvores para Tate; ele a apoia em tudo, lê os roteiros com ela, ele até mesmo leu a peça, para que fosse capaz de discutir o assunto de forma inteligente. Essa última parte realmente me impressiona; se essa não for a sua praia, ler uma peça pode ser uma tortura.

Falando do herói... Tate e Sawyer entram, sem bater, o que já não me incomoda, carregando cerveja e sorrisos.

— Ah, Gidget[6] está em casa! — Sawyer me levanta e me gira em um abraço gigante; com todo esse tamanho dele, é quase como arriscar uma fratura de costela.

Gidget... preciso arrumar um tempinho para assistir a esse filme, para que eu saiba de quem diabos ele está falando. Bennett convenceu a todos eles para que assistissem a esse clássico uma noite dessas, sem mim, e Sawyer ficou zoando durante o filme inteiro sobre o quanto eu lembro "a doce pequena loira atingindo a maioridade".

— Ei, Sawyer, senti saudades de você, também. — Dou uma risadinha, tonta com a constatação de que realmente senti falta dele. — Ei, Tate, como você está? —Também lhe dou um abraço.

— Estou bem, todos nós sentimos sua falta. — Eu vejo bem nesse instante o porquê de Bennett estar tão apaixonada. Seus olhos bondosos, seu sorriso reflexivo... isso me lembra de seu irmão.

— Obrigada, Tate, senti falta de vocês também. — Sorrio encantada e avisto Kirby aparecer enfiando a cabeça pela fresta da porta.

— Toc-toc. — Ela espreita o interior timidamente.

Eu a convido a entrar, Avery está bem atrás dela. As duas estão de vermelho, o que torna ainda mais complicado distinguir quem é quem. Eu tento não me embasbacar quando Sawyer caminha para elas e, literalmente, as acolhe, ao mesmo tempo, tocando todas as duas de alguma maneira. Cara, estou me sentindo insegura sobre a minha aposta, e não posso dizer com alguma certeza neste ponto qual delas ele prefere. E quando Zach finalmente aparece e transforma o trio confortavelmente em um quarteto, fico mais confusa.

---

6   Gidget: Apelido da personagem principal do filme Maldosamente Ingênua, em inglês chamado de Gidget (1959).

Olho de relance para Bennett, que apenas dá de ombros para mim e sorri. Oh, sim, definitivamente vou ter que formar uma aliança com ela para um jogo improvisado de Verdade ou Consequência ou alguma coisa assim – a verdade nos libertará! O suspense está me matando! Porém, aquelas gêmeas são sortudas; você não pode fazer uma escolha errada entre Sawyer Beckett e Zach Reece.

Todos nós entramos em um ritmo amigável, pegando a nossa pizza e bebidas, disputando por um lugar no espaço apertado. Avery enfeita o colo de Sawyer, mas ele entrelaça sua perna com a de Kirby, que está sentada ao lado dele... Isso está me matando!

Zach vem e senta-se ao meu lado, aparentemente nem um pouco incomodado com o showzinho, e me diz o quanto sentiu minha falta.

— Como foi sua conversa? — ele sussurra.

— Confusa e nada foi resolvido, mas pelo menos eu contei tudo a ele. — Dou de ombros.

— O que ele disse?

— Que ele me perdoa, que vai dar um jeito nisso, e que não devo me preocupar. Eu, honestamente, estou mais confusa agora do que quando cheguei lá. Ele não me pediu para voltar para ele e não me pediu para ficar longe de Dane. Eu não tenho ideia do que fazer. — Lanço um olhar interrogativo para ele. — Você tem alguma outra ideia?

Ele beija o topo da minha cabeça.

— Isso é tudo o que você pode fazer, Laney. Tudo vai se ajeitar, você vai ver.

Espero tanto que ele esteja certo.

— Laney, onde está o Dane? — Kirby pergunta.

Bem lembrado, estava me perguntando a mesma coisa.

— Ele deve chegar aqui a qualquer minuto — Tate responde.

— Talvez ele tenha pensado que nós estávamos no nosso quarto. Ele vai descobrir isso logo, logo — Sawyer responde com a boca cheia de pizza.

— Eu vou procurá-lo. — Fico de pé para desviar meu caminho por entre as pernas de todo mundo.

Eu o ouvi antes de vê-lo, sua voz baixa e irritada. Quando chego ao final do corredor, começo a me sentir mal, porque consigo distinguir o suficiente para saber com quem ele está ao virar a esquina. Quando ele sacode a cabeça e depara com o meu olhar, não me arrisco a adivinhar o que ele vê neles porque nem eu mesma sei o que estou sentindo bem agora. Percebo de imediato que interrompi uma conversa séria, e secreta, entre ele e Whitley. Quando meu olhar se desvia para ela, vejo uma sobrancelha maldosamente arqueada, o que me deixa fervilhando.

Pela expressão de Dane, eu posso realmente ler sua mente um nítido: "Ai, porra".

Então consigo dizer:

— Nós pensamos que talvez você tivesse ido para o quarto errado. Eu só estava indo procurar por você, foi mal. — Não vou chorar, nem mesmo uma sugestão de lágrimas aparecendo. Não estou pensando em arrebentar com qualquer um deles, minha raiva está surpreendentemente contida. Penso no beijo suave de despedida de Evan, uma violação direta da minha promessa sussurrada para Dane, e decido simplesmente me virar e voltar para o meu quarto.

— Você não o encontrou? — Tate pergunta quando entro.

— Na verdade, encontrei. Ele está no corredor, tenho certeza de que vai chegar aqui em um segundo.

Bennett me dá um olhar preocupado e confuso ao qual respondo com um ligeiro aceno de cabeça transmitindo um "deixa para lá". Passam-se cerca de doze minutos – não que eu estivesse contando –, antes que Dane se junte a nós. Eu não olho para ele, ao invés disso olho diretamente para frente, na direção de Bennett. Ela parece com uma louca senhora dos gatos olhando rapidamente para trás e para frente entre nós, tentando descobrir o que acabou de acontecer. Você teria que estar dormindo para não sentir a tensão no quarto.

Estou tentando entender. Esse lance de fã obcecado não me é estranho, mas ele tem que estar incentivando-a a continuar com isso ou algo assim. Quero dizer, é o tempo todo – ela liga para ele, sempre sabe onde encontrá-lo, e agora parece ser capaz de atraí-lo para um encontro secreto no corredor. Fico irritada ao pensar que estou machucando Evan por um cara mulherengo, mas isso não pode estar certo... meus instintos estão gritando para mim que o Dane simplesmente não é um pegador, e fundamentando a minha decisão exclusivamente em Evan estar longe, sobre se essa coisa entre mim e Dane é real, bem, isso me tornaria a maior pegadora de todos os tempos.

Evan merece mais do que ser "o cara reserva" de uma menina indecisa. Evan merece a paixão fogosa, que consome tudo, de alguém, e o amor de alguém; nada menos. Ele deveria ser tudo para alguém.

Dane faz seu prato e vem sentar-se perto mim. Ele diz "bem-vinda de volta" em voz alta, mas sussurra:

— Eu preciso falar com você.

Quero tanto dispensá-lo e dar-lhe as costas como uma garota ciumenta, mas simplesmente não posso me forçar a fazer isso. Eu disse a Dane o tempo todo que não quero fazer joguinhos, então tenho que manter minha palavra. Agindo com maturidade, aponto a cabeça para o corredor, indicando de uma forma não-verbal para que ele me siga.

Ele vem atrás de mim até o corredor, fechando a porta, nervosamente vindo em minha direção.

— Então, sobre a Whitley... isso não é o que você pensa. — Ele passa a mão pelo cabelo castanho *sexy*, deixando-o mais bagunçado e lindo.

— Não tenho certeza do que acho disso, para ser bem honesta com você.

— O que você quer que eu faça? Não posso mudar meu número; muitas pessoas importantes o têm. Não posso conseguir uma ordem de restrição. — Ele balança a cabeça e olha para baixo. — O que você sugere que eu faça? Diga-me e vou fazer isso. Não quero ser um babaca, mas não consigo fazer ela me deixar em paz.

— Você poderia bloquear o número dela. Você poderia continuar andando e ignorá-la. Eu me recuso a acreditar que ela consiga te segurar fisicamente.

Ele se inclina para mim, provocando-me com seu cheiro almiscarado e sua respiração quente.

— Eu poderia dizer a ela que a minha mulher está ficando louca e que ela vai dar uma surra nela — ele sussurra, passando as mãos pelos meus braços até entrelaçar os dedos aos meus.

Engulo em seco, não pronta para perdoá-lo simplesmente porque ele fala bonito e acende o meu corpo inteiro.

— Você só quer ver uma briga de gatas, seu completo tarado. Você é tão pervertido quanto Sawyer.

— Hummmm — ele cantarola enquanto seus lábios e nariz passeiam pelo meu pescoço. — Eu poderia ver você fazer qualquer coisa. Se isso acabar em uma luta de gatas, que assim seja. — Ele ri levemente contra a minha pele, ganhando o meu perdão com o fogo que dispara através de mim.

— Vamos lá. — Reviro meus olhos e puxo ele para o quarto.

A tensão encerra por ali e sei que todo mundo está grato. A noite acaba sendo muito divertida e com muitas risadas. Eu quase esqueço tudo sobre a coisa com Whitley... quase.

Mesmo depois da nossa pequena briga sobre Whitley, ou da discussão pequenininha sobre a noite em que prometi ligar para ele depois de conversar com Evan — e que acabei esquecendo –, ou das mensagens nem um pouco satisfeitas devido a ter quase nenhum tempo para ele esta semana por causa dos treinos atrasados... Dane ainda tem sido maravilhoso, me cumprimentando com jantar e uma mensagem de texto a cada noite, não importa o horário.

Na quinta-feira, o cansaço está prestes a me consumir por completo. Ele aparece no meu quarto por volta das oito, e depois de nos despedirmos de Bennett e Tate, que estão indo ver um novo filme sobre o qual ela não tem parado de falar, ele se instala ao meu lado na minha cama, acariciando meu cabelo suavemente.

— Que horas você tem aula amanhã? — pergunta baixinho.

— Tenho somente uma aula amanhã, às três, e então, tenho softbol às cinco e meia — respondo em meio a um bocejo.

— Então nada até às três? Por que você não vem para casa comigo esta noite, *baby*? Eu posso mimar você durante a noite inteira e a maior parte de amanhã.

Parece maravilhoso e uma nova vida brota em mim ao pensar nisso, mas não tinha conhecido os pais dele ainda; eles vão estar lá? Pensando bem, eu falo sobre o meu pai o tempo todo. Porra, eu disse a ele até mesmo pedaços e trechos sobre a minha mãe, que pode estar um esconderijo budista nas montanhas por tudo que sei, e ele nunca disse nada sobre seus próprios pais.

— E seus pais? Não quero que eles me conheçam como a sirigaita rastejando para dentro de casa depois de escurecer.

Ele balança a cabeça.

— Eles não vão estar lá, *baby*, apenas nós. Bem, isso não é inteiramente verdade. Helen, a governanta, vai estar lá um pouquinho na parte da manhã. — Ele me dá um beijo lento e prolongado. — Mas estou esperando que você durma durante a visita dela.

Mesmo eu, a garota que não percebe nada, sei o que está insinuando. Estou pronta?

— Não, Laney, você só precisa descansar.

Meu maldito rosto revelador! Ele sabia exatamente o que eu estava pensando e respondeu antes de eu mesma me dar a resposta.

— Humm, tudo bem, parece bom. — Eu me apoio em um cotovelo e beijo a bochecha dele. — Parece maravilhoso, na verdade. Por que você é tão bom para mim?

Ele realmente é. O garoto mal conseguiu passar a primeira base e não tem nenhum comprometimento real da minha parte; Evan liga todos os dias e ele sabe disso e, ainda assim, ele continua a me mimar a cada chance que tem. O que eu, possivelmente, dou de volta a ele para merecer tudo isso?

— Laney, eu já lhe disse uma dúzia de vezes: fazer você feliz, fazer coisas boas para você... isso me faz sentir completo, como se nada estivesse bem antes.

Eu rolo de lado e chego o mais próximo possível dele, enterrando meu rosto em seu peito. Ele tem um cheiro tão gostoso. Descobri há pouco tempo que ele usa *Fierce*, da marca *Abercrombie & Fitch*; eu amo isso.

— Você realmente me faz feliz — murmuro em seu peito. — Muito feliz.

— O mesmo vale para você, *baby*, agora vamos antes que eu tenha que carregá-la para fora dormindo. — Ele se levanta, estendendo a mão para me ajudar a sair da cama.

— Deixe-me arrumar algumas coisas para levar bem rapidinho.

— Não há necessidade. — Ele dá de ombros, sorrindo para mim.

— Sim, claro que há, eu não tomei banho e não vou usar isso — aponto para a minha regata esportiva e para os shorts curtos — amanhã.

— Okay, pegue uma roupa para amanhã, mas já tenho seus pijamas e as coisas de menininhas no banheiro. — Ele dá uma piscadinha para mim com um sorriso diabólico.

— Oh, não diga. — Começo a vasculhar as minhas roupas procurando alguma coisa para vestir. — Estou morrendo de vontade de saber mais sobre isso...

— Escova de dente, confere. Lâminas de barbear femininas, confere. Pijamas novos, confere. Maquiagem, confere. Seu tipo de xampu, confere. Esqueci de alguma coisa?

Cada alarme no meu cérebro, a respeito dessa esquisitice, devia estar disparando em todos os neurônios agora mesmo, então por que meu corpo inteiro está pegando fogo?

— Tudo bem... eu quero saber como você sabe tudo isso? Vou parecer uma palhaça com o cabelo sem condicionador? — Eu realmente não me importo se vou parecer ou não. O esforço dele é inegavelmente adorável para mim.

— Se estiver tudo certo, então recebo o crédito. Se estiver tudo errado, então culpe a Helen e a Bennett depois. — Ele ri.

Eu continuo atormentando-o durante o caminho até o seu carro, meu braço entrelaçado ao dele. Mal posso esperar para ver o que ele comprou… não há nenhuma maneira que ele a tenha conseguido o meu xampu e condicionador de óleo marroquino, os meus favoritos. Através de mais um interrogatório, descubro que Dane é um manipulador extremamente sutil. Ele está realmente corando enquanto admite ter enviado a Helen para comprar a lista que Bennett fez, nas lojas de maquiagem e produtos de higiene pessoal… Ah, e uma imagem tirada da internet dos pijamas que ele tinha escolhido. Bom Deus!

Nós rimos no percurso inteiro enquanto ele descreve o fiasco de Helen de colocar um funcionário no telefone com ele para descrever todos os aromas de espumas de banho e de velas, já que ele não tinha especificado nada sobre esses itens. Bennett e eu não usamos velas aromáticas no nosso quarto, de modo que isso tinha sido tudo ideia dele. Adorável. É bem nesse momento que decido que um dia, em breve, vou elaborar uma corrida para pegar tampões, onde o Dane simplesmente terá que buscar para mim; mal posso esperar para ver o que ele vai fazer!

Quando as coisas se acalmam, ele segura a minha mão e entrelaça nossos dedos. Ele levanta minha mão até sua boca para dar um beijo. Uma pontada de familiaridade dispara através de mim, mas dou-lhe um pequeno sorriso. Ele vê isso em meus olhos, pigarreia e abaixa as nossas mãos, mas as mantém conectadas.

— Sobre a sua viagem para casa neste fim de semana…

— Sim?

— Eu estava pensando que eu deveria levá-la. — Ele me dá um olhar de esguelha. Eu não tenho certeza se estou pronta para ele conhecer meu pai, ou se Evan irá para casa neste fim de semana; nós não conversamos sobre isso em toda essa semana que passou.

— Eu vou ficar por todo o fim de semana, Dane. Como vou voltar? Você não vai querer ficar lá por tanto tempo, tenho certeza. Eu nem tenho certeza se o meu pai iria deixá-lo dormir lá, para ser sincera. — Eu mordo meu lábio; não consigo imaginar como papai reagiria. Consigo imaginar exatamente como o Evan reagiria, o que é ainda mais assustador, mas o pensamento de ter o Dane lá comigo é sedutor.

Surgir

229

— Eu vou ficar lá durante todo o fim de semana também, tanto tempo quanto você quiser. E o que quer que seja que o seu pai resolver, posso reservar um hotel para passar as noites. Por favor, Laney, deixe-me entrar. — Seu polegar traça círculos rápidos na palma da minha mão e o desejo de aceitação na voz dele é palpável.

Não gosto de ultimatos, eu realmente não gosto, mas também não gosto de me expor sem o sentimento de segurança de que é recíproco, e é por isso que pergunto baixinho:

— Você vai fazer o mesmo?

Ele exala alto.

— Estou tentando, Laney, realmente estou. Eu só não estou pronto para deixar você ir e tenho medo de que você possa fazer isso. — Ele olha para mim, seus olhos cor de chocolate mais escuros do que o habitual. Decido tornar as coisas mais leves um pouquinho. Muito parecido comigo, Dane gosta de pequenos jogos de dar e receber...

— Vamos fazer um acordo. — Agito as sobrancelhas para cima e para baixo para ele. — Para cada fato que eu arrancar de você, eu vou te dar alguma coisa.

Sua mão se tensiona no volante, a outra flexionando seu aperto na minha.

— Vá em frente — ele diz, com a voz rouca. Nós entramos em sua garagem agora; ele desliga o carro e se vira no assento para me encarar, esperando minha pergunta.

— Quando é o seu aniversário? — Vou começar devagar, com perguntas fáceis.

— 06 de fevereiro.

Eu me inclino e dou um beijo casto em seus lábios. Afastando-me para trás, espero pelo seu olhar com os meus brilhando de empolgação.

— Quantos anos você tem, Dane?

— Vinte e um.

Eu me inclino para frente e o beijo novamente, desta vez profundamente, deslizando a língua ao longo de seu lábio inferior até que ele se abre totalmente para mim. É o beijo mais sedutor que já dei; eu gemo, mordo suavemente, chupo sua língua. Quando me afasto, ele me agarra pela nuca, puxando-me de volta para mais.

— Uh, uh, uh — eu o provoco, fugindo dele. — Onde você trabalha?

— Para mim mesmo; corporações, investimentos, garoto rico mimado fazendo isso render.

Apesar de vago, vou aceitar. Eu realmente não quero um portfólio completo bem agora, é chato. Eu chego mais perto e puxo sua camisa para cima, passando minhas mãos ao longo de seu abdômen e peito. O corpo dele é magnífico, bronzeado e tonificado, duro e quente ao toque.

— Então, isso foi tão duro?

— *Baby*, está tão duro que dói. — Ele dá o bote para cima de mim, mas dou um gritinho e salto para fora do carro. Eu o venço na corrida até a porta no interior da garagem, mas paro bem antes de abri-la, ainda consciente o suficiente para simplesmente não invadir sua casa. Ele se move atrás de mim, pressionando seu corpo atrás do meu enquanto afasta o meu cabelo para o lado. Ele inclina sua cabeça para baixo e sua respiração cálida aquece o meu pescoço.

— Eu amo quando você é brincalhona... isso é *sexy* pra caralho. — Ele dá um tapa na minha bunda e eu grito. Passando as mãos pela lateral do meu corpo, ele entrelaça nossos dedos e puxa minhas mãos para cima. Empurrando com mais força às minhas costas, ele faz com eu espalme a parede à minha frente. — Sua escolha, banho de espuma ou banheira de hidromassagem? — Ele mordisca ao longo do meu ombro. — Apenas para te ajudar a relaxar, eu juro.

— Banheira de hidromassagem — gemo baixinho.

— Eu vou pegar o vinho e te encontro lá. Comprei um biquíni novo para você, está sobre a cama na casa de hóspedes, ao lado da piscina; vista-o. Não me deixe esperando. — Ele solta um dos meus pulsos, chegando em torno de mim para girar a maçaneta e abrir a porta.

Atravesso rapidamente a cozinha até chegar às portas do pátio; eu já me sinto melhor. Oh, como eu desejo que todas as coisas na vida pudessem ser tão facilmente resolvidas.

Muito mais tarde, depois de ter tido tempo suficiente para mergulhar e relaxar, ele me encontra na água, equilibrando cuidadosamente uma garrafa de vinho e duas taças. Eu me levanto da água quentinha para ajudá-lo e escuto o sibilar por entre seus dentes. Olho para cima para ver o que está errado, mas não consigo encontrar seus olhos, porque eles estão se movendo para baixo pelo meu corpo, agora vestindo o biquíni preto de cordinhas que ele tinha arranjado para mim. Normalmente eu o acharia muito pequeno, mas eu me sinto *sexy* pra caramba, desde que sei que é apenas para os olhos dele.

— Vire-se — ele rosna. Eu giro lentamente. Tenho cem por cento de certeza de que Dane é um homem que gosta de bunda, o que funciona

Surgir

231

perfeitamente, já que tenho vantagem neste quesito. — Sua bunda é como uma obra de arte, *baby*. — Ele coloca tudo de lado e me puxa para ele, colando seu peito às minhas costas. Ele se esfrega contra mim e eu tombo um pouquinho para frente, sentindo os joelhos bambos. Seus braços enlaçam meu corpo, suas mãos se espalham por toda a minha barriga e quadris, provocando arrepios por toda a minha pele.

— Seu corpo me deixa louco, Laney. É tão difícil manter minhas mãos longe de você. — Ele se inclina para beijar a lateral do meu pescoço, minha orelha, meu ombro. Sinto suas mãos se moverem para baixo muito lentamente. — Você é a coisa mais *sexy* que já vi. Eu poderia ficar perdido em você.

Eu me viro e olho para ele, procurando pelo sinal, aquele que me diz que isso está tudo bem.

Rodeados por vapor, gotas de água escorregam para baixo em nossos corpos seminus, o luar, e a música suave ao fundo – como eu poderia resistir? Empurro seu peito ligeiramente, guiando-o para se sentar no degrau sob a água quente.

— O que você faz durante todo o dia quando estou na faculdade? — Lanço um olhar sedutor para que ele saiba claramente que não estou simplesmente perguntando; nós estamos de volta ao jogo de resposta e recompensa.

— Eu trabalho, cuido dos meus negócios, malho. — Seus olhos me devoram, a língua dele lambendo devagar ao longo de seu lábio inferior.

Recompenso sua resposta sentando-me sobre ele, montando seu colo e empurrando-me para baixo sugestivamente.

— Quando foi a última vez que você trouxe uma garota para essa casa?

— Nunca, só você.

Deslizo minha língua até seu pescoço, saboreando cada centímetro dele.

— Por que você tem uma coleção de biquínis?

— Eu não tenho ideia. — Ele solta um suspiro. — Acho que Helen pensou que eu ia fazer amigos.

Sorrio largamente por sua resposta e levo minhas mãos às costas, desatando o nó da parte de cima do meu biquíni, e eu o sinto tensionar embaixo de mim.

— Quanto você gastou com todas aquelas coisas no meu aniversário? — Eu já suspeitava há algum tempo; Bennett e Zach não podiam bancar tudo aquilo.

— O que você quer dizer?

Finjo que vou amarrar de novo o biquíni, mas ele segura o meu braço.

— Não muito, todos eles contribuíram com a coisa do Spa. — Ele suspira de alívio quando abaixo os braços outra vez.

— E o clube? Quem pagou para alugar e fechar um clube inteiro?

— Ninguém — ele dispara.

Faço um barulho com a língua em negação para ele e balanço a cabeça – resposta errada –, me movendo de novo para amarrar a cordinha e sair do seu colo ao mesmo tempo.

— Não, *baby*, volte aqui. — Ele me puxa de volta para baixo sobre ele. — Eu sou o dono do *The Kickback*, Laney. Ninguém teve que pagar, ele é meu.

O quê? Eu não estava esperando por isso, mas um acordo é um acordo… Eu alcanço as minhas costas e solto o nó ao redor do pescoço, meu top caindo na água. Eu não me movo para me cobrir, olhando profundamente dentro de seus olhos para avaliar sua reação. Seus olhos se arregalam e seus dentes mordem o lábio inferior. Ele assobia:

— Requintada, *baby*… surreal pra caralho.

Ele gradualmente desliza uma mão para cima do meu tronco liso e desvia o olhar para os meus olhos, pedindo permissão, que dou ao arquear minhas costas e empurrar meus seios nus em suas mãos.

— Aah, Laney — ele ronrona enquanto espalma meus seios com suas mãos fortes, esfregando e massageando.

Um som gutural me escapa, meus mamilos endurecendo ao seu toque. Instintivamente, enfio minhas mãos em seus cabelos, puxando seu rosto para mim; eu quero sentir sua boca quente e úmida em mim. Seus dentes agarram meu mamilo primeiro, mordiscando e provocando antes que ele abra a boca e sugue tanto quanto pode. Eu o aperto entre as minhas coxas, sentindo o jorro de umidade ali, apesar de estar na água. Sua boca, sua língua, suas mãos são tão inebriantes que não consigo parar de balançar os meus quadris contra os dele, duro e para baixo, procurando uma cura para a dor lancinante no meu núcleo.

Sua boca impiedosa interrompe a sucção.

— Deus, você é linda, Laney. Você gosta da minha boca em você?

— Hummmm… — É tudo o que consigo responder. Estou tão perto, balançando sobre o corpo dele mais forte e mais rápido. Ele está tão duro debaixo de mim, seu calção de banho apenas uma barreira frágil. Posso sentir cada centímetro dele se contorcendo por mim. Não tenho certeza de como sequer estou ciente, mas registro *"Collide"* começando a tocar no fundo e é isso que faz acontecer. A canção perfeita, o momento perfeito… a sedução mentalmente me empurra para o lugar exato onde preciso estar para continuar com isso e gemo alto conforme o formigamento em meu interior aumenta, usando uma mão para empurrar a cabeça dele para mim mais forte. Ele está se fartando no meu peito, suas mãos explorando todo o meu corpo.

Ele beija meus seios, entre eles, e em seguida, sobe até a minha garganta.

— Você está radiante — ele geme contra a minha pele.

Eu me inclino para beijá-lo loucamente. Eu poderia facilmente chegar ao êxtase completo bem agora. Quero fazer algo por ele também, mas me sinto hesitante. Eu não sou muito experiente, e não sei o seu histórico. E se ele ficar desapontado com as minhas tentativas amadoras?

— Dane, eu…

Ele cobre meus lábios com seu dedo, silenciando-me. E exatamente como um reloginho, ele pronuncia os meus mais profundos pensamentos em voz alta:

— *Baby*, o quanto disso tudo você já fez?

Vou com o que sei e alivio a estranheza com um pouco de humor.

— Isso soa como uma pergunta pessoal. Esteja preparado para me recompensar. — Eu levanto uma sobrancelha e dou um sorriso.

— Qualquer coisa que você queira, apenas me responda — ele rosna.

O que devo dizer? Quero dizer, ele quer todos os detalhes?

— Hum…

— Será que ele chupou isso aqui? — Ele corre as costas dos dedos sobre os meus seios e eu aceno em concordância. — Usou os dedos dele em você? — Aceno em concordância de novo, olhando para qualquer lugar, menos para ele. — Ele esteve dentro de você?

Balanço a cabeça de um lado ao outro, negando desta vez. Ele nunca tinha precisado, eu explodia apenas pela novidade de seu simples toque amador e carregado de paixão. Por que Dane iria me querer relembrando as coisas que fiz com Evan na minha cabeça bem agora?

— Ele pôs a boca dele em você? — Seus dedos se esgueiram furtivamente sob a água e roçam ao longo do meu sexo por cima do biquíni.

Suspiro com o contato e minha boca se abre quando percebo o que ele quer dizer. Eu balanço minha cabeça negando.

— E isso é tudo, só ele? Apenas esse pouquinho?

— Sim, por quê? — Esta linha muito intrusiva de questionamento nunca vai se voltar contra ele. Eu posso um dia querer saber com quantas garotas ele esteve, e quanto tempo atrás, mas nunca vou querer uma repetição detalhada de suas excursões para atormentar meus pensamentos.

Ele me puxa de volta mais profundamente em seu colo e passa seus dedos pelo meu cabelo, puxando-o para trás, longe do meu rosto e pescoço. Eu adoro quando ele descobre o meu pescoço, isso significa que sua boca está a caminho e eu amo essa carícia tanto quanto ele ama acariciar.

— Porque quero saber tudo sobre você. Quero saber exatamente aquilo que somente eu vou te dar.

— Aaah... — sussurro. É possessivo, territorial... e estranhamente *sexy* pra cacete.

— Não posso te dizer o quão feliz isso me faz. — Ele se move contra mim, acendendo outra tempestade de fogo dentro de mim. — Quão pouco você deu a ele... tudo aquilo que vai ser apenas meu.

CAPÍTULO 34

COMPLETAMENTE DENTRO

Dane

— Dane — ela sussurra com a voz trêmula, evitando olhar para mim, abaixando-se na água, não mais compartilhando meu colo ou seus seios nus. — Eu tenho que te contar uma coisa.

Meu estômago embrulha na mesma hora. O que ela está prestes a dizer e por que isso me assusta tanto? Estive com muitas garotas, mas nunca senti como se o meu mundo inteiro estivesse equilibrado sobre as próximas palavras que sairiam da boca delas. O que Laney tinha feito comigo?

Balançou meu maldito mundo, isso é o que ela fez.

Ela tinha conseguido me fazer trazê-la para minha casa, comprar-lhe joias, realizar viagens... e agora está me seduzindo para extrair informações pessoais que somente pessoas seletas estão a par. Eu não poderia estar mais feliz sobre isso. Vou dar-lhe a combinação para entrar no meu cofre se ela me mostrar mais qualquer outra coisa. Ela é mística. Sem sequer tentar, ela me faz querer investir completamente. Tão cativante, linda, gentil e orientada; eu simplesmente não consigo ter o suficiente dela.

Sabendo que ela é tão intocada, uma virgem em quase todo o ato sexual, me deixa louco. Faz-me querer prendê-la em uma torre para sempre – a minha própria flor pessoal para devorar. Merda, isso é um pouco estranho. Ela correria assustada se pudesse ler os meus pensamentos nesse momento. Mas, caramba! Eu nunca estive com uma garota genuína, nunca parei para ter uma conversa autêntica, com exceção de o quanto eu poderia gastar com elas. Nunca houve uma garota com quem eu realmente me preocupasse, e muito menos uma que escavasse o seu caminho em minha alma como Laney.

Por mais que eu não possa suportar a ideia de Evan existir, eu, de fato, respeito e tenho pena do cara. Ele também tinha tomado seu tempo com a doce Laney, um pobre idiota, não muito diferente de mim, apenas se aquecendo em qualquer tempo gasto com ela. Agora ele está sofrendo os efeitos de não a ter perto dele de todas as maneiras. Eu não posso imaginar a tristeza. Seu coração partido era evidente em sua voz quando ele me ligou. Eu vi como ele olhou para ela naquela noite. Não o invejo, em muitos aspectos, mas em muitas outras maneiras eu sinto isso.

Ele tem seu passado. Seus segredos. Suas lembranças. Ele ainda é o bastardo mais sortudo que não conheço.

Aterrorizado, eu respondo a ela:

— Me conta, *baby*, qualquer coisa. — Ela está mordendo o lábio nervosamente e quero ser esse lábio mais do que quero respirar.

— Estou, bem, só estou um pouco nervosa. — Ela se mexe para se inclinar para mais longe de mim e seu precioso queixo pequeno treme um pouco, fazendo meu corpo retesar de leve. — Eu não estou pronta para ter relações sexuais ainda, e eu…

Ela é a coisa mais encantadora que já vi. Eu a desejo, desejo do tipo "eu ficaria feliz em roer o meu próprio braço, apenas pela oportunidade", mas não vai haver nenhuma pressa. Eu quero que ela se entregue a mim quando estiver completamente certa – com a certeza de que ela nunca queira ninguém além de mim, para sempre.

Insano? Sim, mas desisti de sequer tentar dar um sentido a tudo isso. O fato é que estou completamente louco por Laney, começando cerca de cinco minutos depois que a conheci, e isso não está indo embora. Ela é o meu correspondente em cada nível – física, emocional, intelectual e musicalmente – e sei que ela sente isso também. Ela se acalma quando eu a toco. Ela relaxa quando sussurro para ela. Eu sou o conforto que ela procura agora. Não existe nada mais no mundo inteiro que eu prefira fazer, e por ninguém mais. Quando alguma coisa importante ou engraçada acontece, sou eu quem ela chama para contar tudo sobre isso e Deus sabe que vivo para cada vez que ela faz isso, absorvendo cada uma de suas palavras.

— *Baby*, me escuta bem sobre isso. — Inclino a cabeça e espero até que seus belos e grandes olhos castanhos finalmente encontrem os meus. — Não estou esperando simplesmente por isso, Laney. Não quero que você pense que isso é o que estou esperando a cada vez que toco em você, okay?

— Okay. — A quem ela pensa que está enganando? Ela não acredita em mim.

— Não, *baby*, não está tudo bem você não acreditar em mim ou ficar nervosa com o meu toque. Eu quero fazer só o que você quiser, nada mais e nada menos. Especialmente nada menos. — Dou uma piscadinha para que ela saiba que estou brincando. — Não se reprima nem ceda comigo, Laney. Faça ou não faça o que parecer certo para você, sempre. Estou seguindo a sua liderança, *baby*, e estou mais do que bem com o que você decidir.

Agora ela sabe que quero dizer isso. Eu vejo o minuto em que ela aceita e acredita nas minhas palavras; seu rosto é como um livro aberto.

— Há algo mais, também, mas não quero que você fique chateado, já que estou sendo honesta com você. — E nós atingimos oficialmente o seu ponto de retrocesso para esta noite. Ela agora está olhando para baixo, para a água, colocando a parte de cima do biquíni de volta, mordendo aquele lábio inferior suculento.

Eu sei o que ela vai dizer. Ela se sente culpada sobre Evan; ele obviamente fez alguma coisa muito certa. Eu só posso orar a Deus para que ela um dia se preocupe comigo assim como ela faz por ele.

— Eu entendo que você se preocupa por magoá-lo, *baby*. Esse seu coração é admirável, mas você não está trapaceando, Laney. Você não é mais dele e você disse a ele o que está acontecendo.

Ela balança a cabeça concordando e me dá um pequeno sorriso, mas sei que é hora de me afastar. Sua linguagem corporal está gritando para dar-lhe mais tempo, mais espaço. Por mais que ela queira, ela não consegue sair de sua própria cabeça por tempo suficiente para aceitar a conexão entre nós dois. Será um prazer ajudá-la com isso. Lenta, mas seguramente, eu vou fazê-la minha.

— Vou te dizer uma coisa... — Eu me movo furtivamente, me aproximando dela. — Vamos nos deitar. Eu te trouxe aqui para descansar, lembra? — Seguro sua bochecha, virando seu rosto para mim. Agora recebo um sorriso verdadeiro, que quase faz valer a pena o incrível caso de bolas azuis com o qual vou ter que sofrer.

Ela ri e balança a cabeça, fazendo com que seu cabelo dourado ricocheteie em seus ombros.

— O que é tão engraçado? — pergunto com uma curiosa elevação da minha sobrancelha.

— Eu só… não entendo. Você é incrível, Dane. Lindo, atencioso, talentoso… por que você saiu do seu caminho para cuidar de mim? Eu não faço nada para você fisicamente e estou sempre preocupada com outro garoto. Você tem que saber que poderia ter alguém muito melhor do que eu. — Ela mordisca seu lábio inferior e eu cerro minhas mãos em punhos, lutando contra o desejo de mergulhar nela. — Eu sei, nós já passamos por isso, mas você merece ser feliz. Me deixar montar seu colo e ir para a cama sem nada mais não pode de jeito nenhum fazer você feliz.

Ela está cabisbaixa, como se estivesse envergonhada, e seu rubor é lindo. Ela está preocupada com o meu pau? Sim, isso é muito importante, mas ela não tem nenhum indício que me incomoda um milhão de vezes mais do que saber que ela ainda ama Evan, pelo menos de alguma maneira. Ela conversa com ele todos os dias. Ela tem a foto deles do baile na sua mesinha de cabeceira! Talvez ela esteja certa, talvez eu devesse namorar, ver se há alguém mais que seria toda minha. Eu já sei a resposta, porém, a atenção completa de ninguém conseguiria me satisfazer, mesmo metade do quanto uma simples risada que consigo arrancar de Laney me satisfaz. No minuto em que a conheci – eu estava completamente dentro.

— Você quer a verdade ou a resposta cortês?
— Verdade.
— Você sabe que eu quero você. Sabe que todas essas preliminares são na esperança de que um dia eu vou conseguir te deitar numa cama e amar você. Eu penso sobre isso, pelo menos, umas dez vezes por dia, todos os dias. Eu tenho um ciúme da porra de todos os sentimentos que você tem por Evan. Eu quero que diga a ele de uma vez por todas que você está comigo e que nunca mais vai deixar o calor dos meus braços, minha vida ou minha cama, nunca mais. — Faço uma pausa, dando-lhe tempo para processar tudo. — Mas, por agora, vou apenas me contentar em assistir a um filme e adormecer com você aconchegada contra mim. — Acaricio seu cabelo sedoso e dourado e abaixo minha cabeça até nivelar nossos olhares. — Parece bom?

Ela pensa nas minhas palavras por um momento antes de responder:
— Eu adoraria isso.

Essa é a primeira vez que ela me permite segurá-la durante toda a noite. No Disney World, tinha havido um espaço entre nós.

Parecia do tamanho do Grand Canyon quando nós nos encarávamos e conversávamos até adormecer. Foi tão precioso, o primeiro dia em que ela literalmente adormeceu enquanto falava sobre tudo o que tinha visto naquele dia.

Mas esta noite, bem, esta noite ela está enrolada em volta de mim como uma gatinha e cada respiração que ela dá, sopra em meu peito. Eu venho lutando contra o sono por horas. Quero saborear cada momento disso; sabe-se lá quando ela vai baixar tanto a sua guarda como agora novamente.

Ela é perfeitamente suave, cheia de curvas em todos os lugares certos, e me mostrou esta noite que ela sabe como acionar seu lado sedutor. Quando deixou cair a parte de cima do biquíni, eu não tinha certeza se o meu coração ou meu pau ia explodir primeiro. Os belos seios de Laney expostos para mim, seus belos olhos espreitando através de seus cílios molhados, silenciosamente pedindo pela minha aceitação, vai ser a imagem preferida na minha cabeça para sempre.

Eu preciso pensar em alguma outra coisa ou vou acordá-la com a minha dolorida ereção.

Eu só tenho que ser paciente até que ela chegue a um acordo com o que seu coração e seu corpo já estão dizendo a ela. Seus olhos não podem mentir, embora, e hoje à noite, ela quase não conseguiu se impedir fisicamente. Emocionalmente, ela ainda precisa se sentir mais próxima de mim. Eu quero deixá-la entrar, mas Deus, a minha bagagem assustaria a Madre Teresa. Tenho que ceder, porém, porque não posso deixá-la escapar.

Tantas garotas teriam se jogado em cima de mim por tudo que eu poderia comprar para elas, ou pelas conexões que tenho, e aqui está... a deusa que poderia ter tudo isso, não querendo nada. Um riso me escapa; a pequena carranca que aparece em seu rosto quando ela não consegue me impedir de dar-lhe um presente é absolutamente adorável.

Eu me recuso a pensar sobre a vida sem ela agora. Puta merda... eu... eu... Ah, certamente não.

Bem, puta que pariu. Eles dizem que você vai saber certinho quando isso te atinge, do nada... essa garota, ela é minha.

CAPÍTULO 35

GAROTINHA DO PAPAI

Laney

    Eu deixei Dane me levar para casa para o fim de semana. Como eu poderia dizer não quando ele queria tanto? Ele sai do seu caminho para tornar a minha vida mais fácil, então isso é o mínimo que posso fazer. Deixei muito claro que se Evan estivesse lá, os dois estariam por conta própria; não vou ficar no meio de qualquer concurso "viril", para ver quem marca mais território com o mijo. Isso o fez gargalhar, mas, para ser sincera, isso me deu até um pouco de náuseas, só em imaginar. No entanto, de verdade, eu já superei isso – eu fui honesta com os dois e estou cansada de me sentir culpada a cada respiração… eu vou fazer o que bem entender.

    Como se meus pensamentos tivessem o conjurado, meu telefone toca no nosso caminho para lá. *"Talking to the Moon"*, de Bruno Mars ressoa da minha bolsa, o novo toque que Evan atribuiu a si mesmo.

— Olá?

— Ei, princesa.

— Ei, Ev. — Olho para Dane e vejo a careta que ele faz, então rapidamente me viro para a janela. — O que está fazendo?

— Nem uma maldita coisa que vale a pena contar. — Ele suspira audivelmente.

— Estou no caminho para ver o meu pai agora. Nada excitante aqui, também. — Olho outra vez para Dane e dou um sorriso de desculpas.

— Sobre isso — diz ele, com a voz agonizante agora —, não posso voltar para casa neste fim de semana. Temos um jogo fora, em seguida, filmagens, você sabe, essas merdas do futebol americano. Sinto muito, Laney.

— Está tudo bem, não é sua culpa.

— Eu vou te ver no Ação de Graças, porém, no fim de semana prolongado. Mal posso esperar. — Ele parece tão animado e ainda estou mastigando minhas unhas com a lembrança. Nada bom.

— Nem eu, Ev. Mas ei, posso ligar para você depois?

— Sim, querida, é claro. Dirija com segurança, e Laney... eu te amo.

Meus olhos se enchem de lágrimas, é o momento da verdade aqui. Eu esmago Evan e ignoro isso ou respondo e machuco o Dane?

— Eu também, Ev. Eu falo com você mais tarde.

Evitando os olhares de Dane, que consigo sentir que se alternam entre mim e a estrada, guardo o telefone. Meu cabelo cai para frente e eu o deixo assim, um escudo contra os seus olhos acusadores. Ótimo, nós estamos no caminho para apresentar Dane para meu pai pela primeira vez e agora este elefante gigante se junta a nós.

Eu viro o meu corpo em direção a ele, colocando o cabelo atrás da minha orelha.

— Ei.

— Ei.

— Você está bravo, Dane?

Ele solta uma respiração lenta, sua mão se movendo através do console para segurar a minha.

— Não estou bravo, Laney, apenas confuso, como de costume. Posso perguntar o que ele queria? — Ele me dá um olhar curioso e esperançoso.

— Ele só queria dizer que não vai estar aqui neste fim de semana.

— Humm.

O silêncio constrangedor paira no ar, o meu nível de desconforto crescendo até que já não posso mais aguentá-lo.

— Você está nervoso sobre encontrar com o meu pai?

O canto de sua boca o trai, revelando sua diversão na minha tentativa patética em mudar de assunto.

— Eu deveria estar?

— Acho que não, mas sou meio suspeita. — Dou uma risada. — Honestamente, ele é um homem maravilhoso. Tenho certeza de que vocês vão se dar muito bem. — Eu dou a ele um sorriso caloroso e aperto sua mão para tranquilizá-lo.

Quando paramos na entrada da garagem, decido garantir que ele conheça o meu pai de bom humor.

— Dane — eu digo, parando rapidamente e me virando para ele na calçada —, apenas não mencione que você viu meus seios.

Suas sobrancelhas quase tocam a raiz do seu cabelo antes de sua expressão se tornar selvagem.

— Seu pai atiraria em mim pelas imagens na minha cabeça bem agora, sua pequena provocadora — ele rosna e tenta me agarrar enquanto dou risadinhas ao abrir a porta.

— Papai! Estou em casa! — grito, puxando Dane pela mão no instante em que meu pai aparece no canto.

— Aí está você! Campeã! — Ele me envolve em um abraço breve antes de se afastar e olhar para Dane com cautela. — Jeff Walker. — Ele estende a mão para um cumprimento. — E você deve ser...?

— Dane Kendrick, prazer em conhecê-lo, senhor — Dane responde educadamente, apertando a mão do meu pai.

Meu pai olha de volta para mim com curiosidade, pedindo-me uma introdução ou explicação de algum tipo sem palavras.

— Papai, Dane é o irmão de Tate, o namorado de Bennett. Você sabe, a Bennett, minha companheira de quarto? — tagarelo nervosamente. — Dane aqui, passa muito tempo com o meu grupo de amigos, e graciosamente se ofereceu para me trazer para cá neste fim de semana. Ele sabe que tenho estado muito cansada ultimamente. — Eu dou ao meu pai o sorriso mais inocente do mundo.

— Sim, venham aqui agora; parem de ficar parados na porta como estranhos. — Ele se move para o lado e gesticula para nos incitar ao movimento. — Onde está sua mala, campeã?

— No carro, senhor, eu vou buscá-la — Dane oferece e se vira para voltar lá para fora.

— Pegue a sua, também, Dane — digo sem me virar para ele, agora dando ao meu pai uma visão completa das piscadelas de cílios e olhos de cachorrinho. — Dane vai ficar no quarto de hóspedes, papai. Tudo bem para você, certo?

Um leve rosnado emana de seu peito, mas ele se recupera rapidamente.

— Acho que sim. Vá em frente e pegue as malas, Dane — meu pai grita para ele. — Eu e Laney só vamos ter uma palavrinha rápida, enquanto você está aí fora. — Assim que Dane se afasta, ele inicia o interrogatório:

— Mocinha, você tem cinco minutos para me convencer do porquê eu deveria deixar aquele garoto dormir na minha casa, com minha filha. Comece a falar, senhorita.

— Ele é um grande cara, pai. Ele não tenta nada, se é isso que você está pensando. Ele me traz o jantar e me leva para fazer coisas divertidas. Ele me escuta quando eu surto, também. Nós nos tornamos realmente bons amigos, e não quero mandá-lo para um hotel.

Dane entra com as malas, pigarreando.

— Laney Jo, pegue minha carteira e as chaves e vá comprar alguma coisa para o jantar para todos nós, por favor. Dane pode ficar aqui comigo.

Merda. Viro a cabeça para Dane, a ponto de dizer que ele não tem de fazer isso, quando ele dá uma piscadinha para mim e sutilmente acena em concordância.

— Okay, se você tem certeza — eu resmungo. A caminho da porta de entrada, fico na ponta dos pés e sussurro no ouvido do meu pai: — Eu vou ficar muito brava se ele estiver mutilado ou sangrando de qualquer forma, quando eu chegar em casa, papai. Estou falando sério.

— Então, você é uma modelo, hein? — Meu pai ri quando passo pela porta.

Lanço um olhar acusador a Dane quando ele vem me ajudar com as sacolas de comida.

— Não foi nada, não me provoque.

— Oh, você é uma menina bonita, campeã, não há nada de errado com isso. — Ele esfrega minha cabeça quando passa por mim para fazer seu prato.

— Você disse a ele? — esbravejo com Dane, que ri de mim, tomando um gole de sua cerveja. — Meu pai te deu uma cerveja? Estou na casa certa? — Olho ao redor para enfatizar a minha confusão com o que encontrei ao voltar.

— Pare de fazer estardalhaço e venha aqui comer, Laney Jo. Vamos, Dane.

— Você drogou meu pai? — sussurro enquanto Dane agora me puxa para a cozinha.

— Você estava certa, ele é um homem maravilhoso. Obrigado por me deixar vir, Laney. — Dane se inclina para beijar o topo da minha cabeça.

Meu pai realmente se levanta para pegar outra cerveja para ele e Dane durante o jantar e não há uma pausa na conversa e nos risos. Os meninos encontram diversão demais sobre a narrativa do meu pai sobre todos os meus grandes incidentes de infância. Eu consigo sentir as minhas bochechas aquecerem em algumas das mais reveladoras, como daquela vez em que eu acidentalmente me sentei em um balde cheio de peixinhos de isca! Demorou muito tempo para retirar de maneira discreta todos aqueles infelizes que estavam se contorcendo no fundo do meu traje de banho, uma informação que Dane não precisava saber.

— Eu vou me trocar. Vejo vocês dois amanhã de manhã. — Papai se inclina para me dar um beijo de boa-noite. — O quarto de hóspedes é todo seu, Dane, prazer em conhecê-lo, filho.

Filho?!

— Boa noite, papai, eu te amo.

— Boa noite, senhor, muito obrigado por me receber.

— Você é bem-vindo... e pare de me chamar de senhor. — Ele gargalha, arrastando-se pelo corredor.

Quando ouço a porta dele se fechar, giro a cabeça para Dane.

— Desembucha.

Seu rosto se ilumina em um sorriso, seus olhos fumegantes enquanto ele me puxa para me sentar em seu colo.

— Você se preocupa demais, *baby*. Seu pai adora você, assim como eu, por isso foi fácil para nós dois encontrarmos um terreno comum. Na verdade, eu gosto bastante dele, ele é ótimo. — Ele roça o nariz ao longo do meu, terminando com um beijo suave na ponta.

— Sobre o que vocês conversaram enquanto estive fora?

— Bem... — Sua mão sobe alguns centímetros até minha coxa, seus lábios passeando pelo meu pescoço. — Nós conversamos sobre você, principalmente. Como você é maravilhosa. — Ele se move para colocar beijos ao longo da minha mandíbula. — Da minha promessa para cuidar de você. — Suas palavras seguintes são murmuradas através de um beijo, em meus lábios: — E que sempre vou pedir por favor antes de ver seus peitos.

— Dane! — Eu me afasto e empurro seu peito, fazendo-o tombar de volta para o sofá. Seu corpo treme com sua gargalhada, seu rosto radiante de felicidade. Ele é lindo, positivamente hipnotizante, quando age como um pateta. Dois podem jogar o jogo de provocação. Eu tomo sua mão e a espalmo sobre os meus seios, por cima da camiseta.

— Você quer vê-los agora? — Minha voz abaixa para um tom sensual e sugestivo.

— Hummmm — ele geme.

Eu me inclino, beijando seu pescoço forte até o lóbulo de sua orelha, movendo a mão dele com mais força contra mim.

— É uma pena, você não disse por favor. — Salto de seu colo, dando risinhos, e o puxo para cima. — Vamos lá, Puxa-saco do Papai, vou te mostrar onde você vai dormir.

Quando nós voltamos para a faculdade no domingo, eu me sinto fresca como uma margarida; rejuvenescida. Meu pai tinha sido maravilhoso, Dane tinha sido fabuloso. Eu tinha deixado a casa limpa, com duas refeições preparadas e congeladas e todas as roupas de papai limpas enquanto ele tinha levado o Dane para pescar! Estou basicamente nas nuvens agora, forçando Dane a tocar o meu álbum de músicas de Rap. Ele gargalha cada vez que jogo minhas tranças para trás ou faço a minha pose de gangster. Positivamente tonta – é assim que estou.

CAPÍTULO 36

DESTROÇOS

Laney

— Eu preciso de um emprego — deixo escapar durante o almoço.

Comer na *The Rotunda* com Zach e Sawyer tinha se tornado um hábito nestes dias. Tem me preocupado ultimamente que os feriados estão se aproximando e não tenho um centavo para comprar presentes para o meu pai ou meus amigos. Nós todos vamos para o grande espetáculo de Bennett na última noite de faculdade antes das férias, seguido por uma festa de Natal/celebração para a qual não quero chegar de mãos vazias.

— Por que você precisa de um emprego, Gidget? — Sawyer pergunta.

— Humm, pelo dinheiro? Eu tenho que comprar presentes para o Natal. Além disso, seria bom ter dinheiro, às vezes, no caso de eu precisar de alguma coisa. — Minha bolsa de estudo não cobre tudo, especialmente as coisas grandes, como gás e comida, e estou ficando mais madura; tenho que largar a carteira do meu pai, que não é profunda.

— Você tem tempo para um trabalho? Você tem as aulas, o softbol, Dane... — Sawyer gargalha. Imbecil.

— Ai, meu Deus, Zach, você ouviu o que ele disse?

Zach está absorto em seu telefone, sem nos dar a mínima atenção.

— Zach, olá? — Eu chego do outro lado da mesa e aperto as teclas para interrompê-lo.

— Desculpe, o quê? — Ele finalmente olha para cima.

— Laney quer arranjar um trabalho, homem, acompanhe a conversa. Você está falando com Ave ou Kirby?

Ooooh, meus ouvidos se animaram.

— Com as duas, se liga na conversa — ele rebate. — Você está na mensagem, idiota.

— Eu esqueci meu telefone esta manhã. O que elas estão dizendo?

Por mais que eu fosse adorar ouvir exatamente sobre o que eles estão falando, eu me sinto uma intrusa. As gêmeas me diriam se elas quisessem que eu soubesse do negócio deles, então espanto o diabinho do meu ombro e interrompo:

— Gente, foco. Eu preciso de um emprego.

— Você percebeu que está namorando um milionário, certo? Acho que você devia fazer-lhe uma lista de valores para favores sexuais. Problema resolvido.

A parte triste é que Sawyer está completamente sério e não vê nada de errado com a ideia dele. Ainda mais triste, é que não consigo ficar brava com ele por causa disso. Eu não tenho certeza de como ele consegue essa proeza, mas ele faz.

— Sawyer Beckett, você acabou de me chamar de prostituta?

Zach se afasta, obviamente com medo de estar na linha de fogo dos meus punhos furiosos.

— Caralho, não, mulher, eu estava brincando... eu acho. Agora, sério, Dane possui tipo, bem, um monte de merda. Por que você não pede a ele um emprego?

Eu só olho para Zach, forçando-o a me ajudar a argumentar com este idiota amável.

— Saw, ela não pode pedir para o homem dela um trabalho. Isso não é legal. Você não consegue arrumar um para ela por baixo dos panos?

— Onde exatamente você trabalha, Sawyer? — Eu me lembro de ter feito esta pergunta antes e, aparentemente, nunca recebi uma resposta.

— Você não sabe?

— Não.

— Eu trabalho para o Dane. Eu fico no *The Kickback*, ou cuido de qualquer outra coisa que ele me pede.

— Então, você poderia me conseguir um emprego secreto no *The Kickback*?

— Laney, você não tem vinte e um anos. Você não pode trabalhar em um bar — Zach ressalta.

248   **S.E. HALL**

Sawyer estala seus dedos; ele tem um plano brilhante, ótimo.

— Eu provavelmente poderia conseguir um no MK. Você poderia cuidar dos figurinos ou algo assim.

MK... por que isso soa familiar? Sawyer me vê pensando sobre isso.

— É o estúdio de Dane. Você poderia ajudar os fotógrafos com os cenários ou com os trajes ou o que quer seja. Quer que eu dê uma olhada?

MK – Michael Kendrick. É claro. E é por isso que Tate tinha dito que ele me levou para "o estúdio", porque ele é o dono. E eu tinha caído matando em cima de Dane sobre isso. Meu almoço tornou-se difícil de digerir agora.

— Não, não, não diga nada. Está tudo bem, vou encontrar algo. — Eu me levanto para jogar o almoço fora e vou para a aula. — Vejo vocês dois mais tarde. Nem uma palavra, caras, por favor. — Dou a eles dois um olhar afiado e faço a mímica de selar meus lábios.

Zach cruza seu coração e Sawyer acena concordando, então sei que meu segredo está a salvo.

— Ei, estranha! — Bennett grita assim que entro em nosso quarto mais tarde, à noite, suada pelo treino de softbol.

— Ei pra você, ruiva. Como está? — Começo a rir e recolho algumas roupas limpas, indo para o banheiro. — Venha conversar comigo enquanto tomo banho; Parece que a gente não conversa há séculos.

Bennett se senta no balcão, enquanto eu deixo a água morna lavar o meu cansaço, colocando em dia o atraso sobre sua vida.

— Onde está o Sr. Maravilhoso hoje à noite? — pergunto. Não consigo me lembrar da última vez em que vi Bennett sem Tate do seu lado por mais do que cinco minutos.

— Ele está com Dane hoje à noite, não tenho certeza do que eles tinham que fazer. Ele vai vir aqui depois, provavelmente em torno das 11 — ela fala, o beicinho perceptível em sua voz.

— Oh, é verdade, Dane me disse que ele estaria fora. Esqueci que era com Tate. Então, tudo bem, você quer sair com as meninas hoje à noite? Avery e Kirby me chamaram para fazer alguma coisa, provavelmente supondo que você estaria com Tate, mas você sabe que nós adoraríamos que você viesse. Até que ele chegue, de qualquer maneira. — Dou uma risadinha. Sei que sou notícia velha no minuto em que ele bater o seu ponto, o que entendo completamente.

— Bem que eu gostaria, mas você não iria acreditar no quanto estou atrasada com os deveres de casa. É como se eu não pudesse fazer nada quando Tate está no quarto.

— Na verdade, eu acreditaria, sim. Eu já vi isso com os meus próprios olhos. — Eu a provoco. — Você pode me passar uma toalha? — Saio do chuveiro e começo a me secar, ouvindo o meu telefone tocar na sala de estar. — Porcaria, Bennett, deve ser a Avery. Você pode atendê-lo?

Ela corre para fora e posso ouvi-la conversando enquanto eu saio. Ela está retransmitindo tudo para mim para que eu possa me vestir em um jeans escuro, minha camisa de futebol vermelha e preta com o número 00, amarrada às costas, e tênis Keds brancos.

— Apenas diga a ela que vou encontrá-la em algum lugar. Descubra onde, eu preciso de cerca de vinte minutos para secar o meu cabelo e estarei pronta para ir.

— Ela disse que tal o *The Kickback*? — Bennett grita por cima do secador.

Debato internamente por apenas um segundo, surpresa ao descobrir que estou de fato no clima para o *The K*, em seguida, sorrio, atirando-lhe um polegar para cima por baixo do meu cabelo. Dando uma olhada rápida e definitiva no espelho, decido deixar o cabelo solto e convido Bennett mais uma vez antes de sair pela porta minutos depois. Ela declina, por isso depois de enfiar o meu celular e identidade nos meus bolsos, corro para o *The K*, tudo isso sozinha! Isso é novo para mim, ousado, e parece bom!

Meus olhos rapidamente encontram a mão de Kirby acenando do outro lado do ambiente e atravesso a multidão para chegar até ela.

— Ei, apanhadora!

— Olhe para você, desportista! Estou feliz que você veio!

— Onde está Avery? — grito por cima da música.

— No bar com Zach. Você quer alguma coisa?

Minhas sobrancelhas se franzem. Zach? Eu o amo, mas pensei que esta era a noite das meninas.

— Claro. — Dou a única nota de cinco dólares que tirei do meu bolso. — Vou tomar o que quer que isso vai pague.

Kirby sorri maliciosamente.

— Laney, não temos que pagar pelas bebidas. Aquele bartender te parece familiar?

Eu me viro e olho, além de onde as pessoas estão bloqueando a minha visão, e vejo Sawyer atrás do bar. Sorrindo para mim, balanço a cabeça. Nós não podemos nos sentar aqui e beber de graça cada centavo de Dane. Não que eu fosse beber o suficiente para dar grandes prejuízos, mas ainda assim.

— Apenas uma bebida gratuita para mim, alguma coisa leve. Eu vou correr para o banheiro bem rapidinho, você vai pedir a ele?

— Eu cuido disso, garota, vai lá.

A fila para o banheiro é mínima, então estou de volta à mesa apenas alguns minutos mais tarde, quando meu telefone vibra no meu bolso de trás.

> **Evan: Você não é velha o suficiente para estar em um bar, menina impertinente.**

Olho ao redor freneticamente, procurando por ele.

Como ele sabia que eu estava aqui?

> **Laney: Onde você está?**

> **Evan: Atrás de você.**

Tão lentamente que quase paro, eu me viro e encontro os olhos mais azuis que já amei. Um sorriso de tirar o fôlego estampa o seu rosto, me puxando como um aspirador. Eu desabo em seus braços, envolvendo os meus ao redor de sua cintura. Evan está aqui, comigo, não é a minha imaginação.

— O que você está fazendo aqui? Como você soube onde me encontrar? — Descanso meu queixo no seu peito e olho para cima.

— Sua colega de quarto me disse. Ela é uma menina intrometida, mas é agradável. — Ele beija minha testa, deixando seus lábios na minha pele.

— Como você está aqui? E o futebol americano?

— Semana de folga, nenhum jogo. Então aqui estou eu, com a minha garota. — Seus braços me abraçam com mais força. — Podemos sair daqui, delinquente juvenil? Eu adoraria ser capaz de ouvir você.

Rindo, eu me afasto, segurando sua mão, para vir comigo para dizer a Kirby que estou saindo. Os olhos de Zach se fixam em mim quando nos aproximamos da mesa, mas Kirby e Avery são todas sorrisos, encarando Evan da cabeça aos pés. Sim, ele é gostoso, então não as culpo.

— Gente, este é Evan. Evan, esta é Avery, a nossa lançadora. Kirby, sua irmã gêmea e nossa apanhadora. E esse — dou a Zach um olhar suplicante para que ele seja gentil — é Zach Reece, um dos meus bons amigos.

— Prazer em conhecê-lo, cara. — Evan estende a mão e Zach a agita.

— Você também, ouvi muito sobre você.

Evan olha para baixo para mim, sorrindo.

— Coisas boas, espero.

— Sim — Zach responde com bom humor. Atiro a ele um sorriso em agradecimento.

— Prazer em conhecer vocês duas também, senhoras — Evan fala para as gêmeas. — Como a minha pequena jogadora está se saindo com o time aqui? — Evan me puxa mais apertado para o seu lado, o braço em volta da minha cintura.

— Ela é incrível, nós somos sortudas de tê-la — Kirby responde com um brilho no olhar enquanto Zach lança seu braço ao redor da parte de trás de sua cadeira.

Eu limpo minha garganta.

— Gente, eu vou embora. Não vejo Evan há um tempo e está muito barulho aqui. Eu vou falar com todos vocês mais tarde, okay?

Os três acenam com a cabeça, mas os olhos de Zach estão preocupados. Eu sei que ele apenas se preocupa comigo e sabe tudo o que esse vai e vem faz para mim, especialmente porque as coisas estão indo tão maravilhosamente bem com o Dane. Evan e eu já estávamos saindo quando ouço alguém gritar meu nome. Virando-me para ver quem está me chamando, Sawyer já está caminhando em nossa direção.

— Ei, Gidget, quem é este? — O olhar de Sawyer é intimidante e eu coloco a minha mão no peito dele defensivamente.

— Sawyer Beckett, este é Evan Allen, meu amigo de infância.

Os olhos de Sawyer se suavizam quando ele registra o nome e gradualmente estende uma mão para Evan.

— Então você é o Evan, o homem, o mito, a lenda. Prazer em conhecê-lo. — Sawyer usa sua mão livre para dar um tapa no ombro de Evan. — Sabe como é, estou apenas cuidando da minha menina. Não estava disposto a deixar um cara qualquer que eu não conhecia sair pela porta com ela.

— Não, cara, está tudo bem. Eu aprecio que você cuide dela — Evan responde com educação.

— Okay — eu os interrompo —, nós estamos indo, Saw. Obrigada por cobrir minhas costas. — Eu me inclino e fico na ponta dos pés para colocar um beijo em sua bochecha. — Vejo você mais tarde.

Ele vira o rosto rapidamente para sussurrar no meu ouvido:

— Eu não vou mentir, se ele perguntar, Laney.

Eu encontro os olhos dele e puxo Evan em direção à porta.

— Eu nunca esperaria que você mentisse. Eu também não vou.

Evan envolve seu braço em volta da minha cintura, puxando-me apertado contra o seu corpo à medida que caminhamos para sua caminhonete.

— É tão bom ver você, princesa. — Ele abaixa a cabeça para beijar o topo da minha.

— Você também, Ev. Não posso acreditar que você está aqui, e que me seguiu. — Cutuco seu ombro provocativamente com o meu.

Ambos instalados na cabine da caminhonete agora, ele não perde tempo e se inclina para mim, com os cotovelos apoiados no console.

— Laney, *baby*, eu senti tantas saudades suas. Eu posso, por favor, ter um pouco do seu carinho? — Sua voz é trêmula, seus olhos sofridos.

Eu posso consertar essa agonia que vejo, mas a que custo? Sei que tudo o que tenho que fazer é dizer a ele que está tudo bem e as sombras nos seus olhos vão desaparecer na mesma hora, mas um par de olhos castanhos assolam o fundo da minha mente, me impedindo de fazer isso.

O coração na minha garganta, afasto qualquer culpa ou confusão dos meus pensamentos e vou em direção a ele, minhas mãos cobrindo suas bochechas suaves e bonitas. Bem agora, eu preciso tentar curar o melhor amigo que já tive, de alguma maneira. Eu olho direto em seus olhos azuis cristalinos para que ele possa ver o que é importante, aquilo que nunca vai mudar: que ele é a pessoa mais incrível que já tive na minha vida e que o valorizo.

Deposito beijos castos em suas bochechas e nariz, e um rápido selinho nos lábios dele, e me inclino de volta para trás, dando-lhe o meu mais simpático sorriso.

— Quanto tempo você consegue ficar?

— Contanto que eu esteja de volta para a aula na segunda-feira, sou todo seu até lá. — Ele liga a caminhonete, sorrindo para mim. — Para onde?

Uh... Boa pergunta.

— Acho que meu dormitório — digo com um encolher de ombros.
— Deixe-me apenas mandar uma mensagem para Bennett e deixá-la saber que nós estamos chegando.

Eu faço exatamente isso, rezando em silêncio para que ela receba isso e intercepte Tate. Alguma coisa me diz que isso ficaria realmente estranho, e muito rápido, se ele e Evan se encontrassem... no meu quarto... antes mesmo de eu contar a Dane sobre o meu convidado surpresa.

Merda – não sei nem mesmo onde Dane está no momento. E se ele estiver lá esperando por mim? Ai, meu Deus, Bennett, verifique o seu celular! A viagem é muito curta e nós paramos em frente ao meu dormitório sem nenhuma resposta de Bennett ainda. Nós estamos indo no escuro.

Evan estaciona e se apressa contornando a frente do carro para abrir minha porta, pegando a minha mão para me ajudar a descer.

— Está tudo bem se eu entrar? — ele pergunta ansiosamente.

Um aperto na mão dele.

— É um dormitório misto, bobo. Eles nem saberão que você não vive lá.

Estamos prestes a entrar pela porta da frente quando a minha companheira de quarto vem correndo para nós. Eu a pego no segundo em que está prestes a se chocar de cabeça comigo, e de perto, posso ver que ela está uma bagunça. Seu corpo está tremendo, lágrimas escorrendo pelo rosto dela, o lábio inferior trêmulo.

— Bennett, o que tem de errado?! — Eu a sacudo pelos ombros, mas ela não responde. De repente, seu corpo amolece, e ela se torna um peso morto; felizmente Evan reage com rapidez e estende a mão para agarrá-la segundos antes de ela bater no chão frio.

— Bennett, me responde! O que diabos tem de errado? — Estou gritando agora, assustada com o meu medo. Meu telefone começa a tocar, e estou realmente esperando que seja Tate, me dizendo que eles tiveram uma briga boba e ele está a caminho para buscá-la.

— Evan, você cuida dela? — Ele balança a cabeça acenando, então a deixo para atender o meu telefone.

— Alô?

— Laney, é Zach. Escuta, Sawyer recebeu uma ligação e nós estamos saindo agora. Onde você está no momento?

— Em frente ao dormitório, por quê?

— Eu preciso de você para pegar Bennett, Laney. Você pode ir buscá-la? — Suas palavras são soletradas como se ele estivesse falando com uma criança de três anos.

— Estou aqui com Bennett agora e ela está desmaiada. O que está acontecendo? — A irritação por toda essa histeria misteriosa está começando a se mostrar na minha voz.

— É Tate. Ele sofreu um acidente. Eu preciso de você para pegar Bennett e ir para o hospital, okay? Você pode fazer isso?

— Ele está bem? — Minha voz agora é um sussurro, e tenho que lutar pela coragem de fazer a minha próxima pergunta: — E o-o D-Dane? Ele estava, e-ele estava com ele?

De alguma maneira sou capaz de registrar a mão de Evan segurando a minha. Olhando para cima, vejo que ele está literalmente transportando Bennett com um braço e me levando para o estacionamento com o outro.

— Zach… — Eu me esforço para encontrar as palavras novamente. — Zach, eles estavam juntos?

Ele exala alto.

— Eu não sei, querida. Não ouvi sobre ele, apenas Tate. Parece ruim, Laney, você pode chegar lá? Eu preciso buscar vocês duas?

Olho ao meu redor sem rumo; ele precisa vir nos pegar?

— Não, não. Estou na caminhonete de Evan. Bennett… — Vejo que Bennett está no banco de trás. — Nós estaremos lá assim que pudermos.

Evan pega o meu telefone, então eu recosto minha cabeça contra a janela.

— Laney! Laney, pare com isso!

Eu volto aos sentidos e vejo os olhos de Evan cheios de preocupação. Não sei quanto tempo passou, mas parece que já estamos no hospital.

— Ajude a sua amiga, Laney, ela precisa de você. Seja a minha menina forte, vamos lá. — Ele me guia para fora da caminhonete, um braço nunca me deixando enquanto ele consegue tirar a Bennett também.

— Aqui, cara, deixe-me ajudá-lo.

Eu me viro quando ouço a voz. É o Zach.

— Zach! Zach, como eles estão? Como Tate está? Dane? — Estou o chacoalhando, agarrando sua camiseta em meus punhos.

— Me escuta, Laney — ele sussurra em meu ouvido, me puxando para seu peito em um movimento firme. — Dane está bem, ele não ficou ferido. Mas Tate, sim, então se recomponha nesse instante, por Bennett. Você me entende? — Ele me sacode, me apertando mais forte. — Você me entende?

— Sim. — Fungo minhas lágrimas e meu nariz escorrendo. — Sim, eu te entendo. — Eu me afasto de suas mãos, virando para trás de mim e agarrando a mão da minha amiga. — Bennett, estou aqui. — Dou uma última passada de mão no meu rosto, secando as lágrimas com a manga da blusa. — Estou contigo, Bennett. Está pronta para entrar?

Seus olhos verdes estão sem vida, mortos, nenhum reconhecimento.

Ela é um zumbi ambulante, em estado de choque.

— Zach? — Estendo a mão para trás, às cegas, e encontro a camisa dele, puxando-o para a frente. — Apoie-se em Zach, Bennett. Ele vai levá-la para dentro e eu vou estar bem do seu lado. — Dou a Zach um aceno de cabeça, pedindo-o para levá-la.

Virando-me para encontrar Evan, eu seguro sua mão.

— Obrigada, Ev, por estar aqui, por ajudar.

— É claro, princesa. — Ele me abraça. — É claro. Vamos ver como está o seu amigo. — Ele beija minha cabeça antes de entrarmos.

Sawyer, Kirby, e Avery estão amontoados em um canto, as meninas confortando Sawyer enquanto a cabeça dele pende entre seus joelhos. Eu posso ver seus ombros enormes tremerem daqui e me encontro chorando de novo, ao ver seu sofrimento. Eu corro para ele, caindo de joelhos. Ele levanta a cabeça para olhar para mim, e eu ofereço-lhe um sorriso fraco. Já tive o meu colapso pelo caminho, agora tenho que ser forte para estas pessoas maravilhosas que se tornaram tão queridas para mim.

— Saw, estou aqui, amigo. Sua Gidget está aqui, Saw, vai ficar tudo bem.

Seus olhos azuis-escuros e lacrimejantes estão vermelhos, mas se suavizam quando registam a minha voz, e, de repente, estou enterrada em seu abraço. Eu murmuro palavras de conforto, assegurando-o de que vai ficar tudo bem, acariciando seu cabelo curto até que ele, por fim, se acalma o suficiente para se sentar, mantendo-me em seu colo.

— Já disseram alguma coisa? — Olho para Kirby e Avery enquanto pergunto, ambas balançando a cabeça em negação. — Sawyer, Kirby vai ficar com você, okay? — Dou um olhar e ela vem até nós. — Só enquanto eu verifico as coisas, tá?

Ele não responde, mas afrouxa seu aperto em mim, Kirby escorrega em seu colo da mesma maneira que eu estava quando saio.

A mulher na janela do posto de enfermagem não parece se incomodar com a minha presença, e estou a milissegundos de arrancá-la pela maldita janela quando Evan aparece às minhas costas. Ele esfrega meu ombro enquanto calmamente pergunta:

— Senhora, sei que você está ocupada, mas poderia dar a essas pessoas morrendo de preocupação alguma notícia sobre o amigo deles? Seu nome é Tate... — Ele me olha.

— Kendrick — rosno para ela.

— Tate Kendrick. Ele sofreu um acidente de carro e qualquer notícia seria muito bem-vinda. — Ele atira o sorriso com assinatura de Evan e as feições dela suavizam na mesma hora.

Ela se levanta e diz que vai ver o que pode descobrir, então nós voltamos para o grupo para que eles saibam disso.

Evan se oferece para ir buscar um café para todo mundo no refeitório e eu me aproximo para segurar a cabeça de Bennett em meus braços. Isso aconteceu há pouco tempo, mas parece que é uma eternidade, e eu ainda não tinha visto o Dane. Zach me disse que ele estava bem e isso é a única coisa me mantendo nesta cadeira bem agora. Bennett ainda não falou uma palavra e Sawyer está uma bagunça, então eu me viro para Zach, ao meu lado.

— Alguém ligou para os pais deles? Onde eles estão?

A expressão de Zach é tão confusa quanto a minha quando ele se levanta para perguntar à Sawyer.

— Você e Dane nunca conversam?

No início acho que estou alucinando, isso foi muito baixinho, mas não, Bennett, de fato, acabou de falar.

— O quê? — Eu me inclino mais perto para ouvi-la melhor.

— Como é que você não sabe? Você e Dane não conversam? — Ela se levanta saindo dos meus braços, sua voz ganhando volume. — Ou vocês só falam de você? Existem merdas maiores do que os seus problemas com garotos, Laney! Quão egocêntrica você é?

Abro a boca, sem saber ao certo o que dizer, mas sou interrompida.

— Já chega, Bennett!

Minha cabeça se vira de supetão, encontrando Dane atrás de nós. Dou um pulo, quase voando, passando meus braços em volta dele. Lentamente, seus braços também se movem para me enlaçar, seu corpo relaxando aos poucos contra o meu.

— Como Tate está? Como você está? — Eu me inclino para trás e olho para cima, para ele, minhas mãos acariciando seus braços. Sawyer e Bennett tinham se aglomerado ao redor, agarrando-se pelas próximas palavras.

Ele suspira profundamente.

— Ele está em cirurgia agora. Ele está com uma hemorragia interna, e eles acham que é em seu baço. Várias costelas quebradas, uma concussão, está bem machucado, mas os médicos estão esperançosos. — Suas duas mãos se movem sobre o rosto, de volta para o cabelo, finalmente descansando ao lado do corpo. — Obrigado a todos por estarem aqui. — Sua voz vacila, suas bochechas ficam ocas, e eu o abraço apertado mais uma vez, uma mão esfregando suas costas.

Sua cabeça logo se eleva acima do meu ombro, seu rosto esfregando o meu.

— Posso pegar um café? — ele pergunta a ninguém em particular.

— Aqui está, homem.

Eu não me viro de imediato, mas ao invés disso espio para cima, avaliando a reação de Dane.

Ele se afasta de mim, estendendo a mão.

— Acho que ainda não nos conhecemos. Dane Kendrick.

— Evan Allen. Sinto muito sobre seu irmão — Evan oferece sinceramente com o seu apertar de mãos.

Dane, ou está completamente fora de si, o que seria compreensível, ou ele tem a melhor cara de pôquer do mundo. Nada muda em sua expressão ou em sua linguagem corporal quando ele conhece Evan. Meus olhos se alternam nervosamente entre os dois, mas palavras certas me escapam.

— Quanto tempo ele estará em cirurgia? — Bennett guincha, com a voz mansa e assustada mais uma vez.

— Eu não tenho certeza. — Dane suspira fundo, movendo-se para colapsar em uma cadeira.

Zach, sempre o cara que se pode contar em todos os momentos, dá um passo à frente.

— Está tarde, e isso pode levar um tempo, então vou levar as gêmeas para casa e pegar um pouco de comida para todo mundo. Volto mais tarde. — Ele se vira para Evan. — Você é bem-vindo para ficar no meu quarto, cara; eu sei que é uma longa viagem. A menos que você esteja indo agora também, Laney?

Bennett se agarra à minha mão com força, os olhos dela me implorando para eu ficar, o que eu tinha planejado fazer de qualquer maneira.

— Não, vou ficar por aqui — digo, apertando a mão de Bennett e sorrindo para Dane. — Evan, eu posso falar com você? — Aceno com a cabeça, nos guiando para longe por um pouco de privacidade. — Evan, não posso ir embora. Essas pessoas são meus amigos e eles precisam de mim. Eu sinto muito que você veio até aqui, mas espero que você entenda.

Ele levanta minha mão com a sua, colocando um beijo suave nos nós dos meus dedos.

— Eu entendo, de verdade, Laney; não se preocupe sobre isso. Eu realmente não queria voltar dirigindo hoje à noite, no entanto. Devo ficar com aquele cara, Zach?

— Fique no meu quarto. Eu vou ficar por aqui, então pode dormir na minha cama. — Tiro a chave da minha bolsa e entrego a ele. — Se alguma coisa mudar, eu vou enviar uma mensagem para você.

Sua expressão tensiona um pouco e ele morde o interior de sua bochecha antes de finalmente perguntar:

— Laney, você está ficando aqui por Bennett ou por Dane?

— Pelos dois — respondo de um jeito sério e sincero, sem hesitação.

Ele balança a cabeça.

— Imaginei.

Zach, e só Zach, se vira e acena, um olhar de compreensão em seu rosto, enquanto ele caminha para fora com Evan e as gêmeas.

CAPÍTULO 37

TRILHA SONORA

Laney

Onze dias – isso é o tanto de tempo que Tate permaneceu no hospital. Depois de sete longas horas de espera, o cirurgião tinha vindo nos dizer que ele havia passado pela cirurgia como um campeão. Outras duas horas depois e Dane, Bennett, e Sawyer organizaram turnos para ir vê-lo. Mais duas horas depois disso, eu finalmente consegui fazer Bennett concordar em ir para casa e tomar banho, comer e trocar de roupa, e arrastei Sawyer conosco. Dane não iria sair de lá, mas pelo menos ele comeu o sanduíche que eu trouxe na volta.

Evan passou pelo hospital em seu caminho para sair da cidade, carregando um hambúrguer, *Red Bull*, e roupas limpas para mim. Pedi desculpas profusamente e ele insistiu que compreendia. A primeira vez que ele conseguiu um fim de semana livre e dirigiu todo o caminho para me ver e olha o que aconteceu; quais são as chances? Oh, bem – Tate estava bem e isso era tudo o que importava.

O Dia de Ação de Graças chegou e passou como um borrão. Eu fui para casa, comi, e estava de volta em cinco horas. Meu pai e Evan disseram que entendiam e a visita tinha sido uma curta, mas uma agradável pausa de todas as viagens de ida e volta para o hospital, certificando-me de que Bennett cuidasse de si mesma, e gerenciando o softbol e a faculdade. E agora, aqui estamos todos nós, quase três semanas desde aquela noite horrível; a alguns dias de distância das férias de inverno. Primeiro semestre de faculdade feito e muito mais aprendido do que o que me foi ensinado nas aulas.

Tate está vivendo naquela casa gigante com Dane enquanto ele se recupera, e uma vez que os pais de Bennett estão saindo em um cruzeiro, ela vai passar as férias lá, também. Ela tinha abandonado o seu papel de protagonista, passando para sua substituta, o que sei que a afligia bem em seu íntimo, mas foi um reflexo de sua alma bonita. Ela pediu desculpas mais e mais por sua pequena explosão temperamental comigo. Estou culpando o seu nível de estresse e a evasão constante do Dane e deixando isso pra lá, perdoando-a de verdade. Eu, de fato, tendo a me preocupar com os meus próprios problemas, acima de tudo mais, então vou dar esse benefício da dúvida.

Sawyer e Kirby estão saindo em poucos dias para a casa dos pais dele para uma estadia antes de se reunirem com Zach e Avery na casa dos pais das gêmeas. Não tenho certeza se os casais se separaram oficialmente ou se escolheram no zerinho ou um, nem tenho energia no momento para perguntar. Eu tenho uma prova final para terminar, e então dirigirei de volta para casa, para dar ao meu pai o seu presente de Natal antecipado. Não, eu nunca consegui um emprego, mas misteriosamente Sawyer tinha uma viagem de caça que duraria uma semana com tudo pago e uma cabana paga que ele "simplesmente não poderia usar", então aí está. Meu pai vai pirar demais com isso e vou encontrar uma maneira de pagar Sawyer de volta em algum momento.

Dane não tem sido ele mesmo desde o acidente de Tate. A luz se foi de seus olhos e não há vida em sua expressão. Seus ombros estão curvados e ele não fala a menos que seja diretamente perguntado. Estou muito preocupada com ele, e furiosa com seus pais. Se eles chegaram a aparecer em algum momento no hospital, deve ter sido em uma das breves janelas de tempo em que eu não estava lá. Só de pensar nisso meu sangue ferve, mas tenho que passar por isso e pensar antes de sair em um discurso retórico.

Sentindo um senso de realização maior do que qualquer outro que já experimentei, finalizo minha última prova, sabendo que mandei bem, e pulo para a minha caminhonete. Eu fiz isso! Terminei o meu primeiro semestre da faculdade, e com uma média boa pra caramba, se é que posso dizer. Agora tenho quase um mês de folga; nenhuma aula, nenhum treino de softbol... nada além de bondade invernal e abençoada!

— Ei, você! — grito alegremente ao telefone quando Dane responde.

— Ei, Laney, como você está? — Sua voz é monótona.

— Estou bem, tudo terminado com as provas finais! Como Tate está? Ele zomba, sua voz se iluminando um pouco.

— Ele está indo muito bem. Bennet está fazendo um rebuliço em cima dele como uma mãe galinha e estou sentado de camarote, achando graça.

— Então você está bem, se sentindo melhor? — pergunto, esperançosa.

— Sim, estou bem.

Ele não está ajudando com essa conversa, mas não quero deixá-lo escapar. Ele está fazendo isso novamente, mantendo-me à distância, e estou em um estado de espírito bom demais para permitir isso. Para não mencionar que me esforcei pra caramba em seu presente de Natal e estou morrendo de vontade de dar a ele. Eu arrumei alguns presentes por menos de cinquenta dólares que me deixaram orgulhosa, mas estou esperando que eles signifiquem muito mais para ele do que isso, porque coloquei todo o meu coração neles.

— Então, humm — engulo o nó na garganta —, quais são seus planos para hoje à noite?

Seu silêncio se arrasta, me matando bem devagar.

— Eu não tenho nenhum plano, para dizer a verdade — ele faz uma pausa —, por quê?

— Pensei que talvez eu pudesse passar por aí. Eu poderia levar o jantar e os seus presentes de Natal. — Essa é a minha melhor oferta. Queria ver seu rosto agora, para ter uma pista do que está acontecendo naquela cabeça dele. Roendo minhas unhas, espero indefinidamente para ele penetrar no silêncio.

— Não se preocupe com o jantar, há muita comida aqui. Eu vou enviar uma mensagem de texto com endereço a você. Você pode usar o GPS?

— Aham. Vejo você daqui a pouquinho, então.

— Vejo você daqui a pouquinho, Laney. Venha com cuidado.

Dane está esperando na varanda no instante em paro em sua garagem. Ele está vestindo uma camiseta branca lisa, calças de moletom cinza com caimento baixo em seus quadris estreitos e nenhum sapato. Ele está de dar água na boca e não me sinto nem um pouco mal em tomar o meu tempo com a vista.

Ele fica parado enquanto vou andando até ele, com minhas mãos cheias de presentes.

— Deixe-me ajudá-la. É melhor não ser tudo para mim — ele resmunga.

Eu o sigo para dentro de casa, sentindo um frio absurdo na barriga; a melancolia de Dane me deixa muito nervosa.

Ele coloca os presentes no chão e se vira.

— Deixe-me pegar o seu casaco.

Eu o retiro lentamente, de repente, sem saber ao certo quanto tempo eu vou ficar, e o observo de perto enquanto ele o pendura no armário do corredor.

— Onde estão Tate e Bennett?

— Dei a ele aquele lado da casa. — Ele gesticula com a cabeça apontando. — Para que um não deixe o outro maluco. — Ele tenta reprimir um sorriso.

Abraço meu próprio corpo, precisando de um pouco de calor de algum lugar. Os olhos castanhos normalmente quentes de Dane estão frios, assim como todo o seu comportamento.

— Seus pais estão em casa? — Afasto o olhar dele, olhando realmente para lugar nenhum.

Ele bufa.

— Não, Laney, ninguém está aqui, apenas Tate e Bennett.

Ele parece estar em um impasse enquanto estamos parados em lados opostos da sala, ambos se recusando a ser o próximo a falar. Quando desisto e olho para ele outra vez, vejo que ele já estava me encarando, mas sem dar nada mais de graça. Não tenho certeza quando, ou por que especificamente, mas as coisas, com certeza, haviam mudado entre nós dois. Eu poderia muito bem acabar com isso e dar o fora daqui, já que é meio nítido que ele não me quer aqui.

— Então, que tal você abrir os presentes? — Vou até onde estão e os levo para a sala, sentando-me no sofá e esperando que ele vá me seguir.

Ele, enfim, se junta a mim, se sentando a quilômetros de distância.

Meio sem jeito, chego mais perto dele e coloco o primeiro presente em seu colo.

— Abra isso, Dane — digo, cutucando seu joelho com o meu. — Por favor.

Aos poucos, ele retira o papel dourado, revelando o seu primeiro presente. Eu lhe trouxe três DVDs: *ToyStory*, *Monstros SA*, e *O Cão e A Raposa*, os que ele disse serem seus favoritos. Eu os embrulhei, imaginando estar aconchegada a ele assistindo a todos em sequência, mas alguma coisa me diz que isso nunca vai acontecer agora.

Pela primeira vez desde que cheguei, ele me dá um sorriso genuíno.

— Obrigado, Laney. Estes são ótimos, eu amei.

— De nada. — Espero que ele diga mais alguma coisa, qualquer coisa, mas ele não diz. Ele olha para mim, imóvel, então entrego o próximo presente. — Okay, abra esse aqui.

— Você não tinha que me dar nada, Laney.

— Eu sei que não, mas eu quis. Agora, abra!

Ele rasga a embalagem um pouco mais rápido do que a última e tenta disfarçar quando perde o fôlego. É um CD, decorado com várias fotos nossas.

— É a nossa trilha sonora, para que você possa ouvir a qualquer hora que quiser — explico. Baixei cada música que Dane e eu compartilhamos desde a primeira noite que o conheci... *"End of All Time"*, *"The Cave"*, *"This Year's Love"*... todas elas.

Dane chega mais perto de mim agora, e há um olhar um pouco indecifrável em seu rosto.

— A nossa trilha sonora? — pergunta em um sussurro, uma sobrancelha arqueada.

Eu aceno, e silenciosamente entrego o último presente. Ele também permanece quieto enquanto o abre. Sua mão treme enquanto folheia as páginas na pasta, a partitura de todas as músicas do CD. É óbvio que ele deve saber tocar muitas delas, mas talvez não em ambos os instrumentos? E eu quero ouvi-lo tocar cada uma delas, no piano e na guitarra, uma e outra vez; então imprimi todas elas.

Queimando dentro de mim, o olhar em seus olhos agora é inconfundível. Ele coloca a pasta para o lado e se aproxima de mim, segurando meu rosto entre suas mãos. Movendo para cima, seus dedos deslizam pelo meu cabelo, desde a raiz às pontas e ele esfrega algumas mechas entre os dedos. Inclinando-se para mais perto, ele passa o seu nariz ao longo do meu pescoço, respirando o meu cheiro por toda parte e terminando a sua trajetória com uma mordida no lóbulo da minha orelha.

— Eu preciso de alguma ajuda aqui, Laney. Pensei que pudesse esperá-la resolver a coisa com Evan, manter as coisas casuais entre a gente, mas estava errado. — Ele esfrega seu rosto em meu pescoço. — Então, pensei que eu poderia deixá-la ir. — Suas mãos escorregam para baixo para agarrar minha cintura. — E eu estava errado de novo.

Suas palavras, sussurros sedutoramente irritados contra a minha pele, inflamam partes de mim que eu não sabia que existiam. Minha respiração começa a arfar; ele pode sentir o meu corpo reagir?

— Então me diz você o que é certo, Laney, porque não posso aguentar estar errado de novo.

Eu me inclino para trás, querendo ver seus olhos. Eles vão me contar tudo o que Dane não vai dizer, todos os segredos, cada pergunta evitada, o desconhecido inteiro. Eles vão me deixar saber que está tudo bem que eu não saiba tudo agora; o que realmente sei é o suficiente.

Sei que o meu dia é melhor se o vejo na parte da manhã antes de começar as aulas. Sei que durmo melhor se a última voz que ouço é a dele. Meu corpo sabe o minuto em que ele entra em uma sala. Meu coração sabe que ele precisa de mim para dar-lhe tempo tanto quanto preciso dele para me dar respostas. Minha mente sabe que, se eu for embora agora, vou ficar bem em algum momento, mas bem não é o termo que quero usar para descrever a minha vida.

Eu sei que se ele toca uma música perto de mim é porque quer que eu escute as palavras e ouça o que ele está dizendo para mim. Sei que ele cuida de todo mundo à sua volta, a qualquer hora que ele pode e que ele faria qualquer coisa possível para cuidar de mim. E sei que a sensação que se infiltra dos meus dedos dos pés, subindo todo o caminho, não acontece todos os dias ou para todo mundo.

Ele me puxa contra ele, inclinando-se para sussurrar no meu ouvido:

— Feche seus olhos. — Ele descansa a testa contra a minha, suas mãos esgueirando-se mais abaixo da minha cintura. — Você nos vê agora, Laney? Quando fecho meus olhos, tudo o que vejo somos nós, e é perfeito. O que você vê, Laney?

As palavras estão bem ali, lutando para escapar, presas na minha garganta. Eu imagino isso por detrás das minhas pálpebras, eu e Dane, a cada dia, ninguém mais. Satisfação me invade em primeiro lugar, a aceitação de escolher o que realmente quero. Em seguida, a onda de excitação, antecipação... desejo. Eu quero Dane. Eu o quero de uma forma que nunca quis mais ninguém, nem mesmo Evan.

Como uma nuvem se afastando da frente do sol, o calor e a luz encontrando o seu caminho, com clareza, eu também percebo – a pequena Laney sempre amará Evan e apreciará o que nós temos, mas isso é diferente do que tenho com o Dane. A mulher que sou hoje quer este homem.

Eu sabia disso antes de entrar aqui esta noite, sabia disso há um tempo, mas isso acaba hoje à noite. Meu presente de Natal para mim mesma: vou colocar meus sentimentos em primeiro lugar. Sem mais culpa, porque sei que não feri ninguém de propósito; na verdade, tenho me mantido em constante tumulto em uma tentativa de evitar exatamente isso, mas não posso lutar contra isso por mais tempo.

— Eu nos vejo — sussurro de volta. — Eu escolho a gente. — Abrindo meus olhos, eu o encaro por longos segundos. Um sorriso rasteja pelo meu rosto junto com a minha conclusão.

E ele vê isso, a minha rendição. Seu rosnado baixo ecoa em torno de nós e ele me levanta, as mãos segurando minha bunda. Envolvo minhas pernas ao redor de sua cintura e enterro minhas mãos em seu cabelo, atacando sua boca com a minha. Nossas línguas colidem em harmonia, acariciando perfeitamente uma à outra. Deus, eu amo a sua boca; faminta, exploradora, áspera e pecaminosa. Não há nenhuma maneira que alguém já tenha se afastado de um beijo como este. Suas mãos apertam minha bunda enquanto as minhas puxam o cabelo dele. Eu deslizo minha língua ao longo do céu de sua boca, provocando, antes de me afastar e mordiscar seu lábio inferior, chupando-o.

Abaixando mais a cabeça, eu o lambo, uma linha reta tortuosamente lenta do oco de sua garganta até o queixo forte. Olhando em seus olhos, agora preenchidos com uma fome tão profunda que me faz tremer, eu ronrono:

— Sua escolha: quarto ou bem aqui.

CAPÍTULO 38

MINHA

Dane

    Ninguém beija dessa maneira se ainda estiver em cima do muro, certo? Ela escolhe a gente, a mim. Isso é o que ela disse. Ela poderia já estar dirigindo para casa, mas ela veio aqui. Ela me fez esses presentes atenciosos, os mais maravilhosos que já recebi, então ela deve querer mesmo dizer isso. Eu tenho que ter certeza; não posso mais aguentar essa base incerta. Quase perdi Tate, tudo o que sei com certeza que eu tenho... Então preciso saber se Laney vai se segurar a mim tão apertado quanto estou me segurando nela.

    Pensei que as coisas estavam ótimas entre nós e, em seguida, Evan entrou atrás dela. Não quero saber por que ele estava lá naquela noite no hospital. Não quero saber onde eles tinham estado antes de todo o inferno estourar e eles chegarem lá. Eu nunca vou perguntar e estou esperando que ela nunca me diga. Para frente — essa é a única direção que nós seguiremos agora.

    Qualquer homem de sangue quente iria escolher o quarto e correr para lá como se ele estivesse pegando fogo, mas tenho que me manter controlado. Ela só tem uma primeira vez, e eu só tenho uma chance de tornar isso perfeito para ela, para nós, então preciso desacelerar a minha jogada. Aqui está o que vai acontecer: eu vou colocar o CD que ela gravou para mim, principalmente porque estou morrendo de vontade de ouvir o que ela colocou lá e não posso me imaginar fazendo amor com Laney sem música. Em seguida, vou levá-la para o meu quarto, uma fronteira que nenhuma mulher jamais cruzou, e me certificar que ela seja minha. Quando eu estiver convencido, vou fazer amor com ela a noite inteira. Então, amanhã, vou fazer tudo isso novamente.

— Você tem certeza? — Minha voz sai mais rouca do que eu pretendia, mas, porra, se essa menina não fode com a minha cabeça.

Ela balança a cabeça confirmando, seus cachos loiros balançando sobre seus ombros, lábios carnudos inchados e molhados por mim – por MIM. Seus olhos castanhos são sempre grandes, e bonitos, mas neste instante eles estão quase verdes e estão meio fechados, transbordando de desejo. Laney Jo Walker entrou na ponta dos pés naquele quarto do dormitório, morrendo de medo, com paredes de pedra em volta dela... e agora ela está enrolada ao meu redor, entregando-se a mim.

Colocando-a para baixo, entrelaço nossas mãos, levando-a para o quintal. Eu preciso ganhar algum tempo.

— *Baby*, vamos entrar na banheira de hidromassagem, relaxar. Parece bom? — Olhando para ela atrás de mim, reprimo uma risada ao contemplar a decepção em seus olhos. Minha bebê está faminta por isso, o que me enche com um orgulho que não consigo explicar. — Você troca de roupa e entra. Eu volto rapidinho. — Com um beijo longo e lento, quase incapaz de me afastar, eu me movo para deixá-la.

Este é um daqueles sinais de neon piscando "AMOR." Estou planejando um cenário romântico, ao invés de uma desculpa para ir embora logo depois. E estou pensando sobre onde coloco as velas, ao invés do lubrificante.

— Humm... — Ela faz beicinho, *sexy* e adorável.

— Vá em frente — digo e dou um tapinha em sua bunda. — Eu não vou demorar, eu prometo.

Disparo de volta para a casa, a mente e o corpo correndo por todos os cantos, assinalando coisas na minha cabeça mais rápido do que consigo agir sobre elas.

Mando rápido uma mensagem para Tate.

> Dane: Você e Bennett, não saiam daí para coisa NENHUMA. Estou falando sério! Laney está aqui - arruíne isso e você voltará a usar muletas.

Coloco o CD no sistema de som e programo para iniciar com um temporizador de dez minutos, tocando apenas no quarto e no quintal. Tate não precisa ouvir a nossa trilha sonora.

Desço as escadas e quase caio tentando vestir meu calção de banho.

Pego algumas velas, acendo e espalho estrategicamente ao redor do quarto.

Corro para a cozinha. Abro um vinho, derramando um pouco, quem se importa. Caminho calmamente para fora com as duas taças.

Respire, cara.

— Viu, isso não levou... — As palavras somem como se eu tivesse engolido minha língua. Se eu ficar cego amanhã, estou bem com isso. — Humm... *baby*, você esqueceu seu biquíni — caçoo.

— Eu não consegui encontrar nenhum. — Ela morde seu lábio inferior e encolhe os ombros.

Tentando esconder que acabei de engolir em seco, percorro a água lentamente, movendo-me até ela. Entrego sua taça de vinho e coloco a minha atrás de mim, voltando a me virar para ela justo quando o CD começa a tocar ao nosso redor, a voz doce dela ecoando através do quintal.

— *Oi, Dane, Feliz Natal! Eu sei que isso não é nada extravagante, como por exemplo, uma viagem para o Disney World, mas espero que você goste disso. Eu apenas pensei que valia a pena organizar nossa playlist colaborativa em um só lugar, para que você pudesse ouvir várias vezes... mais ou menos como acontece na minha cabeça. E um brinde à esperança de que eu possa fazer outro desse no próximo ano. Com amor, Laney.*

Eu me viro e olho para ela, vendo o mais belo rubor em seu rosto.

— Bem, isso foi meio que constrangedor — ela murmura. — Não achei que eu estaria com você quando você ouvisse isso. Enquanto estou pelada. — Ela lança seu olhar para baixo, envolvendo seus braços em torno de si mesma.

Sentando-me e puxando ela para o meu lado, levanto o seu queixo com um dedo.

— É o presente mais incrível que já recebi, Laney. Eu amei.

O beijo de agradecimento começa suave, mas este milagre nu tem outros planos, escalando no meu colo e nunca interrompendo o contato com a minha boca. Os braços dela deslizam em volta do meu pescoço, seus joelhos se abrem para agarrar meus quadris. Eu me recuso a transar com ela em qualquer lugar que não seja na minha cama pela primeira vez, então eu me levanto, agarrando-a contra mim.

Nós estamos pingando, molhados, mas puta que pariu, se eu parar para pegar uma toalha. Subo as escadas de dois em dois degraus, suas pernas agarradas ao redor da minha cintura, e chuto a porta do quarto para

Surgir

269

se fechar assim que entro, com Laney sugando a minha boca durante o percurso inteiro. Os dedos dela desarrumam meu cabelo, puxando, seus pequenos gemidos e barulhos me fazendo delirar.

— *Baby* — ofego em sua boca —, me fala o que você quer. Eu preciso das palavras. — Vou até a cama e a deito gentilmente. Ficando por cima dela, meus olhos percorrem seu corpo incrível de cima a baixo, e então faço uma prece silenciosa por ser um homem, seguido de uma oração pedindo para fazer isso direito por ela.

— Me ame, Dane. — Seus olhos estão nebulosos, os braços dela se abrindo para mim. Ela é linda demais, porra, até mesmo irreal, deitada toda ansiosa na minha cama. Vejo as gotas de água ainda visíveis em seu corpo dourado e meu peito dói com cada respiração que consigo tomar.

— Eu realmente amo você, Laney. Eu te amo mais do que qualquer coisa. — Eu me silencio agora, embora tudo o que quero fazer é professar mais e mais o que ela significa para mim.

Ela ergue um pouco o corpo e se apoia em seus cotovelos, os belos seios fartos empinados na minha direção. Seus mamilos são de um rosa profundo, assim como os seus lábios, e os meus coçam para beijá-la lá.

— Você me ama? Tipo, me ama, me ama? — Seus olhos estão marejados e a boca dela se contorce, com medo de sorrir até que ela está certa de que estou falando sério.

Eu me movo na cama, pairando sobre ela nos meus antebraços, mas perto o suficiente para sentir seu corpo quente embaixo de mim.

— Eu não tenho certeza de que tipo de amor você quer dizer, *baby*, mas se você quer saber se quero que você fique comigo para sempre, que não posso suportar a ideia de ficar sem você como minha amante, minha melhor amiga, meu mundo inteiro… um dia minha esposa e a mãe dos meus bebês — dou uma piscadinha para ela e sorrio —, então, sim, eu te amo, te amo pra caralho.

Lágrimas rolam pelas bochechas dela agora, então eu me deito ao seu lado, limpando-as.

— Lágrimas de felicidade, eu espero?

Rindo, ela balança a cabeça em concordância.

— Sim, lágrimas de muita felicidade. Você me sobrecarrega completamente, mas de uma maneira tão boa. — Ela rola do lado dela, enterrando seu rosto no meu peito. Eu passo a minha mão para baixo na lateral de seu corpo, sobre seu quadril, mais para baixo para aquela pequena covinha entre seu quadril e estômago. A covinha do Dane. Sua respiração vacila contra o meu peito conforme a minha mão trilha sua bunda deliciosa. Rosno quando aperto sua carne, a melhor bunda do mundo; firme, redonda e toda minha.

Ainda tímida, ela desenterra seu rosto e passa sua língua rapidamente no meu mamilo. Animalesco, rosno e a rolo para baixo de mim. Eu prendo suas mãos acima de sua cabeça e esfrego meus quadris contra ela, fazendo-a ofegar.

— Sem mais, Laney, estou falando sério pra caralho. Sem me abandonar — impulso de quadril —, sem esconder merdas de mim — outro impulso lento e duro —, e só eu. Minha. Para sempre. — Termino com uma moagem em círculos contra seu núcleo.

Ela concorda com a cabeça.

— Eu prometo, Dane. — Ela levanta a mão trêmula para o meu rosto e acaricia minha bochecha com ternura. — Eu também te amo. — Puxando-do meu rosto para o seu, ela me beija profundamente e sussurra nos meus lábios: — Eu sou toda sua agora. Então, o que você vai fazer comigo?

Finalmente ouvi as palavras: "Eu te amo" e "eu sou toda sua", e a tensão que tenho carregado em meu corpo por meses desaparece. Não há mais aquela porcaria indecisa de vai e vem de "oh, e o que acontece com o Evan?". Ela é minha agora, ela sabe disso, e depois de todo esse tempo, posso finalmente dizer que sou dela também. Eu posso tomar a mulher que amo agora e conseguir ficar com ela. Liberando suas mãos, percorro as minhas para baixo por todo o seu corpo, memorizando a sensação de cada centímetro. Seus mamilos intumescidos roçam meu peito, então tomo um em minha boca, provocando o outro com meus dedos.

— Aaah, minha nossa, Dane — ela geme, arqueando as costas como um sonho molhado.

— Desse jeito, *baby*?

— Hummm — ela geme, tão responsiva. Sua pequena mão escorrega para o cordão da minha sunga, mas eu a afasto. Minha sunga ainda não pode sair de jeito nenhum ou o show vai acabar antes mesmo que os créditos de abertura terminem. Ela é uma virgem, e eu morreria antes de machucá-la, então tenho que ter certeza de que está mais do que preparada.

— Ainda não. — Beijo ao longo de sua garganta, arrastando meus dedos para baixo até que eles encontram seu centro nu e molhado. Ela solta um pequeno lamento com o contato, suas coxas tremendo contra mim. Eu inalo fortemente; caralho, ela é tão *sexy*.

Eu provoco ao longo de seus limites até que sua cabeça está se debatendo de um lado para o outro, gradualmente deslizando um dedo dentro dela. Ela sibila e se empurra contra a minha mão, então adiciono outro dedo.

— D-Dane — ela arfa.

— O quê, *baby*? — Mordisco um mamilo suavemente. — Diz pra mim...

— Eu preciso... — ela geme quando aumento a velocidade, adicionando meu polegar contra seu botão quente. — Oh, oh, eu preciso disso, bem desse jeito, Dane.

Eu rio; aprender sobre a doce Laney vai ser o nirvana.

— Bem desse jeito? — zombo, acariciando seu cabelo. Eu a sinto apertar em torno de meus dedos, contraindo em espasmos por dentro. — Essa é minha garota.

Ela geme, levantando seus joelhos, e goza na minha mão. É a coisa mais gostosa e mais erótica que já vi e não posso esperar muito mais para estar dentro dela. Eu a beijo, chupo e mordisco todo o caminho até sua barriga, dando atenção extra para ambos os seios, antes de tomar sua boca febrilmente. Ela corre suas mãos para cima e para baixo nas minhas costas antes de deslizá-las sob a minha sunga, cavando seus dedos na minha bunda. Ela puxa minha virilha dura contra ela, esfregando-se em mim. Eu me recuso a acreditar que todas as virgens são tão boas nisso; Laney é uma maldita bola de fogo. E ela não tem nenhuma pista de que é o sexo encarnado. Ainda bem.

— Dane! — Ela morde meu queixo, forçando a minha atenção para o rosto dela. — Eu preciso de você, agora.

— *Baby* — murmuro enquanto dou-lhe um beijo na testa —, você pode planejar os nossos encontros, me dizer o que vestir, comandar o rádio do carro — Dou uma piscadinha para ela —, você pode até mesmo nomear os nossos filhos um dia... até mesmo em homenagem aos personagens da Disney. Mas no quarto, na banheira de hidromassagem, contra a parede ou basicamente em qualquer lugar que eu tiver você nua e molhada... deixe-me controlar.

Meus dedos a encontram novamente, empurrando dois para dentro imperdoavelmente.

— Você pode fazer isso por mim, Laney? Você pode confiar em mim para cuidar de você? — Curvo os dedos para cima e acaricio dentro dela, arrancando um gemido gutural. — Humm?

— Sim — ela ofega.

— Boa menina — murmuro, beliscando seu clitóris, fazendo-a voar como um foguete. Ela se contorce e se revira, uma visão: minha visão. Quando ela se acalma, eu saio da cama em direção ao banheiro, voltando com um preservativo que jogo na cama. Abaixando minha sunga, meus olhos nunca abandonam o rosto dela.

Ficando em pé diante dela, nu, vejo sua expressão mudar de arisca, para surpresa e, finalmente, se estabelecer em calorosa. Ela levanta o olhar para o meu e assim meu coração dispara no meu peito pelo amor e aceitação que vejo lá.

Ela fica de quatro e vem engatinhando até a beirada da cama, levantando-se a centímetros de mim. Ela traça cada linha da parte superior do meu corpo, alisando as palmas das mãos pelo meu abdômen, alterando para a ponta dos dedos ao longo das reentrâncias que levam para baixo até minha virilha. Seus olhos castanhos espiam para cima de volta para mim enquanto sua pequena língua desliza para fora sobre seu lábio inferior.

— Você é magnífico. Obrigada por me esperar, por isso. — Ela suspira profundamente. — Eu te amo. Eu não sabia o que isso realmente significava até te conhecer. Você foi feito para ser a minha outra metade e eu a sua.

Sei que este devia ser um momento romântico e meigo, mas ouvir suas palavras sinceras extrai todos os hormônios bárbaros do meu corpo. Eu a levanto, deslocando-a para o meio da cama, rapidamente me estabelecendo em cima ela.

— Eu tenho que ter você, *baby*, eu tenho que entrar em você. — Eu a beijo de um jeito maníaco, excitando-a novamente. — Não vou mentir, amor — digo, massageando seus seios — isso provavelmente vai doer um pouco, mas vou ser o mais gentil que puder.

— Eu confio em você — ela sussurra sem fôlego. Ela me observa atentamente enquanto rolo o preservativo, os olhos curiosos e brilhantes. Abrindo seus braços para mim, volto a pairar sobre ela, querendo saborear cada segundo, tanto quanto precisando tomar conta dela. — Ah... — ela estremece e arqueia as costas para fora da cama quando a penetro.

— Relaxe para mim — rosno, me refreando, passando as mãos pelos seus cabelos, beijando seu rosto. Contendo-me pelo que parecem horas, o corpo dela torna-se menos rígido. — Pronta para mais? — sussurro, esperando pelos seus olhos para me dizer sim. Cada um dos meus instintos primitivos grita para que eu me enterre dentro dela, mas luto contra isso, minha mandíbula contraída. Ela é apertada pra caralho, tão quente, e eu nunca, nunca mais serei o mesmo. Nunca poderia ter sonhado que seria tão gostoso assim com ela, nem ter imaginado os sentimentos devoradores que iriam entrar instantaneamente na minha cabeça, no meu coração... na minha alma. É incrível que eu seja capaz de ter pensamentos profundos neste momento, mas é ainda mais surpreendente quando percebo o reconhecimento do meu corpo e mente em relação a outra pessoa, colidindo como se fôssemos um só. Não é uma transa, não é uma paixonite, não é algo morno – é uma explosão cósmica.

Ela balança a cabeça concordando bruscamente, então me empurro um pouco mais para dentro, muito lentamente, beijando ao longo de seu pescoço, dedicando-me ao ponto atrás da orelha que a deixa louca. Alcançando a sua barreira, balanço para trás e, em seguida, rompo em um golpe suave. Ela grita, seu peito arfando, as pernas dela me apertando.

— Relaxe, *baby*. — Eu acaricio seu pescoço. — Diga-me quando você estiver bem. — Resolvo não me mover até que ela diga para fazer isso, mais uma vez, não importa o quanto quero demais me mover.

Soltando algumas respirações, ela corre suas mãos para baixo pelas minhas costas, levantando a cabeça para beijar o meu peito. Eu sinto o seu corpo começar a relaxar.

— Estou pronta. Ame-me, Dane — diz ela docemente.

Balanço lentamente dentro dela, perdido na sensação. Perfeição; perfeição quente e alucinante.

— Você é incrível, Laney. — Minhas palavras saem em um suspiro. Deslizo minhas mãos sob sua bunda, inclinando-a para cima, querendo chegar o mais profundamente em seu paraíso quanto possível.

— Aaah... Aaah... — ela murmura, inflamando o animal em mim mais uma vez. Seus pequenos sons são a minha ruína e meu pau endurece impossivelmente ainda mais com cada um deles.

— Enrole suas pernas ao meu redor, *baby* — instruo quando me inclino para baixo para puxar seu mamilo já duro com os meus dentes. — Bem assim, sim. Ah, merda, é inacreditável, *baby*. Bom. Pra. Caralho.

Mal capaz de compreender, Laney me choca, estilhaçando o homem em mim em pedaços, ao esticar as mãos e se segurar contra a cabeceira da cama. Ela usa isso como alavanca para empurrar de volta para em mim, forte.

— Porra, Laney, não vou durar se você continuar fazendo isso.

— Está tudo bem, pode se soltar, Dane — ela me incita com o rosnado mais *sexy* que alguma vez já ouvi.

Apenas mais alguns golpes e explodo com um rugido gutural. Faíscas brancas piscam nas bordas da minha visão, mas não me atrevo a fechar os olhos, atento a todas as nuances do seu rosto, dos olhos e do corpo de Laney. Meu orgasmo se prolonga por mais tempo do que qualquer outro que já tive e eu continuo impulsionando devagar dentro dela, mesmo depois de já ter terminado, ainda sem estar pronto para perder a conexão com ela.

Por fim, completamente exausto, desabo em cima dela, acariciando seu cabelo e colocando meu rosto em seu pescoço. Ela tem cheiro de Laney, suor e... de mim, melhor coisa que já cheirei na minha vida.

— Sinto muito, *baby*, eu gozei sem você — murmuro.

Seu corpo treme contra mim com uma risada suave.

— Acho que não se espera que eu, você sabe, humm, durante a primeira vez. A dor disso meio que tira a gente da jogada. O aquecimento, no entanto, foi espetacular. — Ela me oferece um sorriso e um beijo na ponta do meu nariz.

— Nós não estamos parando da próxima vez até você gozar ao meu redor. — Lambo seus lábios. — Pelo menos duas vezes.

CAPÍTULO 39

VERTIGEM

Laney

Quente, muito quente. O que é isso? Acordei meio grogue, superaquecida, o que é estranho para mim, uma vez que estou sempre com frio. Orientando-me, a onda de calor se torna rapidamente uma incineração completa. Um homem muito lindo está me cobrindo, o calor de seu corpo, de repente, não é um fardo, beijando seu caminho pelo meu corpo.

— Procurando experimentar sua teoria sobre hálito matinal, hein? — Começo a rir; minha voz áspera com o sono.

Dane levanta a cabeça e me dá um sorriso deslumbrante. Seus olhos sonolentos e cabelo bagunçado do sono são irresistíveis e sinto meus mamilos endurecerem com a visão. Ele desliza para cima de mim, colocando beijos ao longo da minha mandíbula, testa e nariz antes de finalmente cumprimentar meus lábios suavemente.

— Bom dia, *baby* — ele murmura de um jeito sensual.

— Bom dia para você, dormiu bem?

— Mhmm hmm — cantarola em meu pescoço, onde sua língua está brincando com a minha sanidade mental. — Nunca dormi melhor.

Passo minhas mãos por suas costas, traçando os músculos retesados, e desloco ligeiramente minhas pernas para que ele possa se aninhar entre elas. Eu nunca me senti mais confortável na minha própria pele do que me sinto agora, nunca estive mais em sincronia com outra pessoa. Não, nunca;

não como fico com o Dane. Estar com ele, faz-me sentir feminina, *sexy*, viva, e até mesmo leve.

Meu devaneio é interrompido pelo som do telefone de Dane. Ele se inclina sobre mim para pegá-lo na mesinha de cabeceira, rindo quando lê algo.

— O que é tão engraçado? — pergunto.

— Eu esqueci de dizer a Tate que estava tudo bem para eles saírem. Eles estão com fome e querem ir à cozinha. — Ele digita uma resposta e joga o telefone de volta na mesinha.

— Você disse a eles que não podiam sair? — Sorrio. — Você é tão mau. Graças a Deus que pelo menos eles tiveram acesso a um banheiro. Falando nisso, preciso me levantar e tomar um banho. — Empurro o ombro dele. — Saia de cima de mim, seu brutamontes.

— Por que a pressa? — Ele me encara com olhos grandes. — Você não vai embora, não é?

— Bem, em algum momento hoje, sim. Eu tenho coisas para fazer antes da minha viagem para casa. — Tento deslizar para longe, por debaixo dele, mas ele me prende, ambos os braços ladeando a minha cabeça.

— Laney, você está fugindo de mim? — Sua sobrancelha franze e preocupação fica estampada em seu rosto.

— Não. — Passo a ponta do dedo pelo nariz dele. — São as férias de Natal. É claro que tenho que ir ver o meu pai nos feriados. Você não tem coisas de família para fazer?

Ele não responde por muito tempo, recostando sua testa à minha. Dor emana dele e eu me preparo para o que quer que ele esteja tomando coragem para me contar. Eu levemente passo as mãos pelo seu cabelo, esperando com paciência para que ele se abra comigo. Finalmente.

— Tate é a única família que tenho, Laney.

Sem um suspiro súbito ou linha de questionamento; eu não reajo, ao invés disso, continuo com a mesma velocidade tranquilizante dos meus afagos em seu cabelo. Colocando beijos em sua cabeça de forma intermitente, permaneço em silêncio e mentalmente peço para ele continuar.

— Meus pais nunca estão em casa porque eles faleceram. Já faz quase três anos. — Sua voz oscila e passo meus braços em volta de seu pescoço, segurando-o apertado.

— Vá em frente — sussurro.

— Meu pai, nosso pai, gostava de voar. Ele sempre levava minha mãe para viagens de fim de semana, porra, algumas vezes, até mesmo só para um almoço — ele ri baixinho — o tempo todo. Em uma dessas viagens, eles não voltaram. Falha mecânica, o trem de pouso nem sequer desceu. — Sua voz torna-se sombria agora e um arrepio percorre seu corpo. — Então, Tate é tudo o que tenho agora. E você. — Ele levanta a cabeça e olha para mim esperançosamente. — Eu tenho você.

É uma afirmação, mas a pergunta se esconde em seus olhos, amarrados com insegurança.

— Sim, Dane, você tem a mim. — Eu sorrio com sinceridade, ainda triste ao ouvir sobre os pais dele. Toda vez que perguntei onde eles estavam ou se estariam em casa, era como se eu estivesse enfiando uma adaga no seu coração. Eu falo sobre o meu pai sem parar. Deixei Dane aqui sozinho no Dia de Ação de Graças. Eu fui uma idiota e as palavras de Bennett tocam nos meus ouvidos agora. — Dane — seguro sua bochecha com uma mão —, eu sinto muito. Sinto muito pelos seus pais, e sinto muito porque não sabia, ou perguntava...

— Laney, não. Nada disso foi sua culpa. Eu não te disse exatamente a verdade. Eu queria ter feito isso, tantas e tantas vezes, ainda mais sabendo como você se sente sobre a sua mãe, mas eu simplesmente não fiz. Então eu sinto muito, também.

— Nem sequer pense em pedir desculpas para mim. Você me disse isso agora, quando parecia certo, e isso é tudo o que importa. — Envolvendo-me em torno dele mais uma vez, incapaz de simplesmente não o segurar, amá-lo, confortá-lo, eu continuo: — E Dane, sua mãe não abandonou você, ela foi levada. Tenho certeza de que ela te amava demais. Como ela não poderia?

— Vamos apenas dizer que eu não conhecia minha mãe tão bem quanto to pensei que conhecesse, e talvez existam coisas que você não saiba sobre a sua também, Laney.

— O que você quer dizer? — Eu me inclino para trás e o encaro.

Ele se senta e me arrasta para o seu colo, envolvendo um lençol ao meu redor.

— Minha mãe, não a mãe de Tate, era a segunda esposa de nosso pai. Quando eles morreram, eu herdei tudo. Eu tenho mais dinheiro do que vou conseguir gastar a vida toda, Laney, e Tate não tem nada. — Ele olha para baixo, como se estivesse envergonhado, falando novamente dessa herança. — Minha mãe não conseguia aceitar o Tate. Ele representava a vida passada de seu marido, a vida que teve antes dela. Ela era tão ciumenta que o afastou de Tate, até que ele finalmente apenas parou de visitá-lo. Eu não sabia que foi por isso que ele desapareceu até que Tate veio para o funeral do nosso pai e eu tive que arrancar essa informação dele.

Passando uma mão devagar pelo rosto, ele beija meu ombro e deixa seus lábios ali, suas próximas palavras são suaves sobre minha pele:

— Eu fui o único beneficiário, de tudo. Ao que parece, a minha mãe convenceu nosso pai a machucá-lo também, mesmo após a morte. Não tenho certeza do porquê ele sequer fala comigo, mas vou passar o resto da minha vida tentando compensá-lo.

— Olha para mim. — Levanto a cabeça dele, segurando seu rosto. — Não é sua culpa. Você não deveria se sentir culpado pelos erros de outros, Dane. Tudo o que você pode controlar é você, e você é uma pessoa maravilhosa.

Ele cobre as minhas mãos com as suas.

— Tate não quer um centavo; diz que não vai tocar no dinheiro odioso deles. Então, eu só devolvo isso a ele beneficiando-o de maneiras inteligentes. — Ele quase sorri. — Esse é o nosso segredo, porém, *baby*, okay? — Ele levanta sua sobrancelha, questionando-me.

Aceno em concordância e dou um sorriso, os segredos dele estão seguros comigo e meu coração se inunda com admiração. Dane não tem um só osso ganancioso em seu corpo e saber o que ele faz para ajudar seu irmão, bem, isso é apenas outra razão pela qual eu o adoro. Eu ainda estou um pouco perdida com a forma como tudo isso se relaciona com a minha própria mãe, no entanto.

E... deixo isso para o Dane espião ligeiramente assustador.

— Então, às vezes você pode pensar que conhece as pessoas, e as coisas serem realmente piores. Ao passo que, às vezes, você pode pensar o pior de uma pessoa e isso não ser verdadeiro de forma alguma. — Ele levanta uma sobrancelha para mim.

O quê?

— O quê?

— Vá tomar o seu banho e escovar os dentes. — Ele ri e me beija. — Então eu quero te dar um dos seus presentes de Natal.

O chuveiro quente é maravilhoso. Estou dolorida nos lugares mais íntimos, e penso por um segundo sobre realmente zombar o meu desconforto para provocar Dane. Eu decido pegar leve com ele, porém, quando saio e vejo o conjunto informal de calça e regata que ele deixou sobre a bancada de mármore para mim. Sedoso e rosa-claro, as roupas novas deslizam sobre meu corpo e eu sorrio sozinha, pensando em como ele é bom para mim; mas estou bem perto de me desfazer quando vejo os dois analgésicos e um copo de suco de laranja. Este homem – se eu dissesse às pessoas as coisas que ele faz para mim, elas pensariam que eu estava apenas inventando.

Vapor se espalha para fora quando abro a porta e volto para o quarto, esfregando uma toalha pelo meu cabelo molhado.

— Venha aqui, *baby* — ele me chama, sentando-se na cadeira estofada no canto.

— Obrigada. — Eu sorrio enquanto ando até ele, apontando para a minha roupa nova.

— Não precisa agradecer, linda. Você ficou adorável nisso.

Subo em seu colo e espero impacientemente por... Eu nem sei o quê.

— Prometa-me que você vai me deixar terminar antes de reagir, e que vai tentar se lembrar, não importa o seu instinto inicial, que qualquer coisa que faço é porque eu te amo. Eu quero cuidar de você, em todos os sentidos. Quero ser a pessoa que você procura quando precisa ou quer alguma coisa, quando estiver magoada, triste, assustada... qualquer coisa. Mesmo que seja eu que te irrite, quero que seja comigo que você grite sobre isso. — Ele se estende e pega uma pasta atrás de si, e não um presente. — Prometa-me — ele reitera.

— Você está me assustando — sussurro.

— Laney, você é o meu para sempre, e nós não podemos avançar até esclarecermos o passado. Eu nunca iria colocá-la em um lugar ruim, então é óbvio que verifiquei as coisas em primeiro lugar, e tive certeza de que isso é uma coisa que você precisa saber. Vou te ajudar a cada passo do caminho, *baby*. — Ele me entrega a pasta e move seus braços firmemente ao redor da minha cintura.

Eu a abro, com as mãos tremendo com a antecipação do desconhecido. A primeira coisa que me chama a atenção é uma foto da minha mãe; eu a reconheceria em qualquer lugar. Eu rapidamente fecho a pasta com força, erguendo o olhar para Dane.

— O que é isto?!

— É a sua mãe, Laney. É importante que você saiba; eu não investiguei simplesmente para encontrá-la ou para me intrometer na sua vida. Isso começou com o meu desejo de te manter segura e isso me trouxe até aqui. — Ele segura a minha mão e a aperta, seus olhos cheios de dúvidas. — Você me contou sobre o perseguidor e isso me preocupou, demais. Você recebeu flores no seu aniversário...

— Aquelas eram de Evan — interrompo, a agitação na minha voz.

— Você teve outra entrega, enquanto estava fora. Eu pedi a Tate para abrir o cartão, eu admito isso, e não gostei da mensagem. Então — ele solta um suspiro trêmulo —, decidi fazer uma investigação. Algumas vezes o dinheiro vem a calhar, tipo quando você está tentando rastrear um perseguidor. Eu apenas fiz isso para te manter segura, Laney, juro para você. Eu só tive as melhores intenções.

Eu acredito nele, mas ainda me sinto um pouco violada.

— Você e Tate não tinham nenhum direito de abrir o cartão — solto um bufo.

— Você está certa, e por isso você provavelmente deveria estar com raiva, mas não estou arrependido do que fiz.

Nenhuma resposta salta para fora da minha língua, então simplesmente dou a ele um olhar "continue".

— Seu perseguidor não é um perseguidor de verdade. — Ele faz uma pausa, pegando ambas as minhas mãos nas suas e esfregando meus pulsos com seus polegares. — É a sua mãe. Você me disse que os presentes e as coisas apareciam de vez em quando, não é? — Aceno em concordância, a palavra mãe ainda dando voltas na minha cabeça. — Estou supondo que em grandes momentos para você; momentos em que uma mãe também pensaria que eram importantes.

Feriados, aniversários, baile de formatura, início da faculdade... Sim, o contato foi quase sempre em um marco.

— Ela acompanhou você, Laney. Ela observou você crescer, tanto quanto possível, de longe.

Mal capaz de compreender isso, fico de pé e começo a andar de um lado para o outro pelo quarto. Tantas perguntas e diferentes emoções estão fluindo através de mim neste momento que não consigo organizar meus pensamentos. Eu me concentro em inspirar pelo nariz e expirar pela boca e cruzar as mãos atrás da cabeça.

— Laney, sua mãe, ela não é malvada, e não é que ela não te ame, ela simplesmente não está bem. Eu não deveria saber disso, mas eu tinha que descobrir, por você. — Ele vem até mim agora, as mãos segurando meus ombros. — Ela é esquizofrênica, Laney.

— O quê? Quero dizer, como? — Estou balbuciando de um jeito incoerente, mais pensando em voz alta do que realmente fazendo uma pergunta.

— Sua mãe mora em uma clínica onde eles se certificam de que ela coma, tome banho, e tome sua medicação. A maioria dos dias ela não compreende a realidade, Laney. Ela foi embora para te proteger, para te dar uma vida normal. Mas, nos momentos de lucidez, ela sempre se certificou de que você recebesse alguma coisa em seus grandes feitos. — Ele me puxa para um abraço, que por um instante oferece conforto, mas eu rapidamente me afasto, ainda me recuperando de tantas emoções conflitantes. — Pelo que entendi, ela tem um primo que a visita regularmente e deve tê-la ajudado com a execução disso. Isso, para mim, indica o tanto que ela te ama. Quando ela está pensando com clareza, ela está pensando em você. — Ele fica em silêncio agora e apenas me encara, seus olhos seguindo minha caminhada de um lado ao outro.

— Por que meu pai não teria me dito isso? Como eles podem simplesmente trancá-la, ou o que quer que seja, e não dizer à família dela? Ela poderia ter estado morta sem que nós soubéssemos! — A barragem que construí há anos se rompe de uma vez, e meu corpo treme com os soluços. Imagens da minha mãe, sozinha e assustada, escondida em algum quarto acolchoado, substitui todas aquelas que eu tinha criado para me proteger; ela feliz com uma nova família, só não me querendo.

— Tenho certeza de que seu pai não sabe. Assim como você, ele acha que ela simplesmente foi embora. Assim como você, ele lidou com a dor disso, todo esse tempo, pensando que ela não o queria também. Como eu disse, levou algum esforço para encontrá-la.

— Eu tenho que dizer a ele — digo, talvez em voz alta; não tenho certeza.

Ele se posta às minhas costas, envolvendo seus braços ao meu redor.

— *Baby*, você está bem? Eu posso te abraçar?

Parte de mim sente como se eu devesse estar zangada com ele neste momento, mas a sensação de seus braços à minha volta leva isso para longe. Ele encontrou a minha mãe e resolveu o mistério sobre o assediador; ele me deu de volta o amor e a segurança de uma só vez. Dane cuida de mim, de mais maneiras do que às vezes até ele mesmo entende, e porra, se isso não parece tão certo. É aquela sensação de ter alguém me colocando em primeiro lugar que escolho para me agarrar, em vez de sentir alguma raiva passageira. Não sou uma causa para ele e nem estou sendo salva, então não tenho que sentir-me como um caso de pena amargurado; ele está fazendo a sua parte como uma equipe. Isso é o que Dane e eu somos, iguais, uma equipe.

— Você sempre pode me abraçar — murmuro, virando-me para ele e enterrando meu rosto manchado de lágrimas em seu peito. — Só não abra mais os meus cartões, seu enxerido.

Ele golpeia o meu traseiro e gargalha.

— Eu te amo tanto, Laney. Vou tentar o meu melhor para não te assustar com a intensidade disso. Eu tenho uma tendência de querer controlar tudo ao meu redor, mas sei que se eu passar dos limites, vou sufocar quem você é, e eu não mudaria quem você é por nada no mundo. Então... — Ele me abraça mais apertado e se inclina para roçar seus lábios levemente contra os meus. — Eu vou trabalhar nisso, eu prometo.

— Não mude demais — murmuro contra sua camisa. — Eu meio que gosto de você do jeito que você é.

Tanto para conseguir não fazer nada hoje; o sol está baixo no céu quando acordo do cochilo que tirei. O telefonema para o meu pai foi exaustivo e altamente emocional. Como Dane suspeitava, ele não fazia a menor ideia sobre a minha mãe também, pensando durante todo esse tempo que ela tinha simplesmente abandonado a gente. É óbvio que houve sinais de um problema, como talvez depressão, mas finalmente conhecer a gravidade da condição dela puxou o nosso tapete, para dizer o mínimo. Eu disse ao meu pai que não estava pronta para tomar quaisquer grandes decisões; não haveria telefonemas, cartas ou visitas para vê-la no meu futuro imediato. Eu preciso de tempo para processar tudo, na minha própria velocidade, e ele está aceitando muito bem isso, assim como Dane fez.

— O que quer que você queira ou precise, Laney, isso é o que nós vamos fazer. Se você quiser ir vê-la, vamos fazer isso, quando quiser. Eu também fiz algumas pesquisas e encontrei um especialista nas proximidades, e a gente, ou você, pode marcar um agendamento e falar sobre o que o diagnóstico implica, se isso te interessar. Qualquer coisa que ajude você, *baby*, eu vou fazer isso acontecer.

Relembrando as palavras de apoio de Dane, sabendo que posso me apoiar nele tanto quanto eu precise, meu coração e minha mente se sentem mais leves. Eu tenho que admitir, há também um novo sentimento dentro de mim, um com o qual ainda tenho que entrar em acordo, mas tipo, saber que minha mãe me acompanhou, que se preocupava comigo, todo esse tempo. Se eu escolher, posso vê-la, falar com ela... Talvez até mesmo abraçá-la.

Agora que tudo isso está resolvido, tanto quanto isso pode estar por enquanto, estou morrendo de fome! Eu rapidamente me refresco um pouco e desço as escadas em silêncio, sem saber ao certo onde todos estão no momento. Deslizando em uma parada, escuto a risada de Bennett na cozinha. Merda! Ela e Tate vão saber que eu dormi aqui, e...

— Venha aqui, *baby*! — Sua voz ressoa assim que viro no corredor.

Como ele faz isso?

Ótimo, agora eu tenho que tentar seguir até lá de um jeito casual, como se eu não tivesse me escondido ao virar o corredor. Levanto a cabeça, endireito os ombros e deslizo para dentro. Bem, o mais perto que consigo de deslizar. Eu não precisava ter me preocupado; o sorriso brilhante de Dane quando entro deixa minha alma à vontade. Eu não me importo mais com o que qualquer pessoa pensa; esse homem me ama. Ele estende o braço e vou até ele, aconchegando-me em seu peito.

— Olá, colega de quarto. — Bennett dá uma risadinha.

Dou uma espiada para ela e mostro o dedo enquanto Tate ri ao lado dela.

— Tate! — Contorno a ilha central e o envolvo em um abraço. — Você parece ótimo! Como você está se sentindo?

— Eu me sinto bem, um pouco melhor a cada dia — ele responde com um sorriso.

Nós tínhamos chegado tão perto de perdê-lo, e olhando para ele agora, sabendo o quanto ele significa para Dane, isso me faz estremecer. Volto para o santuário dos braços de Dane, silenciosamente rindo de mim mesma. De repente, estou tão sentimental, e isso parece tão natural.

— Então, o que vocês vão fazer hoje à noite? — Bennett pergunta.

Olhando para baixo, para mim, Dane espera pela minha resposta. Eu coro um pouco.

— Eu quero me sentar na banheira de hidromassagem — sussurro.

Ele vira sua cabeça tão rápido que eu ficaria surpresa se ele não sentir um torcicolo amanhã.

— Nós vamos para a banheira de hidromassagem. Vocês dois, tenham um boa-noite.

Tate sorri debochado com a dispensa educada de seu irmão enquanto Dane me puxa para a porta.

Desta vez em um biquíni, eu me abaixo na água quente e solto um longo gemido.

— Você está dolorida? — Dane me pergunta com ternura, esfregando meus ombros enquanto me inclino para trás entre suas pernas.

— Se você quer dizer o que acho que você quer dizer, então sim, meio que isso.

— Eu sinto muito, *baby*. — Ele inclina seu pescoço para beijar minha bochecha. — Muito obrigado por resistir a isso. O que você me deu — ele suspira — foi incrível. Nunca haverá nada melhor, Laney, nunca.

Um formigamento corre através de mim e recosto minha cabeça contra o seu ombro. Nós ficamos em um silêncio longo e confortável até que o som da sua voz realmente me impede de quase adormecer.

— Você está bem... com todas as coisas? — Ele desliza as mãos para cima e para baixo em meus braços, beijando minha têmpora suavemente.

Eu viro meu rosto para ele e sorrio.

— Eu realmente estou. É muita coisa para absorver, mas tendo você, e meu pai, e sei que vou ficar bem. Eu só preciso de algum tempo para processar.

Ele balança a cabeça, em compreensão, dando-me um suave sorriso reconfortante.

— Minha menina forte, eu te amo.

Beijo seu nariz, deixando meus lábios lá e suspiro, alegre.

— Você vai convidar o seu pai para vir aqui para o Natal? — ele pergunta.

Olho para ele, interrogativamente. Não ir para casa para o Natal?

— Ele pode ficar aqui. Eu vou providenciar uma grande refeição, o que você quiser. — Seus olhos castanhos estão implorando para mim.

— Okay. — A verdade é que não vou deixar o Dane sozinho para o Natal por ninguém, nem mesmo pelo meu pai. Dane agora é a minha primeira prioridade. É louco como um momento de clareza instantânea surge em você e poof... Você sabe exatamente o que quer. Sem dúvidas, sem pretextos, e sem pedidos de desculpas.

— Okay? — Seu sorriso ilumina suas belas feições.

Dou um risinho e aceno com a cabeça com entusiasmo.

— Nós não podemos fazer, humm… nada enquanto ele estiver aqui, no entanto.

— Então ele não vai ficar por muito tempo — ele provoca, cravando os dentes no meu pescoço.

CAPÍTULO 40

PRESENTEADA

Laney

    Dane providenciou um banquete maravilhoso, que nós desfrutamos com o meu pai, Tate e Bennett. Todos rimos, nos fartamos, e tivemos um feriado maravilhoso. Após a refeição, obriguei Dane a tocar alguns clássicos natalinos no piano, os quais Bennett ficou muito feliz em cantar.

    Papai amou sua viagem de caça que ganhou de presente e ele me deu um novo kit de pesca, luvas de softbol, e algum dinheiro. Foi um momento perfeito e eu não poderia ter desejado nada melhor.

    Na tarde seguinte, acompanhei o meu pai até a sua caminhonete, saltando de um pé para o outro, inquieta. Eu nunca tinha dito a meu pai uma grande mentira na minha vida e certamente nunca tinha lhe pedido para mentir por mim, mas agora aquele molde tinha sido quebrado. Implorei a ele para, por favor, fingir, se acontecesse de alguém perguntar, que eu estava doente, com uma gripe. Ele sabia exatamente quem eu queria dizer com "alguém." Eu agora estava com Dane para valer, e eu simplesmente não podia suportar partir o coração de Evan durante as férias, por isso o meu plano era passar despercebida. Ele concordou, mas apenas quando prometi fazer as coisas direito, assim que possível. Sua hesitação não tinha nada a ver com a minha escolha por Dane, ele parecia realmente gostar dele, mas ele amava o Evan, e não suportaria que eu lhe causasse mais mágoa do que o necessário.

Eu concordo completamente; machucar Evan não poderia estar mais longe do meu objetivo, mas quem rasgaria o coração de outra pessoa durante o Natal? Sem mencionar que não vou falar tudo pelo telefone ou através de uma mensagem de texto, e se eu tentar ir para casa para dizer a ele, Dane vai querer ir junto… E não quero esfregar isso na cara do Evan. Eu vou dizer a ele, sozinha, quando for o momento certo. Até então, vou simplesmente ter que viver com o autointitulado título de covarde.

— Você está pronta para a cama, *baby*? — Dane se aproxima por trás de mim e envolve seus braços ao redor da minha cintura.

— Mhmmm hmmm — respondo, exausta.

Foi um longo dia e não consigo pensar em nada no mundo que queira fazer mais do que aconchegar-me com ele. Eu grito quando ele me levanta em seus braços, carregando-me escadas acima para o seu quarto. Ele me coloca na cama, gentilmente me empurrando para trás e puxando as cobertas sob meu queixo antes de caminhar ao redor e subir no seu lado. O lado dele. Um sorriso malicioso sonolento surge em mim quando penso sobre o fato de que simplesmente defini os lados de sua cama.

Suas palavras roucas e sussurradas, assim que ele se aninha às minhas costas chamam minha atenção.

— Se você estiver cansada, eu entendo. Mas se não, seu presente de Natal está debaixo do seu travesseiro.

Bem, agora ele sabia que tinha me despertado no "presente." Meus olhos se abrem.

— Você me deu uma roupa nova. E não vamos esquecer que você encontrou minha mãe. Eu diria que você já atingiu a sua cota de presentes. — Rolo na cama e sorrio para ele.

— Então, você não precisa de mais nenhum presente? Está bem; eu vou apenas dá-lo para Bennett. — Ele enfia uma mão debaixo do travesseiro para apanhar o meu presente então rolo de novo, puxando-o para cima de mim.

— Muito engraçado, espertinho. Você sabe que quero tanto esse presente que nem consigo ver direito, mas queria ter certeza de que você também soubesse que você já fez demais.

— *Baby*, eu poderia fazer chover presentes em cima de você todos os dias e nunca te daria o suficiente. Você é o meu mundo e eu amo fazer você feliz. — Ele começa a beijar meu pescoço devagar, suavemente, e eu esqueço o que ia dizer. — Então você vai aceitar o seu presente, certo?

— É claro que vou, mas você já sabia disso, seu grande provocador. —

Eu o cutuco nas costelas. Ele rola sobre suas costas, me levando com ele, de modo que agora estou sentada em cima dele, montada em seus quadris. Ele estica a mão debaixo do meu travesseiro e, desta vez, realmente pega o presente e o entrega para mim. Agarrando meus quadris, seus olhos estão vidrados quando ele lambe seu lábio inferior.

— Abra-o bem aqui, onde posso olhar para você.

Atrapalhada, desembrulho e suspiro, cobrindo a minha boca na mesma hora. Balanço minha cabeça e dou uma risada.

— Você nos deu passagens para o Havaí?

Ele balança a cabeça concordando e se inclina para levantar minha camiseta ligeiramente, dando um beijo na minha barriga.

— Duas semanas, eu e você, em Kauai.

— Mas quando? Quer dizer, eu tenho faculdade em breve. E você, você não tem trabalho?

Seus lábios nunca abandonam meu corpo, beijando e beliscando minha barriga, aquecendo-me por dentro, então suas palavras são ditas em minha pele inflamada.

— Olhe para as datas nos bilhetes, *baby*. Nós vamos durante as férias da primavera.

Com certeza, os bilhetes estão datados para exatamente quando terei quase duas semanas inteiras de folga. Meu coração bate mais rápido e prazer cobre o meu rosto. Ele tinha reservado estes bilhetes quando? Antes que eu oficialmente o escolhesse? Aposto que ele fez isso; um grande salto de fé em "nós". Ele tinha certeza de que estaríamos juntos por meses a partir de agora. Não que isso vá superar o Disney World, nunca vai acontecer, mas ele elevou as apostas. Ele nos vê como um "nós", e planejou esta viagem, o seu futuro, sobre isso. Saber que ele realmente está tão conectado a mim tanto quanto planejo estar com ele me excita mentalmente, a mensagem em breve atingindo o resto do meu corpo. Eu lanço os bilhetes para o lado e desabo em cima dele, agradecendo-lhe do jeito adequado.

Na manhã seguinte, acordo com um alongamento, franzindo a testa quando percebo que estou sozinha. Uma rápida busca confirma que Dane não está no quarto ou no banheiro, e por mais ansiosa que esteja para encontrá-lo, também percebo que é o momento perfeito para falar com Evan. Dane não me dá muito tempo sozinha e sei que Evan deve estar se perguntando por que não estou em casa para o feriado, então preciso dizer alguma coisa a ele.

Encontro meu telefone em cima da cômoda de Dane e o ligo, rolando rapidamente por todas as mensagens de texto de Evan. Sim – ele quer saber onde estou. Demora cerca de cinco tentativas para escrever uma mensagem, apagar e começar de novo, antes que eu escreva uma com a qual minha consciência pode viver e eu aperto enviar.

> Laney: Feliz Natal, Ev! Meu pai veio aqui para o Natal e isso me manteve ocupada. Agora estou doente, então, só vou ficar aqui, mas vou ligar para você em breve. Precisamos colocar a conversa em dia. Abrace seus pais por mim e tenha um ótimo recesso!

Isso é tudo que posso dizer no momento e só espero que seja o bastante para aplacá-lo para que ele possa desfrutar de seu tempo em casa até que eu descubra uma maneira de falar com ele cara a cara. Quem sabe, talvez ele conheça alguém, também? Surpreendentemente, esse pensamento não me deixa nauseada, mas ao invés disso me faz sorrir. Eu quero tanto que o Evan seja feliz, amado e valorizado. Ele merece ter uma mulher olhando para ele do jeito que eu agora olho para Dane.

Dane! Eu desligo meu telefone e o enfio debaixo do meu travesseiro, e depois de uma tentativa frustrada de endireitar as minhas roupas e cabelo, corro escadas abaixo para procurá-lo. Meu corpo já formiga com o pensamento de encontrá-lo.

— Bem, olá, dorminhoca. — Bennett sorri para mim empoleirada no balcão da cozinha.

— Ei, B, onde estão os meninos?

— Eu não sei, alguma missão secreta, disseram que eles estariam de volta em uma hora. Deixei muito claro que Tate não pode lidar com qualquer atividade por mais do que isso. — Ela estala os dedos. — Ah, e Dane disse para te dizer que, e eu cito: "você parecia como o paraíso, então não quis acordar você, mas estarei de volta em breve e eu te amo." Tão fofo, Laney, você é tão sortuda.

— Eu sei disso. — Eu coro. — Eu vou tomar um banho então. O que você vai fazer?

— Acho que vou aproveitar a hidromassagem — ela zomba —, agora que está realmente livre.

Eu vou para o andar de cima com uma gargalhada. Ela está certa: eu realmente amo aquela banheira de hidromassagem.

CAPÍTULO 41

CUIDADOR

Evan

Pobre Laney, doente nas férias. Minha caminhonete não pode chegar até ela rápido o suficiente. Decidi surpreendê-la e simplesmente aparecer com um pouco de sopa, lenços de papel, remédios, e uma enorme pilha de filmes. Odeio que ela não esteja se sentindo bem, mas minha pele ainda está formigando na expectativa de vê-la. Meus braços doem com o desejo de envolvê-la, abraçá-la, fundir-me com ela. E seu presente de Natal? Minhas mãos tremem diante da ideia de vê-la abrir isso.

Eu poderia muito bem ter dirigido em marcha ré com o tempo que levou para chegar aqui, mas minha frustração desaparece com cada passo que dou em direção ao dormitório de Laney. Minha menina está lá dentro, doente e precisando de mim. Eu tento a porta, mas está trancada. Rosnando, olho em volta, meus olhos procurando desesperadamente por alguém para me deixar entrar. Eu poderia ligar para ela e pedir para ela vir aqui embaixo e me deixar entrar, mas então, ela teria que sair da cama com sua saúde debilitada, sem contar que estragaria a surpresa, então opto por fazer hora por perto e rezar para que alguém apareça em breve.

Felizmente, só tenho que esperar cerca de dez minutos quando o vejo se aproximando. Eu conheço esse cara; ele estava no clube e no hospital na noite em que estive lá com Laney. Lembro-me de suas interações, ele é seu bom amigo.

— Ei, cara. — Estendo a mão quando ele se aproxima.

— Ei, ahn, Evan, certo? — ele pergunta, retribuindo meu aperto de mão.

— Sim, e você é...

— Sawyer Beckett.

— É isso mesmo, bom te ver. Laney está doente, então vim para surpreendê-la e cuidar dela. Você se importaria de me deixar entrar?

Sua expressão é confusa. Ele rapidamente se recupera, mas isso não me passou despercebido.

— Humm... — Ele olha para o chão, arrastando os pés. Eu fico em silêncio, esperando impacientemente pelo que ele vai dizer em seguida. A dor instintiva no meu peito me diz que não vou gostar disso. — Laney não está aqui, cara.

É isso? Solto um suspiro aliviado. Então, ela correu para uma farmácia, ou... um médico? Agora estou preocupado outra vez.

— Bem, onde ela está? Ela está doente, onde ela poderia estar?

Sawyer esfrega sua nuca nervosamente, os olhos saltando para toda parte, menos na minha direção.

— Por favor, me fala, cara. Eu fiz um longo caminho e estou preocupado com ela. Ajude um cara — imploro.

— Sente-se. — Ele faz um gesto para um banco logo atrás de nós, e eu relutantemente vou até lá e me sento. Minha perna está quicando para cima e para baixo, enquanto espero ele continuar. — Eu adoro a Laney, ela é a menina mais legal do caralho, e não tenho o hábito de ser amigo de garotas. Então, não estou tentando trai-la ou me intrometer em seus assuntos.

Eu contenho meu rosnado e não me movo para torcer o pescoço dele; não sou burro, esse cara é assustadoramente enorme, mas estou prestes a esquecer disso.

— Apenas fale de uma vez! — vocifero antes de realinhar minha voz de volta, não querendo tomar uma surra. — Desculpe, eu quero dizer, o que você pode me dizer?

— Bem — ele diz, esfregando o queixo —, por que você não me fala sobre você e Laney primeiro? Vocês estão juntos ou o quê?

O quê? Por que estamos aqui sentados, estranhos virtuais, discutindo minha vida amorosa quando tudo que quero fazer é dar à minha preciosa menina um pouco de sopa?!

— O quê? Que tipo de pergunta é esta?

— Eu te conheço tanto assim... — Ele indica um pequeno espaço entre

Surgir

293

seu dedo indicador e o polegar — E eu adoro a Laney e meus amigos. Então, antes de eu enfiar o pé na jaca, quero um pouco de informação. Isso é pedir muito? — Ele levanta suas sobrancelhas, nenhum sinal de compromisso evidente.

— Tudo bem. — suspiro. — Laney e eu temos sido melhores amigos desde… — Estou perturbado demais para fazer os cálculos. — Bem, desde sempre. No nosso último ano do colégio, eu finalmente disse a ela como eu me sentia e consegui que ela namorasse comigo. — Eu sorrio com o pensamento. — Mas um segundo depois, tivemos que ir embora para faculdades diferentes.

— Isso é péssimo — ele murmura.

— Sim, para dizer o mínimo. — Eu rio de sua simples, mas precisa, afirmação. — Então, nós terminamos. Mais fácil dessa maneira, ou assim Laney pensou. — Dou de ombros. — De qualquer forma, as coisas têm sido praticamente uma bosta desde então, e aqui estou eu.

— Que droga, cara. — Ele se inclina e passa as mãos para cima e para baixo nas suas coxas. — Okay. Você é um bom rapaz. Eu sei disso porque Laney se preocupa com você e não tem nada além de coisas boas a dizer ao seu respeito. Então, vou te ajudar, e a ela, de uma vez por todas. — Ele olha para mim, uma força mortal em seus olhos. — Mas saiba disso. Mantenha a calma, não importa o que aconteça. Você levanta uma mão para qualquer amigo meu e não hesitarei em te dar uma surra. *Capisce?*

Aceno concordando, para o quê, não tenho nenhuma ideia, mas ele é minha chave para Laney.

— *Capisce.*

— Vamos lá. — Ele se levanta e anda para o estacionamento. — Eu vou dirigir.

Quinze minutos de silêncio dentro da mais estranha e misteriosa carona de carro que já suportei, Sawyer pega seu telefone.

— Tenho que fazer esta ligação. Nada pessoal. — Ele dá de ombros. — Lealdade e essas coisas.

Que porra é essa que ele acabou de dizer? Aceno de acordo, completamente perdido, assim como venho fazendo desde que esbarrei nele.

— Ei, cara, é Saw. Sim, você também. — Ele está ouvindo a pessoa do outro lado agora. — Escuta, sobre isso… estou indo para a sua casa no momento. O quê? Oh, sim — ele gargalha —, sobre isso, cara. Vi meus pais, entrei, saí. Hein? Não, ela está legal, mas não vai aparecer. — Ele gargalha novamente, em seguida, olha para mim e rapidamente de volta para

294   S.E. HALL

a estrada. — Chego na sua casa em menos de vinte minutos, então cale a boca e me escute. Encontrei Evan no dormitório quando voltei e ele me convenceu a levá-lo para Laney, por isso estamos indo aí.

Há uma longa pausa em seu lado da conversa. A voz dele tem um toque de raiva quando ele fala novamente:

— Foda-se isso, cara, você me conhece, porra. A última coisa do caralho que quero é estar envolvido, mas alguém precisa tomar uma atitude ou algo assim, porque isso é uma merda. Todos os envolvidos são melhores do que isto. — Silêncio de novo, mas posso ouvir uma voz masculina irritada vindo através de seu telefone. — Sim, sim, sim... Vejo você daqui a pouco. — Ele encerra a ligação e joga o celular no painel central.

Há uma tensão se infiltrando no meu corpo e essa coisa toda é muito estranha, então eu digo:

— A Laney está bem? Ela não está... — engulo em seco — em perigo ou qualquer coisa, não é?

— Porra, não. — Ele olha de volta para mim, seu rosto relaxando. — De verdade, cara, ela está bem. Eu não deixaria ninguém machucar Laney. Mas não invejo você.

Meus batimentos cardíacos disparam na mesma hora.

— O que significa isso? — Eu me preparo.

— Isso significa — ele começa, pensando em suas próximas palavras cuidadosamente — que você queria ver Laney, então estou te levando até ela. Nunca estive apaixonado, graças a Deus, mas não posso simplesmente não fazer nada. Eu só não sou feito dessa maneira. Você a ama, certo?

— Mais do que qualquer coisa. — Minha boca responde por conta própria.

— Imaginei. — Ele suspira, tamborilando os dedos no volante. — Nós estamos indo para a casa de Dane. Ela está lá.

Meu estômago se revira e esfrego minhas mãos pelo meu rosto, esperando bloquear a náusea.

— Por quê? — consigo perguntar.

Sawyer se vira e me dá um olhar perplexo.

— Por que você acha? Você esteve afastado dela o quê, cinco, seis meses? Ela seguiu em frente, Evan. Ela é gostosa pra cacete. — Ele ri. — Desculpa, cara. Mas, porra, ela é, e legal e verdadeira. Dane percebeu isso. Todos nós percebemos, mas aqueles dois se conectaram.

Conectaram? Laney não "se conecta" com outros caras. Laney não se importa com eles e suas cantadas patéticas. Certo?

Minha respiração é irregular na melhor das hipóteses. Eu rapidamente abaixo o vidro da janela, precisando de ar fresco. Nós não conversamos mais nada e logo paramos na entrada de uma mansão. Filho da puta.

Com as palmas das mãos suadas, dou dois golpes antes de conseguir que a porta do carro se abra. Meus passos até a porta parecem como se meus sapatos fossem blocos de concreto e, apesar de engolir em contrações espasmódicas, minha boca está seca. Sawyer toca a campainha enquanto enfio minhas mãos nos fundos dos meus bolsos, não querendo que ninguém veja os tremores. A garota que reconheço como a colega de quarto de Laney atende à porta, seus olhos arregalados quando percebe quem sou eu.

— H-Hey, Sawyer... E-Evan? — gagueja.

— Ei, Ben, vá buscar Laney, sim? — Graças a Deus Sawyer é capaz de falar, porque eu, com certeza da porra, não consigo.

Apesar da minha cabeça, meu coração se acelera e minha respiração falha quando ela vem virando o corredor. Minha princesa, de cabelo loiro comprido e úmido, belo corpo vestido com calças de pijama e regata de seda, anda em minha direção com surpresa em seus olhos. Ela morde o lábio inferior e olha para Sawyer primeiro.

— Pensei que você tinha ido para a casa de seus pais?

— Foi curto; Kirby me irritou. — Ele dá de ombros e abre os braços para um abraço, mas ela não retribui isso.

— Eu não sabia que vocês estavam vindo. — Seus olhos se estreitam para ele.

— Eu disse a Dane — diz ele com firmeza.

Ela acena para ele antes de fechar os olhos e inspirar profundamente. Quando ela os abre, encontra o meu olhar vazio.

— Ei, Evan — ela sussurra.

— Ei. — Pigarreio audivelmente. — Surpresa.

Ela sorri, mas em segundos, o sorriso desaparece.

— Evan, eu... — Ela estremece e para, Dane se movendo por trás dela, envolvendo seu braço possessivo ao redor de sua cintura.

Meus olhos se movem para onde os corpos deles se conectam, vendo, antes que eu sequer olhe para ela. Os símbolos castanho-achocolatados da minha existência estão cheios de lágrimas, prestes a escorrer pelo rosto. Eles me dizem tudo o que preciso saber, respondendo a todas as perguntas que não consigo proferir em voz alta. Balanço a cabeça em negação, descartando a imagem do meu para sempre desabando em queda livre e explodindo em chamas. Ela não está doente. Ela está com Dane. Com Dane. Eu perdi. Eu fui embora, e a perdi.

Eu sinto como se estivesse sendo eviscerado com uma faca cega. Fiz um monte de coisas erradas, coisas das quais tenho vergonha, mas nunca dei o meu coração para outra. Meu coração sempre esperou por ela e eu tomei como uma certeza de que ela faria o mesmo. Com o último resquício de força e dignidade que me resta, tiro o envelope brilhante do meu bolso de trás.

— Feliz Natal, princesa. — Consigo dizer, empurrando-o na mão dela.

Dentro disso, meu pedido de transferência. Eu me afastei da UGA e de uma bolsa de estudos integral para me sentar no banco por um ano de inelegibilidade na Southern... Para estar com ela. Não posso mudar isso agora. Eu já fui liberado; eu basicamente já estou na Southern. Quando abrir isso, ela vai voltar para mim? Se ela fizer, vai ser pelas razões certas? Será que eu, alguma vez, saberei ao certo?

— Evan, eu... — Sua voz me chama, e em seguida, se esvai.

Eu não viro para trás para ver. Nunca saberei se ela tentou vir atrás de mim, se Dane a puxou de volta, ou se ela apenas me deixou continuar caminhando. Não sei se ela está chorando ou suspirando de alívio.

Sawyer acompanha o passo ao meu lado e joga seu braço sobre meu ombro.

— Você bebe?

— Não muito — murmuro.

— Quer beber?

— Foda-se, sim.

— Imaginei. — Ele ri e bate a mão no capô. — Entre, irmão, eu vou te encontrar uma cura.

Eu duvido disso.

Surgir

297

TRILHA SONORA DE SURGIR

"Big Green Tractor" – Jason Aldean
"Amazed" – Lonestar
"Ho Hey" – The Lumineers
"End of All Time" – Stars of Track & Field
"The Cave" – Mumford and Sons
"I'll Be" – Edwin McCain
"9 Crimes" – Damien Rice
"Let's Get Ready To Rumble" – Jock Jams
"This Year's Love" – David Gray
"Hero" – Enrique Iglesias
"Flightless Bird" – Iron & Wine
"Collide" – Howie Day
"Talking To The Moon" – Bruno Mars.

S.E. HALL

S.E. Hall é uma autora bestseller do NY Times & USA Today, e escreveu a Série Envolver, Série *Full Circle*, um *spin-off* da Série Envolver, que inclui *Embody*, *Elusive* e *Exclusive*, além dos romances contemporâneos independentes *Pretty Instinct*, *Pretty Remedy* e *Unstable*, e dos seus contos fumegantes *Laid Over* e *Full Body Check*.

Quando não está assistindo sua garotinha arrasar no campo de softbol, lançando um passe rápido no monte, ou qualquer que seja o documentário de assassinatos reais, S.E. Hall pode ser encontrada… em sua garagem. Ela também gosta de ler, escrever e resolver crimes a partir do conforto de seu assento na frente da TV.

S.E., ou Stephanie Elaine, reside no Arkansas com o seu marido há 23 anos, e juntos, eles têm quatro filhas maravilhosas de 28, 23, 17 e 16 anos, e três lindos netos.

E por último, mas longe de ser o menos importante, estão os preciosos netos dos cachorrinhos da S.E.: Piper Gene Trouble Machine e Honey, que iluminam o mundo dela!

Você pode se manter conectado com S.E. Hall de diversas maneiras:
BookBub: bookbub.com/authors/s-e-hall
Newsletter: eepurl.com/7E-nP
Facebook: facebook.com/S.E.HallAuthorEmerge
Twitter: twitter.com/sehallauthor
Amazon: amazon.com/S.E.-Hall/e/B00D0AB9TI/
Goodreads: goodreads.com/author/show/7087549.S_E_Hall
Instagram: @Sehall_author

AGRADECIMENTOS

Ao meu maravilhoso marido que me traz lanches enquanto estou digitando, limpa ao meu redor, me surpreende com canetas e cadernos legais e torna possível para mim ser exatamente quem eu sou – eu te adoro, Jeff. Você é meu melhor três-quartos e eu tenho sorte de você continuar me escolhendo.

Para aquelas duas garotinhas fabulosas que andam por aí me chamando de mamãe – vocês duas são simplesmente as melhores! Obrigada por me procurarem e exigirem minha atenção, lembrando sempre de me dar um beijo de boa-noite. Vocês são as melhores coisas que já fiz e acertei bem na mosca! Eu espero, em toda minha distraída ausência ultimamente, que tenha pelo menos mostrado a vocês para irem atrás do que querem... vão com toda força e sejam gratas por aqueles que ainda esperam por perto por vocês quando chegarem ao fim.

À minha parceira de trabalho, Angela – qualquer um que não acredite em espíritos semelhantes ainda tem que encontrar a sua parceria ideal! Este livro não seria o que é, e nem estaria terminado, sem você. Muito obrigada por todos os telefonemas, sessões de improviso, ideias e feedback brutalmente honesto. Mal posso esperar para trabalhar em nossos próximos livros juntas!

A todos os meus amigos e familiares, que não ouso citar individualmente com medo de esquecer alguém – muito obrigada a todos vocês! Tantos de vocês leram versão após versão, passaram por cima e me deixaram ler, me fizeram cópias, me deram conversas motivadoras, me compraram um "kit de gulodices de escritor" e me aceitam como a escritora escondidinha no canto, com um olhar, sem realmente prestar atenção a uma palavra do que vocês estavam dizendo.

Por último, mas não menos importante, obrigada à minha Lue pela inspiração. Desde o minuto em que você respirou, você me salvou e desde então tenho ficado maravilhada com você. Sua beleza, seu riso, sua inteligência e sua capacidade de iluminar uma sala nunca deixam de me surpreender. Estou tão orgulhosa de ser sua mãe e tenho que admitir; eu mataria para voltar e ser jovem novamente, como você. O mundo envolto em seu dedo mindinho – é isso o que você tem. Eu nunca duvido que você vá sempre saltitar por aí, vibrante, brincalhona... adorável e adorada.

A seguir, leia uma prévia de *Abraçar*!

CAPÍTULO 1

Evan

Meu telefone está queimando um buraco no meu bolso. Noventa por cento de mim quer responder à mensagem que Laney enviou há cerca de uma hora, mas os outros dez por cento, a parte que ainda tem alguma dignidade, está ganhando. Eu, com certeza, não estou qualificado para escrever o manual sobre o Plano B, sendo o Plano A mergulhar de cabeça em um ano de inelegibilidade pela garota referida anteriormente que agora está com outro, tendo explodido isso na minha cara. Por mais que eu queira uma explicação exata, eu simplesmente não consigo suportar ouvir isso no momento.

Sawyer é uma dádiva de Deus, empurrando cervejas na minha mão e atraindo todas as damas do bar para a nossa mesa. Ele está fazendo um trabalho melhor do que qualquer outra pessoa poderia em me distrair, incluindo a morena atualmente empoleirada na minha perna direita... Manda? Mandy? Ela é gostosa, com cabelo longo e escuro, lábios carnudos e peitos enormes que ela não tem medo de deixar alguém espreitar. Ela até cheira bem e suas mãos não conhecem limites, mas tudo em que consigo pensar é naquela que foi embora; uma loira linda, com uma sagacidade rápida, uma boca espertinha e um sorriso devastador.

— Cara, você precisa de outra? — A pergunta de Sawyer me arrasta para fora da minha miséria mental, e tenho quase certeza que ele está perguntando sobre outra cerveja, não por outra garota.

— Claro — respondo, sem qualquer tipo de sentimento. Isso é infelizmente a resposta correta, não importa o que ele estava perguntando.

— Quer que eu vá buscá-la, doçura? — "M" alguma coisa pergunta, com um melaço em sua voz que acabei de notar que não gosto.

— Duas, Amy — Sawyer se dirige a ela e lhe dá algum dinheiro.

Amy? Merda, eu não estava nem perto. Boa coisa que não tinha falado com ela nem uma única vez.

— Ela é gostosa, mano. — Sawyer levanta as sobrancelhas e aponta para Amy com a cabeça, ao que dou de ombros sem me comprometer. — O que é isso, você precisa de uma loira? Achei que isso seria demais, mas posso...

Levanto uma mão, interrompendo-o.

— Eu agradeço, cara, realmente — paro e tomo um gole de cerveja —, mas um desfile de meninas não vai me ajudar esta noite. Eu preciso apenas dormir, acordar para um novo dia. Você acha que pode me levar até a minha caminhonete?

— Não, mas você pode dormir na minha cama beliche. — Ele joga algumas notas sobre a mesa e se levanta. — Vamos.

A The Gift Box é uma editora brasileira, com publicações de autores nacionais e estrangeiros, que surgiu no mercado em janeiro de 2018. Nossos livros estão sempre entre os mais vendidos da Amazon e já receberam diversos destaques em blogs literários e na própria Amazon.

Somos uma empresa jovem, cheia de energia e paixão pela literatura de romance e queremos incentivar cada vez mais a leitura e o crescimento de nossos autores e parceiros.

Acompanhe a The Gift Box nas redes sociais para ficar por dentro de todas as novidades.

 www.thegiftboxbr.com

 /thegiftboxbr.com

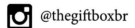 @thegiftboxbr

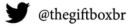 @thegiftboxbr

Impressão e acabamento